青春随风

孟 昕◎著

三辰影库音像出版社

图书在版编目（CIP）数据

青春随风 / 孟昕著 . — 北京：三辰影库电子音像出版社，2018.3（2025.4重印）
ISBN 978-7-83000-329-6

Ⅰ . ①青… Ⅱ . ①孟… Ⅲ . ①长篇小说－中国－当代 Ⅳ . ① I247.5

中国版本图书馆 CIP 数据核字 (2018) 第 025328 号

书　　名：青春随风
作　　者：孟　昕
出版发行：三辰影库音像出版社
地　　址：北京市朝阳区北苑路媒体村天畅园 2 号楼
出 版 人：王六一
印　　制：三河市天润建兴印务有限公司
开　　本：700 毫米 ×1000 毫米　　1/16
印　　张：17.375
版　　次：2018 年 5 月第 1 版
印　　次：2025 年 4 月第 3 次印刷
书　　号：ISBN 978-7-83000-329-6
定　　价：48.00 元
版权所有　翻版必究

凡购买本社图书，如有缺页、倒页、脱页，由发行公司负责退换

目 录

第一章 初升的太阳	001
第二章 青青园中葵	053
第三章 风　云	103
第四章 陌上草离离	130
第五章 子　衿	168
第六章 目尽南飞雁	213

序

尾声

序

宋清海

生命犹如天空繁星，大星小星都有发光的权利，小人物的经历也是生命进程的轨迹，尽管如小草一般，但如无小草，谁给大地穿上春天的新装呢？小说通过一个孩子的眼睛看世界，看亲人，看家乡小镇，看他的小学和初中同学，看三年饥荒，看"文化大革命"，看知青上山下乡……一个平凡的生命去看平凡的世界。

这是个普通的孩子，然而，平凡人的庸常生活是历史的基本轨迹，人民创造历史的观念也许应该这么理解，这个孩子所见的世界就有着不平凡的意义。每一个人的经历都是一部丰富的历史，一个个故事汇成数千年的人类历史。然而，浩如烟海的史书何曾记录一个小民的生活？

小说以第一人称的形式记录一群平凡人的生活。优美抒情的文笔，幽默生动的描写，史诗般的叙事方法，为我们提供了一幅真实感人的生活图景。个人、家庭、心灵、社会，主人公的成长与江南新兴工业小镇的发展紧密相连。独特细腻的孩子的视角，丰富的阅历知识，使小说耐人寻味，引人入胜，同时引发我们对人生、爱情、宇宙、世界的思考。

第一章　初升的太阳

　　生命的历程孕育着希望与神话。人类的苦难与梦想日复一日在心灵中进行创作，并以神话的形式表现出来。古希腊、古埃及、古罗马灿烂的文明，在爱琴海、尼罗河、亚平宁山脉留下不朽的奇迹。人类优秀的儿子荷马、但丁、莎士比亚以旷古的喉音唱出饱经沧桑的歌声。在东方，古老的中国，这片黄色的土地，女娲补天、精卫填海、大禹治水、夸父追日，一代代人憧憬渴望，编织着一个个美丽的神话、动人的传说。如今，古老的神话传说已经逐渐被人遗忘。电脑、基因、克隆，生命不再神秘。宇宙飞船、星球大战，破灭了人们对天堂的最后向往。物质战胜了精神，物欲腐蚀了理想。在这喧嚣的尘世，我，一个最后的行吟诗人，一个穿越时空的流浪者，高举起堂吉诃德的长枪……古老的神话又在我的心灵中编织创作，闪烁出一道道五色迷离的光彩。我被诱惑了，迷乱了，沉醉了，情不自禁提起了笔。

一

　　混沌初开，我赤身裸体来到这个世界上。我曾努力去寻找我出生时与众不同的迹象，但是没有结果。我出生时既没有现霹雳红光，也没有带通灵宝玉。我曾仔细地追问过母亲，在我出生之前她做过什么祥瑞的梦？母亲认真地想了想，摇摇头说没有。据母亲说，我刚到人世无声无息，这未免有点令人沮丧。给我接生的那个五十多岁枯瘦如柴的接生婆倒提起我的双脚，在我通红的屁股上狠拍一巴掌。"哇"的一声，我终于哭出声来。一哭就不肯停息，声震屋宇。听到我洪亮的哭声，母亲长松一口气，疲倦的脸上露出笑容，向接生婆投去感激的目光。

一个小时前，母亲肚腹隆起，静静地躺在床上，预产期已经过去，她还是毫无征兆。此时的我仿佛依恋着母亲温暖的子宫，对外面的世界还有些畏惧，不肯出生，这使母亲感到不安。接生婆已经守候多时，她略显疲惫不耐烦，又到母亲身边检查了一遍，听一听，摸一摸，起身说："还早。"说完转身收拾了她那永不离身的背箱要走。我的父亲不在家，他是铁路工人，此时还在外上班工作。夜深人静，母亲独自一人，挺着沉重的躯体，对接生婆恳求道："你别走，孩子要是出来，你不在，半夜三更，我到哪里叫你？"母亲预感到她的小儿子今天晚上一定会出来，今天是个不寻常的日子。接生婆犹疑会儿答应留下来，她在母亲床边的一张单人竹床上铺开母亲为她临时准备的被褥躺下休息。万籁俱静，世界都在期待。终于，一个小时后，子夜的星辰洒下光辉，石破天惊，我出世了。

我出生在古称江南西道的一个小镇上，简陋低矮的土坯房比耶稣降生的马厩好不了多少。一个九岁的女孩走进房间，她是我姐姐，端来一碗红糖煮鸡蛋，恭恭敬敬地递给接生婆。接生婆伸出瘦骨嶙峋的手接过盛着糖水鸡蛋的碗，嘴唇颤抖着，嘟囔一句："第一百个了。"她吃了一百碗喜蛋。那时，小镇上还没有一所像样的医院，给产妇接生都是一位年纪很大的名曰卫生员的接生婆。人们经常看到她瘦小的身躯挎着小药箱走街串户普度众生。凭着她的热心和经验，我平安地降生了。后来，这位接生婆又帮人世间收留下几个婴儿，据说是八个。在她几十年腥风血雨的生涯，一共为这个世界接生了一百零八个婴儿。这正好与一部中国古典小说中的一百零八条好汉相符。三十六天罡，七十二地煞。不过这一百零八个婴儿，除了我有点来历，其他的婴儿只是偶然落入这位接生婆之手，恰巧数字相合，事后证明他们都是平庸之辈，绝无半点天罡地煞之气。那部古典小说写的是中国五百年前大宋王朝的故事。小说中放走妖魔的人叫洪太尉，是宋朝的大官，相当于我们现在的部长级干部。

第一章 初升的太阳

说起历史上的赵宋王朝，中国老百姓人人都知道精忠报国的岳飞就是被宋朝一个叫秦桧的宰相害死的。据历史学家们说，那个宋朝在中国历史上还是比较宽容的呢。可想而知，中国的历史是多么的严酷。虽然许多人并不因为自己的黄皮肤黑头发自豪，我还是感谢那位帮我出世的热心老婆婆。老婆婆默默无名，很快遭人遗忘。她亲手接生的那帮忘恩负义的家伙，恐怕没有谁记起她，唯有我至今仍在默默地敬祭悼念着她。

接生婆一记巴掌，将我从困厄中惊醒。我放开喉咙，唱出人生第一支悲歌。我已记不清对这个世界的第一印象如何。不过，据母亲说，我的哭声很悲伤，四蹄翻蹬，似乎已经感受到了这个世界的冷暖炎凉。都说哭泣是婴儿的语言，那么，我的哭声正是为了将来的坎坷生活，为了人生的苦难岁月，而呼喊，而高歌。事实证明，是这样的，我的一生就是由那第一声哭泣定下了人生的音符和调式。如今，我在人生旅途寂寞地走过五十多个春秋。古人云：三十而立，四十不惑，五十知天命。我而立之年未立，不惑之年还充满幻想，知天命却从不肯向命运低头。我抑塞磊落，曾寄希望于那样一种力量，如半世纪前那重掌一击，将我从困顿中警醒。

我的名字叫孟昕。这是我那只念过小学的父亲取的名字。我的父亲是一个火车司机。在我出生的那个秋日美丽清爽的早晨，父亲开着一列长长的火车风驰电掣赶回家。他跳下机车，身上满带着烟尘、油渍、汗水，大步跨进低矮的家门。他奔到床前，将我捧在手上。父亲的身上散发着一股浓浓的气味，是火焰和男子汉的气味。这股热火火的浓烈的气味，直沁入我肺腑，足足让我窒息了三十秒钟。咧咧嘴，我放声大哭起来。此后过了二十年，命中注定般我顶父亲的职当了名铁路工人，时常满怀豪情一身尘灰油渍，汗水淋漓地重温父亲最初带给我的这股粗犷豪迈的男子汉气味。

当年，那个彪炳千古的清晨，父亲将我托在他那双粗壮的臂弯里，仔细地端详我红扑扑的小脸蛋。小鼻子，小眼睛，厚嘴唇，其貌不扬，一个闹天宫的猴王脱胎。父亲喜滋滋，走出门，走入明亮的晨光里。抬头，望见东方喷薄如火的朝霞，灿烂无比，太阳正冉冉升起。初升的太阳如金盘一样光芒四射，照耀着他工作的铁道工厂，照耀着小镇林次栉比的烟囱和建筑，照耀着江南这一片广袤的土地。父亲由衷地从心里升起一股喜悦和豪情。他那双开火车握铁锤粗糙的大手翻了三天字典，才找出一个能表达他那天清晨浮现在心头的印象和感觉的字："昕"。父亲很得意，我也挺满意。后来，我粗识文字，翻过《辞海》，查过《词源》。我捧出那沉甸甸包罗万象的大书，心中带着几分欢欣，几分虔诚地翻开来。"昕，黎明日将出时。《礼记·文王世子》：文子视学，大昕鼓徵所以警众也"。孟昕，初升的太阳，真是响亮非凡的名字，天生我才必有大用。父亲虽然只有小学文化，但在当时却不能小觑。20世纪50年代，初中生就算是知识分子。随着人们掌握的知识越来越多，文化水平越来越高，如今的知识分子头衔恐怕要大学毕业以上学历才算了。譬如我读了几十年，破了千万卷书，只是屁股没有沾大学课堂里的木板凳，就没有混进知识分子队伍。

在一本厚厚的《世界近现代史大事记》上，翻到我出生的那一年，我看到有这么一些记载：

一月，国务院第二十三会议通过《关于公布汉字简化方案的决议》。

二月，苏联共产党召开第二十次代表大会，赫鲁晓夫在"秘密报告"中全盘否定斯大林。

三月二十三日，巴基斯坦伊斯兰共和国成立。

四月，《人民日报》发表根据中共中央政治局扩大会议讨论通过的编辑部文章《关于无产阶级专政的历史经验》，必须坚决反对修正主义。

五月二日，毛泽东主席在最高国务会议上宣布，中国共产党对文艺工作主张百花齐放，对科学工作主张百家争鸣。

六月，波兰发生"波兹南事件"。埃及宣布苏伊士运河国有化。

七月十三日，新华社报道，第一汽车制造厂试制成功中国第一批"解放"牌汽车。

九月，中国共产党第八次全国代表大会召开。

十月二十三日，"匈牙利事件"发生。

十一月，毛泽东在八届二中全会宣布，开展整风运动，随后进行反右派斗争。

一九五六年底，全国基本完成了对农业、手工业和资本主义工商业

第一章 初升的太阳

的社会主义改造。

延续千年的中国汉字又有了变革，更多的人认识了它；那个"老大哥"国家一直想对中国指手画脚；巴基斯坦是个不好不坏的邻居；百花齐放后是整风运动，那些天真的知识分子乐极生悲。等一等，这些似乎与我的出生没有什么内在联系。我的出生在这个世界竟没有什么特别的反响和征兆，我有点失望。但是我没有放弃追求，孜孜不倦，探幽索隐。功夫不负有心人，正史没有，别传可寻。终于，我了解到了一个秘密。这个秘密在我出生之时降临，几十年天机不露。当我获知这个秘密，一切困惑和忧虑随之而解。这秘密我是从一部不起眼的三十二开本薄书里看到的。这部书虽然标着风行一时的科幻小说名称，但我从书的字里行间看出这正是非常巧妙地描绘了我出生的故事，解答了关于我从哪里来将要到哪里去的问题。世人不具慧眼，何方高人写下这部天书。我以为这是揭示人类原始的秘籍，这是查卜人类未来的《易经》。书中有这样一段叙述：

茫茫宇宙空间，一艘飞船正以光速飞行。太阳系黄道上孤独地运行了亿万年的地球，被一个不速之客造访。这是一艘X星系Y星座星球人驾驶的宇宙飞船。宇宙自约在二百亿年前近乎无限小的瞬间经历了一次大爆炸之后，便开始了伟大而漫长的演化历程，原子的创造、星系的演化、恒星的演化、行星的演化，以及生命的演化。可怜的地球人吵吵嚷嚷浑浑噩噩刚刚从树上爬下来的时候，Y星人已进入高智能演化。他们的飞船历尽艰辛，向星际远行。他们来到太阳这陌生的恒星系，掠过这颗不大不小的恒星的一颗颗行星，发现了地球这颗可爱的蔚蓝色小星球。

飞船绕地球飞行，急速下降，穿过浓稠的大气层，如彗星拖曳长长的明亮的光带飞向一片大陆，降落在一片茫茫的水滩。四下平展展的细沙，前方一道长堤，长长的望不见头。水面在微风抚动下轻轻地跳跃着细密的浪花，粼粼闪烁。浴波而出一轮又圆又大的月亮，正悬在半空洒下皎洁的银光，照得飞船外壳明晃晃，熠熠生辉。Y星人走出飞船，不约而同地仰望宇宙空间。他们看到满天星斗，一轮皓月。宁静的夜空真美。这异星的美丽奇景使Y星人油然而生赞叹之情。这是一颗经过很好演化，自然条件良好的星球。他们也知道，这颗星球上，生活着一群宇宙中不够文明不够智慧的生物。一阵感叹，一番抒情，Y星人恢复理性，开始修理飞船。他们的飞船在以一个宇宙黑洞为时间隧道穿越而过时，被强大的射线、塌缩的重力场击伤。一个同伴牺牲了。他们决定将同伴的遗体留在这星球上。物质生命的生生灭灭是自然的法则，他们珍惜生命，不畏惧死亡；崇尚智慧，不留念肉体；心思纯洁，没有尔虞我诈。

无色透明的液体在飞船旁轻轻地淌过去，微微的声响更衬托出四周的寂静。将同伴的遗体轻轻放入水中，随波逐流很快消失在远方。星光闪烁，雾色朦胧。这时，只见远远的一条白浪迅急滚来，水面不再平静，传来隆隆的响声，脚下涌起一朵朵浪花。起风了。Y星人鱼贯走入飞船，仓门关起，飞船徐徐上升，旋转加速，倏忽消逝在夜空。强烈的音爆，这片水面如晴空响了个炸雷。

许多年后，饱经了岁月的风霜、生活的磨难，对人生的迷惘惆怅与日俱增，追本溯源，从这本神秘的小书，我得到启示。地球上的人类没有想到，从遥远的星际而来具有超能的Y星人也没有想到，那时，那刻，宇宙间正进行着一桩前所未有的灵与肉的大飘移、大转换。一个超人的生命的种子撒落在地球的土壤里。

公元一九五六年农历八月十八日，历史上还发生了一件小事，小事微不足道，没有蝴蝶效应。给我接生的接生婆是个有点文化的人，她出门会带着几张报纸，闲时翻阅。我出生数分钟后，洗浴全身，被包裹在襁褓之中。缺少布，接生婆随手拿出一张旧报纸，垫在尿片的夹层中间。我浑浑噩噩全不识字，竟然在那张报纸上溺了一大泡尿。由此，有人指责我对文祖仓颉不尊敬，不由得，我诚惶诚恐了几十年。

二

我的基因，从父亲那里带来，既有遗传，也有变异。我不知道这意味的是什么，是改良还是退化？我的个子一直不高，在学校读书时，全班同学排队我总是排在最前面。母亲总是对别人说我长得晚，将来会长起来。其实，我一直长到母亲说的将来也没有父亲高。父亲说：南方的大米不养人。

凡是见过我父亲的人都说我父亲一见就是典型的北方汉子。身材魁梧，四方脸膛，严肃坚定，性格耿直。20世纪中叶，战火纷飞，中华大地正经历改朝换代，共产党千军万马如摧枯拉朽从东北一直打到西南。红色铁骑后面是浩浩荡荡的支前民工独轮车队，再后面就是我父亲这些新中国建设者的铁路大军。当年，我父亲独自一人跟随奔涌铁流从遥远的东北来到江南。他血气方刚，过黄河，跨长江，举目茫茫，身旁没有一个亲戚朋友。他不分昼夜，驾驶着火车头，轰轰隆隆，拖拽着长长的车厢，巨龙一般风驰电掣。炉火映红了他的脸膛，敞开胸怀，眺望远方，任着劲风扑面而来。漫长的千里铁道线维系着他的情感和思念。每当乡思涌上心头，便伸手拉响汽笛，笛声回荡在大地上空，长鸣的汽笛呼唤着远方的亲人。两年后，母亲带着我的姐姐和大哥从北方追随父亲也来到江南。从此，父亲死心塌地，在这片新的土地上，开始新生活。几年后，他一连又添了三个儿子。他最小的儿子，也就是本书的主人公呱呱落地时，他正跨入而立之年。

父亲是个性格刚强的人，对我们几个孩子，很少流露出感情。在我的记忆中，他没有带我们看过一场电影，去过一次公园。自从我双脚踏上地面会走路以来，他就再没抱过我一次。我看到别人家的孩子在父亲的带领下到大街上散步。那些孩子爬上自己父亲的脖子，两腿跨着骑马马肩肩（日语说法），高高地由父亲驮着，幸福无比。我没有过这种享受。在我家平房门前的小院里，我只能在父亲饭后喝了点酒心情高兴时蹭到他身边，攀着父亲粗壮的胳膊，弯起脚打个晃晃。有时，父亲不耐烦地脸色一沉，闷闷地哼一声。我赶紧躲开他，畏缩地立在一旁看着他伟岸的身躯。父亲的胳膊比我的大腿还粗，大手那么有力。我见过他拿一根比手指还粗的钢条很随意地拧成一只捅灰的炉钩。只要他轻轻一送，我就能坐上他的肩头。但是，我视那肩头比皇帝的龙椅还神圣。

小时候，我时常站在门槛内百无聊赖地倚着门框，一只脏手指塞在嘴里吮吸着，两条黄鼻涕粘在腮帮子上，目送着父亲高大宽厚的背影走进炫目的霞光里。父亲去开火车，无论白天黑夜、刮风下雨，只要听到叫班，父亲就立即出发。火车日日夜夜在铁路上奔驰，乘务员随时准备待命出发。单位有专门通知工人上班的叫班员。白天我会看到骑自行车的叫班员急匆匆而来，急匆匆而去。烈日酷暑，数九寒冬，风雨无阻。那辆破自行车除了车铃到处都在响。夜里，宁静的小镇时常回响起叫班员的声音。"张小三，六八〇七，一点五十四开。""王老四，五二一八，二点零六开。"六八〇七、五二一八是列车编号，叫班员喜欢把〇叫洞，一叫幺，七叫拐。梦乡被打破，四邻被吵醒，大家都是铁路上的已习以为常。夏夜，路旁草地飞舞着流萤，我趴在窗口望着父亲的手电光消失在星空里。寒冷的冬夜，父亲顶风冒雨走出门。窗外北风呼啸，屋里寒气袭人，我使劲往被窝里缩，想着父亲在黑夜里与风雨搏斗，心中说不出来的崇敬。每当父亲下夜班回来在家中睡觉，我们在家里走路都轻手轻脚，说话也不能大声。

　　父亲永远是母亲谈论的主题。听母亲说，父亲一生有过几次危险的经历。父亲那几次危险的经历被母亲当作故事娓娓道来，我听来是那么富有传奇色彩，惊心动魄。母亲的叙述在我的心灵中塑造出一个英雄父亲。谁也不能批评儿子对父亲的崇拜。

　　有一年夏天，父亲开的那辆火车头在工厂大修，这样的大修每隔一段时间就要进行一次。在我童年的一段日子里，随着我的成长，我的双腿能够自由地跨过门槛，任意地在街道、学校，还有工厂漫游。那是我生命里程的一段宝贵的时光。我从课堂学不到什么知识，无心念书到处闲逛，消磨掉许多似金的光阴。我常到父亲上班的铁路工厂里看工人修火车。火车头推进工厂，炉子里的火熄灭，锅炉里的水放净，轮子拆下来。工厂阔大的厂房是那课堂无法相比的，就是学校开会的大礼堂相比也差远了。高大的火车头从阔阔的大门开进开出。站在大车库里，向穹窿般的屋顶仰望，脖子都酸了。一排排天窗被油烟染黑，透出缕缕阳光，灰雾蒙蒙，暗淡无光。厂房的中间卧着两台正在修理的机车。横七竖八的铁轨上停放着许多大大小小的车轮。许多工人在劳动。机器声轰轰隆隆，震得人透不过气来。铁锤声叮叮当当，电焊的火花放射刺眼的闪光，头顶上天车来往穿梭。我目不暇接，双脚小心翼翼跨过地上一汪汪油污。

第一章　初升的太阳

巨大的升降机把庞大的火车头顶起来。火车肚子被打开，那些工人爬上爬下，钻进钻出，好似筑巢的蜂，浑身满是烟尘油垢，脸上乌漆抹黑，一双眼睛白多黑少。他们给机车换上各式各样的新零件，再将火车头落下来，装上新轮子。

机车修好后，刷上新漆，整个火车头巍巍峨峨，乌黑发亮。比人还高的铁铸车轮漆成大红色，轮子边缘用白漆画一道圈，红白对比极醒目，漂亮极了。焕然一新的火车头停在工厂内，时刻准备出发，开上铁道线，拉上长长一列车厢驰骋千里大地。

一天，父亲的火车头刚刚修好，停在车库里。他登上机车去做最后的检查。父亲是司机长，是这辆火车的头头。他在机车上上下下看了一遍之后，拿着一支手电筒从还没有封口的膛孔钻进锅炉，想再看看锅炉的内部情况。正当父亲在黑洞洞的锅炉里对工作一丝不苟极端负责地检查时，工厂里给火车头点火的工人来了。他酒气酗酗不知锅炉里还有人，也不呼喊警告，"咣当"一下把入口铁门关起来，随即摇摇摆摆蹒跚而去。

父亲被关在密闭的锅炉内无法出来。黑暗中，他大声呼喊着，用手电敲击炉壁。厚厚的一层钢铁阻隔了一切声音。嗓子喊哑了，电筒敲碎了，父亲憋得满头大汗，几乎绝望。事后父亲向母亲讲述这一经历，当然他有些轻描淡写，但是母亲听得惊恐万分。她知道，机车很快就要上水点火，父亲如果出不去，就会被水淹死，然后高温下沸腾的水汽把他煮成泡沫。当这一切已成故事，她向我们复述时，还心有余悸，叹道：真险啊！

父亲当然没有英勇就义。我知道，父亲必将逢凶化吉。我看过《西游记》里神通广大的孙悟空的故事。孙悟空被西天路上的妖魔魔瓶罩住，魔瓶法力无边，凡是装进去的人，一会儿就化成脓水。据说孙悟空在魔瓶里也险些玩完，屁股上的老茧都软了。他急中生智，用脑后的毫毛变把金刚钻，把魔瓶钻了个洞。魔瓶漏了气，失去了魔法，孙悟空就跑了出来。父亲没有会变金刚钻的毫毛。他后来在情急中忽然想起机车锅炉底部有一个小排水孔，是在上水前最后才堵上的。他飞快向那里爬去，看见了一束微细的亮光。感谢上苍，这只排水孔还没有被堵上，希望的光从那里射进来。父亲庆幸着，扑过去。小孔只有拳头大，父亲筋疲力尽，将手从小孔伸出去摇动着，直到被人发现。

父亲得救了。事后，那位不负责任的点火工人对父亲说："司机长，你命不该绝。如果我不闹肚子，急于上厕所，那只排水孔早就堵上了。"言下之意，父亲得救还应归功于他的闹肚子。

点火工人为什么会闹肚子？据说是前一天晚上吃了一只冷肉棕。那只肉粽从初五放到二十都变味了。他为什么吃这变味的肉粽呢？原来他与老婆吵架，老婆罢工，拒绝给他做饭。他老婆为什么跟他吵架？是为了某件小事。什么事我也无法刨根问底交代得清楚了。别人夜间曾听到他家传出争吵声，第二天问点火工人时，他显出极羞涩的神情。这使我想起了大人们曾说过：夫妻夜里吵嘴，旁人不宜去劝架。那时我不明白，现在细想一想，很有点暧昧的味道。

一连串的偶然事件救了父亲的命。不过，据我看来，这一连串的事情看似偶然，其实是必然。那一年，父亲正值盛年，他的日子红红火火，他的家庭儿女成群，他的小儿子嗷嗷待哺。不要看他一脸脏兮兮，拖着两条黄鼻涕，正是从他那双深深的总是凝视着什么，半是忧郁半是思索的眼睛看出了与众不同，将来是个出类拔萃的人物。

父亲对我们是很严厉的。记得有一次，还是我读小学时，我在外玩耍把一只新买的文具盒丢了。回到家中，我吞吞吐吐告诉了母亲。我不得不这样，因为我必须赶紧得到新的文具盒，不然上课没有使用的。母亲问我怎么丢的，态度很严肃。我一急，就想推卸一些责任，说是在教室不见。母亲说放在教室怎么会不见呢，一定是哪位同学拿去了，问我有没有告诉老师。我说没有。母亲说应该告诉老师，这个问题很严重，班上发生这种事情，并说她明天将要亲自到学校去告诉老师。我一听就慌了，结结巴巴改口说不是在教室丢的，是在操场上丢的。母亲大为生气，责骂我为什么要撒谎，拿起扫帚在我屁股上抽了几下，丢下扫帚还余怒未息，威胁说：等你爸回来，让他教训你。

这里我奉劝诸位心地尚存忠良的读者，倘没堕落到撒谎娴熟老道就不要撒谎，否则得不偿失。这并不是撒谎会使鼻子长长，而是要警惕母亲的笤帚疙瘩和父亲的巴掌。母亲这一关好过，那几扫帚真如掸灰拂尘，父亲那一关就难了。父亲很少动手打我们。但是，我们畏惧父亲远甚于母亲。

第一章　初升的太阳

父亲上班还没有回来。我晚饭都没心思吃，预感到风暴要来，慌慌张张爬上床，这是我的方舟。我用被子蒙住头，任外面洪水滔天，期望一夜过去，第二天会雨过天晴。可是第二天一觉醒来，我从被窝里探出头看到的不是橄榄枝，而是父亲扬起的巴掌。

小哥不声不响地从床上爬起来，用飞快的速度穿好衣服，离开床躲离到我远远的地方去，唯恐城门失火殃及池鱼。我吓得赖在床上不肯起来。

父亲走过来，面带怒容。我不由得战战兢兢爬起来。父亲问："你撒谎了？"

我还有点不识时务，小声嘟哝："是别人拿走的。"

"你不老实。"父亲喝道，手扬起来。我本能地一缩脖子，后脑勺挨了一巴掌。

我哭起来。母亲在一边对父亲说："别打孩子头。"父亲那一巴掌并不重，如果父亲使足了劲扇一巴掌，那我准得脑震荡。

父亲的大手又高高举起来，决心挥泪斩马谡。他认为撒谎是原则问题，原则问题是一定要坚持的。他又狠揍我几巴掌。这几巴掌揍在屁股上，因为没有脑震荡之虞，加了几分力。我的屁股立刻火辣辣地痛起来，我深刻感受到原则的威力。父亲这几巴掌虽然打在我屁股上，但对我大脑的震荡一直持续了几十年。父亲话不多，一向不善言谈。从父亲凝重的神情，以及刚才落在我屁股上巴掌的分量，我已深刻明了他要向我表达的全部含义。有如枰锤掷儿，我需折节从学。这时，我哭起来，流下悔恨的泪。母亲过来，阻止了父亲继续挥动他的巴掌。母亲又数落了我一通，她将父亲的行为进行了一番语言的诠解，像所有善良的母亲一样唠唠叨叨规劝我。我抽抽搭搭哽噎着，独自领会着父亲母亲的教诲。

门外有人叫我的名字，是班上的同学。那时，我刚刚被选为班长，掌管着班上的钥匙。因为我一直没有去学校开门，上课时间快到了，同学们进不了教室，就找到家里来了。男男女女来了一大帮。我不知道一把小小钥匙为何这般兴师动众，偏又在这种时候。见到同学我大窘起来，竭力想保持一种体面的姿态。无奈此时的我穿着短裤，光着脚丫，蓬头垢面，泪迹斑斑地坐在床上。我想，同学们一定要讥笑我了，我这班长真是威信扫地了。但是，这并未影响到我的名誉。在今后漫长的人生道路上，我牢记父亲母亲的教诲，努力以正直诚实去赢得和保持我的名誉。

父亲对铁路有着极深的感情。用父亲那个时代的话来说，就是他生活战斗过的地方，最难忘峥嵘岁月稠。我家现在还保存有一张父亲和他机车班全体人员站在机车旁的合影相片。那是一次抗洪抢险庆功会后报社记者来照的。

那一年夏天，雨下个不停，大水把龙王庙都冲倒了。父亲在狂风暴雨滔滔洪水中驾驶机车一趟又一趟运送救灾物资抢救灾民，三过家门而不入。他英勇无畏的牺牲精神得到表彰。相片上一共有十三人，前面蹲着五人，有两人捧着镜框镶的奖状，他们是机车班的年轻人，父亲手下的伙计。父亲站第二排，穿着短汗衫，脸上棱角分明。身后，火车头威武雄壮，通体黑色，机车型号是——一九四二。父亲晚年，千方百计把他的几个子女招进铁路，有心让他的儿子继承他的事业，当个火车司机，驾驶着火车奔驰在千里铁道线上。我记得过去看过一部纪录片电影：一条新建的铁路胜利通车，火车开进偏僻的山乡苗寨，那些住小木楼、骑小毛驴的乡亲载歌载舞，给火车披红挂彩。如今，父亲的时代已经过去，火车司机已不是人们羡慕的职业。父亲感到失望的是他最厚爱的小儿子竟然很长时间委曲在一所学校里，瑟瑟缩缩当着一名修理工人，一天到晚同破铜烂铁打交道。不过，他没有自惭形秽，他理解为天降大任于斯人，必先劳其筋骨苦其心智。

相片上一共有十三人,父亲站第二排,穿着短汗衫,脸上棱角分明。身后,火车头威武雄壮,通体黑色,机车型号是——1942。

第一章　初升的太阳

三

　　冬天，是生产童话的季节。不知道从什么时候开始，我的梦想中就一直有着这样一幅画面：宁静的夜，温馨的小土屋，一个老奶奶坐在暖烘烘的火炉旁娓娓地给她的小外孙讲着大灰狼、小白兔、白雪公主的故事。窗外飘着雪花，小男孩趴在老奶奶膝头，瞪着圆溜溜的眼睛，炉火在他的瞳仁里闪着光。外婆的故事似涓涓清泉淌入孩子的心田，浇灌出智慧的花朵。

　　这一年，小镇的冬天没有下雪。往年，也很少下雪。北国风光，千里冰封的时候，小镇灰暗的天空只落下星星点点的小雪籽，落在地上不一会儿就化了。被人一踩，脏了吧唧。我的奶奶和姥姥都在遥远的北方。每年下雪的时候，父亲都要到邮局去给他们寄一些钱。父亲为不能在奶奶身边尽孝道而不安。奶奶回信不让父亲寄钱。我有五个叔叔在北方，他们照顾着奶奶。父亲还是寄钱，过年的时候，从未停止过。虽然我们家并不宽裕。

　　我们一家七口，只有父亲一人工作。母亲操持家务，有时间也外出做零工，帮单位洗被单、工作服，去建设工地挑土方，拉板车送煤炭，挣一点钱补贴家用。后来，母亲学会了裁缝技术，买了一架旧缝纫机，在家里给我们缝缝补补，自己做衣裤，偶尔还偷偷地接一点外面的缝补衣物，如做小孩衣服等，挣点加工费。那时候，私自在家里给人做事收钱是不允许的，是资本主义，一旦被发现，就会挨批评受惩罚。

　　每月中旬，父亲将他领来的全部工资交到母亲手里。她小心翼翼地将那些钱点了又点，分成几份，柴米油盐吃穿用，样样都得精打细算。我们穿的衣服都是母亲自己缝制的。我因为是家里最小的孩子，母亲极少给我做新衣服。我们兄弟四人每日粗茶淡饭，身子却不停地长，一年一个样。母亲做新衣服都是先给大哥穿，如果大哥穿不合适了，就给二哥。二哥穿不合适了，再给三哥。最后传到我时就惨了，一件衣服已经很旧了，而且起码有四五块补丁。那个时代，大家都很艰苦朴素。社会上流传有

青春随风

这么一句话：新三年，旧三年，缝缝补补又三年。从大哥、二哥、三哥，最后传到我，就是唐僧的锦襕袈裟也进入了缝缝补补的年代，何况我那几位生龙活虎的哥哥。

虽然我总是捡哥哥的旧衣服穿，母亲对我还是最疼爱。北方称最小的孩子为老孩子，小女儿称老闺女，小儿子称老儿子。在我小时候，有一段时期经常生病，身子骨很弱，这令母亲很忧愁。自从那个子夜，我来到人间，和潮神共庆生日，一年又一年，母亲就为她这个老儿子频添烦恼。记得有一年，春天里，万物生长，各种病魔也出来作祟。它们向我发起进攻，我的生命组织奋起抵抗。白细胞组成的步兵团冲锋陷阵，同病毒细菌搏斗，后来装甲兵巨噬细胞也赶来增援。战斗十分激烈，我高烧四十摄氏度住进医院。我不知道死神是否对我有了兴趣，它那弯弯的大镰刀似乎瞄上了我细溜溜的脖子。这对母亲是考验。母亲在病床前陪护着我，日夜不眠。穿白大褂的医生对病人来说具有绝对权威。医生说，我不能受凉感冒，否则，病情会加重。母亲听后诚惶诚恐。医生查完房，清洁工来打扫卫生，走进病房旁若无人地将所有窗子打开。风从窗口吹进来，带着春天的寒意和雨后的潮气。母亲担心我吹到风着凉，但又不能阻止清洁工开窗打扫卫生，急得不得了。她站起来，用身子挡在洞开的窗口和我之间，似乎她用身子能挡住风，挡住光，挡住病毒。我知道，如果死神向我挥起镰刀，她也会用自己瘦弱的胸膛去阻挡。

母亲很小的时候吃了很多苦。她出生在遥远北方的一条山沟里。五岁时，母亲的亲生父母都去世了，家中无法生活，她被送给了人家，跟随养父母离开了大山。养父母没有子女，待母亲如亲生，就是不愿告诉母亲的家乡在哪里。母亲长大后一提这事养母就哭，所以母亲一直都不知道自己出生在哪里，也没有自己的生日。只记得那里是深山老林，野兽出没土匪横行。我的姥姥姥爷勤劳善良，他们给了母亲所有的爱。但因为家里困难，母亲没有进学堂，这件事使她很伤心。母亲虽然没有文化，但对我们的教育一点没有放松。母亲经常教育我们这些孩子，最重要的有三条：不能说谎，不能贪小便宜，不能打架。关于打架，她也没有一概而论。母亲文化不高，见识不广，但也知道战争分正义和非正义的。有一次，她就很例外地支持鼓励我们去"打架"。有一天，三哥在外面

第一章　初升的太阳

和别人家的男孩打了架，脸上带着伤回来。母亲很生气。当她知道二哥就在旁边看着打架，既没有劝阻也没有上前帮忙时，尤为气愤。她狠狠责骂二哥说："他是你弟弟，你怎么能不管他呢。自己家的人一定要团结。如果有人欺负兄弟，要去帮助。我们不欺负别人，也别让人家欺负咱家人。"母亲的这番教育，正是我今后朴实的爱国主义思想的起源。

母亲生气起来，也会打人。如果是我惹她生气，也会痛揍我一顿，大多时候是用扫床的笤帚。有一次气极了，她抄起了擀面杖。我为了遵循圣人的教训，学曾参不背上不孝的名声，只好撒腿逃之夭夭。

母亲年轻的时候，喜欢养小动物。后来，生下我们这群孩子后，她的兴趣就转向了我们。饥饿的年代，各种生命依然在顽强地生长着。小镇的马路上奔跑喧闹着许多孩子，还有一些家养的猫狗动物。有一年秋天，母亲又萌旧好，抱回来一只小狗崽。小狗崽胖乎乎的，一身雪白的毛，很可爱，极受我们的欢迎。我们给小狗取名小白。

小白刚抱来时，每到夜里想妈妈，汪汪叫得我很难过，就把它抱上床搂在怀里睡。平时我有好吃的都省下一口喂它。母亲说：狗是贱命，不能太娇惯它。于是我就把小白又赶下地。没多久小白就融入了我们的家庭，它长得很快，两个月的时间，就成了一只大狗。皮毛雪白，骨骼强健。见到我们家里人摇头摆尾，巴结讨好。有生人从门前走过，它就汪汪报警，穷凶极恶。一些游手好闲、不怀好意觊觎我家院里枇杷树、水蜜桃树果实的小家伙，来到院子前，小白不用叫，一龇牙，就叫他们屁滚尿流。小白常去野地里撒欢。不管多远，我们一唤"小白"，它就箭一样飞跑回来。

我放学回来，小白会扑上来迎接我，前爪一下就搭到我肩上，嘴直往我脸上蹭。我就会闻到一股臭烘烘的气味，知道小白一定又吃屎了，忙不迭把它推开。小白各方面都很好，就是有一个很大的缺点，喜欢吃屎，见屎就舔，吧嗒吧嗒，看着很叫人恶心。有的小孩子蹲路边拉屎，屁股还没抬起，小白就去吃那还冒热气的屎，顺便还在小孩子屁股上舔两下，吓得小孩子抬起屁股就跑，一路喊叫，惹得大人们出来一阵拳打脚踢把小白赶跑。我们很想改变小白吃屎这劣根性，只要看到它吃屎就狠揍它。大哥还运用巴甫洛夫的条件反射原理，他的中学课文里正学到这个俄国人的事迹。他将小白的鼻子使劲按到臭屎前，敲它的脑袋。当我们的面，小白不再敢吃屎。而我们看不到它时，它见到屎还止不住垂涎，左右望望，无人时又吃起来。母亲说：狗改不了吃屎，真是千真万确。

小白既有优点也有缺点。这样的评价就像老师给学生做鉴定。那时凡有一点文化的人说起什么人什么事都一分为二地看，显得有点哲学。哲学这个词当时很被人喜用，既深奥又时髦。我家小白挺爱管闲事，我不知算是优点还是缺点。有一次我看到它追赶一只耗子。耗子很机灵，一溜烟钻进下水道。小白一扑，来个嘴啃地，耗子毛也没捞到一根。无可奈何，它悻悻地转个圈走开。耗子越来越猖狂，公然不把小白放在眼里，登堂入室，钻米缸爬碗柜，为非作歹。于是，母亲要了一只小猫养起来。小猫的毛色是金黄的，斑斓好看，我们取名叫小花。

小白见到小花，龇牙咧嘴，做出恶相，大有卧榻之侧岂容他人酣睡之势。但是被我们一顿巴掌打老实了。自从有了小花，小白就有点失意。夜里我们不再让它待在屋里，将它赶到屋旁小柴棚子里。我们一致偏向小花，有吃的，先让小花吃，小花吃够了，小白才能吃。倚仗着我们的宠爱，小花恃宠傲物，不把小白放在眼里。

小白和小花时常会发生冲突争斗。这种冲突不是那些无聊政客所鼓吹的什么两个阶级的斗争，两种文明的碰撞，经常是为了一根小小的肉骨头。每当吃饭时，我们一家人围坐在饭桌前，小花和小白就在桌子底下转来转去，捡点残菜剩饭。小花抢到食物，小白靠上来，鼻子上就会挨小花一爪，赶紧缩回狗鼻子。小白抢到吃的，一根小骨头之类，小花趁小白不注意伸爪从小白嘴底下把骨头捞走。小白不满地哼哼，我们不分青红皂白，对小白就踢上一脚。我把这称为锄强扶弱。

小花果然不辜负我们的厚爱，特别辛勤地抓老鼠，昼巡夜伏，很快，我们家老鼠就绝了迹。小花本领高强，不仅会抓地上跑的老鼠，还能捕到空中飞的麻雀。我就亲眼看见它捕捉麻雀。春天的时候，连着下了许多日子小雨。一天，小花浑身湿淋淋地从外面进来，嘴里叼着一只麻雀。我们以为谁家小孩逮的麻雀给了它。麻雀还是活的。小花用爪子按住麻雀不急于吃，在地上拨弄玩耍着。只见它放开麻雀，退开几步，伏下来，屁股高耸两爪前伏，头低低的，两眼盯住麻雀。麻雀自由了，不由得想逃跑，

第一章 初升的太阳

扑啦啦扇动翅膀向外窜想飞起来。没等它离地，小花猛地一扑，又将麻雀按住。擒擒纵纵，玩了一阵，麻雀无力挣扎，奄奄一息。小花才开杀戒，大嚼一顿，将这只麻雀吃掉。然后又溜出去。不一会儿，又叼回来一只麻雀，像先前一样玩弄够了再吃掉。我们觉得奇怪，小花再出门就悄悄跟着盯住它。只见小花走到屋外不远一大片菜园里，忽地放慢脚步，身子伏下来，匍匐着前进，悄悄蹲在一丛篱笆树旁。细雨霏霏，不远处菜地里一大群觅食麻雀叽叽喳喳，雨水打湿了它们的翅膀，贴着地面飞过来，飞过去。当麻雀低低飞行掠过小花上空，只见它一弓身，四脚一弹，"嗖"地跳起来，一只前爪向空中一捞，"叭"地打下一只麻雀。没等落地的麻雀再飞起来，它便闪电般一下子扑过去，双爪按住。我们看到这一精彩镜头真是赞叹不已。我有时想，小花这么能干，猫在人们的生活中那么密切，居然十二生肖中没有属猫的。据说，这是老鼠的诡计。有一个童话说老鼠施诡计使猫没有赶上玉皇大帝的生肖大会。老鼠自己得了生肖第一名，猫却榜上无名。所以，猫一见到老鼠就恨之入骨不共戴天，定要赶尽杀绝食肉寝皮。

小花和小白相处一段时间，学会了和平共处，一大一小时常在一起玩耍嬉戏，房前屋后追逐打闹。当今世界上许多国家的首脑领袖高谈阔论政治和外交，我家的小花和小白早就知道妥协缓和的重要性。当然，地区性的局部战争还时有发生。在我家门下留了只小洞让小花出入，小白身大钻不过去。有时小白追赶小花，小花"嗖"地钻进门洞，小白急停不住，脑袋"嘣"地撞门板上。有时，小花被小白追得无路可逃，噌噌爬上树。小白无可奈何围着树打转转。小白喜欢用那毛蓬蓬的大尾巴挑逗小花扑过来扑过去。有时，小白躺在院门口，肚皮朝天打瞌睡。小花躺在小白的肚子上，又松软又暖和，一起懒洋洋地晒着太阳。过路人见了，都啧啧称奇。顺便提一下，我家的小白和小花都是男性。如果是女性，必然会发生一些好逑之事，那样的话，它们生起儿育起女来，一代又一代，恐怕这故事会讲得很长。

正当我们家的这两只猫狗一对天敌成了好朋友，人类的仇杀却祸及它们。这年元旦，街道居民委员会发出通知：小镇家属区内禁止饲养动物。据说，这与资本主义有关。养狗更是罪大恶极。早在20世纪30年代，伟大的鲁迅就提出要痛打落水狗。其实，彼落水狗非此狗，只是居心不良的人借题发挥强词夺理罢了。小镇成立起打狗队。一群十七八岁半大的小伙子手提大棒凶神恶煞，沿街搜索，四处追逐，闹得鸡犬不宁。

　　大难临头，我们把小白藏在家中。房屋狭小，小白在野地里自由惯了，不能忍受囚禁生活，脾气暴躁，门板都要扒烂了。万般无奈，我们商量了许久，既不能再养它，自己打杀实不忍下手，便决定把小白卖掉。小白被哄骗送到农畜收购站，关进铁笼子。它将被送到广东去。据说，那里的人喜欢吃一些古怪东西，吃狗、吃猫、吃蛇，更残忍的还有生吞活剥的习惯，吃活猴子的脑。我的小白不知将成为哪位饕餮肚子里的食。为了这件事，我还哭了一场。

　　失了伙伴，小花结局更惨。小白被卖没两天它就失踪了。后来在屋后不远的水塘里发现它泡肿胀的尸体。看来，这是打狗队的暴行。母亲很气愤，一反常态，站在院门口高声诅咒杀死小花的凶手，像一个骂大街的悍妇。

　　我很难过，我没有高声大骂的勇气，我也知道这个骂大街的妇女并不是我真正的母亲。我的母亲仁慈和蔼淳朴善良，一向礼貌待人。她虽然没有文化，连麻雀为什么停在电线上电不死都解释不清。她也不是很好的教育家，很少有循循善诱的精神。她没有做过孟母三迁、陶母割发待客的事迹。她也没有什么远大的理想，并不希望她的儿子能成为什么大人物，只想能平平安安生活就好。甚至我在小学读书时被同学选为班长她都没有表示赞许，而是说："我的孩子太老实，哪能干得了这？"我的母亲含辛茹苦地哺育我们成长。她给我们讲过牛郎织女的故事，这是个美丽的故事。

　　很久很久以前，南阳的牛家庄有一个叫牛郎的孤儿，随哥哥嫂子生活。嫂子对他不好，想赶走他，给了他九头牛却让他领十头回来，否则永远不要回去。沮丧之时牛郎得到高人指点，在伏牛山发现了一头生病的老黄牛，他悉心照料，才得知老牛原来是天上的金牛星被打下凡间。牛郎成功将其领回家。后来在老牛的指点下，牛郎找到了下凡仙女们洗澡游玩的地方，拿起了其中一个的衣服，那个仙女名字叫织女。两人相识，坠入爱河，后来生育一男一女两个孩子。但是仙女下凡私自嫁人被王母娘娘发现后，被带回天界。老牛曾经告诉牛郎，它死之后把它的皮做成鞋穿上就可以腾云驾雾。老牛死后织女被抓走，牛郎穿上老牛皮鞋追赶，终于上了天界，眼看就要和织女团聚，被王母娘娘头上银簪所变的银河拦住去路。牛郎和织女被隔在两岸，只能相对哭泣流泪。他们的忠贞爱情感动了喜鹊，千万只喜鹊飞来，在河上搭成鹊桥，让牛郎织女走上鹊桥相会。王母娘娘对此也很无奈，只好允许两人在每年七月七日于鹊桥相会。之后，每年七夕牛郎就把两个小孩放在扁担中，上天与织女团聚。

晴朗的夏夜，坐在门前小院里纳凉。夜色轻柔，天空繁星闪烁，母亲指给我看哪一颗是织女星，哪一颗是牵牛星。牵牛星挑着担子，那一边两颗小星星是他们的孩子。迢迢银河，横亘在牵牛星和织女星中间。我抬起头仰望星光灿烂的夜空，寻找着牛郎织女。我童年的幻想就会飘飘悠悠，飞上那浩瀚的星空。

四

我家居住的这个小镇不大，历史不长。过去只是拥有几户盖着茅草屋的小村庄，因为通了铁路，迁来了人家，盖起了工厂，有了商店，办起了学校，近几十年才发展起来。长长的铁道是小镇的生命线。铁道是藤，小镇似那藤上的瓜。一条铁路穿镇而过。东边是工厂区，乌压压一片厂房，烟囱鳞次栉比。高高的烟囱冒出袅袅的烟气缓缓上升，与浮云相接。铁道的西边是居民区。一栋栋平房整齐划一，坐落在高低起伏的土坡上。每当上班或下班时间，人流穿梭，匆匆忙忙，汽笛高亢嘹亮。铁路通往省城。从小镇坐火车到省城只需半小时。省城历史悠久，在泱泱大国的省会中，难以同那些繁华大都市媲美。有一件事值得一提。一千三百年前，唐朝有位年轻的诗人酒足饭饱之后信口诌了一篇序文，把这一带人文地理吹得天花乱坠，引得一方文人墨客津津乐道。文以楼传，楼以文名，临江而矗一仿古建筑，是往来游客必登之地。小镇北边，铁道延伸无边无际，一直通往我父亲的故乡。每隔一年，父亲就要携家带口顺着这条铁道线远征一次。父亲有限的收入、微不足道的积蓄就每每顺着这漫长的铁道线一路撒向遥远的魂系梦萦的故乡。

小镇有一条不长的街道,一家小商店,一家理发店,还有一个铁路工人俱乐部,是小镇文化中心,每到周末放场电影,不卖票,单位工会组织发票。20世纪六七十年代,小镇上每家每户住的平房前后还有许多空地,被勤劳的居民开辟成菜园,四面种上冬青,围起竹篱笆。一扇柴门,形成一座座小院落。小镇平房很简陋。一栋栋盖成长长一排,每排八到十户人家。没有卫生间,连自来水都没有,几十户人家一个公共自来水管,就安在路边。平房外墙是用砖和土坯砌成的,屋内隔墙是竹篾糊上黄泥再刷道白石灰水。屋顶盖的灰瓦,黑乎乎的瓦缝透出一丝亮光,仰看好像天上的小星星。后来维修房子在屋顶隔上层硬纸板,挡住了瓦缝落下来的灰土,也挡住了小星星。纸板和瓦中的空间成了老鼠的世界,经常听到老鼠在里面打架,唧唧哇哇,呼呼隆隆,很热闹。我们一家七口就住在这样的平房里。房子面积很小,不足三十平方米。一间大一点的当卧室,父亲和母亲睡在里面;堂屋一张床是哥哥们睡的,一张饭桌紧挨着床,平时吃饭也在这里;堂屋后一间很小的原来用作厨房的小房间姐姐住着。烧饭是父亲在屋旁自己用砖块毛竹盖的一间小棚子。五岁以前,我一直和母亲一起睡。同母亲睡,热天她帮我打扇子,冷天帮我暖被子。我喜欢偎依在母亲身上,将手伸进母亲的胸脯,抚摸母亲的乳房。有时爬到母亲怀里,用鼻子去嗅,用嘴去噙乳头。母亲总是爱抚地摸娑着我的脑袋:"哟,这孩子,没羞没臊,这么大了还想吃奶呢。"

五岁时,母亲不让我跟她睡了,让我和哥哥们睡一张床。哥哥让我睡在他们脚底下,并且一边一个把我夹在中间,说是怕我睡着时掉地上。我无论朝哪边翻身,都有一只臭脚丫蠢在我的鼻子前。哥哥们的臭脚丫实在令我受不了,就和姐姐睡一起。和姐姐睡我很高兴。姐姐总是无微不至地关怀照顾我,给我打水洗脸洗脚,放好枕头,掖好被子,丢到地上的衣服捡起来。姐姐身上散发的气味很好闻,和母亲的不一样,有股淡淡的香甜味。

没过多久姐姐考上高中住校去了。我就又和哥哥们睡在一起。当然,关于臭脚丫的问题又烦恼着我。好在我的脚丫子的味道也开始显出特色,会让哥哥叫苦不迭,这样还算公平,也就彼此心安理得了。

第一章 初升的太阳

我的童年时期，母亲操持家务，有时还外出做临工，忙忙碌碌，多数时间是姐姐照顾着我。姐姐上中学时梳着两条又黑又粗的长辫子，辫梢拖到背上。有时黑亮亮的辫子一条摆在胸前，一条甩在肩后。额前一排乌乌的刘海，垂到眉上。我五六岁的时候，十分淘气，有时缠住姐姐要她帮我做事。姐姐如果不搭理我，我就伸手拽住她那两条大辫子，不答应不松手。后来，上了大学，姐姐把两条长辫子剪成了短发。那时，女孩子流行短发。黑发齐耳，戴上一顶黄军帽，腰扎皮带，英姿飒爽。我看过一部电影，叫《地雷战》。里面有一个很美的大姑娘，留着很粗很长的一条大辫子。后来，她把辫子剪下来，送给了她的男朋友去做地雷，炸日本鬼子。她还扛着枪打游击。我不知道姐姐是不是看了这部电影才剪的辫子。那时，我的姐姐正青春焕发，充满理想。那个时代年轻人的理想总是同革命联系在一起。有一部小说叫《青春之歌》，几乎所有的女中学生都看过这部书。那个叫林道静的女主人公，不讲吃，不讲穿，不谈恋爱，一心向往革命，迷住了多少女孩子，成为她们的榜样。

如今，时光流逝，革命激情和少女的英气都从我姐姐身上消失了。20 世纪 90 年代，我还待在小镇，和姐姐住得很近。每天看到她顶着个鸡窝头，扯着大嗓门吆喝着两个比她还高一头正在读书的儿子。做姑娘时，她从不吃肥肉，对食物特别挑剔，每天进食一点青菜，一小口饭，猫似的。如今，她丈夫和孩子吃剩的饭菜，舍不得倒掉，她全吃光。我那很相信科学的姐夫每次进餐时都很注意卡路里和胆固醇的摄入量，以至于我那两个外甥也受其影响，在餐桌上经常用筷子头研究着高蛋白低脂肪，指点江山，激扬文字。而我的姐姐就像初进大观园的刘姥姥，见什么吃什么，食大如牛。她的身材正在向水桶看齐。一年四季，缝补浆洗，里里外外忙忙碌碌，双手皮肤粗糙得像砂布似的。想当年，她花季一般少女，平和沉静，朴素的衣装仍遮不住青春的风采。

我的童年非常清贫，但在我的回忆中它还有许多温馨。每年，春天来临的时候，三月的风不徐不疾吹过原野，带着微微寒意。空中散发着清新湿润的泥土气息。小镇外，一片片的农田，长着茂盛的紫云英，绿油油一大片，紫云英花盛开，大地由绿变红，这开红花的小植物单棵不起眼，连成片煞是壮观，如火如荼。红花草茎与茎相缠，叶与叶相连，远远望去，嫩嫩的，绿油油的，好像是厚厚的地毯铺在大地上，把田地盖了个严严实实。找一块花繁叶茂的紫云英田，随意躺下，翻身打滚，身上不沾一点泥土。

农民在田里牵着牛开始春耕，扬起鞭吆喝着。紫云英被翻耕过，零零星星的紫白色花朵辗落在浑黄的泥水中，却也很好看；花朵在水面漂浮，成群结队地随水流急走，不知尽头即归处。被掀起的泥块上，稀疏的紫云英仍然开得灿烂，有一种孤傲决绝的凛冽之美。

靠着大田的土坡旱地还有大片大片的金黄的油菜花，一望无际，孩童穿梭在田垄间，远看只露出颗黑发如刺猬般的小脑袋。柔软的花枝拂煦身躯，缤纷的花瓣掉落在身上，芬芳的花香，翩翩的蝴蝶，嗡嗡的蜜蜂在花丛中穿梭。

田埂，土坡，绿草如茵，开着五颜六色的花。池塘的水清澈澄净，被绿草和灌木丛围绕着。雨后，原野的植物在雨水的滋润下蓬勃生长起来。这些绿色的生命装点了大地，也给正处在饥荒年代的人们带来充饥的食物。那一年，我五岁，时常跟着姐姐去野地挖野菜。

春草碧绿的田野，姐姐挎着篮子走在田畔上。她穿了件红格子上衣，肘上一块补丁，蓝裤子洗得有点发白。一条黑又长的辫子披在肩上。春风拂着她的发梢。她一只手提篮，一只手拿小铁铲左右寻觅，不时弯腰从地上拾起棵野菜，丢入竹篮。那条长辫子不时滑到胸前，被她顺手一甩掠到脑后。过一会儿她站直身，手搭在额头向远处望。隔几畦田垄，那边，我正东跑西跳地玩耍着。小径上的泥土沾满了我的裤脚。我不知道什么野菜能吃，什么野菜不能吃。有时，看到一棵好大的野菜，肥肥嫩嫩，拔出来举着跑到姐姐跟前，丢进篮子里。姐姐将那棵野菜从篮子里拣出来扔得远远的，说："这不能吃。"姐姐不要我挖野菜，我只好自顾去玩了。野外许多有趣的东西吸引我。一只大蚂蚱从面前飞过，我追赶着，来到水塘边。池塘水清澈透明，水面浮着几片枯荷，还有一丛菱角藤。一条花里胡哨的水蛇扭着腰朝我游来，游到我的脚边，丝丝地朝我吐着信子，我冲它跺跺脚。小蛇隐入水中。一群麻雀在池塘边一簇灌木丛叽叽喳喳热烈争吵着什么，大概是讨论再玩耍一会儿，还是早点归巢。鸟雀一起朝南飞去。我想：它们大概决定再玩一会儿，因为夕阳

第一章 初升的太阳

还没有落入地平线,大地到处还阳光明亮。可是姐姐却在叫我回家了。"小昕,回去了。"姐姐拖长了音喊。我有点不情愿地朝她走去。

我抢着帮姐姐提篮子。姐姐说:"你提不动。"我松开手跟在旁边,看着满满一篮子野菜,我很高兴,晚上回去可以吃个饱了。那时,我家一共七口人,只有父亲一人工作挣钱,生活很困难。不过,那个年代,比我家生活还困难的大有人在。几经天灾人祸,据说,农村里还饿死了人。我人小,对这些事浑然不知,只会贪吃贪玩。每次跟着姐姐出来挖野菜,总是兴高采烈。那些野菜,在我的印象中美味得很。荠菜、马齿苋,最多的是野苣草。那些野苣草,就是很好的菜肴。这绿色植物,水塘边,田垦旁,一簇簇一丛丛,翠绿绿,嫩生生,真是诱人。就是现在,我都很想再去采摘一大棒,煮一煮,嚼一顿。但是理智又告诉我那肯定不会好吃。人在饥饿时的味觉与饱腹时的味觉是相差很大的。我不想去体验品尝,我相信我的理智。一个人年龄越大就越依靠自己的理智而不是感情去判断事物了。

春天,姐姐带我去踏青。秋天的时候,姐姐也会带我去野外赶秋。每年秋收季节,镇外的田野一派忙碌的景象。这时节,天是蓝的,水是清的,瓜果熟了。柑橘树上坠着一个个金黄的橘子,远望绿叶中星星点点。田地里,农民将收割的稻谷挑回家。小镇的孩子纷纷挎着小篮提着小锄奔向镇外庄稼地。别人家的花生地收获后,我们再用小锄细细地在土地里翻一遍,拾别人遗落的果实,半天也能拾一两斤。红薯收获后,红薯藤都被人们收走喂猪去了,但仍有深埋的红薯被遗漏。一场秋雨浇过后,红薯在地里发了芽,我们就在地里找那破土而出的嫩芽芽,有时一棵不起眼的小嫩芽底下能挖出一个大红薯来。每当有大收获心里别提多高兴了。后来,我长大成年了还做过这样的梦:在一片沙滩,我看见一颗闪闪发光的宝石,我弯腰拾起来。抬头前边又看见一颗,拾起来。又看见一颗,总也拾不完。这情景就像我小时候在地里拾落花生。

60年代初,那是一段艰苦的日子。在那困难时期,我们家里吃饭都是定量的。饭前每人先吃一大碗野菜,然后再给每人一小碗米饭,大概三两米。只有父亲是一大碗,因为父亲是家中的顶梁柱。家中其他人一律是小碗。那小碗米饭实在太少,我们三口两口就吃光了。母亲那一碗米饭总是吃得很慢,看着我在贪馋地舔着碗边,就从碗里分出一半来给我。这时,比我大九岁的姐姐就嗔怪地看我一眼。我浑然不觉,又吃得一干二净,把碗一推就出去玩了。

在家中,我无疑是最受宠爱的。假如我的哥哥为此提出抗议,母亲就会说:"他比你们小啊。"我那些善良的哥哥自然而然地认为母亲说得对,他们以朴实宽厚的胸怀谦让袒护着我,而我则享受着这种特权。

童年时代,还有一件事是我的特别享受。每隔一段时间,我都能在姐姐的陪同下到街上早点铺小吃一顿,花上两角钱。那是我自己积攒起来的钱。我的收入来源很多。家中挤完了的牙膏皮,收集起来卖给货郎担,两分钱一只。还有废旧玻璃瓶或捡来的破铁锅铁盆,也能卖上几分钱。再就是帮母亲跑跑腿买酱油盐剩下的硬币,慢慢存起来。凑够了两角钱,姐姐就带我去街上早点小吃铺买两个烧饼一碗豆浆。烧饼是呛面中间夹糖,面上撒几粒芝麻,大火炉烤得金黄,又香又甜。姐姐自己不吃,坐在一边陪着我。有时,我吃着吃着,觉得过意不去,请姐姐吃一个烧饼。姐姐微笑着摇摇头,摸摸我的脑袋说:"你吃吧。"我就又埋头吃下去,最后一颗芝麻粒也不剩。

我幼年时代在家中得到特别怜爱,不仅仅因为我是最小的一个孩子,还有一个原因就是母亲一直认为我身体不好,很孱弱。两岁时我生过一场大病,住了很长时间医院。幼小的生命同死神搏斗,艰难地战胜了它。那时,我躺在医院病床上,到处是一片雪白。雪白的墙,雪白的被单,穿白褂的医生拿了支很长很粗的针从我的胸腔插进去,插得很深很深。抽取毒液,输入药水。母亲在一旁紧握住我的小手。我很坦然,亚赛刮骨疗伤的关云长。母亲却险些昏厥过去。

其实,我如今对两岁时的事情全无记忆。我生病时的情景只是事后母亲的叙述和我的梦境交织而成的一种印象。那些年月,我无忧无虑,吃完饭,就和左邻右舍的孩子们一起玩耍。我们经常玩的一种游戏是拔河。游戏是这样的,两个稍大点领头的孩子拿两根小短棍,一人一手抓一头高举起来。其他的小孩手牵手围成圈绕着举棍人从小棍下钻过去。大家一起唱:

第一章 初升的太阳

城门城门几丈高，
三十六丈高，
骑匹马，带把刀，
走进城门瞧一瞧，
问你吃苹果吃香蕉。

唱完一段，两个举棍人将手往下一挥，将一个正在钻的小朋友拦在棍中间问道："吃苹果吃香蕉？"回答吃苹果的站一边，回答吃香蕉的站另一边。再接着唱，接着转。

城门城门几丈高，
三十六丈高。
骑匹马，带把刀，
走进城门瞧一瞧，
问你吃苹果吃香蕉？

每当拦住我，我都会想一想，仔细回味一下。这两样水果很长时间没吃过了，最近一次还是在半年多前过中秋节的时候。当时母亲买回来一斤苹果，苹果又小又烂，挖去烂的洗干净就没剩多少了。母亲端着苹果由我先挑，然后再三哥二哥由小到大拿苹果。到母亲时篮里已经空了。那时，我还没读到那篇著名的《孔融让梨》的文章，后来读过这篇文章挑苹果时我依然挑大的。苹果的香甜久久地存留在我的记忆中。至于吃香蕉的日子那就更久远了。看看围在身旁的小伙伴，我哑巴哑巴嘴，觉得还是香蕉好吃，就回答："香蕉。"然后站在香蕉这边队伍里。

所有人都拦完了，参加游戏的人分成两个队——香蕉队和苹果队，开始拔河。两个领头的面对面扯住小棍，其余的在后边一个接一个揽住前面人的腰。大家一起用力向后拉。一次拔河，两边小朋友势均力敌，僵持一会儿，渐渐地我手酸了。前面的一个姑娘挺胖，我的胳膊勉强才抱住她的腰。我的手很吃力，干脆松开点，抓住她腰间衣服，这样就好使劲了，只听"咔嚓"，姑娘衣服发出声响。那小姑娘尖声喊："我的衣服破了。"说完哭起来。吓得我一松手,一个屁股墩儿坐在地上。

香蕉队输了,我很丧气。小姑娘还哭哭啼啼要我赔衣服。一件衣服很贵的,我可赔不起,赶紧转身溜走。

哥哥们都去上学了,没人跟我玩了,百无聊赖,我钻进了一栋平房前的菜园里。菜园里种着几畦白菜和蒜苗,地头有两棵枝繁叶茂的桃树。桃花已谢尽,绿叶中挂着许多半大的没长成的桃子。小时候我还时常温习祖先的本领,爬树掏鸟窝偷果子,攀上树杈登高远眺。我爬上棵树,像猴子骑在树上,伸手摘了一个拇指大的毛桃,在身上蹭蹭毛,填进嘴里,嚼起来。这是两棵野桃树,毛桃又苦又涩,我嚼了嚼"呸"一口吐了出去。在我家西边有一户人家的院子里长着一棵很粗大茂盛的桃树,四月开花的时候把一街的人吸引在树边,这棵桃树结的桃子又甜又大。旁边还有棵李子树。到桃子差不多熟透的时候,那家老爷子就在树旁放上铁蒺藜,还把一些臭油子涂抹在树干上,怕孩子们偷他的桃子。那些上学路过的男孩子看着一半青一半红的桃子,早已馋得要命,总想趁着他午睡的时候,悄悄地爬过墙头爬上桃树摘桃子。有的衣服被刮破了,手被铁蒺藜划破出血,不畏艰险偷摘两个。若是被那老爷子发现,吼得惊天动地。当然,我是不敢走进那院子去摘桃子的。

我正想下树,忽见树下站着条大黄狗,一声不响望着我。我吓了一跳,蹲在树杈上不敢下来。这狗是谁家的,是不是这棵桃树主人家养的?它为什么不叫,听说不叫的狗咬人更厉害。外面传来人的呼唤声,大黄狗甩甩尾巴走开了,我连忙从树上溜下来,手被蹭破了皮也没理会。

夕阳落山了,地面上渐渐出现阴影。我想回家了。

五

我一生的记忆,是从五岁开始的。在童年的记忆中,火车轮子的轰轰隆隆声始终伴随着我。小时候,父亲在铁路上班开火车,母亲在家操持家务,烧饭洗衣,做缝纫。哥哥姐姐去学校上学读书。生活规律,平静安宁。我无忧无虑,四处玩耍,自由生长。火车汽笛声回荡在小镇上

第一章　初升的太阳

空，日复一日，年复一年，汽笛声声催促着我快快长大。静夜中，我躺在床上，脑袋贴紧枕头，想着童年的心事，做着童年的梦。远处，铁道线上传来列车通过的声音，我静静听着，心绪平宁，渐入梦境。列车一趟趟驶过小镇，日久天长，慢慢地我能分辨出奔驰而过的火车是客车还是货车。客车的声音咔嚓咔嚓，清亮而有规律。货车的声音特别响，轰轰隆隆。我还能分出货车是空的还是满载，空车厢咣当咣当响，满载的车厢呼隆呼隆声音沉闷，车轮碾轧着铁轨吱吱呀呀呻吟着。在这些方面，母亲更厉害。她甚至在众多的汽笛声中，能准确地辨出父亲开的那辆火车头的汽笛声。每当父亲远行归来，开车驰进工厂，拽响汽笛，母亲远在家中能立刻听见父亲的笛声。她走到门口冲正在玩耍的我喊："小昕，你爸下班了，去接呀。"母亲开始准备饭菜，我就跑向通往铁路机务段工厂的路口。等啊等，终于看到父亲的身影，我没有扑上前去喊爸爸，父亲严肃的表情和满是油渍的工作服把我拒之千里。我掉头往回跑，去告诉母亲。

有一年的冬天，又到了父亲下班的时间，但是火车汽笛声迟迟没有响起。母亲在家中焦急地等待着。她烧熟了饭烘在炉台上烤着，免得凉了。吃饭时间已过去，我们兄弟几个饥肠辘辘地围着小饭桌，眼巴巴想着吃饭，体会不到母亲担忧的心情。突然，工厂里响起了汽笛声。笛声高亢嘹亮，连续不断，一声长三声短，往复不停地响。这不是寻常的汽笛，只有出了重大事故要人们去救援才会拉响这样的汽笛。笛声在空中荡起不安的气氛。母亲搁下手中的活奔出家门。四邻街坊的人们都出来了，他们聚在路口向铁道工厂方向张望。有亲人还在上班的忧心忡忡翘首踮足。大家议论纷纷，不知出了什么事故。有人跑向工厂，不一会儿，有消息传来，铁道线上撞车了，乘务员有伤亡。母亲一打听，不是父亲开的那趟车。回到家中母亲仍坐立不安，直到父亲安然无恙地回到家，才长长地松一口气，将悬起的心放下来。

父亲每回到家，就会向母亲讲述铁路上出事故的情况。原因大都是火车司机打瞌睡了，没有看信号灯，扳道员思想开小差，搬错了道岔，等等。两列火车迎面开来，互不相让，轰隆一声，撞车了。巨大的力量能使钢铁扭曲变形，受难者血肉横飞。母亲听得心惊肉跳，总要仔细叮嘱父亲几句。

　　我对童年时代的回忆，只能追溯到五岁为止。那个时候的回忆，如中国画中的写意，山水朦胧若隐若现，没有清晰的线条。再早以前的事情就靠母亲的叙述。据母亲说，我四岁时曾失踪过一次。

　　那一年，我刚满四岁，已开始显出顽皮的天性。这种顽皮多动很具有破坏力，俗话说正是狗都嫌的年龄。那时候，小镇上每家每户的孩子都很多，如葡萄串似一个接一个。绝大多数的父母忙忙碌碌辛勤操劳，都为填饱肚子，没有时间和精力陪伴教育自己的小孩。没有托儿所，更别提学前教育，孩子们如小草顽强的生命力般在野地里自由自在地生长。我就在这无拘无束中，挥霍着童年的时间，消耗着幼稚的精力。

　　小镇居民家里没有自来水。每家每户都是用木桶从外面公用自来水管担水回来，储在大水缸里。对水的喜爱是幼儿的天性，在母亲子宫羊水里有舒适的记忆。我会拿空火柴盒当船放在盛着水的桶里，小火柴盒漂浮荡漾，就如船儿航行在海上。我还会抓上几只蚂蚁放在船上，充当船员和乘客。我没力气帮母亲从外面抬水回家，却把家里的水洒得到处都是，弄湿了衣服和地面。另外，我还有着生物的趋光性。屋中新装了一盏电灯，那放射的亮光引起我好奇。开关装得很高，拉线垂在门框边，我小手扯着线绳吧嗒吧嗒拽不停，吊在房梁上的小灯泡忽明忽灭一闪一闪。突然，开关拉线被我拽断了，招来母亲一声叱骂和一巴掌。我在黑暗中等着父亲回来，他会架上木梯或踩在凳上把电灯开关线接好。我的男孩子野性中还有点喜欢恃强凌弱。早起去柴房边鸡窝里找鸡蛋，从臭烘烘的鸡窝里掏出还温热的鸡蛋。家中养的老母鸡只喜趴窝不爱下蛋，我抓住母鸡拖出来，拔着它的毛，痛得老母鸡没命地叫。

　　这天上午，哥哥们上学去了，我跟着母亲屋里屋外转，绊手绊脚。母亲忙着家务，这天她把盖了一冬的棉被拆洗干净，准备再缝起来。她在寻找一只顶针，她那只做针线活的顶针不见了。那是一只很好看的顶针，黄铜做的，上面有花纹和凹槽，还是母亲从北方老家带来的。母亲经常戴在手上，磨得光光亮亮。我常拿母亲这只顶针玩，在床上滚来滚去，或者套在手指上，或者含在嘴里。母亲没有了顶针，无法缝棉被，她很生气，认定是我把顶针弄丢了，训了我一通，在我屁股上抽了两巴掌，不再理我。

第一章　初升的太阳

直到家中吃午饭时，母亲才发觉我不见了。

母亲喊着我的名字，四处寻找。哥哥姐姐们放学回来也一起出动寻找我。房前屋后，街道学校，找遍全镇，问了许多人，都说没看见我。我破坏了全家人的食欲，让母亲一夜失眠，使父亲工作十年请了第一天假，还惊动了小镇上派出所的警察。

吃晚饭时，我还没有消息。姐姐曾悄悄告诉我，母亲那时哭了，她后悔不该为一只小小的顶针打儿子。事后我问母亲，我失踪了她哭了没有。母亲笑着矢口否认，并亲昵地轻轻拍拍我的脸蛋，说："我才懒得找你呢，你都让我烦死了。"我不知母亲说这话是真还是假，不过我没把它放在心上。

在我失踪的那个不眠之夜，一家人默默无语坐在昏黄的灯光下。小闹钟滴滴答答走得让人气闷。全家人不约而同地想着我的优点。尤其是母亲，她面前的四个儿女加起来都没有我重要似的，懒得烧饭给他们吃。姐姐烧的饭大家吃得索然无味。夜深了，哥哥和姐姐去睡了。父亲也躺下了，母亲独自坐着垂泪。她又悲又累迷迷糊糊靠在床上做了一个梦。她后来告诉我们：梦里都是我的身影，我在天空飞，我在水里游，我在悬崖奔跑。母亲呼喊着我的名字惊醒过来，远方传来隐约的汽笛声。

黑暗中静悄悄。窗外一丝星光透过来，映在床前。母亲望着黑黢黢的屋顶，一阵倦意袭来，她闭上眼。这时，她又听到远远的一阵火车汽笛声。笛声连续不断，她有点奇怪，睁开眼细听，汽笛声消失了。夜还是那么静，小闹钟滴滴答答响，指向四点钟。母亲闭上眼，奇怪的是那火车汽笛声又响起来，显得更近更清晰。母亲推起一旁的父亲，问："你听见火车汽笛声没有？"

父亲翻个身，抬起头说："没有。"

母亲说："我怎么一闭上眼就听见汽笛声？"

父亲说："你太累了。"

母亲没有说话，静坐一会儿。这时，天亮了，屋内窗子玻璃映出黎明的曙光。母亲倚在床上，叹口气，闭上眼。神奇的汽笛声又响起来，由远及近越来越响亮。母亲蓦然感悟，一下子跳起来，喊父亲："快，我们到火车站去。"披件衣服就冲出家门。

父亲连声喊，没喊住，连忙也跟了出去。

母亲一路急行匆匆。东方出现一抹红红的朝霞，霞光映照着黎明的小镇。空中浮荡着乳白色晨雾，淡淡的，扑人面。路上稀稀落落早起的行人来来往往。母亲赶到火车站，奔上站台。广播响了，播音员提醒工作人员准备接车。远方开来一列客车，车头灯亮着，一道雪白的光柱透过迷雾。列车鸣着汽笛，笛声回荡晨空。母亲对站在身旁的父亲说："我们小昕坐火车回来了。"

父亲大不以为然，甚至有点怀疑母亲悲伤疲劳过度，神经错乱了。

列车隆隆驶进站，缓缓停下，列车员开车门站立一旁。母亲盯住一节节车厢，我并没有出现在下车的人群中。母亲来回沿着列车寻找，直到列车开走，目送列车离车站，墨绿的车尾在玫瑰色晨曦中渐渐消失。母亲失望中慢慢回转身走回家。蓦然，在家门口，出现一个小小的身影。我正独自一人站立在晨光中。

母亲激动地奔上前，双手抱紧了我，欣喜若狂。父亲也回到家，他很高兴，搓着双手，这时他才信服母亲的心灵感应。以后过了很长时间，母亲对这件事还觉得奇怪。当时他们真是太高兴了，问谁送我回来的。我结结巴巴，用手一指，却指向了天空。天空还有几颗依稀的晨星，我的失踪成了永久的谜。

回到家中，母亲仔细地检查我周身，完好无恙，连头发都没少一根，只是在我的头发和身上沾了几片小小的木屑。母亲心中似乎有点恍然。家中柴棚子角落堆着一筐引火的刨花，但是那里也曾翻找过。在我的拇指上，套着那只她找了许久的顶针。顶针黄灿灿亮闪闪，母亲很惊奇，因为她找顶针时翻遍我全身，甚至掰开我的嘴看了看，怀疑是不是被我吞到肚子里去。她问我顶针怎么套在手指上，我支支吾吾也说不清。

失踪的我回来了，不见的顶针也找到了，全家人都很高兴。小小的顶针，在家中每一个人手上传过。它现在已具有一个非同寻常的经历，记录了一个故事。母亲戴着顶针常举给人们看，把它和我失踪的故事讲给左邻右舍们听。小小顶针引发出来的故事持续了许多年。后来顶针不见了，故事渐渐被人遗忘。如今的妇女不再用手工缝纫了，也不再用顶针了。中华妇女勤俭持家的美德正逐渐失传，从此，不再会有顶针的故事。

第一章　初升的太阳

我的神秘失踪,又突然归来,谁也解释不清楚,由此蒙上一层神秘色彩。倘使这件事落在当代一位飞碟探索者手里,他就会理所当然地将其与埃及金字塔建立、玛雅人失踪、巴比伦空中花园、卡纳克巨石群联系起来,从而认定我是被外星人掳去。现在地球上许多一时解释不了的事情,都被怀疑为天外人所为,无论是飞机失事,还是轮船遇难。地球人也未免太会推卸责任,我倒不大赞成。不过这件事,目前还没有什么令人信服的解释。以后过了很长时间,母亲还觉得这件事蹊跷。现在我分析起来,母亲对这件事的叙述有些想象和夸张。

都说四岁五岁的小孩狗都嫌,但是,狗嫌母不嫌,我在母亲心里仍然很重要。经过那次失踪之后,母亲对我特别小心起来,只要一会儿不见到我,她就首先奔到柴棚子里翻看那堆刨花。她还反反复复给我讲了许多关于失踪小孩的故事。故事是骇人听闻的,足以使一个四五岁的小男孩一连做上十个噩梦。

有人专门拐骗小孩,母亲说。在我们这个世界,坏人坏事还很多。这种骗子会点穴拍花,看到身边没有大人的小孩,在身上拍一下,小孩就中了魔法,一直会跟他走。骗子将小孩带到偏远荒僻的地方,将小孩卖给人贩子,或者将小孩杀死。我听着这些恐怖的故事,心惊胆战。一段时间我不敢走出家门,不敢离开母亲,更不敢动什么离家出走的念头了。这种恐吓式教育方法在我们父母当中是很普遍的。

对于一个年幼无知的孩子来说,恐吓是很有效力的。因此,这种方式除了被大人们使用,我那几个未成年的哥哥也经常用这种方式来对付我。上学以前,我的活动范围还很小。小镇居民住的简陋的平房,门下都用木条或砖块做一道门槛,防止下雨天屋檐的水流进来,还有老鼠蛇虫之类钻进门。这是人们最初设门槛的本意。后来门槛渐渐延伸出许多别的意义,成为一些事物的象征。我喜欢骑在门槛上,一只脚在里一只脚在外看屋外的世界。门前一会儿跑过一只狗,一会儿窜过一只猫,还有蹦蹦跳跳背着书包的小朋友。有时看到两只公鸡斗架,挺着胸脯拍着翅膀,啄得羽毛乱飞。有时看到两个小男孩打架,捏着小拳头,鼓着腮帮子,眼盯着眼,鼻尖对鼻尖,活像两只斗架的小公鸡。我很喜欢这形容。但是我还不能越过那道门槛。外面的世界很精彩,外面的世界很无奈。

稍大一点，我开始跨过那道门槛，但独自一人不敢离开家，只能在附近转转。时常，我落落寞寞骑在门槛上，看着哥哥们背着书包一阵风从我身旁掠过。外面的世界吸引着我。我很羡慕哥哥他们，能自由自在地到野外镇郊去玩。他们有时去挖野菜，采草药。哥哥会邀上他们的同学，三五成群，星期天奔向野外。他们的世界真大，而我的天地这么小。我希望能加入他们的活动，乞求哥哥也带我出去。哥哥不同意，认为我会拖累他们。怎么会呢？我有胳膊有腿，跑起来也不慢。家中养的那只小花猫常被我撵得往树上爬。哥哥很讨厌我总要跟着他们，骂我是跟屁虫。我真失望，盼着自己快快长大。

一个星期天，吃过午饭，二哥的同学来叫二哥。他们商量着到镇郊乌龟山挖草药。我一听，急忙从屋里蹦出来，对二哥说："带我去。"

二哥老大不高兴，板着脸，"不行。"

"为什么？"我问。

"山上有蛇。"二哥回答。

"我不怕。"我嘴硬，其实心里还是怕的，但不能因此影响我上乌龟山。

二哥还企图用更可怕的东西吓退我。母亲过来了，不知是出于对我的同情，还是她也想清静一会儿，对二哥说："你就带他去吧。"

二哥无可奈何，只得答应。我很高兴。二哥的同学见了我态度很友善，我殷勤地帮他们提着一只准备用来装草药的小竹篓子。

乌龟山以前姐姐带我去过，在镇子西边。山不高，是河边一座土丘，上面长了许多野草翠竹和灌木。整座土丘卧在水边，像个汲水的乌龟，大概由此就叫作乌龟山了吧。二哥他们常去乌龟山挖草药。他们挖车钱草、金银花、麦冬回家，晒干卖给小镇上一家农产品收购部换点零钱。还会在马路旁树根树干上捡知了壳去卖，一只知了壳能卖一分钱。有时还从野地里带一些草药回家，栽在小院的泥土里。如天南星、七叶一枝花、八角莲等，据说可以治蛇咬伤。这些植物挺好看，不过，可不能掉以轻心，有的有很大毒性。有一次，二哥栽的一棵七叶一枝花开了一朵很大的花，绛红色花瓣，淡黄花蕊，七片阔大翠绿的叶子衬托着一枝花。不知怎么的有一片叶子被碰断了茎，我用手去摸了一下。手指沾到浆汁，不注意抹到脖子上，立刻脖子热辣辣的肿了一大片，又痛又痒，难过得不得了。

第一章　初升的太阳

以后再见到这种植物，我就不敢贸然伸手去碰它们了。

二哥在小院里栽种草药，母亲认为这不是什么坏事。在院子角落种几棵花草，添点绿意也挺不错。至于二哥他们为什么对草药发生了兴趣，是不是有志于中华传统医学事业，或者将来当个赤脚医生，就不得而知了。赤脚医生是那时期的新生事物，备受宣传。他们用一根银针几把草药给人们治病。不过，后来二哥干的职业与中医药学风马牛不相及。

采药队伍扛着小铁铲，背着竹篓出了镇子。天气真好，我兴致勃勃，一路踢踢踏踏，小跑着跟在后面，东张西望。乌龟山脚下，二哥他们开始在草棵中寻草药，不时用手上带的小铁铲东挖挖西撬撬。我不认识草药，不敢往草丛里钻，怕有蛇，站在一旁看他们挖，将篓子递给他们装草药。

六月，初夏的日子，天是蓝蓝的，山岗上一片绿葱葱。蓟草的茸花在四周飞上飞下，狗尾巴草一片片随风摇摆。野月季开着一朵朵粉红色的花，它的枝条上的刺不时拉住我的衣裳。二哥让我把篓子递给他。他正吃力地撅着一棵棘类的根。撅着屁股，头扎在草棵中。我帮不上忙，站在一旁。不远处一只红色的蜻蜓停在一棵野荆棘枝上吸引了我。我放下手中的篓子，走上前伸手去逮蜻蜓。蜻蜓那对大眼睛真厉害。我的手刚刚靠近它就飞走了。后来我知道蜻蜓那两只大眼睛上原来有成百上千只小眼睛，难怪我的一举一动都被它看得一清二楚。

一只小鸟飞到我近旁，蹦跳着，在草地上啄食。那鸟真好看，尖尖的嘴，翠绿的背，黄色的腹部，脖子一圈红色羽毛，真可爱。离我那么近，悠悠哉哉，一点也没把我放在眼里。我不由得动心，蹑手蹑脚，向小鸟悄悄走去，想去抓它。当我走得离它很近，正准备伸手一扑时，小鸟跳起来，扑啦啦飞开去。飞不远，离我十来步又落下，继续大模大样在地上啄食。我慢慢又向前走去靠近它，又伸出手准备一扑，小鸟又机灵地飞开停在不远处。这小鸟真狡猾，像有意在引逗我，蹦几蹦，跳几跳，钻进前面一个灌木丛。我也跟着钻进去，密密的树枝刺痛我的手和脸，刮破我的衣服。小鸟不见了。我从灌木丛中狼狈退出来，发现自己已走了很长一段路。那只漂亮的鸟引着我不知不觉离开了二哥他们。我四下望望，不见人影。四周树木森森，有点静得吓人。草丛中咕咕传来几声不知什么动物的叫声。扑啦啦一只大鸟飞起来掠过我头顶，吓得我一颤。我紧张起来，想立刻回到二哥身边，向前跑去。慌忙中，跑错了方向。我叫喊着二哥没有回应，害怕起来，回过头又跑，边跑边喊。地上草根绊我摔一跤，我顾不得痛，爬起来又跑。正当我在荒野跑来跑去急得要哭时，二哥突然从一片树丛后钻出来，拦在我面前。

"你乱跑什么？"

见到二哥，我停住脚，喘着粗气，"我找不到你们了。"

"你到哪里去了？"二哥不高兴了。

我用手臂擦擦汗，说："我抓一只鸟。"

二哥训斥道："不让你来，非要跟来，跑丢了怎么办。"

我的心放了下来，说："那只鸟真好看。"

"哼。"二哥在前走，我跟在后面，忍不住又想那鸟，对二哥说："那鸟真好看。奇怪，老是在我面前跳，就是抓不到它。"

二哥回过头，盯住我，灵机一动，"那不是普通的鸟，是一个巫婆变的。"

"巫婆？"我吃了一惊，停住脚，望着二哥。

二哥一本正经地说："是巫婆。巫婆很狡猾，她会变成各种各样的东西来骗人。变成小鸟把你引开，然后把你抓走。"

我问："巫婆抓我干什么？"

二哥说："吃呀。巫婆最喜欢吃小孩子了。吸小孩子的血，吃小孩的心。"他转身往前走，走一会儿又回头补充一句："特别是五六岁的小孩。"

我一听，吓得不得了，紧赶几步扯住二哥衣角，战战兢兢地问："那巫婆还会来吧？"

二哥雄赳赳走在前面说："不怕，有我呢。"

"巫婆不会吃你？"

"她不敢，我会用铁铲敲碎她的脑袋。"二哥挥挥手中的家伙，又瞪我一眼，"下次你不能再跟我出来了。"

我左顾右盼，生怕路旁草丛中树林里钻出一个吓人的老巫婆，骑着扫帚，披着黑斗篷，披头散发瞪着白多黑少的眼珠，伸着乌黑干枯指甲老长的爪子来抓我。我只希望赶紧回家。二哥成功地使我很长时间没有缠他带我出去玩。

二哥不带我玩，我就找小哥。小哥刚读小学二年级。每次放学回来，我就迎上去拉住他翻检他那装得鼓鼓的小书包。除了他识字的课本和带回来的连环画,这些都是我喜欢的,有时还会翻到一些其他有趣的东西。

有一次,我在小哥书包里翻到一些小画片。一张张硬纸片上面印着许多人像,有神仙有鬼怪。手拿金箍棒的孙悟空、扛着钉耙的猪八戒、头上长角的牛魔王、会钻地的土行孙、骑四不像的姜子牙、脚踩风火轮的哪吒……我看了爱不释手。这是多么有趣的画片,每张画片上的人物一定有着有趣的故事。可惜,没有人能给我讲这些故事。我只能自己看着画片上各形各样的人物,在心里独自编着故事。这一张是好人,是神仙;那一张是坏人,是妖怪。第二天小哥问我要画片,我还舍不得给他。小哥说是借同学的,要还给人家。我还小,不懂什么借与还的概念,只是紧紧揾着画片不放手。小哥急了,上来抢画片。我抢不过他,气急败坏在小哥胳膊上咬一口。小哥痛得叫起来,挥拳揍我两下。我们打成一团。打斗中画片被撕破了,小哥哭起来,我也哭起来。

母亲回来了,我们兄弟俩一起向母亲哭诉。凭经验,我以为母亲又会向着我,没料想母亲这次却偏袒小哥,把画片全部收交给他。我开始想是不是我错了,还是有点委屈。

看到小哥胳膊上我咬的伤痕,母亲很生气,很严厉地骂我一顿,威胁说兄弟不能好好相处就要分开,因为我不听话,竟敢咬人,要把我送走给没有孩子的家庭。大哥和二哥在一旁给母亲帮腔,连声叫要把我送走,真有点狐假虎威。一看这情景,我觉得不妙起来。联想起我失踪后母亲曾说过懒得找我,她已经很烦我了,由此我相信母亲会把我送人。于是我很伤心地大哭起来,央求母亲继续收留我,并表示今后听话不犯错误,不咬人。我的态度这么诚恳,母亲当然答应下来继续收留我。

六

我们居住的小镇上的居民绝大部分都是铁路职工,不是工友就是同事。家家住的简易平房如当兵的营房,一长排十户八户门挨着门。许多人家就一间屋,三十几平方米,饭桌和床就挨着,一只马桶放在床里的角落，用蚊帐遮着。走过门口，一望家里物件一览无余，夜半也少有关门。那时人们还属于群居动物，左邻右舍都喜爱往一起聚，柴米油盐家长里短地唠着嗑，谁家有点什么事都知道，没有什么所谓隐私。人们生活朴素简单，没有电视更没有网络，寻常百姓家连台收音机都没有，唯一用电的就是一盏照明电灯。为省电白天舍不得开，屋里黑魆魆。成年人忙于生计，早出晚归，唯一的娱乐都在床上。孩子一茬接一茬出生，如雨后春笋般成长。左邻右舍的孩子天天在一起玩耍，没有谁会蹲在家里。只要不上学，整天都在户外，成群结伙，嬉戏打闹，玩游戏，太阳不落山不会回家。黄昏时总会看到这么一幅画景，系着围裙的妇女站在房山头，对着旷野地里呼唤，随后，从菜园子篱笆墙后钻出个脏了吧唧的泥猴子似的男孩。男孩边走边回头向后面挥挥手，喊："不玩了，吃饭了。"呼啦啦，菜园子草棵子树丛中冒出一大群男孩，叽叽喳喳，如鸟雀归林，各自回家。

　　20世纪五六十年代，政府鼓励多生娃，每家都有一大群孩子。我家哥四个加姐姐共五个，我家隔马路对门姓唐一家四女一男，和我家正好相反。大自然就是会找平衡。那年代还有点重男轻女，唐家一个男娃在家被父母宠着称王称霸，出门就显孤单。

　　小镇男孩子喜欢玩打仗游戏。小镇平房周边的草地、菜园子、荒坡都是战场。一般以居住的街道分边，各自占领一个小山包为阵地，互掷土坷垃。这游戏有个不成文的规定，不准用大土块，更不准用石头。有谁用了坚硬的石块，立即会群起而攻之，一通臭骂甚至被围攻群殴，如同现在的国际禁止使用化学武器公约。虽然不准使用大规模杀伤性武器，但难免还有被土块击中而打得鼻青脸肿的，具有一定的危险性。当然，就像当今世界，战争的危险依然存在，和平发展是主流。参加这种游戏的都是大一点的顽皮男孩，他们不和女孩子玩。女孩都是玩跳绳、躲猫猫、老鹰抓小鸡。还有一种男孩子游戏叫打游击，将人分成两拨，躲藏在民居的房山头，路旁矮墙菜园子篱笆后，互相追逐，用手中拿着的弹弓射人。弹弓是铁丝弯成Y型弓架，绑上橡皮筋，硬纸折成V型子弹，勾在橡皮筋上，拉足劲一松手。纸弹打在人身上没大伤害，但很疼。

　　有一次，我们一群男孩分两边打游击，各自拿着小弹弓猫着腰，躲

第一章 初升的太阳

在暗处，伺机冲杀。我一直都跟着小哥，由他保护安全许多。冲杀一阵，我和小哥散了，就在这时，唐从暗处冲出来，对着我打一弹弓，我后颈中弹大叫一声，疼得直哼哼。小哥听到我叫声，找到我，见我捂着后颈疼得眼泪巴巴，唐还站在一旁傻不愣登的。小哥冲到唐面前，对着他的脑袋狠狠地就是一弹弓，打得唐捂着脑袋蹲地上，委屈地嘴里嘟囔着：我又不是故意的。手拿开，我看见他额头上鼓起一个大包，雄赳赳就如公鹅头顶上那大鹅公包。虽然挨了狠狠一弹弓，没一会儿，唐又屁颠屁颠跟在我们一群人身后玩耍。唐没有选择，谁让他只有姐姐，没有兄弟。小镇的男孩只跟男孩玩，女孩只跟女孩玩，泾渭分明。

唐家虽然只有一个男丁，但唐并不娇气，长得五大三粗。小镇居民房前屋后许多空地，一些家庭种些蔬菜，养点鸡鸭。还有更勤劳的家庭养上两头猪。猪时常跑出圈外，野地四处溜达寻食。一次，几个顽皮的男孩围住一只壮硕的大公猪，想把公猪当马骑上去。公猪气哼哼不让人骑，有男孩一摸猪屁股，猪就躲开了。再逼急了，公猪撩起长嘴拱将过来，吓得大家呼啦散开。唐走过去，一下子揪住猪鬃跨上猪背，这突然袭击，公猪没躲开，居然被他骑住了。唐好不得意，如同骑在马上的将军，嘴里还驾驾地吆喝。公猪驮着唐一路小跑，钻进猪圈。唐的脑袋嘣地撞在猪栏门横杆上，扑通摔到猪粪里。围观的孩子笑得前仰后合。

这天，一群孩子正在玩耍，唐突然叫起来：要饭的来了。大家一看，果然，大路上蹒跚走来几个穿着黑乎乎破旧棉袄的人，老的老，小的小，拄着打狗棍，端着搪瓷碗，一看就是要饭的。大家一哄而散，往自家里跑，告诉家里人，关门闭户，坚壁清野。

天空北雁回归的时候，大地正青黄不接，我们家门前又来了要饭的。一个花白胡须老头，裹着破絮绽露的黑棉袄，一只手拄着打狗棍，另一只手端着只破搪瓷碗。一个矮小的女人，黑黑瘦瘦看不出年龄，衣衫单薄，怀抱一小孩，一件旧衣包住了孩子，抱得紧紧的，不声不响跟在老人后面，一脸忧戚。那孩子大概也就几个月，还没断奶，闭着眼，嘴角残留风干的奶渍。要饭老人逢人便说："家里涨大水，没法活，逃出来。"

他们来到我家门前，颤颤地伸着枯干的手。母亲先舀了半碗米饭，想了想，又从口袋掏了一角钱给老人。

那年头，要饭的特别多。每当有要饭的来到我家门前，母亲都会用饭勺挖上半碗饭给要饭的，没饭就给点米，很少给钱。因为这次看要饭的老的老小的小，拖儿带女实在可怜，就破了例。我知道，家里也很困难，平时省吃俭用节衣缩食，母亲并不想给，给了要饭的就意味着我们家里要吃得更少。虽然我才六七岁，可是也知道粮食总不够吃。那年代，家家都不富裕，勉强免于冻饿。有的小气人家就不给乞丐施舍，看见要饭的赶紧躲避，关紧门窗。正在吃饭的人家收拾饭桌，饭菜藏起来，一见要饭的就往外驱赶。

母亲对于找上门来要饭的，是从不拒绝的，不会让人家空手走一趟。可是，我记得有一次，母亲看到要饭的到了邻居家，回来赶紧把门关了，叫我们都不要出声。母亲的神色很严肃，我觉得有点奇怪，干吗要躲着，几乎像电影里日本鬼子进村庄的情节了。

我在屋门后屏气敛声地向外张望着，心怦怦地跳，从门缝里看到要饭的，一个男的，胡子拉碴，不是很老，手脚也齐全，穿着脏兮兮的旧棉袄，用布条绑着腰，头上还戴了棉帽，半耷拉着帽耳朵，这打扮还真有点像那个《智取威虎山》戏里的小土匪。那个要饭的拍半天门，没人应声，也就不拍了。过了好久，母亲叫我悄悄地把门打开，看看走了没有。我小心翼翼地拉开一条门缝，慢慢探出头，就更像打日本鬼子的电影里镜头了。

门外没人，那个要饭的男人已经走了。我仍然小声地告诉母亲：没有人了，已经走了。母亲的脸上表情复杂地拉开门继续做着事。这件事告诉我，如果不想施舍，那就避而不见。我是不想施舍的，自己不够吃干吗还给别人。要饭的太多，大多是老弱妇孺。也有年轻的看似身强力壮，这种人常会挨人训斥，被鄙视为好吃懒做。在我的心目中，要饭是一种很羞耻的行为。我虽然经常饥肠辘辘，但从不伸手向母亲要吃的，更不敢向母亲吵闹。母亲教训我，有一句话很深刻地印在我的心里：再不听话，就叫要饭的把你带走吧！

要饭的有男女老少形形色色，有的要饭的怯懦木讷，不声不响伸着手。有的要饭的比较机灵，嘴里不停地爷爷奶奶叔叔婶婶哀告着。我还见过要饭的边走边打快板，唱着顺口溜。

第一章　初升的太阳

有一个四十多岁的半老男人，瘸了个腿，打着竹板挨家挨户唱，他的竹板声引起人们的注意，一群小孩追着他看热闹。瘸老头打着竹板，声音响亮：

"打竹板，进街来，这家商铺好买卖。也有买，也有卖，门前高高挂招牌。金招牌，银招牌，大掌柜的发了财。你发财，我沾光，你吃糨的我喝汤。"

"打竹板，迈大步，眼前来到棺材铺。你这棺材真是好，一头大来一头小，装上死人跑不了，装上活人受不了。"

"打竹板，向前走，街边站着一只狗。这只狗来真奇怪，四条腿上一脑袋。一脑袋，不稀奇，只吃屎它不吃泥。狗吃屎，是本性，人若吃屎会送命。"

他见什么说什么，惹得围观的小孩哈哈笑。

"打竹板，响叮当，这位大嫂好心肠。给得少，莫嫌轻，最宝贵的是人心。人心齐，泰山移，最可气是没人理。没人理，两手空，只能喝口西北风。"

他的收获真不错，一个口袋装得鼓鼓的。有小气的人家不给施舍，瘸老头就唱：

"里推外，外推里，最小气的就是你。早知道要钱这么难，不如回家去种田。早知要钱这费劲，不如回家拣大粪。拣大粪，味不好，这才学会数来宝。"

"人家给，你不给，你比人家长得美。人家掏，你不掏，你比人家尿得高。"

有人家见要饭的来，急忙关门。要饭的不高兴了，在门前不走。

"打竹板，哗啦啦，大掌柜的把门插。夜晚插门防贼盗，白天插门干的啥？大掌柜的插上门，莫非家里死了人。"

这要饭的嘴挺毒，有人告到居委会。来了两个戴红袖箍的男人，把要饭老头带走了。瘸老头边走还边敲着竹板嘴不停：

"打竹板，叫喳喳，这里来了俩纠察。叫咱走，咱就走，理直气壮雄赳赳。不怕天，不怕地，咱家三代要饭的。贫雇农，闹农会，这才有了新社会。新社会，真是好，要饭唱着数来宝。"

这要饭的很有意思，给人印象深刻。

要饭的多了，令人讨厌，有的地方组织人驱赶要饭的。几乎所有要饭的来到门前，都会诉苦说着同样的话：家里涨大水，闹饥荒，没法活。他们大多来自河南、安徽，据说，那里十年九灾，灾年里野菜树皮都被人们吃光了。

一次，门前又来了要饭的，母亲给了米饭，看着要饭的挺可怜，随口问一声："你们家那儿总涨水么？"

要饭女人开口小声说："公社，完不成任务，口粮都上交了。"

旁边老头面露惧色，连连说："不敢说，不敢说。"左右看看，念叨着："家里涨大水，出来讨口饭。"

20世纪60年代初是人们最饥饿难挨的日子。因为有父亲辛勤工作挣钱养家，我们没有挨饿。靠着铁路这条动脉，人们得以生存活动。小镇地处江南鱼米之乡，人们的生活还算比较好，没有人出外要饭，最困难的年代也没有听说饿死人。回忆过去的岁月，我要感谢父亲，感谢这片我生长养育的土地。

初春早上太阳出山时脸总是红红的，我看着它就觉得懒洋洋的，有一种害羞似的感觉。太阳害羞不让人看，拿金光晃人的眼。只有温暖的太阳不分穷富照耀着人们。早上，炊烟从各家的门前冒起来，母亲忙进忙出地做早饭。初春的时候，空气清洌得很。我站在屋门口的台上，肚子咕咕叫，母亲在烧饭。我无聊地看着路过的一切人等，还有小猫小狗，这些动物都瘦骨嶙峋的。是啊，人们都吃不饱，哪里还有东西喂它们。

忽然，我发现了什么，一个老头儿出现在我家东边的路上，远远地看不清，不是镇上的邻居。我的脑海里忽然想到要饭的来了，于是条件反射一样地飞奔到屋里把母亲拉住，着急地叫着："妈，快关门，要饭的来了。"

母亲有点嗔怪地说："别胡说，我还忙呢。"虽这样说，但她还是跟我出来看看。

我有一些紧张，可是母亲却不为我所动，我又困惑又着急，一连声催促："妈，快点啊，快点关门啊，他快到了。"

我看到这个老头儿，头戴一顶黑棉帽儿，肩上斜挎一只灰布口袋，

第一章　初升的太阳

一手还拄着根拐杖儿。不是要饭的是什么？我自以为做出了聪明正确的判断，为避免我们家的粮食受到损失，为自己的机智灵活而感到自豪，儿童团小八路也不过如此了。但是母亲立在门口，对着外面张望了一会儿，忽然失笑了，"什么要饭的，这是你爷爷。"说完忙小跑迎出去了。

我惊异地望着母亲的背影，盯着这个老头儿走得近了。微佝的身形，瘦削的脸，银白飘散的胡须，那好看的眼眉端正的神态慈祥和蔼，虽然衣服不是很新，但干净整洁。果然是远在北方的爷爷。我在心里为着把自己爷爷看成要饭的感到很不好意思。爷爷从远方老家来，他当然不是为了来要饭，而是来看望他的几个大孙子。爷爷在我家住了半月。因爷爷的到来，我们家的饭菜要丰富了许多，我们也跟着沾光。爷爷临走，母亲拿了一些钱和粮票给爷爷，这使得我们少了一个月的伙食费和口粮。

短暂的好吃好喝的日子很快就过去了。母亲更加节衣缩食，肚里的油水渐渐耗尽，饥饿时常折磨着我们。

爷爷从东北来南方看我们时，带来两根猪肉香肠，巴掌长，红红的瘦肉掺着斑点肥白肉。这是好东西，馋得我们直流口水。母亲却舍不得吃，说留着待客。爷爷走后，整整一年我们家都没来贵客。以前家里也没来过什么客人。父亲背井离乡从遥远的北方来到江南，千里之内我们家没有一个亲戚。两根香肠用细麻绳绑着吊在房子屋檐下。那里老鼠吃不到，猫够不着。我每天进出家门都望上几眼。每望一眼，食欲就增加一分。我不敢多望，多望后饭量大了，家里粮食更不够吃了。

天长日久风吹日晒，圆润的香肠渐渐抽缩干吧起来，颜色由红变黑，由黑变绿，最后上面长满了白毛。我如果不是天天进出家门，看着它的变化，冷不丁看到，一定认不出那是香肠，倒和我们家那只大白狗一个月前柴堆上拉的屎条性状一样。

那两根香肠不再吸引我的目光，终于，母亲决定吃了它。她用竹竿把香肠从屋檐挑下来，浸在水里用鬃毛刷子使劲刷洗，刷去白毛绿霉，洗去尘灰黑垢，渐渐露出香肠本色。剁成一截截放在锅里蒸。吃饭时，一盘油汪汪热腾腾的香肠端上桌。本来，我对这香肠已经失去了兴趣，心情矛盾，不去联想那狗屎条，夹一块放嘴里，嚼一嚼，还不错，还是久违的猪肉味。

043

20世纪60年代初，流年不利，饥饿威胁着人们。省吃俭用，能吃饱肚子就已经让人们感到满足，一个月吃上两回肉那就是很幸福的事了。许多家庭房前屋后空地种点蔬菜，养几只鸡鸭。养的鸡鸭平时是舍不得吃的，逢年过节才会杀一只改善生活，填补清汤寡水的肚肠。病死的鸡鸭都舍不得丢弃，一样烧了吃。饥荒的年月，人们四处觅食，能填进肚子的食物都不会浪费。老话说靠山吃山靠水吃水，铁路的人们就在铁道线上找吃的。

每天下午，小镇火车站都有一趟货车经过，大铁笼车厢装着满满的活鸡鸭和活猪。列车在小镇车站中转，停下加水加煤，然后开往南方，据说是送到海边一座叫香港的城市去的。香港被资本主义占领着，他们的生活物资还是靠我们劳动人民供应。每当这趟列车到达小镇的时间，都有人守在铁道边，趁着停车空闲，人们和车上货物押运员交易。有病热挤死的猪要下来，给押运员一点钱，或者拿些红薯花生等土产品交换。虽然老百姓在忍饥挨饿，但是吃病死猪还是不允许的，这是影响国家声誉的事情，所以押运员都是私下里和铁路职工悄悄进行交换。人们把死猪拿回来，因为没有放血，猪肉都是黑紫色的，有的猪皮上许多红红的出血点。人们把猪肉在清水里泡上十几小时，去去血水毒素。列车上的死猪刚下来时如果还有温温的余热，就是死没多久，是好猪肉。有的猪冰冰凉四肢僵硬，死了很久，那猪肉烧出来就有点臭味。但这些人们都顾不了许多，一样吃得香，吃得干干净净。铁路上的列车都编有车次，这趟专门运输鸡鸭活猪的火车编号是七五三次。一段时期，七五三成了小镇不少铁路人家的一个盼头。拣两只鸡鸭一饱口福，碰上一只死猪就如同过节。一只死猪沉甸甸背回家，左邻右舍见者有份，你争我夺分上几斤肉。有时，小镇上的人骂别人，就说：七五三上下来的。

饥荒的年代，食物贫乏。我们靠着父亲是铁路工人，有固定收入，免于冻饿。听说，很多农村人的生活很困苦，粮食不够吃，吃稻糠野菜，吃榆树皮。我没吃过榆树皮，但是吃过榆钱。我不知道那是榆树的花还是果，比榆树叶小，圆圆的铜钱大。榆树叶深墨绿，榆钱是浅黄绿，长在树梢，很难够着。要爬很高，才能折下一串串榆钱。也不洗，直接撸下来一大把大把往嘴里塞，吃得满嘴泛绿。没什么特别味道，不酸不甜。

第一章　初升的太阳

小时候，只要能吃啥都往嘴里塞，一是因为饥饿，二是因为无聊，吃啥都香着呢。有时还挖一种草根，泥里挖出来，用手撸干净，放嘴里嚼，甜甜的，有点水分。

一次，一个小伙伴招呼我们跑到一片蚕豆花地里。他在蚕豆地里找来找去摘蚕豆荚。我过去随手抓到一只还是瘪瘪的豆荚，放在嘴里一嚼，甜滋滋的，味道比毛草根强许多倍。伙伴们你摘一荚，我摘一荚，边摘边吃，吃得差不多了，又摘些放在衣袋里回家吃。尝着味道的我，常惦记着那次偷吃，过几天又约伙伴们去偷一些。就这样，我们过几天去一次。豆荚老了不好生吃了，我们就躲在地头用茅草干树枝烧火烤着吃。吃得香甜有味，嘴巴黑黑的。那家的菜园子是遭了殃，那年基本没收到蚕豆。菜地旁种有玉米，我们把玉米秆当甘蔗。撅断也是嚼一嚼，吮吸点水分，再吐掉。

小镇的孩子常外出挖野菜。小镇周围遍布农村生产队的庄稼地，有的农田庄稼地紧挨着居民的房屋。我早先跟着姐姐，后来跟着哥哥和一些小伙伴去镇外田间地头挖野菜。也摘过大田里做肥料的紫云英吃。都说紫云英有毒，吃多了会头昏，再严重会晕倒口吐白沫，就要送医院救治了。所以我们不敢多吃，只掐一些嫩苗炒了做菜吃。

有的农田庄稼地冬天种着青萝卜。农民秋天收割完稻子，立冬前后把萝卜种子随意撒在田里。一个冬天，无人管理的农田里自然生长出的萝卜秧苗，经过雨雪的浇灌，青翠盎然层层密密。开春，生产队农民会挑些大的萝卜拔回家，用作猪饲料，剩下的烂在地里用来肥田。这种大田里的萝卜不好吃，有些苦，有的萝卜里面空心又老又筋筋巴巴。

小镇居民的一些小孩子时常去田里偷拔萝卜。大田萝卜虽然不好吃也能充饥做菜。田里绿茵茵一片，萝卜在泥里埋着看不到，我们挑叶子多长得大的萝卜拔。揪住叶茎双手用劲。一般叶子大，下面的萝卜也粗大，但也有看着叶子很肥大，一拔，结果拔出的是一根猪尾巴般细长的萝卜。我们就随手丢弃。后来，生产队派人守在萝卜地里抓偷萝卜的人。有一次，我们又到田里，刚拔了一个萝卜，就被农民发现了，拿着木棒就在后面追上来。追了我们整整二里地，鞋都跑丢了。跑了好远好远，萝卜也丢了，挖的野菜也撒了。一个萝卜至于么？最可恨的是追我们的那个人，萝卜根本不是他家种的。那时的田地都是人民公社生产大队的，人民公社一大二公，烂在地里的萝卜咱们工人兄弟吃一点为什么不可以？真是倒霉，碰上这么个丧心病狂的家伙。

贫困的日子我们没有什么选择，土地收获什么我们就吃什么，能填饱肚子就好。夏天，自家菜园子里南瓜大丰收，我们天天吃南瓜。冬天萝卜长大了，我们就天天吃萝卜。因为萝卜便宜，所以成了餐桌上的家常菜。清炖萝卜，萝卜切块用清水煮一煮，放点盐。炒萝卜丝，放点小葱，一青二白，好看不好吃。红烧萝卜，也就是萝卜块多放些酱油染得红红的。偶尔吃顿萝卜烧肉，一满盆的萝卜，只有几块肉，全家每人吃不上两块。面上的肉一眨眼就没了。夹菜时把筷子深深地插到盆底，希望能挑起一块肉，这样的机会很少，而且会招致大人的呵斥，甚至挨上老爸一竹筷子敲头的风险。

吃完萝卜，老是放屁，一股子萝卜味。我就纳闷，吃萝卜放屁萝卜味，吃肉放屁咋没肉味。如果放屁是肉香，大家一定很欢迎。晚上和小哥睡一个被筒子，每次放屁就被骂。我自己也觉得很不好意思，上外面马桶尿尿，使劲挤挤，好不容易冒着挤出屎的危险挤出半拉子不声不响的屁。钻进被子没一会儿又想放屁，忍忍没憋住，放出个响屁来。小哥骂我，我回答：响屁不臭了。果然，小哥没闻到臭萝卜味，不再吭气了。

七

门前小杨树发出了绿芽。燕子飞来飞去寻找着筑巢的地方。这种小鸟不停在树上，喜欢停在屋檐或电线上。一长排，白肚黑背，张开的剪刀似的尾巴特别显眼。没有人去惊扰它们，因为大家知道它们是吃害虫的益鸟。不过阻止小孩打燕子的是这样一个劝告：谁要是打了燕子，会遭报应。唐就证据确凿地说：××用弹弓打死一只燕子，几分钟后他就平地摔一跤，鼻梁都摔断了，成了塌鼻子。

和燕子差不多大的麻雀就很倒霉。20世纪中期有一段时间麻雀被认为是糟蹋粮食的害鸟，和老鼠、苍蝇、蚊子一起被列为四害。老鼠、苍蝇、

第一章 初升的太阳

蚊子那三害谁都厌恶之极,瞅着都不是什么好东西,麻雀就有些冤枉。人们用人民战争对付麻雀,要把它们赶尽杀绝。那时名气冲天的大文豪郭沫若还作了首《咒麻雀》诗:

麻雀麻雀气太官,天塌下来你不管。麻雀麻雀气太闹,吃起米来如风刮。麻雀麻雀气太暮,光是偷懒没事做。麻雀麻雀气太傲,既怕红来又怕闹。麻雀麻雀气太娇,虽有翅膀飞不高。你真是个混蛋鸟,五气俱全到处跳。犯下罪恶几千年,今天和你总清算。毒打轰掏齐进攻,最后方使烈火烘。连同武器齐烧空,四害俱无天下同。

不过,时至今日,进入21世纪,在小镇已看不到备受人们保护的燕子。倒是那些麻雀躲过劫难,独占了小镇楼房的空间。其他三害老鼠、苍蝇、蚊子也依然横行肆掠。看来,世界上很多事情都是不以人的意志为转移的。这件事不知同社会进步生物进化有没有关系。近年来居然很多人对达尔文的进化论提出了质疑。

说起进化论,我在上小学之前就有研究。我见过老母鸡下蛋,又圆又大的鸡蛋从屁眼里挤出来,鸡冠子憋得通红。所以,十岁之前,我就一直以为小孩子也是女人坐在马桶上屙出来的。我见过老母鸡孵小鸡,一段时间孵化,小鸡雏就自己啄破蛋壳从鸡蛋里面钻出来。如果它们有的迟迟不肯出来,我就帮它们敲破蛋壳。由于我的性急,剥出来的小鸡有的还只刚刚长成头和脚,肚子还黄是黄白是白,眼见是养不活了,就被母亲煎了荷包蛋。我还养过小蝌蚪,春天从野外水田里抓了小蝌蚪用玻璃瓶装着,放到门前小水洼里,看着小蝌蚪慢慢长出四条腿变成青蛙。那蝌蚪的小尾巴就怎么缩没了,我听说男孩子那小尾巴要没了,就变女孩子。我一年四季都在田野里玩耍,决不会像现在的小孩子们那么无知,小麦韭菜分不清,以为花生是树上结的。

这年春天,我又开始进行一项新的生物工程。

一天,三哥从学校放学带回来一张小纸片片,上面密密麻麻粘着许多黄灿灿菜籽样小圆粒粒。三哥说这是蚕卵。他找了一个纸盒将蚕卵放进去,说过几天就能孵出蚕来。这样小小的菜籽粒能孵出蚕,我感到很惊奇，每天都打开纸盒看一看。

过了几天，小蚕卵由原来的黄颜色变成了灰黑色。三哥放了几片新摘的桑叶垫在盒子里。有蚕出壳了，黑黑的，小的像蚂蚁。我凑近了仔细观察，发觉它们是在卵壳上咬一个小洞钻出来的，慢慢蠕动爬行，到桑叶上吃起桑叶来。我猜不透这些小虫是靠嗅觉还是眼睛找到桑叶，它们在那卵壳壳里睡了那么长时间。

蚕越出越多，那张纸片上小黑粒粒都成了空壳壳。它们长得挺快，身子由黑色变成灰色。三哥找个大纸箱给蚕搬了一次家，每两天给蚕换一次桑叶。密密的上百条蚕挤在纸箱底，一条条爬满了桑叶。这些蚕很能吃，除了吃，别的什么都不干。灰白身躯软软的，一长排小脚隐在肚皮底下。行动起来身子伸伸缩缩，很丑陋的样子。我看这些蚕和那些树上的毛毛虫差不多。毛毛虫吃饱了树叶，就会从树上牵根丝垂下来，随着风儿打秋千，很逍遥。

三哥有时上学写作业忙起来顾不上采桑叶。两天不换桑叶，饥饿的蚕到处爬行。一次，三哥不在家，我从门前的小杨树上摘了一捧新鲜树叶放进盒里。蚕对杨树叶不感兴趣，碰都不碰一下，艰难地去啃所剩无几筋巴巴干枯的桑叶。其实在我看来，杨树叶和桑叶一模一样，何必挑挑拣拣。

三哥回来，很生气地把我放的杨树叶全扔了出去。我问他："蚕为什么不吃杨树叶？"三哥恶声恶气："你为什么不吃泥巴？"

我认为三哥说的很没道理，我当然不吃泥巴，没有人会吃泥巴的。（后来我还真听说饥荒年代有饿得快死的人吃过一种叫观音土的泥巴充饥）杨树叶和桑树叶都是树上长的。我看见有毛毛虫吃杨树叶。吃杨树叶的毛毛虫长得又粗又壮，比起吃桑叶的蚕大许多。不过，既然蚕除了桑叶其他树叶都不吃，我也就不再给它们摘杨树叶了。

蚕每长大一点就要蜕一次皮。它们蜕皮时不吃不动，很痛苦似的。我看蚕蜕皮很是难受，心想这小虫虫怎么会有这样的坏习惯。

蜕了两次皮，蚕长得有我整根小手指那么长了。身子的颜色由灰色变白起来。它们需要的桑叶越来越多。三哥每天放学都到外面去采桑叶。附近零星的桑树采的叶不多，有些供不应求。星期天，他就约上几个养

第一章　初升的太阳

蚕的伙伴到镇外桑林去采桑叶，用一只布口袋背回来。把采回来的桑叶擦干净放在阴凉处。一大袋桑叶，够蚕吃几天的了。下个星期天再出去采一袋桑叶回来。

我跟三哥养蚕，做他的助手，帮着给蚕换桑叶。蚕长大了，纸盒子装不下，我们给蚕又搬了一次家，把它们放进几只竹编的大盘子里。竹盘子放在我们自己盖的堆放杂物的小木棚里。早晨放一层桑叶，下午再放一层桑叶。蚕的食量越来越大，新桑叶放进去，蚕爬上去一条条头也不抬，只听一片唰唰声。不一会儿，桑叶被吃得只剩筋梗，竹盘里浮起一层白花花的蚕。隔两天，我们要把蚕抓出来，将竹盘里的桑梗和蚕屎打扫干净，铺上新桑叶。

母亲认为养蚕是个有益的事儿，不反对我们养蚕。她有时也会帮助我们，告诉我们养蚕应注意些什么。比如桑叶上沾水不能给蚕吃，否则蚕就会生病死掉。那几只大竹盘子也是母亲给我们找来的。在母亲的支持下，我们的养蚕事业蓬蓬勃勃。二哥也加入其中，一起摘桑叶、喂蚕，饶有兴趣。我们几兄弟齐心协力，母亲看得很是高兴。

母亲曾给我们讲过"一支筷子和一捆筷子"的故事。这是个家喻户晓的古老的故事，许多父母都曾用这个故事教育过自己的孩子。可叹的是，母亲讲这故事时，她语重心长，我却似懂非懂，没有铭记在心。记得有一年刚刚立春，大哥带回来一棵葡萄树，栽在门前院子一角。他忙着浇水上肥，说这棵葡萄树是新疆马奶子无籽葡萄，品种特优，味道好极了。我站一旁听了直咽口水，也没去细想千里迢迢，马奶子树从何而来。我很高兴，想着葡萄成熟了的时候，我坐在葡萄树下吃着甜美的葡萄。母亲说："想吃葡萄，就要劳动。"她让我们几兄弟搭一个葡萄架。

我们决定用毛竹搭葡萄架。大家一起动手。我和二哥、三哥从厨房旁的柴棚子里一趟一趟往前面院里运毛竹。大哥在院子里拿了根绳子牵来牵去丈量土地，不时在一张纸上写写画画，俨然一个工程师。当我拖来第三根手指粗的竹竿，二哥和三哥两人抬着根腕儿粗的大毛竹，大哥还一根子竹竿也没搬。我不满了，叫道："大哥，我累了。你也来搬毛竹吧。"

大哥手捏根铅笔，盯着眼前白纸，头也不抬，"我在计算。"

毛竹搬齐了，大哥用脚在地上点了四下，让我们挖四个坑。他又在纸上画起来。二哥和三哥也不满起来，一边用铁锹挖着坑，一边嘀嘀咕咕。我又叫道："大哥，你也来挖坑呀。"

大哥继续埋头写写画画，"我在计算。"

挖好坑，大哥拿起一根又粗又长的毛竹竖到坑里，我们填上土。四根竹子竖起来，大哥又指挥我们在毛竹上牵绳子。竹子很高，我们够不着，搬来凳子架起来爬上去。

三哥踩在两只叠起的方凳上绑绳子。板凳晃晃悠悠，我给他扶着。二哥在另一边用力拽根绳子。他叫我去帮忙。我忙不迭跑过去，帮他一起拽起来。一二三，一使劲，竹竿拉得嘎嘎响。"啪"地一下草绳子断了，竹竿一弹，三哥在方凳上没站稳，摇两摇晃两晃，扑通摔了下来，坐在地上，摸着屁股龇牙咧嘴，直哎哟，冲我喊："你给我扶凳子的怎么跑了？"

我跑上前，"我来扶。"

三哥推开我："滚开，我不干了。"说完一瘸一拐走了。

我不知所措，站在一旁发愣，不知该干什么好。那边二哥和大哥又争吵起来。他们是为了在四根柱子上绑两根绳子还是三根绳子意见产生分歧。大哥谈历史："我比你大。"二哥说现实："我干得比你多。"二人面红耳赤，互不相让。一赌气，把绳子一丢，都跑了。

母亲出来，叹口气，摇摇头。我跑到母亲身边，抱住母亲的腿，"妈，他们都不干，我也不干了。"

母亲问："不想吃葡萄了？"

我撇撇嘴，说了句名言："葡萄是酸的。"

葡萄架没有搭成，只有四根竹竿栽在地里直刺苍穹。葡萄树也在鸡啄狗刨下连根撅起，成了干柴棍棍。我们美丽的葡萄园，就像巴比伦的通天塔，终于半途而废。这件事使我认识到了一捆筷子的作用。一捆筷子的精神鼓舞着我们弟兄。在我们几兄弟的精心饲养下，蚕宝宝迅速成长，越长越大，一条条又白又胖。

四月，江南的雨季来临了。我们养的蚕有手指那么长了，蜕了最后一次皮，全身雪白，变得漂亮起来。又过了几天，蚕不再吃桑叶了，浑身呈透明状。三哥说："蚕宝宝要上山了。"

第一章　初升的太阳

我问什么是上山。三哥说它们要吐丝结茧了。他找了些小树棍棍稻草秆扎起来，放到竹盘子里。蚕一条条爬上去，各自寻找个地方摇头晃脑，吐丝结起茧来。洁白的丝从蚕的嘴里源源不断吐出来。吐啊吐，织啊织。蚕的身子在缩小，渐渐地，晶莹雪白的丝将蚕包裹起来。

母亲说，蚕丝能织很美的绸布，能做很漂亮的衣裳。这小小的蚕居然有这么奇妙的作用。它们织啊织，生命就化成这洁白的茧丝贡献给了人们，真了不起。我不由得对这些其貌不扬的小毛毛虫刮目相看了，觉得这些小生命非常可爱。我那时还小，无知无识，只是出于好奇注视着这些小生命的成长，还没有能够去思索生命的意义。又过了几十年后，我吟咏着"春蚕到死丝方尽，留却人间御风寒"（作者自题）的诗句，就会生出一些感慨来。

一只只雪白的蚕茧挂在草枝上，一朵朵像开了一树白花，结了一树银桃。我们把蚕茧一只只摘下来，摘了两大竹篮。哥几个提着蚕茧送到街上农产品收购部。蚕茧两分钱一只，得了三元多钱。我们欢天喜地，将钱交给母亲。母亲将三元钱收起来，几角零钱我们四兄弟一人两角，这是我们的劳动奖赏。

穷人家的孩子早当家，从小我们就知道依靠劳动去挣钱。我们捡过知了壳，这是黑蝉羽化后的空壳。树丛草地寻觅着，一分钱一只，卖给收购站，据说是用来做中药。我们还种过蓖麻，在菜园子边角上种上几棵，秋后把带刺的像小刺猬的球形蒴果摘下来，剥出里面的籽来，也可以卖钱，据说是炼飞机用的油。我们有时家里停电也用蓖麻籽照明，用细铁丝将毛豆大的蓖麻籽穿起来，小火把一般。蓖麻籽油很多，烧起来，毕毕剥剥直流油。有一次我举着蓖麻串火把照明，热油滴到我手上，烫起一片水泡。

劳动给我们带来财富，也带来快乐。因为卖了蚕茧，二哥和三哥口袋里装上两角钱，成了有产者，时常财大气粗地商讨着买东西。我呢，也得到两角钱，又可以到街上早点铺小吃一顿了。真是皆大欢喜。只有大哥没有参加我们的养蚕，也就没有享受到我们的劳动果实。不过，他不屑，他正在上中学，一心想当个伟大的工程师。后来，他历经艰辛，终于如愿以偿去同济大学建筑系读书，当上了工程师。不过，直到退休，他也没有设计完成一件工程,没有建成一座大厦,就像少年时期半途而废的葡萄架。

　　三哥尝到了甜头,准备明年还继续养蚕。他信心十足,从外面拿了两个很大的蚕茧回来。这蚕茧非同寻常,不仅个大,颜色还是红的,我们从来没见过这样的蚕茧。他兴致勃勃给我们讲红蚕茧的来历,神气活现像讲天方夜谭的故事。在小镇三十里地远有一座蚕桑研究所,所里有个研究员专门研究养蚕。他为了培养新蚕种,给蚕进行杂交,蛾子大得像蝴蝶。对孵出的蚕搞强化饲养,不给蚕采桑叶,而是摘些杨树叶、柳树叶,甚至扫马路的烂树叶子也捧回来喂蚕。蚕开始不吃烂树叶,几天后饿急了也吃起来。可是吃了烂树叶的蚕一条条跑肚拉稀,死了一批又一批。那个研究员毫不气馁,经过无数次试验,终于养成一批新品种蚕。这种蚕什么树叶都吃,三天蜕两次皮,长得飞快,一身虎纹,两只黑眼睛。一天没喂食,把养蚕的竹盘子啃了精光。在蚕房随意爬行,结的茧又大又红。三哥牛皮哄哄,说这种蚕丝结实得胜过钢丝,织出来的布可以做防弹衣。他费了许多周折,才弄到这两个红蚕茧。后来,三哥和他同学又去过蚕桑研究所,找那神奇的养蚕人,可是养蚕人已不知去向。他们到处打听,有一位邻居说那个养蚕人被政府请到大城市去了,他养蚕立了功。又有人说那养蚕人是被警察抓走的,原来是个大右派,坐牢去了。听了三哥的叙述,我想:那个人是去哪里了呢?一定都与养那吓人的蚕有关。那又大又红的蚕茧又用到哪里去了?

　　三哥拿两个红蚕茧当宝贝,捂在一个纸箱里,放在床底下等着出蛾子产卵。他不让别人看,说是蚕蛾怕光。过了一个月,纸箱里散发出一股怪味,接着传出来嗡嗡声。声音越来越大,好像是有一百架飞机在起飞似的。三哥从床底捧出纸箱,我立一旁伸脖观看。他小心翼翼打开箱盖。一股臭味扑来,"轰"地飞出一群硕大的红头苍蝇,漫天蔽地。

第二章　青青园中葵

一

七岁时，我上学了。读书识字是我向往已久的事情。小时候，我很喜欢听大人讲故事。五六岁时总是缠着母亲，要母亲讲故事。母亲很忙碌，也没读过什么书，知道的故事不多，我就去找我的哥哥们。比我才大几岁的哥哥们并没有讲故事的才能，他们识字的课本和借回家的小人书是我感兴趣的。哥哥借来的连环画，我都先抢过来翻一翻。不识字，只能看看图画。有的看图不明白意思，半懂不懂，就缠着哥哥们给念一念文字。哥哥们念一会儿就不耐烦了，他们看连环画不愿意读出声音。我可怜巴巴地向母亲哭诉求助，母亲不问青红皂白过来就训斥哥哥们，让他们给我读一段故事，并说："你们自己也要看，那么读出声音来不是一举两得吗？"这使哥哥们很伤脑筋。他们结结巴巴单调乏味的朗读一点也不能使我满意。我很悲哀，一心想识字。后来我长大了，也能一卷在手津津有味地读书，从书籍中获取知识得到享受，我就时常想：或许那时总是缠着哥哥们给我读连环画，对于年龄不大的少年哥哥们勉为其难了。但是，如果我有个弟弟，就一定每天都读书讲故事给他听，让他也分享读书的快乐，给他知识的启蒙，浇灌精神营养，让他健康聪慧，将来比我强。

上学读书识字，将要实现我的愿望，背上书包，我满心欢喜又忐忑不安。从此，我跨出了家中的门槛。将来，一路顺风，我会像哥哥姐姐那样读书识字，然后像父亲那样工作挣钱。可是，上学第一天，我就受到了挫折，感受到求知的不易。

入学第一天，教室里，老师给同学们排队分配座位。刚刚入学的小朋友彼此还很生疏，一个个怯怯地站着。望着满教室陌生的面孔，我手足无措，被老师拽到一个座位上一动也不敢动。有几个留级生显得很活跃。他们已经在学校读了一年，因为学习不好，没有升到二年级。一位留级生趁老师不在时到我座位上要抢走我的椅子，将他的瘸腿椅子换给我。我不让他，留级生个子高，很霸道，当胸一拳把我打倒，把椅子抢了去。我打不过他，又不敢离开位子去告老师，只能坐在摇摇晃晃的椅子上。这使我愤愤不平，这个世界原来这般弱肉强食。放学时，急切切想回家的小朋友们呼啦啦往外跑，拥挤着出教室。一阵混乱，我的铅笔盒被打翻在地，一支心爱的铅笔被人踩断了。我满肚子委屈伤心地回到家向母亲哭诉。母亲听了我的哭诉，安慰了我一番，答应再给我买一支好铅笔，晚上，又特别地让我和她睡在一起。

晚上，我偎依在母亲怀里，闻着母亲身上温馨的气息，抚摸着母亲的乳房，怀着满足和幸福，忘却了白天的烦恼。对于孩子来说，母亲的怀抱是最温暖、最舒适、最安全的了，充满温情，是幸福的天堂。就是如今，我早已成年，经历了人生的许多风风雨雨，每当生活中经受挫折遭遇失败，依然渴望能扎进母亲怀里，偎依着哭上一场。让母亲温柔的手抚摸我的头，给我拭去眼泪。但我不能这样做。男子汉，现在应该是我给年老的母亲以保护和安慰了。

虽然上学之初，我遭受挫折，过了一段时间，我就渐渐适应了学校的生活。我努力学习，认真听讲，课堂上我坐得端正，操场上我站得笔直。我严格遵守学校的纪律，争做一名好学生。

我们开始学习语文和算术。教我们语文的是一位叫韩梅的女教师。韩老师很年轻，像个中学生，苗条的身材，白皙的脸庞，鼻子旁有几点细细雀斑，头扎两条短辫子。天冷时喜欢脖子上围条红纱巾，映衬着青春焕发的脸庞，真好看。她讲话轻声慢气，尾音总喜欢带"啊"字，并拖得长长的。我很喜欢韩老师，我觉得她有点像我姐姐。我甚至想见到姐姐时向她建议也买一条那样鲜艳的红纱巾。

我喜爱上韩老师讲的语文课。我也分不清是因为我喜欢韩老师进而喜爱听语文课呢，还是喜爱听语文课而更喜欢韩老师呢。大概互为因果吧。

课堂里很安静，飘荡着韩老师甜润悦耳的声音。"古时候，没有发明文字，我们的祖先用图画记事。打了一头羊，就画上一头羊啊。抓到一匹马，就画一匹马啊。看到天上的太阳，就画一个圆圈。月亮呢，就画上一个半圆形啊。象形文字是我们最古老也是最基本的汉字啊。这种字大部分我们一看就会认识啊。比如'日'就是古时候画的太阳。现在啊，为了书写方便，把它变方了。'月'是一个半圆形，这是月亮缺的时候。'水'，古时候画三条水纹线。'火'，用木材架起来燃烧着。同学们，你们看这些字好不好记啊？"韩老师问。

"好记。"我们齐声回答。

"是不是很有趣啊？"

"有趣。"

"你们喜欢不喜欢学语文啊？"

"喜欢。"

韩老师又接着给我们讲下去。人、口、手，大、小、多、少，上、下、左、右，这些个陌生的笔画简单的汉字，被韩老师一讲解，变得格外生动有趣。每个字都有它的来历、故事和秘密。她教我们认识汉字，就像是在猜迷、画画、做游戏。韩老师还教我们念诗。她站在讲台上轻轻摇晃着身子，双手拍着巴掌：

一二三四五，
金木水火土。
天地分上下，
日月同今古。

上语文课，同学们都抱着极大的兴趣，听课都很认真。

当然，也有节外生枝的现象发生。班上几个留级生就很不安分，有两个男留级生总是别出心裁，惹是生非。

"大"，韩老师在黑板上用粉笔写上这个字，转过身讲解着。她喜爱用具体形象的事物来给文字做解释和说明，这样便于同学们理解和接受。"一个人伸开双臂，分开双腿，就是大。天地之间，宇宙万物，人是最了不起的。所以一人称大。大分开的腿中间多上一点，就是太。"她在黑板上"大"字下面加一点。

一个男留级生在底下囔："老师，我听别人说，男人是太，女人是大。因为男人比女人多一点。"同学们都笑起来。男同学笑得哈哈的，女同学掩着嘴吃吃地笑。

年轻的韩老师白皙的脸唰地红了，"不许胡说。"

韩老师虽然很生气，脸红了很长时间，但她没有惩罚那位胡说八道的留级生。平时，韩老师上课从不罚学生。有的老师就经常惩罚那些不听话喜爱调皮捣蛋的学生，罚他们站一节课，或者放学留下来不准他们回家，把学生家长叫到学校告一状，借家长的手把学生揍一顿。韩老师不罚学生，向家长们谈学生情况都是一分为二地先说些同学们的优点长处，然后婉转地谈谈缺点不足，说得家长不由得连连点头，都说韩老师好。那时，我以为所有的老师都像韩老师那样，后来我才知道并非如此。

教我们算术的老师也是女的，我就不喜欢她。她给我们上算术课干巴巴的，一点也不生动，面无表情，比韩老师差远了。她给我们出算术题总是鸭子鸭子。

三只鸭子加两只鸭子？

七只鸭子减四只鸭子？

十二只鸭子比八只鸭子多几只鸭子？

我听说她家中养了不少鸭子。那时，小镇上许多居民家中都搞一点副业，种种菜，养养鸡鸭，以贴补微薄的工资。我有时觉得，她那张黄瘦扁平的脸就像一只退了毛晒干了的板鸭。她的热情恐怕都倾注给了鸭子，而不是学生。

在学校，一旦适应起来，很快显示出我在学习上的实力。课堂中，我的理解力和记忆力都有很好的表现。我开始能勉勉强强读书了。我先是看连环画和短篇童话故事，后来识字多了，就读长篇小说。那时许多字我还不认识，但我还是看得津津有味。我把李逵看作李达，把水浒读成水许，受宠若惊读作受龙若惊，鬼鬼祟祟念成鬼鬼崇崇。虽然别字满

第二章 青青园中葵

眼,囫囵吞枣,还是看了不少书。读书使我幼小的心灵渐渐丰满起来,书中的人物和故事丰富了我的想象,我的思想就像长出羽翅的鸟一样在广阔天空遨游。书籍成为我生命中的一部分。捧起书来我什么都会忘记,吃饭也总是母亲从手中抢去书本,将碗送到手上。我又会将书要回来,一边看书,一边吃饭。书中的故事我读得津津有味,而嘴里的饭却不知咸淡。我最喜欢的是《匹诺曹的故事》,还有《尼尔斯骑鹅旅行记》《小布头》《宝葫芦》。各式各样的小人物、小精灵,以及他们有趣的故事,深深地打动我的心,长久地留在我的记忆中。在我童年的幻想中,我时常会同它们一起旅行玩耍,同它们交朋友。

晚上,我看书时常看到很晚。如果手上有本我喜欢的书,哪怕通宵不睡也非一口气读完。夜里看书太晚,母亲就会干涉,一方面怕伤害我的眼睛,另一方面怕浪费电。我悄悄躲进被子里打着手电看书。古人读书有凿壁偷光聚萤为灯,我的条件比他们优越。不过,电池消耗很大。这些电池都是父亲工作上使用剩下的。为了节省电池,我把一些旧电池用钉子在底部钻几个眼,灌注点浓盐水,可以延长使用时间。这方法也记不清谁教的。用薄木板钉个盒子装电池,连上线,荧光如豆,看得眼睛挺累。这恐怕造成了更大的浪费,更大的伤害。

有一次,我借到了一本很厚的书,书名是《一千零一夜》。书的封皮都没有了,边角都已破烂。书很吸引人,我爱不释手,反反复复看了很长时间。阿拉丁的神灯,辛伯达航海船,无数的巨人、鬼怪、海盗,这本书给我带来许多愉快的时光,带来幻想,也带来噩梦。那时我也看了安徒生的童话故事,我觉得不如《木偶奇遇记》《一千零一夜》有趣,只是朦朦胧胧地留下一种美的悱恻的印象。而当我又长大许多后,对美的欣赏有了更高的追求,心灵里总是被一股悱恻惆怅的情绪所缠绕,对安徒生及他的童话,我就有了一种深深的同情与爱意。

自从我认识第一个汉字,此生就和书籍结下不解之缘。我认识的第一个汉字是"日"。我想,我们的祖先仰望天空那普照万物一切生命之源的太阳,写下了这样一个象形文字:日。我无法想象他们会是怎样一种感激崇拜畏惧的心理。我努力地从我们祖先创造的一个个文字中去体验感受我们祖先的内在心理。我赞叹他们伟大的智慧,吃苦耐劳的精神。

青春随风

我感谢我们的先人给我们留下这么丰富宝贵的遗产,也感谢我的第一个语文老师韩老师。她的语文课上得真好。正是她引导我走进知识的大门。韩老师教我们语文课一直教到三年级。三年级下半学期我们换了个语文老师。新老师也是个女的。虽然她上课同学们反映也挺不错,但我总觉得不如韩老师。我以后就再也没有遇见像韩老师那么叫我喜爱的语文老师了。我上中学时,听说韩老师嫁了一位部队上的年轻军官,后来就随丈夫调走了。我以为,韩老师一定很幸福,她的丈夫一定很爱她。像韩老师这么年轻漂亮,这么热爱生活、热爱工作、热爱孩子的人,一生一定会很幸福的。我至今还清楚地记得韩老师教我们认识"心"字。她说:"心是一只浅浅的小碗,里面盛了三点情,一点献给亲人朋友;一点献给大自然;最后一点留给自己,放在小碗的中间。"我知道韩老师正是有着这样一颗心。

二

清晨,东方现出一片柔和的鱼肚白。银白的曙光渐渐变得绯红,朝霞映在千家万户的窗棂上。天越来越亮,小镇从黎明中苏醒了。街道上狗儿穿过马路,麻雀在屋檐树梢叫个不停。早起的人们在各自家门前生起煤炉子,小镇弥漫着青青的炊烟,和淡淡的晨雾融在一起。

母亲很早就起来了。她挎着篮子从街上买菜回来,在门外屋檐下点起小煤炉生火做饭,然后把我们几兄弟一个个叫起来。冬天里,棉衣棉裤又厚又硬,穿在身上铠甲似的。每天早晨从热被窝里起来,光溜溜的胳膊腿往棉衣棉裤里穿,肌肤一碰硬硬的棉布,冰冰冷,触电似的,瑟瑟缩缩直打战。早晨起床这一关实在难过。风从门的缝隙里吹进来,望着窗玻璃上的霜花,我丢下棉衣,又缩进被窝,哼哼叽叽赖着不起来。时间不早了,我该上学去了。为了哄我起床,母亲把小煤炉提进屋,将我的棉衣棉裤在炉火上烘一烘,烤一烤,向我递过来,喊:"快穿,趁热乎。"我抓过棉衣棉裤,一打挺从被窝里起来,将带着烟熏火燎味的棉衣棉裤飞快地套到身上。

第二章　青青园中葵

我从水缸舀瓢水倒进脸盆里，端到木椅上，拿毛巾擦把脸。脸盆的搪瓷磕掉了好几块，父亲用焊锡补过几次，仍然有点漏。我把盆里剩下的水往门前土路一扬，就去帮母亲看煤炉子。早上时间很紧张，上学时间快到了，饭还没烧好，炉火不旺，做煤饼时泥巴掺多了点。我拿把破芭蕉扇使劲扇，煤烟熏得我泪水直流。为了让炉火快快烧起来，我捏了几粒盐撒在炉子里，噼噼啪啪，炉中爆出几颗火星。实在来不及了，我用开水泡半碗冷饭，没有菜拌点酱油匆匆吃了赶去上学。

我读书的学校是所铁路子弟学校，建在镇子边上。学校面积很大。小镇刚建起来这里是荒山，据说，一位管教育的领导站在高处指着不远处用手一挥画了个大圆圈，人们目光所尽都成了学校的地盘。20世纪60年代的校舍都是平房，一个很大的操场。操场旁一大片空地，杂草丛生，孤零零几座不知有主无主的坟。还有一处凹地积着一洼雨水。同学们下了课喜欢到那片空地玩耍，在草棵里抓蟋蟀，逮蜻蜓，摸爬滚打。夏天到水洼洼抓小蝌蚪。洼地再过去是一片小松林，有逃课的男学生喜欢往那里躲藏，躺在松树下东扯西拉聊着天，或者玩着赌香烟壳的游戏。

我们班里四十几个学生，一半是男的，一半是女的。两人一张课桌。老师安排座位时，将男同学和女同学的座位交叉地穿插开来。一男一女共一张课桌。第一张课桌男同学坐左边，女同学坐右边。那么，第二张课桌就女同学坐左边，男同学坐右边。据说这样可以有效地阻止上课期间同学们讲话做小动作。我想，老师们如此这般煞费苦心，也还是收到了一定效果的。那时，我们虽然小，男女界线却很分明。男同学与男同学玩，女同学与女同学来往，倘有谁越轨，就会遭到同伴耻笑。

同桌的男女同学时常闹摩擦，主要是领土纠纷。一张小小的课桌，两个人写字，手肘常会相撞。于是，桌面上画道线，谁也不能超过。这一道楚河汉界有时并不公平，女同学总是要委屈些。男孩子逞霸权主义，把分界线向外扩张，像当年的楚霸王。如今，在那些长大了的男孩子女孩子中间，情况就不一样了。尤其在那些结了婚成了家的男孩子女孩子中，再有类似事件发生，受委屈的恐怕就不是女的而是男的了。这种现象我觉得倒是挺有点幽默的，就像历史上刘邦终于战胜了项羽。当然，男孩子还不至于跑到乌江边去哭泣。

青春随风

和我同坐一张课桌的是一个很文静的女孩子，小巧玲珑，扎两条细溜溜的小辫，穿着洁净。她总是喜欢穿件玫瑰色的红衣裳，我暗地叫她玫瑰小姐。这是我新近看的一篇童话故事里的一个公主的名字。识字不多的人喜欢用新名词给人起绰号。童话里的玫瑰小姐有一次被女巫施了魔法，沉睡了一百年。后来一位王子见到沉睡的玫瑰小姐，爱上了她，于是，玫瑰小姐就醒来了。这个童话真有意思，一个人能沉睡一百年。我身旁这位玫瑰小姐没有这种经历，虽然我曾经对她也有过这种担忧。夏天的时候，白天长夜晚短，贪玩的同学到了下午就会打瞌睡，老师让学生到学校午休。吃过饭同学们来到教室，一个个趴在课桌上睡觉。玫瑰小姐每次都睡得很香，快到上课时间被同学的吵闹声唤醒，等不及什么王子来唤她。她醒来后，抹一抹口角的涎水，理一理零乱的鬓发，冲我不好意思地笑一笑。我的担心显然多余。别的男孩子都在课桌上画条分界线，我不想因为她叫玫瑰小姐就是公主了不画分界线。一开始，我也想显示一下大男子主义，将分界线划在五分之三的地方。一般来说，我是腼腆害羞的，安分守己的。这条分界线只要她坚持抗争一下，我很快就会妥协。她居然没有异议，只是写字时尽量侧着身子，将大片空位让给我。我觉得这样倒挺不错，很好地满足了我的虚荣心。后来，过了一段时间，我觉得这条分界线没有什么意义，就把它擦掉了，这是有点向她示好的意思，当然我心里并不承认。有一次，过六一节，同桌的她带了一把漆得红红的形似大饭勺的琴到学校里来。我们都没见过这琴，有同学问她是什么。她回答说是小提琴，她妈妈给买的，教她学拉小提琴。她妈妈是小学校里的老师，很注意她的培养。联欢会学生表演节目时，她上台用小提琴拉了一支曲子，吱吱呀呀，我们也没听懂。不过音乐老师很赞赏，说她琴拉得挺准确。音乐老师的夸奖使她兴奋得不得了，大声说她将来要报考音乐学院，当个小提琴家。

在一张课桌，我们和平共处一年之久。这期间我与她还是很少讲话，更没有在一起玩耍过。虽然我也很羡慕那些少男少女青梅竹马的故事，很想讲一个譬如我考试时笔坏了，正着急时，我的同桌向我伸出援助之手，借给我一支笔。或者一次在我蒙受不白之冤时，我的同桌勇敢地站出来为我作证，洗刷我的冤屈。然后开始一段纯洁初恋的故事。不过我

第二章 青青园中葵

没有这个福分也就不想去生编硬造浪漫故事。那时，我们虽然年龄小，还很有点封建呢，有着很深的男女授受不亲思想。以后过了许多年，我们都已成年，偶尔还会在小镇的路上相遇。她当然没有当成小提琴家，也同我一样靠父辈的帮助顶职留在小镇上当了一名小学教师。坎坷岁月早已湮灭了我们童年的梦想，庸常的生活使我们都变得灰不溜秋。见面时我们会彼此相视一笑，问声好，话还是不多。有一天，我在路上遇见她，见她身边带了个七八岁的小女孩。小姑娘那么洁净、可爱、小巧玲珑，穿着鲜艳的红裙子，打扮得像朵花似的，活脱脱一个当年的玫瑰小姐，居然手上也提了一把小提琴。无疑，是她女儿。梦想又在延续。我真想问问小女孩，她上学和谁同坐一张课桌，是不是一个腼腆的小男孩。他们之间有没有领土之纷，课桌上还画一条楚河汉界吗？

我在小学读书时，我们班里还有一个挺特殊的同学。这个同学的大名叫成玉全，小名阿全。除了老师，我们都叫他阿全。阿全一个字不识，智力相当于一个三岁孩童，也不知怎么入的学，并且升到二年级。听说年级主任是他家邻居。当然，不仅仅是因为邻居。在一次全年级师生大会上，年级主任就说："我们的学校是工人阶级贫下中农开办的学校，绝不能把工人阶级贫下中农的子女关在校门外。"

阿全年龄不小了，他有个弟弟比我们还高一年级。小学生中阿全显得个子老高，窄脑门子小眼睛，嘴唇向上翘到塌鼻子一块，一副乐乐呵呵的滑稽模样。由于阿全的到来，班上的空气活跃了许多。下课后，同学们围住阿全，问这问那："你叫什么名字？"

阿全口齿不清闷声闷气回答："成玉全。"

"几岁了？"有同学问。阿全伸出一个巴掌五个指头，却说："三岁。"同学们开心极了。

阿全时间观念很淡薄，经常迟到早退。有时正上课，阿全背了个书包，勾着头，弓着腰，一冲一冲走进来，旁若无人，一路撞着桌椅板凳乒乒乓乓，走到后面自己座位上。老师特意给他安排在最后一排，一是阿全个子高，二是他反正不听课。同学们不由自主地都扭头望着阿全。他笑呵呵，冲大家做个鬼脸。同学们被逗得咯咯笑。老师不满地敲敲讲台，"安静。成玉全，坐下。"

阿全一个字不识，书本文具一件不少，他的父母真是用心良苦。阿全的本子始终是崭新的，上面没有一行字。有同学恶作剧，上厕所偷偷去撕阿全的本子当手纸。阿全对这种坏行为很不满意，嘟嘟嚷嚷，不知骂些什么。他自己从不用新本子当手纸，拉完屎，很便当地一提裤子就走了。所以阿全身上，尤其是夏天，经常有股臊哄哄的味道。这使阿全很长时间都一个人坐张课桌，没人愿意和他同桌。虽然如此，阿全还是用他的排泄物将全班同学的嗅觉大大刺激了一下。

有一天，正上算术课，忽然教室后面一阵躁动，接着一股奇臭在教室弥漫开。这股奇臭由后向前直扑上讲台，熏得老师立刻噤了声。往后一望，肇事者是阿全。原来阿全早上不知吃了什么，撑得拉了一裤裆屎。自己把裤子脱下来，稀屎蹭得到处都是，地上、桌子上、椅子上都有。学生个个捂着鼻子逃出教室，叽叽喳喳，议论纷纷。阿全吃得真多，拉那么大一泡屎。有一位和阿全家住得较近的同学说，他亲眼看见阿全早上吃了四个肉包子。同学们听了更是群情激奋。那年月，早上能吃上肉包子，绝对是资产阶级生活水平。一般工人家庭，早晨都是吃前天晚上的剩饭。水煮一下，尽是锅巴，弄得饭里红红白白。再掺上点老白菜帮子，洒上点盐，只求填饱肚子。肉包子只是逢年过节才有的吃，平时那就太奢侈了。阿全居然早上能吃四个肉包子，同学们捂着口鼻，艳羡地盯着那些松软黄稀像大豆酱似的东西，赞叹不已。

阿全一泡屎搅了一堂课。算术老师自认倒霉卷起臭裤子，让阿全提着，把他送回家。几位平时表现积极的女同学，用盆子端来水，用抹布擦去桌椅上的屎，又提水冲洗教室地面。几盆脏水浇到教室前的花坛里，第二天，那几丛韭菜兰就蓬蓬勃勃开了一片白色喇叭花。

第二天上课，班主任老师表扬了这几位做好事的女同学，说她们不怕脏，不怕臭，发扬阶级友爱精神，是学习雷锋好榜样。这使得女同学都不太讨厌阿全了，希望他能给她们多创造一些得表扬的机会。

男同学对阿全也自有喜欢的地方。阿全个头大，力气大。我们班同学一与别的班同学闹摩擦起争斗，马上唆使阿全上阵打冲锋。阿全一上阵对方立即作鸟兽散。有的男同学恶作剧，唆使阿全追赶女同学。阿全干这事最开心，一直追到女厕所，吓得女孩子提着裤子往外跑。

第二章　青青园中葵

　　阿全在我们班待了一年，三年级转到其他班级，继续追逐女孩子，继续用他的排泄物刺激同学们的嗅觉。他还准备和我们一起上中学，学校领导说这正是我们制度的优越性，实行全民义务教育。那时正提倡普及中小学教育。

　　我在中学读书时，还听说了阿全的一件趣事。在中学时，学生都被学校安排下工厂学工劳动，阿全整天无事在工厂里东游西逛。一次，他爬上一辆停在工厂内的火车头，东摸摸，西拽拽。这辆火车头加足了燃料，烧足了气，正准备出库，司机刚下车办事去了。阿全到处乱摸，一下子把气门拉开。蒸汽推动车轮，火车头开动起来。阿全开了火车，却不知怎样才能关上。他慌慌张张下不了火车，急得团团转。火车头轰咻轰咻越开越快，驶过两个道岔，推翻一块警冲标，撞到另一辆停在铁道上的机车头才停下来。阿全撞得头破血流，被赶来的保卫人员带走了。这事非同小可，如果这辆火车头开出工厂一直驶到正线上，那么与正线来往的列车相撞那可了不得。一想到这严重后果，铁路领导背脊都冒凉气，责成保卫人员严肃处理。阿全被关了一晚上，保卫人员面对这傻呵呵的白痴实在无可奈何，将家长叫来训一顿，又把阿全放了。阿全开火车，令一贯威风凛凛的大车们不免有些沮丧。同学们都对阿全佩服得不得了，事情过了许久还是小镇上的佳话。

　　20世纪80年代，举国上下掀起经商热，阿全也开了一家小零售商店，经营杂货，据说还是挣了一些钱，因为残疾人营业可以少纳税。小店营业执照上的大名是成玉全，阿全是名副其实的老板，他家中的人充当伙计。我们时常看到这位憨态可掬的零售店老板弯腰弓背拉了辆木板车，他那年老体胖的娘迈着小脚一扭一扭跟在后面，逢人便愁肠百结地说："啊，我的阿全今后怎么办呢？只有现在多给他积点钱，不然，我们一走，谁养他呀。"阿全在一旁一副笑呵呵无忧无虑的模样。

　　时间把我们的经历都变成了故事。我早年的同班同学阿全的故事，如今还流传在小镇人的口头上。看见他，就令我又想起少年读书时的情景。

三

小学二年级，我戴上了红领巾。老师说红领巾是红旗的一角，是烈士鲜血染成的。六一那天，面对红旗我庄严地举起小拳头，发自内心地宣誓要为共产主义奋斗终身。就是现在，我也没有泯灭对共产主义的向往。那些为共产主义牺牲的先烈中，我特别崇敬李大钊、方志敏，拜读过他们的文章和故事，知道他们是真正的共产主义信仰者和实践者。后来，我还了解到，我们的民族历史上有许多先烈，为了国家民族人民的利益英勇献身，有忧国忧民的屈原，"路漫漫其修远兮，吾将上下而求索"；有碧血丹心的文天祥，"人生自古谁无死，留取丹心照汗青"。

看到我戴上红领巾，母亲比我表现得更加激动。因为和我一起上学的同龄人中我最先戴上红领巾，她为我自豪，她的老儿子从小就出类拔萃。

参加了组织，各类活动也多起来。有一个活动叫爱国卫生运动。我们一切的活动，都和爱国主义世界革命联系着。

早晨上学，走进教室，门口站着两个少先队小检查员，每个同学经过时伸出手掌，查看洗没洗手，剪没剪指甲。学生不能随地吐痰，每人都必须随身带手帕。老师检查学校教室卫生，要求垃圾桶不能有垃圾，课桌上不能放东西，黑板上不能有粉笔字。当然，老师上课要写字，下课必须立即擦掉。运动都是一阵子，没多久，手指甲就没人检查了，手帕就没人带了。

低年级的我们学的课文比较简单，主要是一些看图说话和儿歌。

例如：大公鸡喔喔叫，小朋友起得早，起得早上学校，排起队来做早操，伸伸手弯弯腰，天天做操身体好。

还有：房前屋后，种瓜种豆。种瓜得瓜，种豆得豆。

随着升学到小学二年级，课文内容逐渐多起来，除了认识汉字，还讲一些生活道理。我学习过一篇《盲人摸象》的课文：

有一天，四个盲人坐在树下乘凉。有个赶象的人走过来，大声喊着：

第二章　青青园中葵

"象来了，让开点儿！"一个盲人提议说："象是什么样儿的，咱们来摸一摸吧。"另外三个盲人齐声说："对，摸一摸就知道了。"

他们向赶象的人说了，赶象的人就把象拴在树上，让他们摸。

一个盲人摸了摸象的身子，就说："我知道了，象原来像一堵墙。"一个盲人摸着象的牙，说："象跟又圆又光滑的棍子一样。"第三个盲人摸着象的腿，就反驳他们，说："你们俩说得都不对，象跟柱子差不多。"第四个盲人摸着象的尾巴，就大叫起来，"你们都错了！象跟粗绳子一模一样。"

四个盲人你争我辩，都认为自己说得对，谁也不服谁。赶象的人对他们说："你们都没说对。一定要摸遍象的全身，才能知道象是什么样儿的。你们每个人只摸到象的一部分，就断定象是什么样儿的，怎么能说得对呢？"

学习这篇课文时，老师告诉我们一个道理，看待事物要全面，不能只看一小部分就轻易下结论。现在我还觉得这篇课文对人们很有教育意义，兼听则明，偏信则暗。

三年级，老师开始让我们学生写作文。我们认识的字还不多，写起作文错别字很多。一个同学作文写道：我们每人吃了一盆（应为盘）萝卜。"一盆萝卜"的量着实不小，萝卜屁一定会放个不停。但我们班上还有更能吃的学生，一天吃三"吨"（顿）：一"吨"早饭，一"吨"午饭，还要吃一"吨"晚饭。我疑心他撑破了肚子，我们还勉强吃饱饭没挨饿，他一天就吃三吨。但看到另一个女同学的作文，才明白自己下结论过早，强中还有强中手。那同学写道：我们家周围有好多人养狗，一点也不讲卫生，不爱国。今天早晨我刚从家出来，就看见门口有一泡不知哪条野狗拉的屎，大吃了一斤（惊）。

有一天，老师在班里表扬了一位同学，说他这个"青翠欲滴"用得好。下一次交上来的作文，几乎每个人都用了"青翠欲滴"。"教室的门前，有棵青翠欲滴的花""我端着青翠欲滴的玻璃杯""她穿着一件绿色的裙子，真是青翠欲滴"……有一个男生居然还写："感冒了，我的鼻涕青翠欲滴……"我的作文也用了"青翠欲滴"。我写道："看着那香气扑鼻的红烧肉,二哥的眼睛早已青翠欲滴。"老师说我用词不当,我还有点不服气呢,我亲眼看见二哥盯着红烧肉的眼睛冒着绿光。

我上学了,有文化了,可以看连环画读小说了。学了算术课,我能够帮助母亲算账记账,挨家挨户收取水电费了。那时,我们还享受着社会主义的优越性,公共自来水大家随便用。电只限照明,一家一户一盏灯泡,不能超过十五瓦。当然还必须象征性地交点费用。水费每人每月五分钱,电费每只灯泡每月两角。一栋平房住户每月轮流收取,然后统一交给公家。轮到我们家时,母亲就安排我去做这项工作。

随着年级的上升,学习的内容越来越多。厚厚的语文课本有诗歌有故事有散文,还有一点应用文写作。当然,那些诗歌故事都是红色革命教育内容。

新书发下后,我非常喜欢书上散发出的油墨香,不由得将头埋进书页里嗅一嗅。那种香味与鱼肉香不同,嗅到它既感到生理的满足,又有一种精神的陶醉。现在的新书也有油墨味,但有一些散发的是刺鼻味道。这该是油墨品种的缘故吧。

那时一拿到新教材,大家首先是翻看一遍里面的插图。以今天的眼光看,那时教材的插图远不如现在孩子们教材的纸张质地优良印刷精美,除了封面和扉页是彩色的,图画都是黑白的,许多内容都是政治性的。可大家还是喜欢翻来覆去地看,通过它们想象出另外一个世界。

发书之后,大家在封面一笔一画写上自己的姓名,虽然很认真地写,仍写得东倒西歪的。放学时大家急不可待地将新书装进书包,拿回家向哥姐炫耀。哥姐们都凑过来翻看,还为我们包上书皮。有牛皮纸、画报纸的当然好,但这些纸不易得,就用报纸代替。有的同学包了透明塑料布的,我们觉得别致而羡慕不已。

但过不多久,一个学期过半,当新书已不再新鲜、边角翻卷如花瓣时,它又成了我们宣泄情绪的对象。里面的插图多被涂鸦,最常见的是为人物画胡子、画皱纹、画眼镜,个别同学还往上画些让人羞的东西。所以,一学期下来,手中的教科书仍完好整洁的极少了。

我们读的课文具有强烈的政治色彩,通过革命故事、拥军故事、革命领袖故事传达爱国之情,塑造社会主义的国家形象,巩固社会主义阵营,培养革命接班人。

记得一篇课文，《我们的手》：

我们的手是劳动的手，万丈高山也能搬走；
我们的手是战斗的手，敌人见了浑身发抖；
我们的手是创造的手，前人没有的东西我们要有。

还有一篇课文，《三过黄泥坡》：

前天路过黄泥坡，黄泥坡上野兔多，荒山冷落无人到，杂草丛丛长满坡；

昨天路过黄泥坡，黄泥坡上人马多，男女老少齐开荒，梯田层层遍山坡；

今天路过黄泥坡，坡上姑娘唱山歌，人民公社力量大，荒山变成米粮坡。

在那个年代，物质普遍匮乏，然而许多紧跟形势、宣传红色政治的通俗歌曲却非常盛行，这是那个时代的特色。由于这些歌曲好记好唱，也由于那时候没有其他歌曲，所以数十年过去，许多人仍然难忘"红歌"。小学时期的课文，其中许多应景诗歌也是这样，通俗押韵，朗朗上口，直到现在还深深地印在我的脑海里。

一九六五年小学五年级的课文有一首打油诗，题目是《手拍胸膛想一想》，今天来看，实在是奇文，五十年后我仍能背出个大概。全文大致如下：

在一个秋天的社员大会上，有个贫农社员要退社，一个老汉站起来，指着他的鼻子说：老弟呀，你忘本了——
树老根多，人老话多。莫嫌老汉，说话啰唆。
你钱大气粗腰胆壮，又有骡马又有羊，
入社好像吃了亏，穷人沾了你的光。

手拍胸膛想一想，难道人心喂了狼？
老汉心里有本账，提起账来话儿长。
地主逼租又逼债，担起儿女跑关外。
你爹你娘来逃荒，一条扁担两只筐。
你那时饿得像瘦猴，三根茎挑着一个头。
天下穷人心连心，收留你家在咱村。
一场春雨满地新，来了亲人八路军。
斗争地主把地分，你爹当上农会主任。
他打土匪挂了花，咽气的时候给我说了知心话：
我不长命没福气，孩子们赶上社会主义。
哪想你这阵有了钱，入社脚踏两只船。
棉花脑瓜豆腐心，跟着富农瞎胡混。
他说是灯你就添油，他说是庙你忙磕头。
农业社里千般好，你跟着富农往哪儿跑？
人心不足蛇吞象，你好了疮疤忘了伤。
千亩地里一棵苗，合作社是咱宝中宝。
党的话儿你要听清，心里就像掌上灯。
你擦亮眼睛仔细看，觉悟回头当社员。

这篇课文朗朗上口，同学朗读起来整齐流畅，虽然不理解其中的阶级斗争，倒是特别能背得"你那时饿得像瘦猴，三根茎挑着一个头"。同学课后念着这一句，相互指着嬉笑打闹，常常取笑瘦的那一方。男孩子们可能因为刚过大饥荒年，饥饿感受太深了吧，几乎都很瘦。

平时就是语文课很差，背诵课文总不及格的学生，这首诗也背诵得一溜一溜的。同学们相互争论也喜欢来这么几句诗：树老根多，人老话多。莫嫌老汉，说话啰唆。攻击别的同学，也加一句：人心不足蛇吞象，你好了疮疤忘了伤。责骂别人：手拍胸膛想一想，难道人心喂了狼？经典诗句挂在嘴上，除了毛主席语录，这首诗引用得最多。

我还没有升到五年级就开始了文化大革命，老课本就停止使用了。我在三哥和小哥的课本里学到了这篇课文。小哥平时最怕背课文，这篇课文他居然背得滚瓜烂熟。他们兴致勃勃地背诵，随时随地张口即来两句，使得我也兴趣盎然，能一字不落地把这首诗背诵下来。

如今农村的公社早已灰飞烟灭。小时候的课文，能记下来一两句的本就很少，记忆深刻的更寥寥无几。但是不知道为什么，这篇起头"树老根多，人老话多。莫嫌老汉，说话啰唆"的课文，直到现在还深深地印在我的脑海里，时常萦绕在脑海之中。

我在小学读书的语文课本还有篇《半夜鸡叫》的课文。这篇课文是一部自传小说《高玉宝》里的片段，故事还改编成了美术片电影。几乎所有的小学生都看过这部电影，讲的是一个叫周扒皮的地主老财剥削压迫农民长工，地主与长工间阶级斗争的故事。

地主周扒皮每天半夜里学鸡叫，然后把刚刚入睡的长工们喊起来下地干活。日子一长，长工们对鸡叫得这样早产生了怀疑。小长工小宝为了弄明白此事，在一天夜里，他独自躲在大车后边观察院内动静，不一会儿，只见周扒皮悄悄来到鸡窝跟前，伸长脖子学鸡叫，随后又用棍子捅鸡窝，直到公鸡都叫了起来，他才离开。

小宝把看到的情况告诉了长工们，大家非常气愤，都到地里睡觉去了。天亮后，周扒皮到地里一看，长工们都在睡觉，他举起棍子又骂又打。长工们不甘心受压迫，想了个对付周扒皮的办法：当天夜里，正当周扒皮在鸡窝跟前学鸡叫的时候，躲在暗处的小宝喊了声："捉贼！"早已准备好的长工们纷纷跑来，对着周扒皮一阵乱打。地主婆闻声赶来，说明被打的是老东家，大家这才住手，并故意表现出惊讶的样子。地主婆无可奈何地扶着狼狈不堪的周扒皮回到屋里去，长工们见状都高兴得不得了。

周扒皮的形象家喻户晓。不过，后来有人揭穿这个故事是假的，说是编造的。

那时我们的语文课本里还有一篇课文《狼来了》。这篇课文也是令我记忆深刻的课文。

从前，有个孩子在山上放羊。他看到很多人在山下干活儿，想捉弄一下别人，就故意大声喊叫："狼来了！狼来了！"山下的人听到喊叫声，立刻跑上山来。可是,山上根本没有狼,是放羊的孩子在撒谎,人们被他欺骗了。

过了几天,人们又听见这个孩子在山上喊:"狼来了!狼来了!"大家又跑到山上去,结果还是没有狼,人们又被撒谎的孩子欺骗了。

又过了几天,狼真的来了。这个孩子又喊:"狼来了!狼来了!狼真的来了。"山下的人听见喊声,再也没有人理他了,结果,他的许多羊都被狼吃了。

《半夜鸡叫》和《狼来了》都是20世纪60年代我们在小学里学习的语文课文。大人们教育小孩子不要撒谎,可有的大人们自己却经常撒谎。

现在的语文课本里没有了《半夜鸡叫》这篇课文,也没有了《狼来了》这篇课文。如今,《狼来了》的故事已经没有人讲了,被人们遗忘掉了。

四

许多作家笔下,儿时的故乡,永远是那么美丽亲切感人。山区的边城,平原的荷花淀,江南的小桥流水,北方的原野牧歌,无论是远山还是老城,都洋溢着诗情画意。孩提时的旧事,津津乐道,感怀岁月,情结难解。我居住的小镇普普通通,没有什么特别称道的地方,没有历史,没有风情。新兴的小镇大多是外乡人,顺着铁道线四面八方聚到一起,没有什么共同的风俗,语言混杂不堪,南腔北调。

这一带地处丘陵,没有崇山峻岭,不见广阔地平线,不高不平,坎坎坷坷。绵延土岗上生长着稀稀落落的茅草和矮树,掩盖不了风化的沙土,一片赤黄,满目索然。河流曲折而又平缓,穿行其间,冲出一小片一小片平原;平原上坐落着村庄;庄稼地里四季变化着各种颜色,春绿秋黄。冬季里,一场小雪,落在地里的都化了,只有上年割了稻谷的禾兜积着雪,一朵朵像开花的白馒头。夏天,哗哗一场小雨过后,池塘沟渠蓄满了水,稻田里一片蛙鸣。小镇的郊外,有着许多小水塘,小镇的名称XiangTang似乎就与这些小水塘有着密切联系。田埂旁土坡下,大大小小的水塘点缀其间，增加点许风景。

那些水塘不大，一亩或半亩面积，星罗棋布。一年四季，水清似碧，晶莹透澈。平静的水面映着几片荷叶；塘边围着簇簇青草，有的还矗着几棵老树，苦楝、桑榆、杨柳等，在水面留下曲曲折折的倒影。有的水塘很深，有的很浅。水虽清，塘底却淀着厚厚油油的黑泥。黑泥里隐着泥鳅、黄鳝、小鱼、小虾、螺蛳、蚌壳。这些水塘是小镇的孩子们经常玩耍的去处。在我儿时的记忆中，这些小水塘消磨了我许多童年的时光。

小镇居民的平房坐落在铁路边平缓的土岗上，周围紧挨着庄稼地和水塘。春天，走出镇子拿了根小竹竿拴上鱼线鱼钩到水塘里钓鱼。不知道什么缘故，我钓鱼总是收获不大，十之八九空手而归。有时候，守候在水塘边，手握竹竿站老半天，盯着水面上鹅毛管做的浮标，眼都酸了，浮标也不动一下。有时候那白色的浮标又动个不停，我每每提钩，就是钓不上鱼。间或使劲一甩，提起一条还没手指粗，寸把来长的小棍棍鱼。我不会看水色，不会撒米打窝子，春天里原野的景物使我神不守舍；直挺挺杵在水塘边，那长长的身影使水里的鱼儿望而生畏。当然，有时也会有点意外收获。有一次，我守候在一口水塘边，握着钓竿，盯住浮标，放轻呼吸待鱼儿上钩。水底的鱼饵我上了一条好肥的蚯蚓，钓竿上的绳足可以拴头牛。对岸一个男孩也在钓鱼，他频频起钩，一会儿提起一条巴掌大的鲫鱼，一会儿又提起一条。鱼儿提出水面，活蹦乱跳，银鳞闪闪，真让人妒忌。我知道这水塘有鱼，听说三年水没干过。我耐住性子守候，终于，有鱼儿碰钩了。白色鹅毛管浮标轻轻动了一下，过了一会儿又动一下。我屏住呼吸，两手握紧竹竿，眼睛一眨不眨，拉好架势准备起钩。鱼儿吞钩了，浮标动两下忽地往水里沉去。我当机立断，攒足了劲往上一提，感觉手中沉甸甸，心里欢喜极了，是一条大鱼。我双手握钓竿一用力，鱼钩差点甩上天。一只黑黑的东西出了水面。我定睛一看，钩子上一只小乌龟四脚朝天划呀划。

对面那小男孩看见我钓起一只乌龟，乐得前仰后合。我啼笑皆非，恶狠狠按住龟背往下取钩。小乌龟四脚挣扎着乱爬，一只龟头使劲往壳里缩。我费了好大劲取下鱼钩，一看，钩子直了。

这只小乌龟作为我一天钓鱼的唯一收获被带回了家。我找了只盆子，装上水，把小乌龟在里面。小乌龟在盆子里四脚划水游来游去，那种不慌不忙四平八稳的样子挺有趣。我把小乌龟从盆里抓出来，放在地上，在它的背上驼上许多东西催它往前爬行。小乌龟挺胆小，把头和脚都缩进乌龟壳不肯出来。这丧气样子，使我想起小镇的人们一句骂人的话；妻子不贞而男人又不敢干涉的人被称为缩头乌龟。当然，乌龟也并不总是这么倒霉，被作为骂人的拟物。相传龟鹤皆有千年之寿，因此，过去，人们向老年人祝寿时又以龟鹤作比拟。有人考证这乌龟早先是人们喜爱的吉祥物，是自蒙古人统治中国后名声给败坏了。

小乌龟放在家中养了很长时间，后来失踪了，不知是死了还是被谁扔出去了，或是自己爬走了。关于乌龟，我还能讲出点故事来，当然不是那家喻户晓人人皆知的龟兔赛跑的故事。

有一次，二哥和三哥出去钓鱼，抓了两只很大的乌龟回来。这两只乌龟真大，看着挺吓人，有父亲上班穿的大头皮鞋那么长。一身老皮，满头皱纹，硬壳壳上蚀着各种图形，一副饱经沧桑的样子。更可怕的是在那皱巴巴的老皮上贴着许多吸血小蚂蟥，一只只有米粒那么大小。在小镇野外的水田沟渠里，生长着许多蚂蟥，这软体动物在水里游来游去，或者隐在水草里，遇到人和动物，就会叮在皮肤上吸食血，一旦被叮血流不止。那时候没有谁吃乌龟，逮着小乌龟就给小孩玩。乌龟很能活，不给吃不给喝也能活很久。据说最怕蚊子叮它，一叮就死。蚊子叮死的乌龟壳点火熏蚊子特别厉害，一熏就落下来。一旦没熏死的蚊子叮人又特别凶。被这样的蚊子叮过的人又会怎样，我就不知道了。这是一条有趣的反生物链。有的人得疟疾打摆子据说是蚊子叮的，不过这种蚊子并不是因为被乌龟壳熏过才这么厉害。

两只大乌龟使母亲犹豫了一阵，揪着乌龟的小尾巴掂量掂量还是舍不得扔，决定烧了吃。困难的年代人们就有些饥不择食。用开水把乌龟烫死，剖开来。乌龟身上的蚂蟥令我心惊。母亲用小镊子将蚂蟥除去，洗干净剁成一块块，放入铁锅，加上盐和生姜大蒜，两只乌龟烧了一小盆。烧熟了，热气腾腾端上桌，我畏畏缩缩吃了两块，还挺香，虽然疑心会吃了蚂蟥，但禁不住嘴馋，一块接一块还是吃了不少。

据说蚂蟥生命力特别顽强，很难弄死消灭。用刀砍成两截，会一条

第二章 青青园中葵

变两条,也煮不死,吃到肚里还会活,还会生许多小蚂蟥,越繁殖越多,把人的血吸干,从你的肚脐眼里钻出来,你就完了。吃了乌龟肉后,我疑神疑鬼,总担心吃进蚂蟥,惶恐中期待着肚子什么时候痛起来,钻出许多蚂蟥。时不时,我还撩开衣服看看肚脐眼儿。

两只乌龟充实了我们长年填萝卜白菜的肚子,现在才知道那是高蛋白,能防癌抗衰老,只有高级宾馆饭店的酒席上才能吃得上,贵得吓人。乌龟王八身价百倍,就有人联系为世风日下人心不古。

夏天,天气渐渐热起来,镇上的男孩子开始往水塘跑。深的地方不敢去,只在浅的水塘边上玩。一个个赤身裸体像下饺子似的扑通扑通往水里跳。玩水,摸螺蛳抓泥鳅。塘底厚厚的烂泥被人群一搅,翻起乌黑的泥浆,浑浊不堪。小水手全然不顾,一个猛子扎进水里,用手抠着烂泥里的螺丝和蚌壳,憋不住气了,呼噜一下冒上来。互相掷烂泥打水仗,一不小心,就被灌一口浑泥汤子。脱下的衣裤随便丢在草地上。小的脱得一丝不挂,大一点的袒着赤脯穿条短裤。有时中午下水塘玩水,兴头上竟忘了下午的课。上课老师见缺了许多学生,就会循着小路寻来。眼尖的同学老远看见老师来了,喊一声,慌得个个从水里蹦起来,水猴子似的四处躲藏,树丛、土坎、池塘边的庄稼地里乱钻。

学校禁止学生下池塘玩水。有一个五十来岁洪姓的女教务主任特别热衷于抓这件事,开会时,更是三令五申。据说,她就有一个儿子是在一口水塘里淹死了。她儿子死的时候正是我们这么大。那一年夏天,学校一个年轻的男教师青春焕发热力四射,常喜欢带领学生出外郊游。一次带一班学生到镇外一个很大的水塘里学游泳,洪的儿子也去了,结果不幸被水草缠住淹死了。年轻的男教师引咎自责愧悔万分,跪在洪的面前请求宽恕。悲哀的洪扶起年轻教师,说:"孩子,起来,不怪你。"那时的人们真是宽厚善良,如今要发生这种事,那官司准得惊天动地。洪只有这一个儿子,虽然她没有怪罪年轻的男教师,仍抑制不住心底的悲痛,她总是用悲哀的腔调对同学们说:"如果我的儿子不淹死,都有十八岁了。"她逢人必说,祥林嫂似的。她儿子的死对她的打击很大。不过,那是许多年前的事了。同学们都没见过她儿子,所以她儿子的死对同学们并没有什么影响。

洪老师一旦发现有同学下水塘，就会沿着小路一直走到池塘边，一个个点着名字，威胁要缴衣服裤子。水里的光光头立刻惊恐万状，一个个夹着屁股从水里溜上岸。没穿裤子的猫着腰双手捂着胯处，飞快地抓起裤子套上。当洪老师转身走开时，穿了裤子的就嘲笑没穿裤子的。没穿裤子的就解嘲地说：她那么老，什么没见过？

为了躲避老师，有时玩水就跑到离学校远一点的水塘里，一边玩水一边摸螺蛳。那时，摸螺蛳是孩子们经常干的活儿，可以一举两得。摸的螺蛳提回家砸碎了喂鸡鸭，大的蚌壳可以挖出肉来烧着吃。因此，摸螺蛳成了孩子搪塞家里大人玩水的好借口。夏天，下午上课晚，好动的孩子很难挨过炎热而又冗长的午休。如果有谁说一声去玩水，小伙伴呼啦啦往池塘里跑，到塘边扒了褂扑通通跳下水。玩够了，从水塘里爬上岸，身上水淋淋也不擦，脱下短裤头使劲拧把水再穿上。光着脊背，一路走一路的阳光就晒干了身子。于是套上小褂，径直往学校走去上课。路旁的夹竹桃，花开得红艳艳，修美的叶儿密密簇簇，揪片叶子夹在嘴里吹口哨，吱吱叽叽。有一个叫小波的同学，口哨吹得特别响，还能吹出鸟样的声音。

小波是个很活跃的同学，个子不高，却很机灵，玩水也比其他人好，别人不敢去的深水塘他也敢去。可惜他意外地早早地就死了。不是在水里淹死的，虽然小镇每年夏天都会淹死人。小波是被夹竹桃毒死的，凶手是他的父亲。一次，小波生了病，大概就是感冒发烧肚痛之类吧。他那当铁路养路工的父亲自以为懂点医道，不带他上医院，找了点草药熬给他喝，里面放了许多夹竹桃叶子。小波喝了之后，七窍流血竟给毒死了。

这个小波同学是我所认识的同龄人中第一个死去的，活泼泼一个人就这样消失了。他不再同我们一起下河摸螺蛳、玩水。他坐的那张课桌一直空了半个学期。学校围墙边那簇簇夹竹桃依然美丽蓬勃生长着，枝叶婆娑，花朵红艳艳。每当我走过这里看到这些妖艳艳的夹竹桃，就会联想起那被毒死的小波同学。这美丽的植物竟有那么可怕的毒性。以后的生活经历告诉我，许多貌似美丽的东西同时具有很大的危险性，使我不得不提高警惕，谨慎小心。

我的同学小波被毒死的这一年，我在那些小水塘里学会了游泳，当然只能会狗刨式。据说地球上的生命是从水里慢慢爬行到陆地上的，从鱼类进化成爬行动物,又扶着树枝慢慢站起来。我这陆地上的生物又能够回到水里,像鱼儿般游着,别提多高兴了。我忍不住得意扬扬地告诉三哥,我会游泳了。谁知三哥竟是叛徒,告诉了母亲。母亲听说我下池塘玩水,竟变了脸色。她只限于我们在池塘边小水沟里钓钓鱼,摸摸螺蛳,而不允许去深水塘游泳。她唠唠叨叨,把下深水塘描绘得很危险很可怕,并又说起洪老师那倒霉的儿子淹死的事。我奇怪,她竟跟学校那位洪老师的腔调一样。可怜天下父母心。

五

我家居住的房子是简易平房。屋檐低矮门窗狭窄,青灰瓦,土坯墙。这还是60年代小镇上各单位组织工人自己动手盖的。那时有句口号:工业学大庆,农业学大寨,全国学习解放军。据说大庆的工人就是靠双手在荒原上挖泥巴做土砖,干打垒盖起一座座低矮的土坯房。安营扎寨,因陋就简,开采出一大片油田,甩掉了我国石油落后的帽子,为中国人民争了气。

干打垒房子简陋不堪,刮风下雨天,墙上透风,屋顶漏水。冬天,为御风寒,墙缝和门窗糊上纸,风一吹呜呜响。雨天,屋外哗哗啦啦屋里淅淅沥沥。屋地放上一只只脸盆接水,水滴打着铁盆,叮叮咚咚,响成一片,欢快悦耳。父亲披上雨衣,登上房顶,修了这里,那里又漏起来。硬纸板的顶棚给雨水浸得一块块水渍,形成许多莫名其妙的图案。老鼠在顶棚里做了窝,时常呼呼隆隆跑来跑去,有时打架打得叽叽喳喳。如果我一人晚上待在家中,听到顶棚上的声响,就会紧张起来,把家中的电灯打开,爬上床缩进被窝,蒙头盖脸。待听到开门声,母亲回来了,才松口气,被窝里探出头,已是一身汗。

小时候,我特别怕黑夜,对黑暗有着莫名的恐惧。童年的我以为那些妖魔鬼怪都是在黑夜里出来活动,毒蛇猛兽也在黑夜里爬行。天黑不敢一人出门,去屋外小便,只有三五步也战战兢兢。半夜里被尿憋起来,无奈地拖拉着鞋趄到门边,拉开一条窄窄的缝。黑暗里冷风袭来,不由得打个寒战。黑夜眈眈，暗藏鬼魅，想象中，我手端冲锋枪朝黑暗中打一梭子弹，再丢两颗手榴弹，嘴里念念有词，哒哒哒，轰隆隆。想象中妖魔鬼怪逃的逃，亡的亡。我感到安全了，将肚子使劲向前送去，从门缝朝外撒尿。尿还未尽，急忙关门，唯恐门外黑暗中潜伏的鬼魅又反扑上来。第二天一早，母亲开门闻到尿臊气，骂道："撒尿多走几步，别在门口。"说着就端盆水往地上冲去。

这年夏天，我家住的那栋房子要大修了，几户人家搬进工厂，临时借住在一间空厂房里。这是一间很大的房子，几户人家各自在角落里用木板苇席围出一小间。大房子中间的空场地大家共用作烧饭及堆放杂物。一帮男孩子睡在厂房门口一旧客车厢内。我们这些小孩睡在木板钉的上下铺，像火车的卧铺。十来个五六岁到十几岁的娃娃，一个病休在家五十多岁的老头也和我们睡一块儿，成了我们的头。老头姓孙，干瘪瘦小，脸蜡黄人蔫拉几，据说肝不好。他年轻时当过兵，参加过抗美援朝。

住进工厂，有许多方便，用水用电都是公家的，烧煤也不要钱。为了省钱，我们经常到铁路煤台去拾煤。提只旧篮子，用粗铁丝弯成耙子。煤台的煤堆成山一样，但那种煤不好烧，很大的烟。居民烧火是一种无烟煤，这是要花钱买的，而且计划供给，每月每户几十斤。我们捡那种烧过的二煤。火车头到煤台加煤，总要把炉子里的煤灰放干净，我们就从那灰堆里捡没有烧尽的小煤块。二煤很好烧，火旺又不冒烟。捡二煤的人很多，这样可以省下买木柴和煤的钱。那年月，人们一分钱掰两半花。火车头一放炉灰，捡煤渣的一拥而上，飞快地扒着。尘土飞扬，烟气迷漫，捡煤渣的人一个个灰头土脸。

捡煤渣总是在铁轨上跳来窜去，火车来来往往很危险。为了抢在别人前头多捡些二煤，火车一来，捡煤渣的蜂拥着跟着火车头跑，有的小男孩在火车开着时扒上跳下，时常有捡煤渣的人被火车轧断腿，有的还被轧死。每当火车轧死人，就像赶场似的出现许多围观的人。我从来不敢去看死人。有个同学去看过轧死的人，回来绘声绘色，残缺不全的尸体，到处迸溅的内脏，切下来的脑袋像球似的滚出老远，听得我既恐怖又恶心。

学校放暑假还没有开学，白天我们这些孩子不拣煤渣就在工厂里到处游荡，四处乱钻。爬上高架天车，登上照明灯塔。草丛里逮蟋蟀，屋檐缝掏麻雀。有时爬上厂内停放的火车头,东摸摸西看看。坐在驾驶室司机皮椅上,嘴里呜呜叫"开车喽"。

我们住的那间厂房后面有一片空地,杂草丛生。一条很少走火车的铁轨锈迹斑斑隐在杂草中。我们这些小孩常到那里去玩,捉迷藏,打游击。有时草丛中突然窜出一只黄鼠狼,吓人一跳。回去跟大人一说,大人们也吓一跳。住在工厂里的几户人家都养了鸡。开初,随意放在户外。白天在草地里寻食,夜晚蹲在屋旮旯。接连几天总是丢鸡,于是,拣点砖瓦木板在房子墙角处搭起鸡窝,把鸡都关起来。

虽然搭了鸡窝,鸡还是会被偷。黄鼠狼真厉害,它能钻进屋里,把鸡窝上的插销拨开,把鸡偷走。都说黄鼠狼成精了。

老孙头说:黄鼠狼会装扮成女人惑人。有人看见过月亮很圆很白的夜晚,一个苗条妖冶的女人一扭一扭走来,穿着高跟鞋走路咯咯响,脸白白的,披散着头发。走到人家的鸡窝旁,把门打开,掏出鸡把鸡脖子扭断,吸食鸡血。胆大的人看见,拿了大棒悄悄上前去打。猛一棒,只听哗啦一响,女人不见了,一股很臭很臭的气味,直熏得人晕头转向。再一瞧,打碎一瓦罐,偷鸡的女人无影无踪。那女人原来是黄鼠狼精变的。咯咯响的高跟鞋是脚踩两只鸡蛋壳;身子直立,两只前爪举着根木棍,上顶一瓦罐,瓦罐上扣一草帽,草帽顶放点玉米穗做头发。走路扭着腰肢,将尾巴夹在两腿中间。故事有点恐怖,但很刺激,撩动人心,使人有点浮想联翩。

旧车厢里没有电灯,天一黑就什么也看不清。点上一支蜡烛,烛光摇曳,暗暗的什么事也做不成。吃过晚饭,我们都早早地爬上床,听老孙头讲故事。老孙头常给我们讲他在朝鲜的经历。

朝鲜在我们国家的北方,冬天特别冷,冰天雪地,志愿军在战壕里,手脚都冻僵了。摄氏零下几十度,不小心,耳朵都会冻掉。在野外拉屎撒尿都很困难,撒出去的尿很快结成冰,动作慢一点,那玩意儿都被冻住。尿完在裤裆里捂好久才恢复过来。我们听得哈哈笑,不由得把裤裆夹紧。

老孙头咳嗽两声,摸摸下巴,继续讲他在朝鲜的经历。在朝鲜打仗很苦,人们在战壕里吃雪就炒面。更糟的是武器差,装备差,美国佬的飞机大炮特别厉害。有一场战役,朝鲜方面的情报不准,没配合好,志愿军整个军被人家包围住。大炮飞机狂轰滥炸，人跟割麦子似的一片片倒，全报销了。

老孙头除了讲他抗美援朝的故事，还给我们讲了许多神仙鬼怪的故事。每天吃过晚饭，太阳落山，天色朦胧，车厢里首先黑下来，大家爬进车厢躺在一张张床上。昏暗的烛光将人笼罩在幢幢暗影中。老孙头讲着故事，操着一口浓重的山东口音，鼻子似乎有点通气不畅，鼻音很重。但他讲的故事有声有色，我们听得津津有味。

有一个男人早晨出门，遇见一位年轻美丽的女子抱着一卷布独自在野外行走。男人觉得奇怪，上前问女子为何一人行路？女子忧愁地说："家中父母逼婚，逃出来的。"男人色迷心窍，将女子带回自己家藏起来。

过了段时间，这男人出门遇见一道士。道士对他说：你身上有邪气，必有大祸临头。男人将信将疑，悄悄回家从门缝往里看，只见一青面獠牙的厉鬼，在一块布上画画。画完，将布往身上一披，厉鬼就变成漂亮女子。这一看男人吓得魂飞魄散，急忙找道士求救。

道士给男人一张符，让贴在门口，鬼见符就不敢进门。男人回家，贴上符，战战兢兢躲在房内。厉鬼回来见符，怒不可遏，原形毕露，张牙舞爪，撕碎道符，冲进房内，抓住男人掏出心脏，血淋淋而去。

那户人家见男人被掏了心，大悲，找来道士。道士作法，与狞鬼搏斗，终于把狞鬼抓住锁进一葫芦里。男人胸膛洞开死在床上。家人求道士救活男人。道士念经，杀只猪，将猪心塞进男人胸膛。过一会儿，那男人果然醒来。

讲完这恐怖的故事，老孙头一本正经告诫我们：出门在外不要与不认识的女子搭话，尤其是漂亮的女子，很可能就是妖精变的。谁要是被妖精迷上，那就大难临头了。过去发生过许多这种事情。妖女媚人，皇帝丢江山，百姓丢性命。我们听得将信将疑。

虽然将信将疑，对陌生的漂亮女子仍有点侧目而视。听老孙头讲了许多妖精鬼怪的故事，吓得我们这些娃娃战战兢兢，一致要求晚上睡觉不要吹熄蜡烛。

第二章 青青园中葵

夜里，我躺在床上，脑子里总是出现老孙头刚刚讲过的故事里厉鬼的恐怖形象，赶也赶不掉。尿急起来，不敢出去，使劲憋着，肚子都胀痛了。我的下铺不知为什么也在床上翻来覆去，床摇得哗哗响。我探头向下望望。床下小声说："喂，尿尿吧。"我一听，急忙从床上爬下来。真奇怪，我们一起身，呼啦啦大伙一个个都爬起来。下了车厢不敢走远，就在门口排成一排，一片哗哗啦啦声。个个急急忙忙，边尿边东张西望。尿完连忙往车上爬。看着一个个都爬上车厢，我也急了，尿柱一收，就往车里爬去，几滴热乎乎的尿液滴在大腿上。最后剩下一个六七岁的男孩，一见大家都上车了，吓得哭哼哼，没尿完往车上爬，剩下的尿全尿在裤裆里。

老孙头还给我们讲了更为恐怖的故事。他给我们讲僵尸的故事。听了这故事，我们都屏住呼吸，毛骨悚然，有人不小心咳一声，大伙吓得一颤。后来，我们就要求他不再讲这些吓人的故事。老孙头乐乐呵呵："好好，不讲了。"

听大人们说，老孙头是个性格耿直脾气很倔的人。为了修我们住的房子，他找单位领导评理，吵起来，把办公桌都掀翻了。那些领导都有几分怕他。但是我们这些孩子不怕他。八月，正是小镇最热的季节。中午，老孙头嫌铁皮战备车里闷，搬张木板放在外面阴凉地睡觉。有时，看他睡得正香，顽皮的小孩子拿了草棍棍去捅他的耳朵鼻孔。把他弄醒后，气得他吹胡子瞪眼，吼声如雷，爬起来去抓小捣蛋鬼。小家伙机灵地逃得远远的。他挥手顿脚威胁一番，又躺在木板上。他假睡着，眯起眼睛看远处的小家伙。当小家伙们以为他睡着了，又来捣蛋。他冷不防伸出手一把揪住，拎住耳朵，得意地说："跑不了吧。"伸手到小家伙裆里摸一把小鸡鸡，再塞一把破芭蕉扇给小俘虏，命令给他打扇。小俘虏乖乖地劳动，破扇打得叭叭响。

僵尸鬼怪的故事又恐怖又刺激，我们既想听又怕听。我更喜欢的是老孙头给我们讲的狐仙花妖的故事。那些故事中大都是些善良似人的妖精，很是迷人。这些美丽动人的故事，长久地留在我的记忆中，使我少年的心活泼泼地跳，激起无数的幻想遐思。

老孙头给我们讲花仙子的故事。美丽的花仙子来到人间给人们带来快乐，善良的人经过磨难在花仙子的帮助下终究得到幸福，干坏事的恶人都没有好下场。善有善报，恶有恶报。讲完一个故事，老孙头惯常用这么一句话作总结。

我最喜欢听老孙头讲的许多爱情故事。这些爱情故事中女子大都是些妩媚的狐精，男主人公大都是些忠厚的读书郎。这些人与狐、人与鬼的爱情故事，缠缠绵绵，极富人情味。

老孙头讲故事每次都是"从前"这两个字开头，然后停顿下来吧嗒两口烟管。我们现在的生活没有从前精彩，我的想象会带着我从现在飞越时空到从前去，和故事里的主人公一起喜怒哀乐悲欢离合。老孙头每讲一段故事，在我们正听得聚精会神时就停下来举起手吧嗒他的烟管，这令我们着急，不迭地催促他快讲。烟管并不经常冒烟。有机灵点的小家伙看烟斗熄了，讨好地拾起火柴想给他点上，老孙头却用手扒拉开。他老婆子反对他吸烟。我们车厢里的小孩子全唯老孙头的命是从，很具有权威。不过老孙婆一来，老孙头立刻没了脾气。

夏日黄昏，晚霞辉映着天空，明亮亮的，从敞开的门照进旧车厢。老孙头正给我们讲故事，老孙婆登上车厢叫老孙头吃晚饭。她站在门口，一下子遮挡住门外的天空。逆光里老孙婆又高大又健壮，粗手大脚，脸庞颧骨老高，身上穿的衣服带着股樟脑球味，亮起大嗓门，车厢内嗡嗡地响。老孙头戛然停止讲故事，翻身落床，服服帖帖地跟着老孙婆下车。我们也一个个跟着鱼贯而出。

老孙婆高大壮实，老孙头干瘦矮小，但他们感情很好，是好心肠厚道人家。三年后，老孙头肝病恶化，死在家中，留下老孙婆和四个半大小子。悲哀的老孙婆对前来吊唁的众邻里乡亲边哭边说："他真是好人啊，连睡觉都不打呼噜。"

好人也终究会死的。有时，让人不理解的是好人比坏人死得早。老孙头给我们讲了许多故事，总是谆谆教诲我们要做好人，要提防坏人。他曾给我们讲过一个大人国的故事：遥远的古老的大人国里，人人脚下有一片云。好人红云，恶人黑云，普通的人是白云。如今，我早已成年，仍向往着老孙头讲的大人国故事，不知是童心难泯还是沧桑阅尽。我时常想，如果我们的社会里，人人脚下边也有一朵云，显出人的本性，人人能明善恶，辨忠奸，那该多好啊。

六

新学期，学校来了个新老师，姓罗，教我们年级数学。罗老师个子很高，足有一米八几。从他身材高度来看，显得瘦了些，但仍不失魁梧英俊。脸庞五官鲜明，尤其那两条浓眉，直刺太阳穴，一头硬板刷式短发。据说，学生时代他还是一名篮球好手。罗老师唱歌也很好，他的嗓音浑厚，有着低低的喉音。我们听他讲课，课堂里他洪亮的声音久久地颤动着我们的耳膜。

罗老师的妻子也在我们学校教书，教语文。不是教我们这一年级，教低年级。她个子很矮，椭圆形的脸白白的，小巧文静，显得很弱。这样的弱女子是教不了高年级的，只能教低年级。我觉得，去幼儿园更合适。

这对夫妻看来感情很好，我总是见他们成双成对走在路上。如果是上市场买菜，去的时候，女的挎着篮子，篮子是空的。回来的时候，就是男的提着篮子，篮子里装满了菜。去学校上课，两人都会夹本书，一高一矮并着肩亲亲密密。他们总是从我家门前那条路走过，我会观察他们，觉得这对夫妻挺有趣。那时，小镇上的夫妇还不习惯成双成对并着肩逛马路。他们身材相差那么大，女的只到男的胸部，并排走在一起，真是引人注目。

自从罗老师来了之后，我们的数学课就有了一些变化。罗老师把我们学生按家庭住址分成几个学习小组，住得较近的学生五六个人为一组，上学放学一起走，星期日在一起写家庭作业。这些改革受到学校和家长的赞扬，同学们却不以为然。一天，在同学家，做完数学作业，我们议论起罗老师。学校里的老师常是我们学生议论的对象。同学们都说教我们数学的罗老师比过去的王老师讲课好，不会翻来覆去总是提几只鸭子加几只鸭子，几只鸭子减几只鸭子。只是他经常布置些作业让我们回家做，还让同学们互相监督检查，这让我们对他有些意见。别的老师不布置家庭作业。

青春随风

这一年元旦过了没多久,小镇下了一场小雪,学校放寒假了。我们隔壁邻居家里来了个做客的小姑娘。小姑娘聪明伶俐,活泼可爱,很得大人们的喜欢。她会唱歌会跳舞,时常表演节目给左邻右舍们看。我被她的歌声吸引,也随着母亲去看她表演。

小姑娘十一二岁,头上扎红绸带,梳一条黑长辫,脸蛋白皙鲜嫩,睫毛长长的。花格子红袄,蓝裤子,虽然没下雨,却穿一双绿胶鞋。她手拿一根细细的柳树枝,挥动着,作骑马状,边歌边舞。

美丽山岗辽阔草原成群牛和羊,
白云悠悠彩虹灿灿挂在蓝天上。
有位姑娘手拿鞭儿站在草原上,
轻轻哼着草原牧歌看护(着)牛和羊……

她的歌声带着童音稚气,清脆响亮,真好听。我一下子就被她迷住了。我很少和女孩子交往,学校里的那些女孩子我没有特别的兴趣。班里有一个女同学曾引起我的注意,是个眼睛大大的、皮肤白白的女孩,参加过学校宣传队,上台唱过样板戏,"我家的表叔数也数不清",嗓子清亮亮的。她学习却很糟。一次课堂考试她偷偷抄书,被老师抓到缴了她的本子,罚她站在课堂里。她勾着头,脸上却无羞愧之色,东张西望。这使我对她口味大减。顺便说一句,这种唯美主义倾向非常糟糕,以后生活中使我在选择女朋友时长期陷于苦恼之中,吃尽了苦头。这位隔壁来的小姑娘唱歌比那女同学唱的样板戏还好听,又纯又甜,舞姿也很活泼。她还是一个勤快的姑娘,人不大却很能干。在邻居家烧饭洗衣服,还负责照看刚满四个月的小表妹,母亲对她赞不绝口。这更使我对她敬佩起来。

我家的院子和隔壁院子相连,中间只有一道篱笆墙。我站在院子里,守候在篱笆墙边,一连几天看着隔壁姑娘进进出出的身影。我很想引起她的注意。

冬天,木槿树落光了叶子,篱笆墙稀疏了许多。风将落叶吹得滚来滚去,堆在墙角。隔壁院里竹竿上晒的几件衣服被风吹得飘飘舞舞。一件衣服从竹竿上飘下来,掉在地上。我看见了高声叫。随着我的叫声,隔壁小姑娘走出来。她拾起衣服冲我笑了笑。我很高兴能有个借口和她讲话。

我结结巴巴问:"你,自己,洗衣服?"她点点头"嗯"了一声。

我又问:"都,都是你的,衣服?"她摇摇头,"不是。"我搜肠刮肚找不出话来。我很为自己缺乏机智的语言而懊恼,很想和她聊一聊自己读书的学校,聊聊新近看的电影,甚至想扯开喉咙唱一首歌,就唱新近看的电影《地道战》的歌。"地道战,嘿!地道战,埋伏下兵马千千万。"管他跑调不跑调,让她开心一笑我会很快乐。可是我没有这个勇气。

屋里传来婴儿的哭声,她"哎呀"一声,赶紧跑进屋。我站一会儿不见她出来,从篱墙上探探头,扒个豁,钻过去,趔到她门前。

她在屋里正忙着。她坐在堂屋里一张矮椅子上,抱着才几个月的小表妹,给小表妹把屎。屎拉在地上,小小的一堆富士山状。拉完屎她给小表妹擦干净屁股后将她放到床上,从后面厨房铲一点柴灰盖住那堆屎,然后用铲子铲掉扫干净。她做得那么老练从容,像个小家庭主妇,我赞叹不已。屋里弥漫着屎臭味,可我觉得不亚于鲜花的芬芳。

隔壁的姨妈回来了,看见我悠悠道:"哟,小昕,来玩啊。"走过我身旁,伸手扭把我的脸蛋。隔壁姨妈三十来岁,胖胖的脸部肌肉丰满,胸脯鼓胀得快把衣裳纽扣撑破。

我有些不自在,站一旁,不知是走呢,还是再待一会儿。胖姨抱过婴孩,当着我的面,撩起衣襟,露出肥白的胸脯,将那肥嘟嘟的奶子送到婴儿嘴里。我赶紧移开目光,招呼也没打,跑了出来。

这些日子,我没事就站在院子里向隔壁张望。当隔壁小姑娘出现在院子里,我鼓起勇气同她打招呼。我知道隔壁这勤快的小姑娘叫小菁,来自传说中美女西施的故里太湖边。晴暖的冬日,午饭后,人们三三两两,在家门前聊着天。小菁抱着小表妹出现在小院里。人们要求小菁唱段样板戏。小菁清脆地应一声,将小表妹交给她姨妈,站在院当中,黑辫一甩,到胸前,两手攥住,挑起柳眉,睁圆杏眼,唱道:

咬住仇,咬住恨。咬碎仇恨强咽下,仇恨入心要发芽。

不低头，不后退。不许泪水腮边挂，流入心田开火花。

万丈怒火燃烧起，要把黑天昏地来烧垮……

人们拍手叫好，可我觉得没有那放羊的歌好听。为什么不唱美丽山岗辽阔草原？小菁告诉我，姨妈不让她唱。有人提意见，那首歌是黄色歌曲，不健康，要唱革命歌曲。小镇发生了一些事，街道上，有人贴了大字报，对一些现象提出了批评。许多人围着观看大字报。小镇最高的房子俱乐部屋顶安了几只大喇叭，每到吃饭时间都放广播，一天三次。早晨是《东方红》，雄壮有力的乐曲特别振奋人："东方红，太阳升，中国出了个毛泽东。他为人民谋幸福，他是人民大救星。"傍晚，是《大海航行靠舵手》："大海航行靠舵手，万物生长靠太阳。雨露滋润禾苗壮，干革命靠的是毛泽东思想。"轻快的旋律使人们一天的紧张疲劳放松下来。每次放完歌曲就念大批判文章。我从广播里听到，有一个叫三家村的黑店被抓了起来。黑店？听起来有点像说书故事里卖人肉包子的。再一听才知道原来是三个作家，他们写了一本书，叫《燕山夜话》。夜话？他们夜里的悄悄话被别人听去了，结果就倒了霉。我不知大人们的心竟如此险恶，说点悄悄话竟会招来灾祸。不过街上的事没引起我的注意，我正为隔壁小姑娘而神魂颠倒。

每天，我长时间在篱笆墙边转悠，为的是能看见她。她很忙，里里外外进进出出，能和她搭上话我幸福得不知所以。一天没见到她我就茫然若失，坐立不安，一会儿扒着篱笆看一看，一会儿又扒篱笆望一望。小菁里里外外忙着家务，洗衣、洗碗、烧饭。我跟着她进进出出，一会儿院子，一会儿厨房。小表妹睡觉时，我鼓起勇气邀小菁到我家玩。她站在篱笆墙边有点犹豫，左右望望，捋捋头发。我帮她扒开木槿树枝条，她弯腰跨过来，开心地跳一下，咯咯笑。家中没有人，我请她到屋里，殷勤地翻出我的连环画小人书给她看。我家有一台收音机，方方的木壳子，前面有一层布，声音就从布里发出来。那层布我觉得就像戏台上的幕布，里面有人在演戏，只是永远关着幕布拉不开。

那时，收音机很少，更没见过电视机。我家这台收音机还是父亲到外地出差带回来的。父亲很喜爱，放在床头，从屋外接了根很长的天线

第二章　青青园中葵

进来。天线端子盘了许多铁丝像个蜘蛛网，一根长竹竿高高地绑在窗前杨树梢上，拖下一根长长的铜丝。父亲下班没有别的嗜好，听听收音机是他主要的乐趣。吃过饭，躺在床上休息，将收音机端到跟前，扭动开关。收音机噼噼啪啪响一阵，就会传出来音乐和讲话声，仿佛从天上飘来的。父亲听得神情专注，微微眯起眼陶醉其中。父亲的收音机很宝贵，我们只有在父亲不在时才敢打开来偷偷地听一会儿。我请小菁听收音机，帮她调台，来来回回扭着开关。一阵乱七八糟的杂音过后，哗哗声中传来一阵音乐，有一个女人在唱歌。小菁趴在收音机前凝神听着。一会儿，她抬起身不满地说："这收音机里怎么总在下雨似的，声音也太小了。"

听她这么一说，我觉得惭愧起来，想把声音调好一点，扭扭开关，没有作用。我想起父亲听收音机时，声音不好就会去外边旋转一下天线。我对小菁说："你等一等。"到屋外搬了架梯子靠在树上。小菁问："你干什么？"我说："修天线。"爬上梯向树上攀。小菁也跟在我后面爬上木梯。一前一后，摇得树枝哗哗响。我蹬着树杈去转天线，谁知树丛中竟藏着一窝野蜂。酣睡的蜜蜂被我们惊醒，嗡地飞出来。它们那鼓鼓的近视眼把我当成偷蜜的大狗熊，立即向我们发动进攻。这些野蜂可不好惹。我吓得"啊"一声，赶紧后撤。小菁"妈呀"一声跳下木梯。她真灵活，一下窜进了屋，还"嘭"地一下把门关上。我连滚带爬下了树，却被小菁关在门外。几只野蜂追来，我回身扑打着。一只野蜂飞来叮在我的脖子上，一阵刺痛，我使劲拍一巴掌，将野蜂打落在地上。小菁这才开了门。我逃进屋气喘吁吁，脖子上火辣辣的痛，用手捂住。小菁有点不好意思，问我："痛吧？"

我哭丧着脸，用手摸摸脖梗，肿了个大包，吐口气，没好意思呻吟，说："有点。"

傍晚，人们回到家。我的脖子一直歪歪着，痛得龇牙咧嘴。小哥听说我被野蜂蜇了，凑上来朝我脖上看看，激动地叫："嘿，好大的包。"母亲把他拨开，扶着我的脑袋看了看，用手在我脖子上摸了摸，嘴里说道："活该，你跑哪里去疯了。"说着带我到隔壁找胖姨讨奶水，说用奶水擦一擦可以消肿去毒，就不痛了。

来到隔壁，小菁不在，胖阿姨正在奶孩子，见到我笑嘻嘻地说："是不是偷蜜吃了,馋嘴。"在我眼面前从衣襟里掏出肥白的大奶子用手一挤,就滋了半小碗奶水。

母亲将我推到她面前,说炉上正烧饭,就回去了。胖阿姨一把抓住我,不怀好意地盯住我,得意地笑,窘得我一脸通红。小哥也跟过来,站一旁吃吃笑。

胖阿姨向小哥瞪一眼。"去去,怎么,你是不是偷不到蜂蜜想喝点奶呀。"小哥吓得赶紧跑了出去。

胖阿姨一把将我搂在怀里,用手沾着奶水在我脖子上揉搓起来,边揉边说:"谁叫你乱钻,谁叫你馋嘴偷蜜。"

我争辩:"我没偷蜜。"

胖阿姨将我的头按在她胸脯上,堵住我的嘴:"小鬼头,越来越不老实,当我不知道,滑头。"

我的脸埋在胖姨温暖松软的胸脯上,喘不过气来,一股奶腥气呛得我头晕。擦一阵,胖姨停下来,手一松,我抬起头喘着气。胖姨笑着用手拍拍我的脸蛋:"好些了吧?"

我感觉脖子上似乎不再痛了,挣开她的手说:"不痛了。"脱身跑回家去。

一天黄昏,晚霞的余光映照着西边的杨树梢,母亲在院里收拾晾晒的衣服。篱笆那边隔壁的胖阿姨抱了一叠尿布,对母亲说:"这几天,一只小猫闻到我家的腥味,总是往我家里钻,篱笆墙都钻了一个大窟窿。我要把窟窿堵一堵了。"

母亲笑着说:"是吧?这只猫真够调皮的,该打。"两个女人都哈哈笑。

我不能肯定这是不是说我,还是真有这样一只猫,心里有些虚。以后一连几天,我没再敢到隔壁去。小菁也很少在院子里露面。有时见她抱小表妹出来,看见我又回身进屋。

又过了几天,听说小菁要回家了。下午,大人都去上班了,我在院里踮脚朝隔壁望望,几天没见小菁,我很想能跟她再聊一聊。隔壁静悄悄的,我百无聊赖徘徊许久从前门转到屋后。屋后有一棵李树,三月,李花开满树,一片雪白。风一吹,雪片似的花瓣纷纷地落到我家窗前。六月,小小的李子还没成熟,就会有小朋友爬树偷摘李子吃,夜里常听到胖姨骇人的叫喊声,驱赶那些偷李子的小毛贼。腊月,树上没有李花更没有李子。我爬上了这棵李树,比偷儿还慌张,骑着树杈探头向窗内望。胖姨不在家,我下树又绕进前面院子。隔壁门虚掩着,一推开了。里面悄无声息,我探探头,轻轻走进去。

小菁正带着她的小表妹躺在床上睡觉。我蹑手蹑脚走近床边。她正睡得香甜,长长的睫毛垂下盖住眼睑,脸蛋红扑扑,柔柔的黑发散落在枕上;一床花被盖住她的胸,一只胳膊搭在被子外面,真是一个睡美人。我看着这个小睡美人,怦然心动,情不自禁伸手摸一下她赤裸的胳膊。小菁睡得很熟,没有动。我大着胆又摸了一下她的脸蛋。小菁的眼睫毛抖动了一下还没有醒。这时,我的心里忽然涌起一股强烈的欲望。我呼吸急促,手心发热,忍不住俯下身在她脸蛋上亲一下,温软香酥。我一触即起,亲毕,心慌得要命,赶紧退出来,左右望望,没有人,溜回自己家中,心怦怦跳,担心那一下会被人看见。很长时间我兴奋不已,嘴里滑腻腻余香满口,总在想这件事,我亲了她,我亲了她。我全部身心都洋溢着一种感情,许多年以后,我才把这种感情理解为爱情。

七

立春的日子总是和春节相连。小时候,曾经我还以为春节就是立春。当一张写着"春"字的大红纸贴上家家户户门上,我知道,苦寒的冬天终于过去了。

中午吃饭时,外面传来鞭炮声,不知谁家放的。这鞭炮声提醒着人们,要过年了。一年一度的春节总是给小镇的生活增添点热闹的气氛。虽然上面号召过革命化的春节,老百姓还是觉得吃穿是大事。早年这个时候,母亲总是在忙碌着。按她的话说,忙来忙去,都是为了一张嘴。她一篮子一篮子采购着蔬菜往家提。一年来省吃俭用,过年了要奢侈一下,饭桌上终于有了鱼肉。过年家家都在忙碌,忙碌是过年的一大特点,忙碌中透着喜庆。

学校放寒假了,我们几兄弟都待在家里无所事事。大哥大姐很早就

青春随风

到外面住校读书,放假了才回来。他们回来家里就更拥挤不堪。姐姐在那低矮黑暗的小厨房搭张床,白天夜晚都挂着布蚊帐。母亲给我们外间的床用板凳支着加块木板,大哥和我们几兄弟挤在一张床上。晚上睡觉我就如同竹筒里的筷子,腿脚都打不了弯。

年前的几天,为了买年货,母亲分派我们到供应站去排队。20世纪60年代中期,物资匮乏,所有物资都由国家掌握,商店也是国营,叫供应站。人们吃穿用都是国家计划,布有布票,粮有粮票,按人头凭票供应。每月的粮食定量,大人三十斤,小孩根据年龄大小十几二十斤,职工根据不同工种定量也不一样,干体力活的就多一些。食用油一人每月四两,面粉过年一人才一斤,烟酒糖花生瓜子都是凭票限量购买的。一点好东西平时舍不得吃,都留到过年。小镇只有一家供应站,一间二百多平方米的平房,屋顶圆木房梁,能看到灰瓦,积着陈年老垢蛛网。一扇铁栅栏大门,店里三面都是柜台,一面是油盐酱烟酒糖食品,另一面是锅碗瓢盆炊具五金,中间是布匹鞋帽。买年货的人手上都捏了一大沓供应票在各个柜台前排着队。排一次队,买到一样东西撕去一张。买好一样再去排下一个队。队伍排得长长的,拐个弯一直到了门外。我在那里排队买糖,站了两个小时快排到的时候,听见后面一个男人说:"晕,原来这里是卖糖的,卖酒的呢?啊,在那边!"

卖酒的队伍也老长,小哥正站在那里,一脸的无趣加无奈。一个酒糟鼻男人手上拿了几张计划票,凑到小哥面前,"嘿,小孩子又不喝酒,你买酒干啥?我拿糖票换酒票行不?"小哥摇摇头,他倒是想换,可不敢换。他不喝酒,但老爸要喝酒。老爸不抽烟,我们家那点计划烟,都是留着待客的。客人不多,烟总是放到发霉,于是就拿到太阳底下晒晒。老爸爱喝酒,一喝酒话就多。老爸平时对我们很严厉,不苟言笑,喝了酒就变得和蔼可亲起来。那时候,我就知道酒的好处了。

年前我和哥哥买了年货,就帮着母亲里里外外扫地擦门窗,打扫房内卫生。因为忙,家中养的小母鸡无人顾及,傍晚没有关起笼子,被黄鼠狼偷走了两只。鸡窝是在房屋外墙根用砖头石块搭的,顶上盖木板竹席。每天天亮早起我们都要打开门放出鸡,趴到门口伸手从鸡窝里掏出母鸡下的鸡蛋。虽然鸡窝里鸡屎很臭,但是鸡蛋很香。傍晚鸡群会自己钻进

第二章　青青园中葵

鸡窝，我们还必须趴在鸡窝门口清点一下数量，然后关上鸡窝门。门是一块厚木板，虽然抵挡不了枪弹，但是防黄鼠狼还是绰绰有余。怪就怪我们一时大意，黄鼠狼太狡猾。

黄鼠狼我见过，跟猫差不多大，贼头贼脑鬼鬼祟祟，总是一溜烟横穿过马路，钻进田野草丛中。我听说过许多黄鼠狼成精作怪的故事。老孙头说黄鼠狼会装扮成女人，我没见过。不过，我知道，黄鼠狼在危急时会放臭屁，趁敌人被熏得掩住口鼻时逃走。这狡猾的小东西，我们对它既厌恶，又感到神秘兮兮的。

餐桌上少了两碗鸡肉，这对我们是一个巨大损失。母亲惋惜着，责怪几个儿子没有及时对狡猾的黄鼠狼提高警惕。我的三个哥哥就像三个小和尚似的互相推卸责任谴责对方。我一边怀念着小母鸡，一边想到鸡肉的香味，情不自禁地咽下口水。

那时候，我们平时很少吃到猪肉，一个星期难见荤腥。猪肉是国家计划配给的，每个月每人只有半斤。过年时，特别优待，每人能多加半斤。如果买猪头猪脚这类东西，一斤可以换两斤。人们对饥饿还记忆犹新，大家只注重数量而不求质量，不约而同都盯上猪头猪脚。一只猪长不出两只头八只脚，那么就得早早地去食品公司排队。我们家这件事经常指派大哥去，排半天队，蹭一身油水，提半只猪头或一对猪脚回来，他怨声载道。

当一对肥白的猪蹄子蹬上我家的砧板，小镇上就响起了噼噼啪啪的鞭炮声，家家户户厨房里飘出阵阵香气，令孩子们个个垂涎三尺，这又会勾起我们对小母鸡的思念。不过，对于吃的东西，我的欲望还不怎么强烈，我最喜欢的还是放鞭炮和燃礼花。过年母亲不肯多花钱，只给我买两挂一角钱一串的小鞭炮。我舍不得一起点放连响，一个个拆开单放。拿一只小鞭在手上点着往空中一扔，一个清脆的炸响。再就是用一截小竹管作为炮筒，弯根铁丝做架子，将一只鞭炮填进炮膛点着引线，"啪"的一声打出去。

小哥有几个大炮仗，一点起来惊天动地。他是在街口别人点大挂大挂的鞭炮没有响尽时抢来的。我也跟着一起到街上转悠，小时候我常和小哥一起玩耍。那里的商店和镇政府单位会在自己大门口挑着竹竿点上一大挂长长的鞭炮庆祝节日。噼噼嘣嘣声中，引来一帮半大的男孩子。鞭炮有的落地没响，大家就冲进硝烟里去抢。有一回，我伸手抢了个大鞭炮，谁知是慢引，落地没响，抢到手上炸开来，震得我手掌发麻，虎口生痛，两只手指熏得黑黑的。再抢花炮，我吃一堑长一智，先用脚去踩，踩熄了再捡起来。

　　街上走过舞狮队伍，我们跟在后面抢没炸响的花炮。拿着一支燃着的香，一路走一路放鞭炮。点着了，捏在手上不急着丢，看着引线快燃尽了再高高地扔出去，让鞭炮在空中炸响。看见鸡啊狗啊点了鞭炮扔过去，炸得鸡飞狗跳。走着走着，见到路边横放了几根大水泥桩管，一米来高。想试下把鞭炮丢进去是不是会更响。事实证明是很响，瓮声瓮气，带着回音，奇怪还跟着一个男人的号叫。从大水泥管子洞里钻出来一个流浪汉，蓬头垢面，破衣烂衫，看不清年纪，瘸着一条腿，骂骂咧咧追了我们好几百米地，跑得我们气喘吁吁的。

　　小时候，过年是我们最开心最高兴的日子，过年的故事永远讲不完。

　　每年三十，母亲一定是要包饺子的，这是传统。母亲年轻时，包的饺子又快又好，一大家子七八口人吃的饺子，全是她一个人忙活。和面、剁肉、拌馅、擀皮，这些步骤有条不紊地进行。母亲包的饺子还有许多花样，有像没尾巴的小老鼠，有像老太太的小脚丫，呵呵，这比喻不恰当，怕引起人们的联想，影响食欲。人们喜欢把饺子形象地比喻成元宝。还有一样，扁地卷着花边像向日葵形状的饺子。饺子馅也有许多样，有白菜馅、韭菜馅、芹菜馅，味道都很香。成年后，我出门在外，从不吃饭店里的饺子。再有名的饺子楼，那饺子的味道同我母亲包的饺子都差远了，没有母亲包的饺子好吃。

　　母亲在包饺子时曾经给我们讲过这样一个故事：一个财主的儿子不知道稼穑之艰辛，常到一个饭馆里吃饺子。他吃饺子只咬一口肉馅，把饺子皮全吐掉。后来家道衰落又遭遇火灾，砖瓦楼阁一夕之间夷为平地，他成了乞丐。一次要饭要到他过去常吃饺子的这个饭馆。老板端出一些饺子皮招待他。落魄公子表示感谢。老板说："不用谢，这都是你当初扔掉的饺子皮，我捡起晒干了而已。"沦为乞丐的财主儿子很是惭愧。后来他幡然悔悟，改过自新，勤奋努力，艰苦创业，家道重又富裕起来。

母亲用这个故事来教育我们要艰苦朴素勤俭持家。她的教育和圣人的教诲"富贵不能淫，贫贱不能移，威武不能屈"同明相照。

每年三十晚，我们都围着母亲包饺子。那时没电视看，也没什么娱乐活动，家家户户聚在一起忙碌着年夜饭。我有时也伸手包上两个，我包饺子又慢又难看，馅很少，勉强捏起来，放在锅里头一煮，就开了花，成片汤了。

年三十包饺子时，母亲会拿一枚硬币包在饺子里，还拿颗水果糖包饺子里。她对我们说："谁吃到这个有硬币的饺子和有水果糖的饺子谁今年就有福了。"我们都希望能有好福气，吃到这个能带给我们幸福的饺子，便悄悄地在这个饺子上做记号。母亲制止我们，说："看谁的运气，不能作假。"

饺子熟了端上桌，我们都想寻出这个有硬币和有糖的饺子。可是饺子个个都一样，分辨不出。小心翼翼，咬一口饺子，用筷子扒拉扒拉馅子。可越是寻找越是吃不到，而往往在失望之时，咯噔一下，咬着硬币，立刻开心地大叫：我吃到了。大家都用羡慕的眼神看着。如果都没吃到硬币，母亲也夹几个饺子放碗里，先用筷子捅捅，找到那枚硬币，她自己不吃，悄悄夹到我的碗里。这样，在母亲的帮助下我吃到有福气的饺子，美滋滋的，嘴里叼着硬币，亮给人家看，就感觉幸福已经降临到我的身上。如果母亲吃到那个包着水果糖的饺子，她就会含在嘴里，把我叫到身旁，脸贴着我的脸，嘴对嘴，把糖块送到我的嘴里。我从不吃哥哥们吃剩的东西，觉得不卫生，但是如果妈妈嘴里咬过的东西，我一点都不嫌弃。我知道，我的幸福是因为有妈妈，是母亲给我的幸福。大年三十是幸福的时刻，热腾腾的饺子端上桌，淋上蒜泥、酱油、醋调成的蘸汁，一家人坐在饭桌之上，其乐融融。

年三十的夜晚，吃过年夜饭，我们一家还都围着母亲包饺子。父亲经常是在外上班。母亲一边包饺子，一边等待着父亲，直到半夜十二点才歇下来。年年如此，这是传统。母亲说是守岁。我很想能陪着母亲一起守岁，可是不到十一点，眼皮就沉重得睁不开了，爬上床，倒头就睡着了。旧年和新年就在我的睡梦中悄然更替。

多少年的春节那个三十晚上，吃着母亲包的饺子，我都感觉心安理得，幸福祥和。母亲晚年八十多岁了，仍然在年三十的晚上给我们包饺子。母亲年纪大了，手脚慢了，调拌的饺子馅也没早年的好吃了，可我一定要吃上一碗。那时，不曾想过，如果有一年三十晚上我吃不上母亲包的饺子，那么幸福就将离我而去。大自然很残酷，岁月很无情，它没有停下行走的脚步。最爱我和我最爱的人走了，我再也不能吃到母亲包的饺子，我的生命中的幸福时光就这样终于离我远去。

八

很久很久以前，每逢农历十二月三十的夜晚，都会有一个叫夕的妖魔降临人间。夕是一个吃人的妖魔，肆虐成性，给人间带来很大的灾难。人们战战兢兢度过恐怖的夜晚。后来，有一个叫年的英雄不畏强暴，为民除害，把凶恶的夕赶跑了。人们兴高采烈，黎明燃放起鞭炮，欢庆除夕，迎接新年。这是个很动人的故事，流传至今，据说，这就是春节的来历。

在我的孩童时代，童话传说已经很久没有人讲了，这被谴责为封建迷信。节日的来临，主要体现在吃的上面，有钱的没钱的都在准备着年货。小孩子们喜气洋洋，盼望着新年快点来到。女孩子要做新衣，男孩子要买花炮。大人们奔奔波波，辛劳了一年，过年也没能松口气。如果口袋里还有点钱，这也是一年节衣缩食攒下的，留着过年用。老人们对过年有一种惶恐的情绪，就像是人生跨过去一道坎。我时常会听到他们感叹：又过了一年，又向死神迈近了一步。

这一年的春节我特别高兴。母亲说：今年小昕整十岁了，生日要好好过一过。母亲破例给我做了套蓝咔叽布新衣服。平时我都是拣哥哥的旧衣服穿，这年终于穿上了新衣。新衣服做得特别肥大，使我整个人都像是缩在簇新的衣服里。裤脚和袖子挽起两圈还嫌长。这样，即使再过两年，我长高了，也还能穿。

我童年时代的生活是在贫困中度过的。说来也惭愧，如果不是那危言耸听，预言人口爆炸提出计划生育的马老头子被打倒，恐怕我还不能出世。因为我已经有了一个姐姐，三个哥哥。当然，根据物质不灭定律，

第二章　青青园中葵

我还会以其他的形态出现。或许变个漂亮可爱的小女孩，那样也许就好多了。漂亮女孩总会得到许多人帮助。我现在还保存着一张那时我们四兄弟的合影照片。清一色小平头，身穿咔叽布蓝学生装，蓝裤子，脚穿篮球鞋。这是我们当时最好最时尚的衣着了。那时照相还是很隆重的，不像现在照相机那么普及，随时可以咔嚓来一下，还是彩色的。那时照相只能上照相馆。

我一直盼望着自己快点长大，长大后成为一个了不起的男子汉，像父亲那样一肩挑起全家的生活重担。我满怀豪情壮志地对母亲说，将来给她挣大钱。母亲竟嗤之以鼻，说："我可指望不到你们。"她摸摸我的脸蛋，说："你们只要一个个平平安安就好了。"我真是无法容忍母亲的轻视。

我的爷爷同母亲不一样，他对我们几个孙子一直寄予厚望。记得，有一年春天，爷爷千里迢迢从东北老家来到我们居住的江南小镇看望他的儿孙。为了迎接爷爷的到来，父亲在房山墙挨着又盖了间小房子。父亲盖房子的时候，我和哥哥们动员起来，提着土箕四处拾砖头石块。父亲砌墙，我们搬砖，铲泥浆。房子低矮黑暗，抬头能看见顶上的灰瓦。我们用旧报纸将墙壁屋顶糊了起来。我和哥哥们住进了新盖的小黑屋，爷爷住在堂屋后那间早先姐姐住的小房里。

爷爷七十岁了，满头白发，烁烁苍苍；一绺银须，飘飘洒洒。拄着支木杆虬然的手杖。在我的印象中，他老人家是个乐天派、热心肠。我曾听母亲说过爷爷这么一件事：在镇上的小商店，有个男人和营业员争吵起来。营业员说那男人买东西少给了一角钱，那男人说没有少给钱。两人各执一词，争吵不休。爷爷恰巧在边上，他息事宁人，掏出一角钱给营业员，把那素不相识的男人劝走了。这件事，母亲很有些耿耿于怀。一角钱，在她的账目上，很可以派些用场，她不喜欢这样不明不白送掉一角钱。爷爷不以为然。他说人生最宝贵的是快乐和健康。爷爷偌大年纪，不远千里，一个人从东北来到江南。据说，他老人家一路上兴致勃勃游山玩水，观赏江南风光。我家现在还保存着一张爷爷在杭州西湖畔拍的照片。爷爷对杭州这个六朝古都赞不绝口，说上有天堂下有苏杭，果是名不虚传。爷爷坐在平湖秋月的亭榭里的一张太师椅上，波光粼粼，

青春随风

杨柳依依；爷爷神采奕奕从天堂里望着我们。

爷爷祖籍在河北，祖上世世代代在那片辽阔的黑土地上辛勤劳作。爷爷年轻的时候，黑土地上闹灾荒，家乡实在待不下去了，他独自一人离开故土，去闯关东。爷爷的闯关东，对我们的家族来说，不亚于红军的二万五千里长征。他背井离乡，一路风尘；烈日酷暑，雪雨风霜，还有呼啸而来、席卷而去的关东响马，真是历尽艰辛。时隔半个世纪，到爷爷下江南时，已然今非昔比。他已是儿女成群，孙儿绕膝了。

爷爷在小镇待的时间不长，主要是他对小镇的气候不适应。夏天，酷日炎炎，气温高达摄氏三十八九度。蝉聒噪耳，溽暑蒸人，热浪阵阵搅得人昏头昏脑，喘不过气来。夜晚，人们热得一夜一夜失眠，躺在蚊帐里任着汗水从身上流下来溻湿床板。燠闷难耐，户外有一丝风，也许凉爽一点，蚊虫的叮咬又叫人受不了。人们流着汗，躲在蚊帐里打着赤膊，狼狈不堪，挥动着扑扇，向往着冬天的日子。冬天到来却也不好过。北方西伯利亚的寒流从高空降下，寒风怒号，阴云惨淡，万物萧索，草枯叶黄。天刚见黑，人们早早地哆哆嗦嗦钻进冰凉的被子，缩成一团，好一阵子才用体温将被子捂热。我的爷爷经历过北方隆冬里的冰雪严寒，然而，江南乖戾无常、忽冷忽热、阴冷潮湿的气候使他难以抵御。春天来临，江南小雨淅淅沥沥下个不停，飘忽忽灰蒙蒙。树木房屋在茫茫细雨中显得影影绰绰。行人们打着伞，瑟瑟缩缩，一个个一副极不愿出门的样子。天空到处飘着雾状的水汽，一开门窗就吹进屋。到处湿漉漉，潮乎乎，叫人既缱绻又惆怅。<u>丝丝缕缕、无边无际、飘飘忽忽、无孔不入的毛毛雨</u>也令爷爷神情沮丧。他住的房子，墙壁那么薄，窗户也不糊纸，北风总是从缝隙往里吹，屋里屋外一个温度。不像北方，外面冰天雪地，屋里火炕烧得暖暖烘烘。他唠唠叨叨，诅咒着天气，总是说要回北方去。唯一使他快慰的，将他羁绊在江南小镇的是他的四个孙子。

爷爷来了，母亲会特别做些好吃的。有时她会称上半斤肉，一小把韭菜，和上点面包饺子。饺子煮熟端上桌，香气腾腾，但是我们吃不上，那是给爷爷一个人吃的。餐桌前，爷爷拿着筷子笑眯眯看着我们，给我们四个兄弟每人夹一个饺子放在碗里，说："吃完饭再吃，饺子最后吃，一打嗝都是饺子味。"

第二章 青青园中葵

一张四方桌,爷爷坐首席那张旧藤椅上。父亲坐对面,我们分坐两旁。母亲在一旁忙碌着。爷爷很健谈,吃饭时也滔滔不绝。饭桌上,爷爷讲了这样一个故事:一个财主和一个农民都炫耀自己的财富。财主请农民吃饭,八仙桌四条腿,一条腿下垫了只金元宝。农民请财主做客,把四个儿子叫出来蹲在桌下,一个儿子抱了条桌子腿。财主自愧不如。

爷爷坐在八仙桌旁吃着母亲专为他包的饺子时,心满意足。我想,这时,如果有哪位自以为富有的人来向他夸比财富,爷爷一定会叫我们去抱桌子腿。当然,我会很乐意地去抱上一条冰凉的桌子腿的。这样,爷爷就又会赏我饺子吃。

爷爷对孙子们的偏爱真是无与伦比。他以为他的几个孙子个个出类拔萃。爷爷给我们讲英雄的年勇敢除夕的故事,启发我们深藏的英雄气概。我每当听到这些英雄的故事,就会热血沸腾。遗憾自己没有出生在那洪荒年代,没有拔山举鼎的盖世神力,没有叱咤兰台的大王雄风。但是,有一件事也证明了在我辈之中仍有着藏龙卧虎不凡之人。

江南的春天气候多变。这天,天气十分闷热,乌云从四面堆来,天色越来越暗。中午下起了大雨,天空隆隆地响着雷声。我们一家正和爷爷一起坐在堂屋吃午饭。大家围着桌子,爷爷还是坐在那张旧藤椅上,喝着酒,父亲陪着他。屋外,雷在低低的云层间爰响。大雨哗哗啦啦,如瀑布倾下。屋内仍很闷热,为通风门大开着。爷爷兴致很好,高谈阔论,父亲唯唯诺诺听着。母亲忙着添饭上菜,我慢慢往嘴里扒着饭,眼睛盯着桌子中间那碗红烧肉。那年月,餐桌上是很少能见红烧肉的,一个月也就那么一两回。每次,我们兄弟都很自觉,不向那里伸筷子,都是母亲给我们每人一人分几块。今天大概因为爷爷在,母亲迟迟没给我们分肉。觊觎许久,实在忍不住,我向那里伸出筷子,瞄一眼父亲的脸,夹一块肉赶紧缩回。忽然,就在这时候,天空一道耀眼的闪光,照得屋里雪亮。一个明晃晃的火球从敞开的门钻进屋,在饭桌上掠过,屋里转了一圈倏忽从爷爷眼前又钻出门去,只听"喀嚓"一声巨响,震耳欲聋。这个火球在大雨中落在马路对过一根电线杆子上,炸开来,劈下一截电线杆子木梢。响声过后,空中弥漫着一股焦臭味。

我们全家惊得目瞪口呆,好一会儿才醒过来。爷爷望着屋外乌云翻滚、大雨滂沱的天空，神气凛然地说："我们当中有有福之人啊，我们都是沾了他的光。这一个雷子要是在屋中炸开，全家都得完。"

事后，过了许多年，我还记忆深刻，惊心动魄。如今回想起爷爷的话，我思忖着这有福之人是谁？爷爷已经故去，难道会是当时坐在桌子末梢拿眼瞄着父亲的脸，小心翼翼将筷子伸向红烧肉的那个其貌不扬的小家伙？爷爷的谶语，半个世纪后仍然是个谜。

小时候，每年，我们几兄弟无论谁过生日，母亲都给小寿星煮两个鸡蛋。哥哥们过生日，我都能沾上点光。过生日的哥哥吃两个鸡蛋，我就能吃上一个鸡蛋。我过生日吃两个鸡蛋，哥哥们是没有蛋吃的。我心安理得。道理很简单，哥哥过生日，我吃一个鸡蛋，母亲仅多煮一个鸡蛋。我过生日哥哥们也跟着吃，那么母亲就得多煮三个鸡蛋，当然就得慎重了。

今年是我的十周岁，母亲特别重视。新年伊始，母亲说：十周岁的生日要隆重过一下。自从母亲说了这句话，我就一直在盼望之中。

春节过后，天气越来越暖和，街上的狗儿撒着欢，公狗追逐着母狗。这动物几经劫难，一会儿被宠爱有加，一会儿被大加杀伐，饱览世态炎凉，但它们仍然无忧无虑顽强地活着。春暖花开，家中的老母鸡要孵小鸡了。自从这只母鸡的两个伙伴被可恶的黄鼠狼偷走，劫后余生，承蒙我们几兄弟关照，过了一段安逸日子。饱食思淫欲，现在发起情来。它不再下蛋，天天趴窝里不出来，偶尔出来一下，羽毛蓬松，咕咕乱唤。母亲因势利导，放了几只鸡蛋在窝里让老母鸡孵了几天，再从街上买回十几只刚出壳的小鸡雏与老母鸡放在一起，从窝里把鸡蛋拿出来。

一夜之间，鸡蛋变小鸡。老母鸡头脑简单不辨真伪，把这群小鸡视如己出，呵护备至，离开窝带着它们四处觅食，找到食物自己舍不得吃，咕咕唤来小鸡。

下雨天，老母鸡躲在篱墙矮树丛下，将小鸡保护在自己的羽翼中。滴滴答答，树叶上的水珠落下来，打湿了母鸡身上的羽毛。小鸡从母鸡腹下钻出来，歪脑袋看看天，调皮地伸出小嘴去接树叶上滴落的水珠。小雨滴冰凉，小鸡缩缩脖子，甩甩脑袋，叽叽地又钻进母鸡羽翼下。这情景很是动人。如果有谁这时去骚扰母鸡，想去抓小鸡。老母鸡就会一改温情脉脉的样子，凶狠地扑上来在你手上狠啄一下。

第二章 青青园中葵

大自然中潜伏着很多危险,有野地里出没的黄鼠狼,还有天上飞的老鹰。我小时候经常和小朋友一起玩老鹰抓小鸡的游戏。一个人当老鹰,一个人当母鸡,其他人做小鸡。小鸡一个接一个牵住前面的人的衣服躲在母鸡身后,母鸡站在最前面张开双臂护住小鸡。老鹰围着小鸡团团转,试图冲过母鸡抓住小鸡。母鸡带着小鸡同老鹰周旋。大家玩这游戏很开心。老鹰灵活敏捷,母鸡牵着一长串小鸡显得尾大难掉,被老鹰转几转,扑几扑,人仰马翻,小鸡一只只被抓走。

那时,小镇的上空经常出现老鹰。空中飞翔的老鹰并不像我们小朋友做游戏的老鹰那样总是得逞,经常抓走小鸡。有老母鸡的保护,小鸡还是安全的。有一天,我在家中听到外面老母鸡叫声不停。出去一看,在房前隔马路那片草地里,老母鸡将小鸡拢到身边,全身羽毛竖起来,仰脖长唤。天空一只老鹰在盘旋,时时低低地俯冲下来,掠过这群小鸡的上空。老母鸡张开翅膀,一见老鹰飞来的黑影,便奋不顾身扑过去。老鹰终于慑于老母鸡的拼死精神,始终不敢下来抓小鸡,盘旋一阵飞走了。

我站在地垄上看了许久,真没想到这小小的母鸡在凶悍的老鹰面前表现得那么勇敢。母亲为了保护自己的孩子,舍生忘死,再弱小的动物都会变得凶狠好斗起来。我既欣赏凶悍的老鹰,也欣赏勇敢的母鸡,这种景象以后我就很难再看到了。如今,养鸡已是机械化,圈在笼舍里喂饲料。老鹰已经在小镇上空绝了迹,天上飞的只剩那些灰不溜秋鬼精灵的麻雀。我觉得这有点像我们如今的社会。

过去,小镇许多人家养鸡,有的自己家母鸡下蛋孵出来,也有的买别人家孵的小鸡雏。小鸡长大了母鸡留着下蛋,公鸡就杀了吃,改善生活。家里喂养的小鸡长成半大时,那些刚刚冒出点鸡冠,翘起小尾巴羽毛的小公鸡很不安分,特别好动,成天斗架,不爱长肉,就要把它们阉了。每年春天,都会有阉鸡的人到小镇来,他们背着阉鸡的工具,走街串巷,高声吆喝。有谁家需要阉鸡,就会叫住他们。阉鸡人用一张网一扑逮住小公鸡,放在一张弓似的竹具上一别,把小公鸡缚住一动不动。阉鸡人坐在板凳上,像皮匠似的戴着围裙把小鸡放在腿上,在小鸡翅膀下割只口子,用只金属小勺在鸡肚子里掏啊掏,掏出两只蚕豆粒那么大的粉嘟嘟的肉球,用细麻线割下来,放在盛清水的碗里。阉过了的小鸡伤口过

青春随风

几天就长好了,但它们却没了性别,变得很老实,无噴无欲,不会打鸣,不再斗架追逐母鸡。只长肉,胖胖的,成了待宰的肉鸡,满足人们的口腹。

阉鸡割下来的鸡卵子不会丢掉,大人会将那些小肉球煮给男孩子吃。如果左邻右舍阉了鸡,母亲也会讨了来烧给我们吃。这是我吃过的一样稀罕东西。我以为总算是一口肉,沾点荤腥。现在听说那东西含有丰富的雄性荷尔蒙,男孩子吃了能促进生长发育。

随着身体的生长,渐渐地,我的心思不再单纯,欲望渐多,变得好动。不知道是因为春天的季节,还是我成长的年龄,或者是因为吃了那些小公鸡充满睾酮的鸡卵子。

阉鸡也有失误的。隔壁一只阉了的小公鸡,还会打鸣,追逐小母鸡。邻居男人打趣:什么世道,阉鸡还打鸣,太监还叫春。逮住那阉鸡回家杀了吃。

我家小鸡一天天在长大,我的生日也越来越近了。两个月前一团团毛茸茸分不出性别的小鸡,长大了几倍,羽毛渐丰,已经明显公母有别了。母亲并没有把小公鸡都阉了,她特意留下几只小公鸡准备给我们兄弟滋补身体。据说,发育中的男孩子吃小公鸡对他的生长很有好处。她指着一只雄赳赳的小公鸡对我说:"过生日那天就杀它给你吃。"

我仔细端详那只小公鸡,喂食偏心地多丢给它一把米。那是只红色翻毛小公鸡,秃脑袋,光屁股,两只翅膀很可笑地往前翻翘着,神气活现的样子。翻毛小公鸡长得飞快,在鸡群中显得健壮挺拔,在院子里踱着步,趾高气扬,一身稀疏零落的杂毛很是难看。有一次,我看见它打起鸣来,昂首挺胸,站在一堵矮墙上,翻卷的羽毛在阳光下闪着光泽,光光的屁股蛋子鲜红饱满。我高兴地跑去告诉母亲。母亲在厨房里案板上磨刀霍霍,对我说:"别急,它神气不了几天。"

据说,公鸡是大发物。大发,嘿,就是说我要吃了这只小公鸡,就像发面馒头一样,个子直往上蹿,长高好多。我咽着口水,兴奋不已。月儿圆圆的夜晚,我躺在松软的被窝中,洁净的月光透过窗棂,照在我的脸上。我做了一个梦,梦中,我吃了那只小公鸡,一夜之间长了一大截。又高又大,身强力壮,有着超人的力量。北方边境战火纷飞,我风驰电掣奔向那里。

我现在还保存着一张那时我们四兄弟的合影照片。清一色四个小平头。身穿咔叽布蓝学生装,蓝色裤子,足登蓝色球鞋。这是我们当时最好最时尚的衣着了。

爷爷坐在平湖秋月的亭榭里一张太师椅上。波光粼粼,杨柳依依;爷爷神采奕奕从天堂里望着我们。

第三章 风云

一

当我在漫漫人生旅途上辛苦跋涉，怀着青春失落的忧伤，开始步入中年，回忆往事，最难忘那段喧嚣混乱的岁月。

一九六六年，我刚刚十岁，是一个对世事还朦朦胧胧的小学生，学校停课、组织学生看样板戏，接受革命传统教育，样板戏拉开了我眼前社会大舞台的帷幕。悠悠岁月，往事历历。有一出样板戏里有这么几句唱词："来的都是客，全凭嘴一张，相逢开口笑，过后不思量，人一走茶就凉，啊，有什么周详不周详……"那时黄口小儿跟着咿呀学舌，如今，细琢磨不禁觉得这词很有意思。

革命现代京剧《红灯记》是我看的第一部样板戏。剧情是20世纪40年代初中国抗日的故事，充满了革命英雄主义色彩。学校停课，同学们兴高采烈排着队去俱乐部看《红灯记》，接受革命传统教育。简陋的电影院一排排长木椅，四个座号一条，我们小朋友坐上五个还宽绰有余。同学们叽叽喳喳，灯一黑，都安静下来。电影开始了，一阵锵锵的锣鼓，扣人心弦的乐曲，银幕上走过一队端着刺刀的日本鬼子。同学们伸直了脖子，目不转睛。当一个头戴大盖帽手提红色信号灯的铁路工人走出来，不慌不忙地唱起来，我的脖子就矮了下去。我不喜欢看唱戏的电影。戏里的人走路说话装腔作势，唱的词也很难听懂。那些人一唱起来，咿咿呀呀，没完没了，听着都让人打瞌睡。不过，这部戏里那些游击队和日

青春随风

本宪兵翻着跟头打仗还是挺精彩的。有一个装扮成磨刀师傅的游击队员真厉害,一个人对付几个日本鬼子。那条磨刀用的长板凳被他耍得出神入化,打得鬼子人仰马翻。还有那个梳长辫子穿红衣裳的姑娘,高举着那盏传家宝红灯,也给我留下很深的印象。

过去的电影都禁演了。据说那些电影都是封建主义、资本主义、修正主义,是生长在文艺园地里的毒草。无产阶级专政十几年,不知不觉精神上吃的都是毒草,未免令人大吃一惊。又出了几部新的革命现代京剧样板戏。工厂里的大人们也排着队去看样板戏。父亲说:看样板戏是上面号召的,作为一场政治活动组织的。我第一次听说"政治"这个词,就感觉到非同小可。因为政治活动,学校会停课,工厂会停工,就连街道里的家庭妇女也放下了锅碗瓢盆,离开了灶台,参加政治学习。

无产阶级重新占领文艺舞台,封资修全部赶下了台。有时,会放一部供批判用的老电影。老电影一边放,喇叭里一边念着文章进行批判。批判文章说得观众糊里糊涂,但这并不影响人们看电影的兴趣。电影院每放电影,人们趋之若鹜。后来电影都当毒草铲除了,就只有几部样板戏。反反复复放,小镇上的人,无论男女老少看了十几遍。高高的铁路工人俱乐部大礼堂顶上那几个有线广播大喇叭,每天从早到晚播放样板戏。样板戏深入普及,家喻户晓,人人都会唱。

运动刚刚开始,最活跃的是大学和中学里的学生,他们成立红卫兵进行大串联。红卫兵们都喜爱穿着洗得发白的绿军装,头戴军帽,臂戴红袖章,腰扎皮带,肩挎"为人民服务"的军用书包,胸配毛主席像章,好不神气!他们高喊口号:"拿起笔做刀枪,集中火力打黑帮。文化革命齐造反,革命路上当闯将。"

我上中学的大哥也参加了红卫兵。他胳膊戴着红袖章,红布上用黄漆写着"红卫兵"三个字,神气活现得不得了。嘴唇黑黑的,绒毛般的小胡子都翘起来。每从学校归来,进出家门用那刚刚变粗的嗓子唱着革命现代京剧样板戏,惹得我总是围着他转,从他臂上取下红卫兵袖章套在自己细短的胳膊上。

红卫兵走向街头,到处贴大字报,宣传演讲,刷标语撒传单。父亲刚开始对大哥他们红卫兵的造反运动持怀疑态度,但是听了广播电台和

第三章 风 云

看了报纸上发表的支持红卫兵的社论，才相信大哥的宣传。

俱乐部的大喇叭每天不停地播放新闻、社论和最高指示。全国各地的学生到北京交流革命经验，北京学生到各地去进行串联，"传经送宝""破四旧"。"破四旧"就是破除"旧思想、旧文化、旧风俗、旧习惯"。全国性的大串联活动迅速发展起来，红卫兵打出各种旗号走出校门，效仿当年红军，进行长征。伟大领袖在首都北京天安门广场接见百万红卫兵和革命群众，掀起了全国大串联高潮，无数朝圣者涌向北京。

小镇是铁路交通枢纽，南来北往的火车都要在这里交会。就是省城的红卫兵去北京，都要到小镇来中转乘火车。时令进入深秋，火车站人山人海，大多是戴军帽、穿军装、扎皮腰带、佩红袖章的红卫兵。人们争先恐后，从车门车窗拼命挤上车。一天，大哥宣布要出去串联。大哥的许多红卫兵同学都出去串联了。伟大领袖在天安门广场接见百万红卫兵，这消息使小镇上的红卫兵热血沸腾。母亲不同意大哥一人出门远行，她唠叨着："在家千日好，出门万事难。"父亲对此事保持沉默，看得出来他对大哥不挎书包、不读书很不满意。社会上人人都在谈论着文化革命，他也无可奈何。我很支持大哥的革命行动，可是没有发言权。

大哥参加革命态度很坚决，他同母亲进行斗争。他的斗争方法一点也不策略——不吃饭。在大家吃饭的时候大哥绝食，他用惩罚我的肉体动摇你的精神，这是所有子女用来同父母斗争的法宝。不过大哥这一法宝有点不灵，我看到他趁母亲不在时偷偷抓冷饭吃。母亲当然料事如神，所以没有妥协。北京传来天安门广场一次又一次红卫兵大检阅的消息。经过检阅的红卫兵从北京回到小镇个个神采飞扬，他们到处撒传单贴标语，把一面面红旗插遍小镇的工厂学校街道。大哥都快急疯了，终于有一天，大哥出去就没有回来。有人说他和几个红卫兵同学一起扒上了北去的火车。离家出走，这是子女同家长斗争最厉害的绝招。母亲唉声叹气，大哥走时身无分文。

天气渐渐冷起来，小镇上的景象却是热火朝天。街道上时常走过一队队打着红旗串联的红卫兵。有的刚从省城出发，队伍整齐，歌声嘹亮。有的从外省而来经过长途旅行疲惫不堪，如散兵游勇。有时，一支红卫兵队伍停下来，寻一块空地，围成圆圈，锣鼓一响，宣传毛泽东思想。

青春随风

节目表演完后,红卫兵们又继续沿着街道走,在人多的地方再敲锣打鼓重新演出,仿佛是街上一股流动的"红潮"。

镇子中央俱乐部旁的那片广场,是红卫兵宣传队最喜爱驻足的地方。先是敲锣打鼓,吸引街上行人和周围群众的注意,等人们围过来后,再唱歌跳舞,宣传毛泽东思想。男女红卫兵,头戴绿军帽,身着绿军装,腰间束武装带,左臂佩红袖标,右手握红宝书,胸前戴一枚毛主席像章。高挽起衣袖,朝气蓬勃,英姿飒爽。他们跳着整齐有力的舞蹈,唱着亢锵嘹亮的歌声,呼啦啦会围上一大群观众。

红卫兵上街宣传时一般采用歌舞的形式,手持红宝书跳"舞",唱毛主席语录歌,唱《大海航行靠舵手》等歌曲。红卫兵舞蹈,动作粗放、简单、夸张,主要动作有双手高举表示对红太阳的信仰,斜出弓步表示永远追随伟大导师,紧握双拳表示要将革命进行到底。演出的最后,还伴有一声齐喝——"嘿"!

这时间,广场上热闹极了。锣鼓喧天,红旗招展。一支支红卫兵宣传队来来往往,有时还会开来一辆宣传车,大喇叭震耳欲聋,口号喊得人心惊肉跳,"开展无产阶级文化大革命,反帝反修防止和平演变""彻底砸烂资产阶级王国,横扫一切牛鬼蛇神"。

一些背着书包的小学生在人群中钻来钻去看热闹。他们是从课堂上溜出来的。有时,上学路上,经过广场我也会停下来看宣传队演出。我真羡慕那些红卫兵大哥哥大姐姐,他们十七八岁,生气勃勃,个个多才多艺。一支竹笛就能吹出欢快悦耳的调子,一把二胡就能拉出悠扬动听的曲子。有时两个红卫兵说对口快板,你一句我一句,竹板嚓嚓啪啪,嘴里妙语连珠,真是有趣极了。十月的阳光照耀着广场,照耀着欢腾的人群,红卫兵的旗帜在阳光下鲜艳夺目。那些红卫兵宣传队员,个个脸上透着红晕,鼻梁上沁着细腻的汗珠,青春焕发的脸上热情洋溢。

我最喜欢看的是红卫兵表演的一种叫双簧的节目。一个人坐在一张椅子上,面对观众,将两只手藏在身后。另一个人躲在椅子后,将一双手从前面坐的人两腋伸出来,就像前面人的手。坐在椅子上的人摇头晃脑,只动嘴不发声。躲在椅后的人讲着话,舞动双手。两人配合巧妙,很是有趣。一般表演者扮演的都是当时认定的坏蛋,反面角色。有一个节目,

第三章 风 云

前面的表演者有个高高的纸鼻子，涂了白脸蛋。这是区别于我们黄皮肤矮鼻梁的中国人。这个外国坏蛋手舞足蹈，丑态百出，大吹大擂要统治全世界。这时人民起来斗争了，一队少男少女红卫兵斗志昂扬意气风发地上场，唱着歌，挥舞着拳头将坏蛋围在中间。而坏蛋却吓得瘫在椅子上，瑟瑟发抖。人民胜利了。红卫兵唱道："一切反动派都是纸老虎。"

红卫兵宣传队表演的节目，让同学们应接不暇开心极了。只要听到锣鼓，听到歌声，心就活泼泼地跳，很快赶到那里。课堂上稀稀拉拉，同学说走就走，老师说不来就不来。看大字报，参加政治运动谁也不敢阻拦。学校里听不到读书声了，课本被搁置一旁。这如火如荼激动人心的日子，没有谁还愿苦坐寒窗。

一天，已经九点了，我提着轻飘飘的书包晃晃荡荡去学校上课。走过广场，懒洋洋的日头照着广场和四周的建筑，空中弥漫着散淡的气氛。早过了上课时间，往日我是绝不敢迟到的，如今谁也不会批评我。学校并没有谁等我，我走在路上不慌不忙，东张西望，一阵锣声吸引了我。广场上聚着一大群人，人群中传来阵阵热烈的叫好声。我走向人群，找了条缝钻进围观的人墙。人群中间竟然不是红卫兵宣传队，而是两个中年汉子。他们打着赤膊，穿着肥大的抿挡裤，用粗麻布扎着腰带。一汉子膀粗腰圆，一脸横肉，头发蓬乱稀疏，气壮如牛。另一汉子骨瘦如柴，颧骨老高，眼珠乱转，却也显得分外精神。深秋时节，微风带着寒意，萧萧的。那两人赤裸的胸脯冒着热气，阳光下肌肤油光发亮。迈着弓马台步，在场子中走了两圈。壮汉子向前跨了一大步，立定，挺胸凸肚高声喊："头可断，血可流，毛泽东思想不能丢。"瘦汉子手提一面破锣用一截小木棍当当敲几下，跟一句："不能丢。"他嗓音尖细。壮汉子手拿一枚金光闪闪的毛主席像章，给围观众人亮一亮，毅然决然放到左胸脯上，慢慢地将像章上的钢丝别针穿进胸脯的皮肉里系住。"当当"两下锣响，"嘿嘿"吆喝两声。瘦汉子提锣围着壮汉子团团转，一脸紧张激动的神情，好像那钢丝扎进他肉里似的。人群发出啧啧赞叹声。

我很惊奇，壮汉真了不起，像章别在肉上一点也不怕痛。我盯住那枚像章。像章很大，很好看。洁白的陶瓷上绘着彩色主席像。八角帽，红五星，红领章。我以前还没见过那么大的纪念章。我有一枚很小的纪念章，只有一分硬币大小，是铝合金的，红漆中一个金黄的领袖头像。我费了很大的口舌才从大哥那里要来的。我很得意，将纪念章别在胸前衣服上，戴到学校去。同学们人人都戴了像章。有一个同学的像章比我的大，除了有毛主席像，下边还有红旗。和他那枚相比我的就逊色了。看到那汉子胸前的纪念章，我很希望能有那么一枚，别在胸前肯定神气极了，同学们所有的像章都相形见绌。不过，我可没有勇气别在肉里。

瘦汉子乐颠颠地从一旁拖来一块木板。木板上倒竖着无数尖钉子，锋芒毕露根根狰狞。我不知道这两人又要表演什么把戏，注意看着。人群一阵涌动，一只穿翻毛皮鞋的脚踩了我一下，痛得我差点叫出声。工厂里的工人也三三两两出来，他们都停下机器来看红卫兵的宣传演出。我推开那只踩我的腿，往旁挪一下。场中壮汉绕着钉板走两圈，一拍胸脯，胸前像章晃晃荡荡，抖擞精神高声喊："用毛泽东思想武装起来的人刀山敢上火海敢闯。"说完仰面朝天躺到钉板上。

瘦汉捏起拳头，弓腰原地踏着步，口中念念有词："刀山敢上，火海敢闯。"上前，战战兢兢踏到壮汉的肚皮上。双脚站住，摇晃两下，赶紧下来站一旁。钉板上壮汉子爬起来，将油亮亮的脊背朝向人群，举起双臂，一使劲，凸起块块腱子肉，背上肌肤给小钉子扎得密密麻麻红点。他猛拍巴掌，"哈哈"喊两声，捏拳头骑马蹲裆运运气。瘦汉子快捷无比抄起一只水壶递上去。壮汉接过水壶嘴对嘴喝了点什么。瘦汉划根火柴凑近，壮汉鼓腮帮子一喷，"呼"地嘴里射出一大团火。吓得围观人一跳，往后一闪。瘦汉子不失时机敲几下锣，然后小棍腋下一挟，端着锣盘，走到围观的人群面前，耸起肩，平伸双手，公鸭般沙沙的细嗓子："革命的同志们、战友们，我们都是来自五湖四海，为了一个共同的革命目标走到一起来。请献上一角两角，支援亚非拉，支援世界革命。"

咦，怎么要起钱来，这真出人意料。围观的人愣了愣。"哗……"一哄而散。我还站在那里，盯着壮汉子胸前的纪念章。端锣盘的瘦汉子走到我面前，敲敲锣，笑嘻嘻盯住我的书包，"小朋友，有钱没有？"我望着他，捂住书包，摇摇头，往后退几步转身跑开去。

第三章 风 云

二

大哥串联回来了。一个多月的时间，人黑了瘦了，一圈绒毛似的小胡须翘得更高更显眼。他精神焕发，眉飞色舞，滔滔不绝地给我们讲红卫兵串联的经历。他们从小镇出发，扒上了北去的火车。他们一行都是铁路子弟，有着扒火车的经验，还有开车门的钥匙，通力协作，费了九牛二虎之力才进了车厢，占得四五个座位。后面来的，别说座位，能有个立锥之地就不错了。无数的红卫兵在车厢里挤得水泄不通，走道、行李架乃至厕所，一切有空隙的地方全挤得满满的，列车严重超员。最麻烦的是拉屎拉尿，要事先做好安排，利用每站停车的一刻，分批下车突击解决。没等到车停小便憋得慌的，或尿在裤里，或射出窗外，"羞耻"二字全然不顾了。这恐怕也是史无前例最艰苦卓绝的远途旅行了。经过几天几夜的煎熬，一路艰辛终于到达北京。大哥他们个个蓬头垢面、疲惫不堪，幸亏一下火车，就有解放军迎接，送到接待站安排食宿。

大家盼着早日接见，一睹伟大领袖的风采。这一天终于来临，天还没亮，解放军就催促大家起床，匆匆洗漱完毕，用罢早餐，就到街上排好队形。寒风刺骨，冷得浑身发抖，牙齿打架，大家搓手搓耳，原地蹦跳取暖，等到曙光显露，满天朝霞，一声令下出发。

队伍迈着矫健的步伐，唱着语录歌向目的地进发。百万大军云集长安街。毛泽东和他的亲密战友登上天安门。检阅开始，百人一横排的队伍浩浩荡荡，由东往西走过天安门广场。毛主席身着绿军装，佩戴红卫兵袖章，向人群频频招手致意，人群的欢呼声震天动地。"毛主席万岁，毛主席万岁！"大家狂热呼喊，不少人热泪盈眶。大哥深受眼前狂热到极点的氛围感染，情不自禁地涌出热泪。终于看到了伟大领袖，红卫兵欢呼雀跃，无比激动，无比幸福。

接受了检阅，大哥他们又在北京游玩几天，美其名曰参观学习首都北京无产阶级文化大革命经验。然后从北京出发，效仿当年红军，进行

青春随风

艰苦的长征。步行跋涉千里，去老革命根据地革命圣地参观。一路上举着红旗唱着歌，每到一个地方都有红卫兵接待站，不愁吃，不愁喝，打张借条还能领点日用钱。说着大哥从随身带的黄挎包里掏出一张北京拍的照片。相片上大哥穿着一身灰不拉几的土布棉袄，一条又瘦又短的蓝布裤子绷在腿上，露出一大截黑棉裤筒，脚下一双解放鞋。大哥立正姿势站着，左臂戴着红卫兵袖章，右手拿《毛主席语录》，捧在胸前，一脸严肃虔诚。背景是雄伟的天安门城楼。

我和二哥三哥争抢着相片看。最后，相片传到母亲手中。母亲看着相片露出笑容，一直提着的心终于放下来，忙着给大哥做好吃的去了。

大哥自从革命串联回来，经了风雨，见了世面。过去他是一个不多言腼腆的中学生，如今开口闭口是我们光荣的红卫兵战士、"我们无产阶级革命闯将"。他和红卫兵战友一起唱着造反有理的歌烧了课本，走上社会，造反抄家，"破四旧"。红卫兵歌声嘹亮战旗飘扬。

红卫兵，红卫兵，革命的烈火燃在胸。
阶级斗争风浪考验了我，路线斗争锻炼得心更红。
立场稳，方向明，朝气蓬勃干革命。
赤胆忠心跟着党，我们是毛主席的红卫兵。

红卫兵"破四旧"是先从烧书开始的。除了马（马克思）列（列宁）的著作、《毛泽东选集》以及相关的书籍，其他所有过去出版的书都是旧文化。新中国成立以后出版的小说大都是毒草，解放以前出的帝王将相才子佳人封建武侠小说都是糟粕，外国书籍都是帝国主义殖民主义崇洋媚外。红卫兵看见书籍就没收，不管三七二十一，一把火烧尽，各种各样的文化书籍被毁。

俱乐部图书馆牌子被砸烂，书架被推倒。里面抄出来的书在广场上堆成小山一样。红卫兵忙忙碌碌，一趟又一趟搬着书，浇上汽油，点火烧起来。他们唱道："凡是反动的东西，你不打他就不倒，扫帚不到，灰尘照例不会自己跑掉。"

每当听到有红卫兵烧书，我就赶过去。面对熊熊大火滚滚浓烟，我

第三章 风 云

目瞪口呆，怔怔地看着那些书被烧毁，真觉得可惜。许多我喜爱的书，《木偶奇遇记》《骑鹅旅行记》《宝葫芦的秘密》《水浒》《西游记》……都化为灰烬。大哥也加入到烧书的红卫兵当中。他和几位红卫兵战友来到学校的图书室，破门而入，搬出一捆捆书付之一炬。过去，大哥也很喜欢看书。他从学校里把这些书带回家看得津津有味。看到大哥带了书回来我就很高兴，如获至宝，要过来，捧在手上，结结巴巴读着。这些书丰富了我的想象，填充了我迫不及待需求知识的大脑。大哥借来的书过几天就要还，每次总是催着我快看，有时没看完就被抢走，如果有一点损坏，他都要发脾气骂我一通。文化大革命一来，他的态度就起了巨大变化，把这些书统统斥为封资修毒草糟粕。看着从图书馆里搬出来的书，我真是非常遗憾。图书馆里书真多，以前我借不到，我没有大人使用的借书证。图书馆对我来说有如知识圣殿，我渴望着窥探着准备去取在那里面的无数宝藏。如今图书馆被砸烂，书被烧毁，不知道造反的红卫兵为什么要烧这些书。以后我看不到这些有趣的书了。热辣辣的浓烟被风一吹，扑面而来，呛得我泪水直流。

烈焰腾腾，纸烬飞舞。烈火中飞升起的纸烬一片片，像一只只翩翩飞舞的白蝴蝶、黑蝴蝶。一阵阵浓烟升上天空。一本书像扑扇着翅膀的鸽子飞到我的脚下。我弯腰拾起来，看一眼封面，立刻被吸引。这本书的封面画着两个光屁股长着一对翅膀的小男孩，书名叫《希腊神话与传说》。我随手翻起来，里面有许多插图，裸体的男人，半裸的女人；带翅膀会飞的人和狮身人面怪物；头发上盘着许多毒蛇的女巫。真叫我触目惊心，又喜又爱。

我正恋恋不舍地翻着书，一个比我高一头的红卫兵走到我身旁，从我手中抢去书，一脸严肃地说："小孩，当心中毒。"顺手一丢，书呼啦啦挣扎着落进火堆，立刻被火焰吞噬。

中毒？我有点纳闷，难道这本书浸了毒液，手触摸上就会像早先我触摸到二哥挖的蛇毒草药七叶一枝花一样？记得从前听过这么一个故事：有一个人想谋害国王，苦于宫廷戒备森严无计可施，便呕心沥血编了一部很吸引人的书，在书的每一页都浸上很毒很毒的毒液献给国王。国王在看书的时候不知不觉就中了毒。我想了想，明白他说的一定是那些稀奇古怪的插图是不准人看的。

　　红卫兵"破四旧"的风暴席卷小镇。人们的日常生活中也有许多"四旧"必须破除。西装是资产阶级的，连衣裙是修正主义的，旗袍是封建余孽，花哨一点的服装被斥为"奇装异服"。"破四旧"的红卫兵上街拿着剪刀搜索着封建主义资产阶级，见到妇女的长辫子和烫发，男人的喇叭裤和小脚裤，立刻冲上前牢牢揪住。这些都被认为是非无产阶级、非大众化，必须坚决铲除。要保持无产阶级革命本色，女人一律齐耳短发，男人一色小平头。男女老少，黄军装，蓝制服。服装款式一致，色彩统一，不分男女不分职业的军装最盛行。裤筒不能大也不能小，衣袖不能长也不能短。人们挽起袖子，露着胳膊，挥舞着拳头。凡是奇装异发，稍不顺眼，红卫兵的剪刀就要采取革命行动。看到那些头被剪成秃秃的狗啃一般，裤筒被剪成布片片破不蔽体，一个个抱头鼠窜，狼狈不堪，真是叫人笑掉大牙。大哥自豪地说："一把革命的剪刀，大长了无产阶级的志气，大灭了资产阶级的威风。"

　　小镇的西郊，那座不高的乌龟山脚下，过去有一座青灰色的小庙。衰败破落，冷冷清清。小镇历史不长，如果要说古迹，恐怕只有那座小庙。至今谁也想不起那庙是什么时候盖起来的，里面供奉的是什么神，大概是关帝吧。偶尔有乡下老妪去上一炷香，撒两片纸，不知求什么。据说过去还有个守庙的僧不僧道不道的男人。不过早在红卫兵去扫荡之前就饿跑了。"破四旧"，土庙首当其冲。红卫兵浩浩荡荡杀气腾腾，奔向乌龟山。那座风雨飘摇中的小庙不堪一击，红卫兵三拳两脚，小庙就被夷为平地。红卫兵得意扬扬大肆宣传"破四旧"的伟大战役，胜利成果。

　　大哥串联回来就和几个同学成立起一支"红卫兵井冈山战斗兵团"。井冈山是共产党开创的第一个红色根据地。大哥他们在学校占了一间教室当作司令部，树起一面旗帜招兵买马。母亲在缝纫机上日夜给他们赶做红袖章。学校的老师校长统统靠边站。大哥和红卫兵战友用几块砖架个炉灶，烧着劈碎的课桌椅，在一只铁锅里用白面熬制糨糊，拿着笔和纸上街刷标语贴大字报，"炮打×××""火烧×××""打倒×××"。

　　大哥革起命来就不回家，经常吃饭时母亲让我去找他。走进插着红旗的学校大门，穿过贴满标语和大字报的长廊。许多教室门前都挂着牌子，

第三章 风 云

战斗队、兵团、指挥部、司令部比比皆是，直看得我眼花缭乱。

工厂里的工人，街道里的妇女也动员起来，参加文化大革命运动。他们仿效红卫兵戴起红袖章，成立战斗队。漫天飞舞着纸传单，雪片似的，遮天蔽日。大街上所有的墙贴上大字报，刷上大标语，一层又一层，直到找不出一块露出来的砖石块。人们一群群开展大辩论，为了一句话一个观点争吵不休，声嘶力竭。人人争当造反派、左派。有人提议：红色代表革命，铁路和公路的交通信号应该改变。红灯通行，绿灯停止。左派是进步的，汽车一律靠左行驶。这个提议得到小镇上广大造反派的支持和响应，小镇开始实行新的交通规则。新交通规则实行没几天，火车司机和汽车司机左右不分，红绿难辨，闹得晕头转向，接二连三发生交通事故，每天都撞坏两台火车、几辆汽车。人命关天，信号灯只得又改回来。

大哥的同学邱永忠和另一个红卫兵战友两个人成立了一支"百万雄师战斗队"。"百万雄师"出自毛主席诗词"钟山风雨起苍黄，百万雄师过大江"。邱永忠和那位红卫兵战友一人号称五十万，就像过去舞台上唱戏的，几个小卒子在台上举着小旗转来转去就代表着几十万人马行军打仗。

邱永忠以前不叫邱永忠，叫邱木根，个子不高，黑黑瘦瘦，是大哥的好朋友，是个很活跃的人。平时哪里有热闹都少不了他，胆子大点子多，时常喜欢胡诌几句歪诗。我听大哥说过他的一件趣事。一天，学校一个教化学的老教师过生日，同学知道后准备在课堂上向他祝贺，有的同学还备上礼品。邱木根也想表示一下，平时他化学总是考不好，把原因归咎于老教师，写了一张寿联上台挂在黑板旁，上写："真真学问，老老教师，乌发已稀，龟鹤百龄"。化学老师接受了同学们的祝贺，当他看到寿联，念一遍，挺得意，认为句句都是佳词妙语，拿回办公室向同事展示。有一个语文老师念一遍，说："你上当了，这是骂你。看这每句头一个字：真老乌龟。"大家哈哈笑，老教师这才恍然，鼻子都气歪了。此后，邱木根的化学考试就基本没有及格过。不过，去他妈的化学课，邱木根现在一点儿也不担心化学考试。化学老师被打倒了，化学课本烧毁了，再用不着考什么化学了。

一天，大哥的红卫兵战友来到我家坐在院里，他们都是刚刚串联回来，一个个臂戴红卫兵袖章，胸前佩着毛主席纪念章，七嘴八舌，谈着串联路上的见闻，谈大城市的红卫兵运动，唱造反有理的歌。邱木根来了，大哥高兴地喊："木根。"

木根连连摇头摆手，尖细的嗓子还奶声奶气，向大哥郑重声明："我改名字了。现在叫邱永忠，永远忠于毛主席。"

大哥和红卫兵战友一听，连声叫好。这个邱木根改了个响亮的名字：邱永忠。据说他出生时，他父亲请来算命先生给他测生辰八字。半瞎的算命先生翻翻老卦书，把把手指头，说新生儿五行缺木。于是他父亲就给他取名叫木根，以他的名字补足五行。邱木根抱怨这名字太俗气太封建，扬言要破除迷信，解放思想。中学生邱木根摇身一变，成为一名红卫兵战士邱永忠。

红卫兵破旧立新，社会上兴起一阵改名热，一些地名也改了新的。小镇一条街道过去叫向西路，因为在镇子西边。这名称使人联想为向往西方，西方都是资本主义，与我们社会主义东方誓不两立，于是改名叫解放路。铁路上有许多火车头是苏联造的。同苏联友好时，叫友好型机车。苏联变修了，就叫反修型机车。许多人改了名，表明坚决革命的态度。我家住的这栋平房有户三十来岁的妇女叫魏龙凤，文化大革命时是居民委员会的活跃分子，改名为魏立红。顾名思义，立红心，干革命。我的一个同学叫于耀宗，他的长辈希望他能耀祖光宗。这也是封建思想，改名成于卫东。他小小年纪，决心为捍卫东方这神圣的社会主义堡垒而英勇战斗。人们紧跟时代潮流，一大批向阳、文忠、卫红的婴儿出生，个个名字响当当。

一心革命的大哥似乎也有改名的意思，但是他不敢在父亲面前提起。父亲绝不赞同随便轻率地改名。父亲认为命名是庄严的，过去为孩子起名有许多讲究和规矩。父亲告诉我们，我的祖先已经规定好了家族辈序用字，给初生儿命名时必须按规定行事。父亲那一辈是"宇"字辈。父亲和我的五个叔叔，他们的名字依序为"鹏、飞、万、里、洲、家"。到我们这一辈是"勋"字辈，我和三个哥哥依次为"立、铭、健、国"。还有我们家族后代的名序也早已排定，"勋、锡、万、世、兴、邦、昌、嘉、云、龙"。无论走到哪里，后辈人都能从家谱中认出同宗，找到自己的辈分。

在小镇大街的白墙上有这么一条巨幅标语："念念不忘阶级斗争。"一个黑漆大字一人多高。大哥他们把红卫兵造反抄家"破四旧"称为阶级斗争。红卫兵烧了图书馆的书，又去到地、富、反、坏、右分子家抄家。在一户地主家，红卫兵进进出出，门槛都快踏平了，把一些箱箱柜柜、坛坛罐罐搬出来。旧家具烂棉絮堆在露天，一堆堆散发着一股霉变糟烂气味。大哥说："地主阶级被打倒了，地主家庭没落了，但是他们贼心不死，他们躲在阴暗的角落时时刻刻妄想复辟，反攻倒算。"什么叫"反攻倒算"？我带着疑惑期待着红卫兵抄家能抄出什么枪炮武器之类。

那些忙着抄家的红卫兵，个个威风凛凛、神情严肃，不放过任何可疑的东西，一会儿，从屋里抬出一黑漆漆沉甸甸的棺材。我们这些在门前探头探脑的小朋友一见这棺材，惊呼一声散开来，以为棺材里有死人。几个红卫兵一副天不怕地不怕的样子，用力把棺材盖掀开。"轰"地一下，棺材里冒出一股白色烟雾，夹着刺鼻气味。大家往旁一躲，不知棺材里面藏有什么。烟尘散尽，红卫兵一拥而上，把棺材里的东西一股脑往外抛。一块块肥皂，一件件棉衣，一捆捆草纸，乱七八糟，没有什么特别的东西，更没有死人。大伙呼口气，抄家的红卫兵显出失望的神情。一个小个子红卫兵还不死心，扒着棺材沿，撅起屁股半个身子探进去扒拉着，从棺材里找出一本发黄的草纸样薄薄的书，匆匆一翻，高举起，尖声叫道："变天账。"大伙的目光一起被他吸引，忽啦围上去。我从他竖起的手臂看到那是本陈旧不堪的黄书，上写着几个毛笔字"李氏宗谱"。我不知道这是本什么书，我相信红卫兵说这就是"变天账"。变天账被红卫兵一个个传阅着。抄出重要的黑材料，红卫兵群情振奋，乘胜追击，继续抄着家。

一个瘦小干巴的老头裹着一件黑布破棉袄，蹲在门边，低着头，满头乱蓬蓬灰发。别人指给我说那就是老地主。据说，过去他骑在人民头上作威作福。瞧他现在的猥琐可怜相，怎么也想象不出他怎样作威作福。红卫兵进进出出从他身旁走过，有时停下来训斥几句。老地主呆呆地木无表情一动不动。他的几个子女，愁眉苦脸站一旁，看着红卫兵翻箱倒柜，一声不吭。

青春随风

回到家中,我问母亲:"老地主为什么把棺材放在家中?"母亲说那是年纪大的人预先给自己死后准备的,叫"万年屋"。我还是不明白,为什么死人用的放在活人屋里,我对那老地主生起恶感。我对母亲说从地主家抄出了"变天账"。母亲问什么样的"变天账"?我说看到"变天账"上几个字:李氏宗谱。母亲呵了声说:"过去许多家都有。"我吃了一惊,再追问,母亲不语自做事去了。

　　大哥立正姿式站着。左臂带着红卫兵袖章，右手拿毛主席语录，捧在胸前，一脸严肃虔诚。背景是雄伟的天安门城楼。

第三章　风　云

三

造反的红卫兵不再满足烧旧书抄地富反坏右的家了。大哥说，那些都是纸老虎、死老虎。他们要打真老虎、活老虎。井冈山战斗兵团率先刷出大字报，大标语："打倒中国的赫鲁晓夫""深挖埋藏在革命队伍内部的定时炸弹""揪出走资本主义道路当权派"。被红卫兵和造反派揪出来的人越来越多，批斗会上，揪出来的人头戴纸扎高帽子，胸前挂着木牌子，木牌上写着他们的名字，上面打着大大的叉。他们低头弯腰站在台前，接受革命群众批判。人们一个个上台发言，呼口号，然后押着他们游街示众。

大姐从学校回到家中。她前一年考上大学，在省城读书。大学里的文化大革命运动比小镇更激烈。那里的老师成分更复杂，许多老师被揪了出来，出身不好，或有海外关系的教师都难以幸免。经常，文革领导小组通过广播站发出通知："特大喜讯，特大喜讯，我们又挖出三个阶级敌人，全校革命师生员工，立即到学院礼堂集合，参加批斗大会。"

听大姐说起学校的文化大革命运动，我很惊讶。

红卫兵造反派的矛头转向走资派当权派，黑五类扫进了历史垃圾堆，不再有人去揪斗他们。

夏季刚刚来临，小镇的人们就感觉到了赤灼的热风阵阵吹来。造反派打倒了走资派，内部又分裂成两派，为了夺权，打起了派仗。两派组织都自称是革命派、造反派，谴责对方是保皇派。他们由口诛笔伐到舞枪弄棒，你来我往斗了起来。许多小学生也随同家里大人分裂成一队队，一派派，互相攻击谩骂，打得鸡飞狗跳。课桌椅子堆起来堵住门窗，弄得教室个个像堡垒似的。撒传单，刷标语，同他们父兄长辈一样为捍卫无产阶级革命路线抛头颅洒热血。拆下桌子椅子腿将教室办公室窗子玻璃挨个砸得稀里哗啦，显出胡闹本性来。

我还是背着书包去学校。我时常被那些狂热的同学缠住，要求表态，明确支持哪一派。我哪一派也没参加，并不是我立场不坚定旗帜不鲜明，

青春随风

而是他们都打着一样的旗帜，喊着一样的口号，实在弄得我好糊涂。中庸之道也使我吃了很多苦头。我的含糊搪塞遭到小造反派的呵斥和谩骂，甚至几记拳头。这一派刚刚走，另一派又来纠缠不休。后来当激进的大哥批评父亲不参加运动，当逍遥派时，我对父亲寄予深深的理解和同情。逍遥派并不逍遥。

学校提前放假了，老师个个溜之大吉。

大哥参加红卫兵，造反、夺权，被胜利冲昏了头脑，不知天高地厚，竟谴责起父亲躲避运动，当骑墙派、逍遥派，被愤怒的父亲抡了个大嘴巴。大哥捂着脸，敢怒不敢言，那点造反精神，面对威严的父亲荡然无存。

邱永忠批评大哥革命不坚决不彻底，这时候应该同家庭决裂。大哥没有这么大勇气，虽然他很钦佩邱永忠。邱永忠率领百万雄师参加武斗，回到家里还背着支冲锋枪，身上挎着子弹带，威风凛凛。他有一个和我差不多大的弟弟，叫二小，很崇拜地围着哥哥转，也把枪要过来背在肩上，斜肩佝背，在胡同口大摇大摆。

有一次，在街道旁的空地上，哥哥教弟弟怎样打枪。二小把冲锋枪抱在胸前，沉甸甸，挺着胸，枪口朝地，一抠扳机，"哒哒哒哒"枪响了，子弹射出去。枪口喷着火，震得他人都抖起来。大枪在怀里弹跳着，怒吼着，几乎脱手。二小脸都白了，死死搂住枪，枪口越抬越高从地上一直射向空中，打得对面街道房屋的窗户墙壁砖头石块稀里哗啦。

对面那所房子里一家老少几口人正围坐在桌旁吃午饭，突然子弹从窗口呼啸而来从头顶掠过，打在墙上。泥土四溅，烟尘弥漫，一家人吓得嗷叫着钻进桌底，好一阵子才明白过来怎么回事。冲出家门，站在街上一通臭骂。惹事的兄弟俩早溜了。

人们站在不同的派系互相斗争。隔壁邻里成了对立派，昔日朋友反目成仇。母亲感觉到了危险的征兆。她经历了几个不眠的漫漫长夜后，与父亲商量，决定回北方老家，将读中学的大哥和上大学的姐姐一起带走。母亲的行为，就像野外的小动物一旦嗅到危险首先往窝里逃跑一样。父亲和母亲的良苦用心，当时，大哥和大姐并不理解。他们要坚持下来捍卫无产阶级革命路线，捍卫毛泽东思想。过了许多年后，大哥和大姐再提起这件事，就庆幸母亲做得对。当年那些冲锋陷阵最积极的运动分子都没有好结果。惯于秋后算账的国人是不会如此简单地把前嫌一笔勾销的。他们那些狂热的同学有的被别人打死了，白丢了性命，有的打死了别人自己坐了牢。

母亲为带我们这些孩子回老家，费了很多口舌，威胁利诱软硬兼施，才使桀骜不驯的大哥就范。父亲留在镇上看家，避开武斗坚持上班，冒着风险开火车，也是为了领那点养家糊口的工资。

我们回东北老家的时候，因为到处闹武斗，铁路上很紧张，经常列车晚点交通中断。父亲到车站送我们上车。车站上人很多，列车迟迟开来，车厢挤满了人，一个挨着一个，没有一点缝隙，仿佛都快胀破了似的，门都无法关上。我人小，从车门实在挤不上去，被父亲托起从窗子塞进车厢。一位好心的叔叔将我抱起来放在茶几上，两条腿无处搁就搭在窗外。车厢里热烘烘，一股汗气味。我的哥哥姐姐们紧紧挤靠在一起，一副无可奈何的神情。天黑了，外面黑黢黢的。列车奔驰着，车厢晃来晃去，风呜呜响，我心里很害怕。过了一会儿，我要小便。车厢内水泄不通，厕所也被人占满，无法上厕所。母亲扶住我，让我站在窗前向外撒尿。列车轰隆咔嚓开动着，不停地摇晃。我心里又害怕又紧张，怎么也尿不出来，憋得我直哼哼哭。以后许多年，我还经常做噩梦，梦见我乘火车旅行，从车上掉下来，四处荒凉可怕，我迷路了，顺着铁道往前走，总也走不到头，哭喊着妈妈。这是我们除父亲外举家回北方的最后一次旅行，路途艰辛，给我留下难忘的印象。

四

我的老家在富饶的东北平原，是一座不大的中等城市。地理上扼东西控南北，是交通要道，古时兵家必争之地。20世纪中叶，干戈四起，烽火连天，这里曾打过一场著名的城市拉锯战。如今，文化大革命，风起云涌，这里的武斗派仗打得不亦乐乎。白天还算平静，两派武装各自盘踞在工厂和政府大楼里，相安无事。人们可以出门办事，居民的生活还算正常。晚上，城里就戒严了，不时响起阵阵枪声。大街上时而会有

青春随风

参加武斗的造反派乘大卡车驶过,喊着"文攻武卫,针锋相对"的口号。

城里的街道还是土路,两旁都是平房。我们住在奶奶家,这是座大杂院,我的两个叔叔也住在院里。城里武斗,我们被限制在家中,不得随意出门。奶奶住的房有一间很大的堂屋,放着一只大水缸,还有许多杂物;里屋也很大,一张大炕占了三分之二的面积。炕边挨墙一排柜子,漆的紫黑色,画着花鸟。炕是土坯砌的,铺上一张大席。土坯总掉土,我问母亲,为什么不用砖?母亲说:砖砌的热得快,太烫;冷得也快,不保温。炉灶在堂屋,与炕隔着一面墙。外面烧饭,煤烟从墙里的烟道穿过来,从炕里曲曲弯弯又通到屋顶烟囱上。平时,炕头是奶奶睡,那里热乎。我们来了,奶奶让我睡。睡了一晚,热得我直冒汗,就跑到炕尾睡。炕沿一条大红木,上上下下被磨得红光发亮。我在屋里炕上炕下蹦跳着,有时到院子里玩。我那时小,只要有不大的空间就够我活动的了。我的大哥却被憋闷得够呛,他抱怨着母亲拉他回老家,没有参加捍卫无产阶级革命路线的战斗。他的那些红卫兵战友要骂他胆小鬼,逃兵了。

一天夜里,枪又响起来了,放炮仗似的,还会听到三两声轰隆隆手榴弹爆炸声。突然,灯熄了,停电了。发电厂工人也卷入武斗,整个城市陷入黑暗中。这时,一缕淡淡的月光从窗外照进来。天空涌起紫色云团,月亮半遮半掩,影影幢幢。街道黑暗,黑黢黢的建筑变得阴森森。我紧张地爬上床,把头扎在母亲怀里。母亲抚着我的头,安慰着:"别怕,妈在这儿。"

母亲将我们几兄弟叫到一起,围坐在床上说话,给我们壮胆。大哥坐在门边,他不怕,奶奶说他是初生牛犊。望着外面的黑夜,流弹不时划过夜空,倾听一声声爆炸声、枪声。"嘿,重机枪都干上了。"他激动地说,摩拳擦掌。

母亲搂住我说:"孩子,妈很小时就经历过打仗。不要怕,这子弹不咬人。"母亲轻轻地讲起她小时候的故事。黑暗中,我偎依着母亲,听着她絮絮叨叨的故事,心绪渐渐平宁,忘了屋内的黑暗,忘了屋外的枪弹声。

许多年前,军阀混战,烽火连天。母亲生活的这座城市,今天进来这家军队,城头升起一面黄旗。明天那边军队又占领了城市,城头又换

第三章 风云

上蓝旗帜。有一场大仗，两家军队打得特别酷烈。炮声隆隆，枪骤如雨，双方的军人和城中老百姓死伤无数。幸存者都战战兢兢躲到地窖里。打了几天几夜，人们在地窖里饿得不行了，冒着枪炮纷纷出来寻食。午时，枪炮声稀了，母亲的母亲，也就是我的姥姥出来烧饭。母亲那时年幼，无人照看，跟着姥姥出来。她一个人坐在炕上玩着，玩累了，倚着炕上那床棉被，倒下睡着了。姥姥在堂屋灶前忙着生火，洗米熬稀饭。外面枪炮声时骤时稀，突然，一声尖利的呼啸破空而来。"轰隆"一声巨响，一颗炮弹落在院子当中炸开来。地动山摇，房子震得哗哗啦啦，锅里正在煮着的稀粥落上厚厚一层尘土。姥姥不顾一切，冲进里屋。母亲坐在炕上，炕前那扇大窗子玻璃震得稀碎。尖利的玻璃碴飞溅满炕，一层层围着母亲，银光闪闪，烁烁发亮。那床印花棉被扎得满是窟窿，母亲却平平稳稳，安然无恙，一根头发也没碰着。她醒了，冲着脸都吓白了的姥姥微笑着。

几十年后，母亲才体验到那时的惊险。她说："有一块玻璃扎在身上，你妈那小命就没了。"

小哥挺严肃的样，对我说："那样就没有你。"

我不服气，说："你也没有。"

母亲说："都会有的，你妈命大。"

母亲命大，我很坚信这一点，只要一感到害怕，紧紧地依偎在母亲身旁，就能渡过一切难关。母亲福大命大，她是我的保护神。

在奶奶家吃过午饭，我走出屋。站在临街的胡同口，望着大街。在老家待了一个月，不让出门，没有书读，很觉得无聊。几辆马车走过街道，拉车的高头大马四蹄哒哒，踏起尘埃。车轮吱吱扭扭，在灰泥路上留下一行行印辙。南方没有马车，初次见到马拉的车我欢喜得很。目光跟着马车，希望看到车把式叭叭甩起长鞭，骏马奔腾，车轮滚滚。街上驰过的马车慢慢悠悠，咯咯吱吱。赶车的人一个个戴着草帽，耷拉着脑袋，无精打采，鞭杆搂在怀里。天气太热了。

这么热的天，大街上没有卖冰棍的。在南方这个季节，狗儿趴在阴凉地张着嘴伸着红红的长舌头拉风箱般喘气。老母鸡热得蛋也懒得下，一身鸡毛落得秃噜噜的。人们躲在家中，穿条裤衩打着赤膊拼命摇芭蕉

青春随风

扇。卖冰棍的老太太越热越高兴,她们背着木箱或推着小车沿街叫卖,木箱里的冰棍用厚厚的棉絮捂得严严实实,不然冰棍就化了。听到卖冰棍的吆喝声,咽着口水,缠着母亲要买一根冰棍。那时冰棍有两种,一种是红糖的,三分钱一支;一种是绿豆的,五分钱一支。有时母亲给三分钱买一支红糖冰棍,我舍不得一口口咬着吃,拿在手里慢慢地吮。吮到后来,冰棍里的糖都吸没了,成了一支白白的冰疙瘩,咬起来嘎嘣响。母亲如果多给两分钱,我就买上一支绿豆冰棍。这绿豆冰棍也不全是豆子,只有前面一小截豆子,后面就是糖水的。我舍不得一下子把豆子吃光,先吃后面没豆的部分,好吃的留着最后吃。吃到一半,哗啦,豆子从杆上掉下来摔地上,手中只捏根小棍棍,痛惜不已。天气这么热,我很想能吃上一根冰棍。可是,这城里,武斗把卖冰棍的都吓跑了。

马路对面一个小姑娘在望我。

又一辆马车从街上驰过。马路对面那个小姑娘在一直望着我。小姑娘扎着两个小刷子似的小辫,穿件红底白花衣裳,圆圆的脸庞,红扑扑的腮,像熟透的苹果。一双不大透着灵动俏媚的眼睛,旁若无人。我的目光和她相遇,她冲我粲然一笑。笑得我心怦怦跳,脸有点烧,莫名其妙地想:我不认识她呀。这座城市,这条街,我还是个陌生的外乡人。

我正在犹豫是不是回去,街对面的女孩朝这边走来。她横过马路,小心地跨过车辙印。"喂,你就是南方来的小老表?"小姑娘走到我身边问。

我看看她,认出来,刚到奶奶家时,那几个在院门口觑探的小姑娘中就有她的身影。我粗声粗气地回答:"我不是小老表。"

她咯咯笑了,"你叫什么名字?"

我没有回答,瞧她那问话的神气。

"你不说我也知道,你是老孟家的孙子。"她的口气,大人似的。

"你叫什么名字?"我反问。

"我叫小丽。"她回答。

这名字太普通了,全国的小姑娘起码有几十万叫这名字。我望望她,目光又掠过她的头顶看那辆马车。

站了一会儿,小丽说:"我家就住马路对面,从我家的窗子能看到你家的这条胡同。"顺她所指,远远的街道那边有栋平房,一扇红漆的

第三章 风 云

窗半开着。"我有一副新跳棋,你想去玩玩吗?"她说。

在北方的日子,终日无所事事,渐渐地,我感到无聊起来。今天下午不知怎样排遣,想了想,就跟她走去。

"你说话真怪,不过,我觉得还不算难听。"走路上她对我说。我不知道她说的难听是不易懂呢,还是声音刺耳。

小丽家的院里有一棵石榴树,靠墙还有一排向日葵。小丽的母亲在家,她很瘦,看上去显得很忧愁。她比我母亲年轻,可是眼角已布满鱼尾纹。她刚从厨房出来,腰间系着围裙,解下来,撑撑身上沾的粉屑,见了我表示欢迎,抓了把干枣塞给我。我不要,她塞进我衣服口袋。小丽拿出跳棋,是彩色玻璃球,的确很漂亮。我们在炕上玩着跳棋,小丽的母亲坐在一旁缝衣服。

几盘跳棋下来,都是我输。不是我笨,这种走法很简单的棋,我是不会输给一个女孩子的,而是小丽总是随心所欲改变跳棋的规则。每次都是她先走一种方法,隔一个子一跳,说规则是这样的。一旦她落后,就创造出一种新的走棋方法,隔好几个子就跳过去,几步赶到我的前面。她变化多端的规则,让我手足无措,接连败北,乐得小丽咯咯直笑。我也很开心,虽然老是输棋。

又待了一会儿,我想该回家了,起身告辞。小丽的母亲拍拍我脑袋,说:"下次来玩啊。"

小丽想下炕送我,我怕被人看见,说声"再见",一溜烟跑了。刚钻进奶奶家的胡同,碰见二哥,他们正找我。母亲出来问:"你到哪儿去玩了,让我担心。到处武斗,别乱跑。"

我不想告诉他们我和一个小姑娘玩了一下午,就撒谎说到五叔那儿去了。五叔家离这里不远,隔一条街。好在母亲没再追问,我的心怦怦跳,有种做贼的感觉,匆匆奔进院子。撒了谎的我有点心虚,为了掩饰我的窘态,我去帮奶奶喂鹅。

奶奶家养了两只大白鹅。这是两只漂亮的鹅,洁白如雪的羽毛,金黄的脚蹼,红红的扁嘴喙,很招人喜爱。这是两只骄傲的鹅,小院子就像它们的领地。有生人来,它们嘎嘎向主人报警。生人如蔑视警告,继续走近,它们就会伸长了颈,扑上去用扁嘴啄人几口。有时,街上的狗

青春随风

趁人不备偷偷溜进小院子里来,被两只巡逡的大白鹅看见,张开双翅扑将上去,狠啄几口,吓得野狗汪汪叫落荒而逃。

这两只鹅还很会下蛋,每天都下一个蛋。蛋很大,我用两只手掌都捂不过来,打开来个个都是双黄。奶奶将这些蛋裹上掺了盐的黄泥,放进坛子腌起来。会下蛋是奶奶宠幸这两只鹅的主要原因,每天都给它们调上两大盆米糠拌菜叶。烧高粱米饭时,奶奶都浧出一盆子米汤给鹅吃。这两只鹅最爱吃高粱米汤了。吃得高兴起来,昂起头颈,挺着胸脯,双翅半张一上一下起伏不停。两只脚掌有节奏地踏着地面,优雅地跳起舞来。一边跳舞,一边引吭高歌。洪亮的喉音,引得我们都去观看。

我们刚来奶奶家的时候,这两只大白鹅将我们当外人,初次见到我们扑上来啄我们的裤管,吓得我躲到母亲身后,走进院子都绕着白鹅走。我问母亲:白鹅为什么这么厉害,比它们大几倍的动物都不怕?母亲说,鹅的眼睛很特别,看东西都会缩小,什么动物在它们眼里都很小,所以不怕。而牛的眼睛与鹅正相反。牛的眼睛看东西会放大,小动物也显得很大。所以牛很胆小,总是老老实实俯首帖耳,牧童都敢骑它。

我经常帮着奶奶去喂鹅,到街上拾剩菜叶。一段时间,两只鹅对我熟悉起来,变得友好了,也就不再用扁嘴来啄我了。我会就近观察它们那对圆溜溜的眼睛,心里想:为什么它们看东西竟会变小?以后过了几十年,我开始观察人的眼睛,竟发觉人的眼睛也有许多不同,有类鹅眼,有类牛眼。有的人看人看事能放大能缩小,人们把这种眼称为势利眼。

夏季快要过去,秋天就要来临,炎热的气候并没有衰减,灰腾腾的城市还是闷热不堪。我又到小丽家玩了两次。我站在胡同口,小丽就会出现在街对面向我招手。我猜想她一定又是从她家的窗口看见了我。我们仍然下棋,为输赢争吵不休。有时也到院子里玩。

从小丽家窗台可以望到街上。窗很大,没有栏杆。窗扇有两层,外面装着玻璃,里面糊着纸。窗上贴着窗花,红纸剪的花卉或鱼鸟,大概是小丽的母亲剪的。窗外有两棵老榆树,树荫落在窗前,将街上的暑气隔开。大街上驰过几辆马车,一匹马特别高大,黑褐的皮毛油光发亮,昂着脖子,胸脯像面墙,浑圆的屁股,一条漂亮的尾巴有力地甩着。我指着说:"嘿,那匹马真漂亮。"

第三章 风 云

小丽嘿嘿笑起来,"那不是马,是骡子。"

"骡子?"我没听说过,"明明是马,就是马。"我强调着。

"嘿,别不懂装懂,你这个南方的小老表。"

小丽的母亲听了,责备说:"小丽,你怎么能这样没礼貌!"

我没在意。看那高大健壮的四蹄动物叫骡子,不叫马,我还是挺喜欢的。

那一扇大窗子,成了我和小丽看街景的口子。我们喜欢跪在炕上,俯着窗台向外张望。除了骡马、行人,有一次,我还看到疾驰而过的卡车。车上站着全副武装头戴钢盔的解放军,车尾扬起烟尘,远处传来枪声。这情景让我产生热血沸腾的感觉。小丽也觉得够刺激,她欢快地叫道:"解放军叔叔好。"

这时,小丽的母亲却显出紧张的神情,把我们从窗台赶下来,关上窗子,对我说:"你该回家了,别让你妈着急。"

我一想,也是,回去晚了,母亲又得左右盘问。向小丽道别后,我急急往回赶。奔进院子,两只大白鹅看见我嘎嘎叫,拍动着翅膀。我冲它们挥挥手,溜进屋。

武斗的枪声停息了,一向冷落的街道热闹起来。傍晚,人们出来,三三两两在胡同口乘凉。人们对打派仗还耿耿于怀,同一派系的拢在一起,不同派系的侧目而视,不过,总算是平安无事。这时,父亲来信了。信中讲了南方的情况,那里的形势似乎复杂一些。小镇的武斗也停息了,但是两派武斗组织没有实行大联合。开进城的解放军部队支持一派,打击一派。听说问题是这样解决的:两派造反组织武斗中都声明是为了捍卫毛主席,捍卫无产阶级革命路线。自称是左派,是无产阶级造反派。他们各自向中央打电报,表明立场,请求支持。两份电报内容一样,区别在开首一句。甲电报开首:"最最敬爱的伟大领袖……"乙电报开首:"最最最最敬爱的伟大领袖……"中央文革领导小组的一位大首长捏着两份电报稿左右端详,一指多两个"最"字的电报,斩钉截铁:"他们是左派。"

中央一份文件,如同圣旨,支持最最最派的革命行动。他们是无产阶级造反派,对立的最最派自然而然成了资产阶级老保。在支左部队的支持下,老造大获全胜,夺了政权。老保作鸟兽散,逃的逃,反戈一击的反戈一击。城里一统天下，从此太平有望。

"太平无事就好。"母亲很高兴能够回家了。

父亲信中还提到了我们的邻居魏立红。魏立红造反时参加了最最最派。武斗中一时期最最派靠着郊区农民扁担锄头的支持，占领了小镇，得势了。最最最最派被赶到了省城。魏立红反戈一击，声明支持最最派。没几天形势又变了，中央表态支持最最最最派为造反派，军队持尚方宝剑开始支左。最最最最派从城里攻回小镇。魏立红又宣称自己始终是坚定不移的最最最最派。现在，她仍活跃于小镇的政治舞台上。

我听到大哥和母亲议论着魏立红，对她风吹两边倒的德行表示鄙视。大哥说："她是女人。"

母亲说："许多男人也这样。"

自从解放军乘着汽车开进城，人们的生活逐渐正常起来。叔叔们准备着要回单位抓革命促生产了。我和小丽来往这事不知怎的被小哥和二哥发觉了，他俩笑我交了女朋友。我矢口否认，以后就没有再到她家去。

过了几天，吃过午饭，全家在一起。母亲和奶奶商量着什么日子回南方去。婶子进来，说外面一小姑娘要找老孟家的小男孩玩。

我从窗子一眼瞥见是小丽，她正被两只大白鹅拦在院门口。我心慌地缩到屋角，当着全家人否认说不认识。小哥跑出去，小丽见了直嚷："不是他。"

我躲进里屋，听到外面大人的笑声，不知说了什么。小哥跑进来，冲我用手指刮刮脸羞着我。我恨不得找个地缝钻进去。

过一会儿，我从里屋出来，大人还在议论刚才来的小姑娘。六叔对母亲说："那个小姑娘家是黑五类，她爸爸是反革命，被镇压了。家中只有母女两人。"听到这话，我吃了一惊，难怪在小丽家总是见不到她爸爸。小丽的母亲总是一副忧愁的面容。

一连几天，我没敢到大街上露面，怕遇见她。其实，我和这北方的小姑娘在一起玩得挺开心。但我更在意别人会讥笑我，说我和女孩子玩，没出息。再说，她家还是黑五类，在南方小镇上，黑五类家庭很被人瞧不起。这更使我退避三舍了。

我们要回南方了，临行时，奶奶煮了许多咸鹅蛋，给我们带在路上吃。

第三章 风 云

从奶奶家院子出来,走过街道,我看到小丽站在胡同口,一副怏怏不乐的神情。我扭过脸装作没看见。那时,太小,不懂事。

一队马车从后面驶来,马脖子上拴的铃铛叮咚叮咚响。马车赶上我们,从身旁超过去。我认出来其中一匹特别高大的是骡子。我们靠到路旁停下来,微风吹起尘土和草屑追着车轮子,天空厚厚的彤云里折出几缕阳光照在黄土路上。母亲向奶奶挥手告别。一个车把式"叭"地甩了杆大鞭,扯起嗓门唱起来。

"长鞭哎——呀甩吔,叭叭地响哪——"

第四章 陌上草离离

陌上草离离
少年归不归
白驹忽过隙
染鬓如霜飞

一

走进我读书的学校大门,迎面矗立着一块比房子还高的语录牌:"学生以学为主,兼学别样。不但要学工、学农、学军,还要批判资产阶级。学制要缩短,教育要革命。资产阶级统治我们学校的现象再也不能继续下去了"。自从有一年的五月七日,学校树起这块语录牌,就少了读书声。

过去,我读过一篇课文,意思是这样的:东汉有个叫司马光的人,小时候很聪明。有一次他和朋友玩耍,一个小朋友不慎掉进一口大水缸里,眼看就要淹死。别的小朋友都惊慌失措,司马光急中生智拿起一块大石头打破水缸,让水流走,救出小朋友。有学生的批判文章里写道:司马光是大地主、大官僚,不能为他歌功颂德。为大地主、大官僚歌功颂德的课文当然不能上。过去的教材不能再用了,新的教材还没编出来,于是,每个学生发一本三十二开的《毛主席语录》作为教材。后来,出了好几种临时课本、暂用课本、试用课本。

新编的教材薄薄的没几页纸,尽是政治口号和语录。语文课本的内容变了,所谓封资修的内容全部删去,增加了领袖著作、领袖诗词、革命英雄人物故事。书的封面印有毛主席语录,第一页是伟大领袖向我们招手的彩色照片,凡是课文内容里有引用领袖的话,这些文字必须加粗加深引人注目。早晨上课时全体学生起立歌唱《东方红》,下午下课时要歌唱《国际歌》。学校的墙头上、教室里贴满了"伟大领袖毛主席万岁!""战无不胜的毛泽东思想万岁!"等标语口号。过去的许多门课都不再上了,音乐、图画、历史、地理都取消了,只剩下语文、数学,还有一门政治课。工宣队指导员亲自给我们上政治课。他高视阔步走进教室,在讲台上一站,双手支在前排课桌上,伸着脖子,耸着肩,讲得嘴角唾沫翻飞。口水从第一排一直喷射到第四排,半个教室都在他的扫射之下。同学们仰着脸,目不转睛,承受着天空纷落的毛毛雨,可谁也不敢动。政治课,非同一般,可不敢放肆,被扣上一顶大帽子,破坏教育革命,真是吃不了兜着走。政治课主要学习毛主席著作,讲阶级斗争。有时讲一些时事政治。今天讲,美帝国主义出兵越南,抗美援越,印度支那三国人民英勇战斗,打败美国侵略者;明天忽而又讲中国乒乓球代表团访问美国,打开了中美两国人民友好往来的大门,小球转动了大球。时而危言耸听,苏修社会帝国主义在我国北方边界屯兵百万,虎视眈眈妄图侵略我国。黑龙江上一座叫珍宝岛的小岛,我英勇的中国人民解放军用手榴弹、火箭筒打败了苏修社会帝国主义机械化部队,打烂了他们的乌龟壳(坦克)。时而又津津乐道,我们的朋友遍天下,亚非拉人民要解放,同志加兄弟的阿尔巴尼亚是欧洲的社会主义一盏明灯。

我在世界地图上看到,中国的四周,不是帝国主义就是修正主义,全是反动派。费了好大的劲,才在远远的一隅找到芝麻粒大小的兄弟阿尔巴尼亚。

指导员给学生讲课,念到一首毛主席诗词。他捧着书,摇头晃脑。"子在江上曰,逝者如斯夫"念成"子在江上日,逝者如斯夫"。有个老师纠正他指着"曰"说:"这个字念白了?"指导员很不高兴,瞪着眼睛说:"你在骗谁,那个念'白'字?'白'字我还不认识,白字上还有一撇呢。"

老师暗自哂笑,不再吭声。我们也就跟着指导员念"子在江上日,逝者如斯夫",一边念,一边摇晃着身子,将冷得发僵的脚轻轻地在地上顿着。

青春随风

寒冷的冬天,坐在四壁透风的教室,手脚冻得发痛。窗玻璃时常被富有造反精神的同学砸烂,西北风呼呼往教室里吹。同学们都希望去上劳动课。

我在小学的最后一年,学校大墙内我们经常玩耍的那一片空地和几座孤坟给平掉了,开辟成一块块庄稼地,种上玉米、红薯和蔬菜。这是学校走"五七"道路的小农场,每个星期同学们都要在地里劳动几天。玉米地粪肥水足,长得郁郁葱葱,只是不爱结穗,收的净是瞎子玉米。红薯地收获不小,每年收获的季节,全校师生人人能分一点劳动果实。学生每人三两斤,喜气洋洋用书包装回家。红薯个个比拇指大不了多少,大的老师拣去了。再剩下根根须须连同红薯藤就给了学校养猪场。

那时,学校不仅种地,还办了养猪场、制砖厂。用煤灰渣制出来的砖一块块像豆腐干似的,不要说盖房子,就是盖猪圈,被猪一拱就稀里哗啦。这并不妨碍学校领导敲锣打鼓,贴出喜报庆祝"五七"道路丰硕成果。每每有人参观都要在砖厂、猪圈里转上一转。参观完毕,还要愉快地合影。在养猪场,饲养员将猪群从围栏里赶出来,学校领导和参观大员们站在滑叽叽的猪粪上,那群呼呼噜噜的猪如众星捧月般围绕着他们。我敢肯定,那味道绝不会好受。但学校领导微笑着,不露半点怕脏怕臭的神情。怕脏怕臭是资产阶级思想,那时,一提资产阶级就会令人变色,胆战心惊。

制砖厂工作比较繁重,由高年级承担,几个班的学生轮着在砖厂干活。一个月干一星期。制砖的原料主要是火车头烧剩的煤灰渣,同学们从工厂里用板车拖来灰渣,经过筛洗、碾碎,和上点黄泥,掺上石灰,放在方模子里夯紧成四方块,堆起来架上木柴烧一下,就成了我们的产品。整个制作过程全部是很原始的手工劳动。

最简单的工作是将大块的灰渣敲碎。这需要很多人。同学们各自从家里带来铁榔头,一人搬个小板凳,坐在制砖厂的空场地上,面前放一块铁板,堆着一堆灰渣,将大一些的灰渣挑出来放在铁板上敲碎。叮叮当当,乒乒乓乓,响成一片。我一开始也是做这个工作,从家里问母亲要了个铁榔头,这个榔头不知母亲从哪里翻出来的,锈迹斑斑,还嘣缺了一只角。每敲一下灰渣,灰渣乱溅,还老是从缺角的方向迸溅到我一嘴一脸。我一心想向父亲要个他上班时用的榔头。父亲的榔头擦得铮亮,上班随身带着从不离手,就像他的武器,我哪敢开口。

最繁重的工作是搅拌。由老师指挥,按比例在灰渣里掺些黄泥,再掺些石灰,洒上水用铁锹搅拌均匀。这工作由几个大个子男同学承担。那成人用的大铁锹我是望而生畏的。许多同学的手掌打起了水泡。后来学校弄来一台电动搅拌机,才将同学们从繁重的搅拌工作中解放出来。

最光荣的工作是在制砖机房工作。制砖机是一根长长的大圆木装在架子上,前面翘起,像杠杆。杠杆头上垂直装一截短圆木作为锤头。一个同学站在锤头下上料放铁制模子,两个同学在后面踩杠杆。踩一下,圆木高高翘起,一松脚,圆木落下,砸在砖模上。再将圆木翘起来,一松脚砸下去。砸他个四五下,一块砖就成了。这是一个光荣的岗位,同学们都希望亲手做出几块砖,为社会主义建设添砖加瓦。

有一天轮到我填料做砖。我站在模具前的一个坑里,用手将原料填进模子,放上一块厚厚的夯铁,摆正后命令一声,踩圆木的同学就一下一下砸着。叫一声停,将模具取出,小心翼翼倒出砖坯,再填料做一块。

我一丝不苟地干着,正当我干得聚精会神,填好一块砖料,手还在模具上,没想到踩圆木的同学思想开小差,一松腿,圆木砸下来了。我的手没来得及缩回,砰地一下,砸到了大拇指。我的手指在这重击之下感到一阵麻木,血涌了出来。我"哎哟"大叫一声,用左手捂住受伤的右手,从坑里爬出来。同学们惊呼着围过来。有人去叫老师。老师说:"去医院。"

在两个同学的陪同下,我向卫生所走去。我的手指被砸麻木的神经醒了过来,疼痛起来。也不知是哪位女同学塞给我一块白手绢裹伤,被血染红了。因这血染的白手绢本可演绎发展出一段纯洁美丽曲折动人的情感故事,当时伤痛难忍,竟被我忽视了。

卫生所医生给我清理伤口。拇指砸得血肉模糊,还好,没有伤到骨节。再多伸进去一点,我的手指就完了。手指甲连根砸了出来,医生说必须拔掉。没有麻药,医生拿只钳子夹住指甲。一个同学帮着握住我的伤手。我咬紧牙关,一副视死如归的样子。女医生瞪我一眼说:"别紧张,越紧张越痛的。"我不好意思起来。

青春随风

真痛，正所谓十指连心。拔掉指甲，又流了很多血。我一声没吭，生怕被医生小瞧了。

包扎好伤口，用绷带将受伤的手吊在胸前，我就像一个战场上下来的伤兵。同学们见了，都说我像沙家浜里的郭建光。从卫生所回到家。母亲见我受伤很是心痛，埋怨起学校。过了一会儿，老师到我家来慰问，母亲的怨气就消掉了。我的伤指后来感染发炎，打针吃药过了一个多月才好。大拇指一段时间没有指甲，很难看。我以为指甲再也长不出来了，后来居然一点一点又长出来，弯弯曲曲，拇指上留下个疤。走"五七"道路，我不仅出了汗，还流了血，拇指上的伤疤总是触起我对少年时代那段历史的回忆。

几十年后的一个初春夜晚，十点了，这个时间夜已经算深的了，静寂中，窗外传来拉小提琴声。这是楼上的小女孩又在练琴。这琴声已经响了一年多了，或者有两年，我已记不清琴声是从什么时候开始的，只记得那琴刚开始时吱嘎吱嘎如拉锯一声声不成调，一段时间后，慢慢地有了音符，再慢慢地有了旋律，现在这琴声已经能拉出一段曲子，只是一种简单的反复的曲调。我不懂音乐，不知道这是一支什么练习曲。这小女孩拉琴的时候想的是什么？莫扎特？帕格尼尼？或者什么都没想。这么小的小女孩想的都是巧克力、冰淇淋、花啊。或者她的父母在想着那些大音乐家，或者他们什么也没想，因为他们只是普普通通的工人，他们对女孩子的期望不会很高。

小女孩十一二岁，一头黑发又粗又长，梳两个大长辫，胳膊上挂着三条杠的牌牌。楼道里遇见她时她总是微微一笑，叫声叔叔好，低头稍往边让一点擦身而过。看着这个女孩子，不由得想起我读小学时那个学小提琴的女同学。

我小时候没有音乐，没有小提琴，那时大人们还为着温饱忙碌，我们也只能趴在地上玩泥巴。记得有一次，学工劳动，在砖厂搬砖。砖摞起来，两手托着抱在胸前。男同学一次能搬四五块，女同学只能搬两三块。同学们不怕脏不怕累。为了省劲，两手伸直托着砖底部，将砖靠在肚子上。我的曾经的同桌，那个一心想当音乐家的女同学怕弄脏衣服，不愿把砖靠在肚子上，弯着腰很吃力地搬着砖。一不小心，砖掉地上摔碎了（本来灰渣砖就不结实)。被一个工宣队的人看到,狠狠地批评挖苦了她一顿。女孩羞愧委屈地低头哭起来。那时候什么小提琴、音乐家,是多么遥远的梦。

二

我的学生时代,坐在课堂里读书的时间很少。虽然开始复课闹革命,学校上课却没有什么教材。同学们种种红薯玉米,养养猪喂喂牛,不坐寒窗,倒也乐不思书。在学校,我没有学到什么知识。我想读书,可惜没有书读。同学们本来用来读书的时间都被政治活动取代了。一个活动就是宣传毛泽东思想,也就是排练各种节目上演。一个班就是一个宣传队。后来就是宣传赤脚医生,一段时间针灸热,大家都热衷于你给我扎针我给你扎针。后来又是中草药热,于是几个同学去野外挖各种中草药。当时游泳是少不了的,每年学校还要组织大巡游,纪念毛主席畅游长江。还有军训,有相当长一段时间大家搞拼刺刀热,就是用木枪相互拼。后来又兴拉练热,大家背起背包行军,一走就是几十里路。还搞防原子弹,防化学演习。还有就是到校办工厂实习。大部分时间是学工学农劳动。同学们的劳动积极性很高。各种活动非常多,不会让同学们感到枯燥、单调、非常有意思。没有升学或者考试的压力,当时是一个懵懂无知快乐的童年和少年时期。我们那一代人,许多人就是这样,少壮没有去怎么努力,老大也没有多少伤悲,浑浑噩噩,就这么一辈子。

我那时也没什么思想,没什么动力,就是渴望读书。当然,主要还是喜欢看小说。实在无书可读,找到一本政治读物,翻来覆去地读。

我刚进学校读书的时候,小学一年级,老师首先教育我们要讲卫生勤洗手。早晨进教室小班长还会让同学们伸出手来检查,手干净不干净,手指甲剪没剪。衣服虽然很旧,补丁摞补丁,但必须整洁干净。记得有一个女孩子的裤子大腿地方破了,露出白白的肉,被教我们语文的韩老师看到,狠批了一通,直说得那女孩臊得面红耳赤。现在,谁的手脏,手上老茧厚,谁就是思想红的革命接班人。有的同学,身穿破衣,腰系草绳,以显示其朴素,是贫下中农工人阶级的后代。

既然会劳动是好学生,那么我也和同学们一道努力去劳动。从我走进校门我就一直在努力做好学生。我的母亲从小就教育我要做好孩子好学生,我不能辜负母亲的期望。老师不教书,有的改了行,当起了饲养员。学校里各种政治活动很多,这令那些不愿读书的学生挺高兴。

王安福是我在小学时经常一起玩耍的好朋友,乳名叫二福。他有个哥哥叫大福。他的父亲很希望能三福四福多子多福下去,但连生了三个妹妹后,只得善罢甘休。王安福是一个很机灵的男孩,劳动课他最活跃,有机会就溜出学校。星期天,他更闲不住,镇子外田野里四处游荡,能找到许多乐趣。

夏天,蝉在高高的树上没命地叫,不知是吸食树汁吃得高兴,还是热得难受,远近"知了"声连成一片。马路上柏油被烈烈的太阳烤化了,黑黑的鼓起一个个包。中午,溜出家门,顶着烈日,高举着长长的竹竿套知了。竹竿顶端一只小布口袋。光着脊背穿着短裤,打一双赤脚,仰着脖子望着树上,不一会儿脖子就酸了。赤脚走在太阳烤热的路面上,没走几步就受不了了,急忙跳到路旁的草地上。

蝉有哑子,有叫子。抓到叫子,我们就把它的翅膀折断,放在门前小树上,让它尽情高歌。或者捏在手上使它叫个不停,声嘶力竭。如果是哑子,就喂家中的那群小鸡。我一天最多能逮上几十只知了。吃了我逮的知了,鸡群茁壮成长。那些长成半大的公鸡,非常好斗,经常互相啄得羽毛零落、鲜血淋淋。有一只小公鸡还被啄瞎了一只眼睛。结果,寻食时,它总是往好眼那边转圈圈。

蝉都停在很高的地方,一有动静就飞了。捕捉它们必须小心翼翼,快而准。操竹竿还得有点能耐。金精虫就傻多了,只要没碰到它,是不会飞的。道旁老榆树上,它们挤成一堆一堆的,一动不动,埋头吸食榆树浆汁。爬上树伸手就很容易地抓住它们。金精虫还喜欢停在玉米秆和玉米穗上。我们学农劳动时,钻进玉米地,能逮很多。逮到后用玻璃瓶装起来,或者用细绳系在金精虫脖子上牵在手里嗡嗡地飞。

金精虫样子很丑陋,小小的尖脑袋,与它圆圆的有着硬壳壳的身子不相称。六只小脚爪有勾刺,放在手背上爬麻呼呼、痒酥酥的。金精虫

第四章　陌上草离离

虽然丑陋，那光滑的背壳颜色很好看。有红的，有黄的，有绿的，光亮闪闪。我们给它们起了很好听的名字，红的叫关公，绿的叫刘备，黄的叫曹操。大概这是戏里三国人物的装扮。演关公的总是红脸膛，着红袍。刘备总是穿绿袍戴绿头巾。曹操穿黄袍，是个大花脸。关公少，个大，也就稀罕些。同学们抓到金精虫，互相比赛谁抓得多，谁的关公多。一只关公能换两个曹操或两个刘备。中国老百姓一向比较抬举关老爷子，也许是讲个义气吧。关公的故事家喻户晓，过五关，斩六将，名气超过他的兄长刘备。过去，许多地方建有关帝庙，里面供着关公，身着红袍威风凛凛，身旁杵着青龙偃月刀。

王安福除了抓知了逮金精虫，还会钓鱼，抓黄鳝。有时他会邀我一同去。这样的郊游，我经常是空手而归，而王安福则每次都满载而归。回来后他就将他的战利品分一半给我。这其中除了友谊还有个原因，那个学工时思想开小差砸伤了我的手的就是王安福。出了这个事故，王安福很有些歉疚，不过，我并没有责怪他的意思。

王安福去水田里抓黄鳝，不用钩子，也不用其他工具，打着赤脚，裤筒卷得高高的，光着脊背在田畔寻觅着。他知道什么洞有黄鳝，什么洞是空的没有黄鳝。发现黄鳝洞，找到黄鳝进出的洞口，光脚丫子后跟对着洞口咕咚咕咚一个劲踩，一边踩一边用眼在近旁水田里寻找着，看到有什么地方冒出浑浊的泥水，就牢牢盯住，那是黄鳝的第二个出口，与正踩着的洞相连通的。果然，一会儿黄鳝就被捣鼓得在洞里待不住了，吱吱溜溜从那里钻出来。王安福上前用三只指头，像钳子似的一夹，敏捷地抓起黄鳝往竹篓子里一丢，然后站起身提起竹篓子又往前走，寻找新的黄鳝洞。

我没有那本事，我的手总抓不住那滑溜溜的黄鳝。我用钩子钓黄鳝。钩子是用一根自行车钢丝磨尖弯成的，穿上蚯蚓，慢慢伸到黄鳝洞里。有时，也能够钓不少，关键在于能找到有黄鳝洞的出口。千万别把蛇洞当黄鳝洞。有一次在一处挨着水塘的田垄，我寻到一个小洞洞。我跪在草地上，头低低探到洞前将钩子伸进去。有东西咬钩了，我很兴奋，快快一拉，被我从洞里拽出一条蛇，黄灿灿的，吓得我魂飞魄散，丢了钩就跑。

青春随风

王安福告诉我，黄鳝洞都紧靠水面，很潮湿，有的还是浸在水里。黄鳝经常进进出出，洞口很光滑。蛇洞多半在土坎下、草丛底。洞口没有黄鳝洞那么圆，那么光滑。我信服地听着，不住点头，照他说的去寻黄鳝洞，果然有收获。

王安福钓鱼抓黄鳝机灵过人，到了课堂上就糟透了。他总是抄我的作业，偶有考试（那时不叫考试叫测验），多数是开卷，也要我传纸条给他。上课他最怕老师提问，一点到他的名，愁眉苦脸，站起来抓耳搔腮，身上仿佛有臭虫咬，扭来扭去。有段时间，我们在学校半天学习，半天劳动。王安福就有半天苦恼，半天快乐。

新来的数学女教师在王安福苦恼的时候偏不放过他，有意无意间总是特别关照他，点他的名，要他站起来回答问题。有堂数学课，女教师一连提了三个问题，王安福都回答不出来。王安福很尴尬，老师也觉得没趣，又提了个很简单的算术题：二分之一加三分之一等于多少？王安福吭哧一阵，回答："五分之一。"女老师说："错了。"手一挥，在空中打了一个很大的叉。王安福连忙纠正："不对，不对。我想起来了。"大家一起盯着他。王安福大声回答："五分之二。"同学们"哄"地笑起来。王安福意识到又错了，把头低下来，一直不敢抬头。

上课前，几个同学在教室里比谁抓的金精虫多，谁抓的关公多。王安福走过来，一脸神秘兮兮，一只手背身后。"我今天抓了个张飞。"他说。

大家很奇怪，金精虫没有叫张飞的，都让他拿出来看看。

王安福拿出一个小纸盒子放桌上，大家把脑袋凑近了。盒盖一开，里面爬出一只黑屎壳郎，"嗡"地飞起来。大伙吓得往后一仰，散开，哈哈大笑起来。

王安福向前一扑，将屎壳郎抓住，两指捏着，放进老师讲台的粉笔盒里。这家伙又在玩什么把戏？上课铃响了，我们赶紧坐回位子上，屏住笑。教数学的女老师进来了，戴副近视镜。开始讲课。讲了一会儿，她要在黑板上写字了，把手伸进粉笔盒一摸，抓出屎壳郎。没看清是什么东西，凑近一看。屎壳郎冲她张牙舞爪，"妈呀"一声，吓得一扔，惊慌失措，眼镜吧嗒落在地上，摔得粉碎。

屎壳郎在地上翻个跟头，"嗡嗡"地飞起来。碰着四壁，飞不出去，在教室盘旋着，轰炸机似的，不时俯冲下来从学生头顶或眼前掠过，吓得女学生尖声尖气喊叫四处躲避，男同学哈哈笑。有人吹起轻快的口哨。课堂上乱成一团糟。女教师捡起摔碎的眼镜，气愤得泪水往下掉，扭头冲出教室。

不一会儿，年级主任陪着工宣队走进教室，同学们立刻鸦雀无声。只有那只屎壳郎不知趣地"飞"。年级主任用一把扫帚一挥，将屎壳郎打到地上。工宣队上前一脚，屎壳郎立刻成了烂泥。工宣队往讲台一站，一脸肃杀之气，扫视一眼台下，喝道："谁干的？"

下面无声。工宣队又问一句："谁把老师气走了？"

王安福小声回答："屎壳郎。"同学们忍不住哄笑起来。

工宣队恼羞成怒，一拍讲桌，震住笑声，走到王安福跟前，照他腿踢一脚，拎着耳朵，喝道："站起来。"把王安福拎得屁股离了座，"你说屎壳郎，什么意思？"

王安福歪着头，脸涨红了，"哎哟哟，你怎么打人？"

"打人？我不打好人。"工宣队把王安福拖到讲台前，抬腿踢了他两下，让王安福站好。"听说你一贯调皮捣蛋，破坏无产阶级教育路线，我要杀杀你的嚣张气焰，实行无产阶级专政。"工宣队自从进了文化教育阵地，讲话也喜欢咬文嚼字了。

王安福似乎还不服气，梗着脖子，一副敢怒不敢言的样子，两条腿还晃晃荡荡。工宣队恶狠狠地又踢他两脚，照他脑袋扇一巴掌，让他立正。收拾了王安福，工宣队站在讲台前，双手叉腰，目光如电地扫视学生。目光所到之处，同学们一个个低下头，不敢对视。工宣队开始训话。他滔滔不绝，开口国际国内形势一片大好，不是小好，帝修反不甘心失败，蠢蠢欲动，谁反对我们教师上课就是反对革命教育路线，就是反革命。希望广大革命师生擦亮眼睛，提高警惕，不要上当受骗。

年级主任一直暧昧地站在一旁，这时走上前，说："工宣队同志的话，真是语重心长，语重心长。对王安福同学，我们一定要严肃处理，严肃处理。"他一连声"严肃处理"，然后和工宣队押着王安福走了。这期间，我们连大气都不敢出。

学校教室的山墙上有一条标语："谁反对工宣队就是反对无产阶级

青春随风

教育路线，谁反对无产阶级教育路线就砸烂谁的狗头。"王安福被工宣队带走，自然没有好果子吃。走的时候捌头犟颈，回来时哭哭泣泣。第二天老老实实交上一份检查，检查中满是错别字。

三

早在工宣队进驻学校之前，小镇上新生的红色政权革命委员会组织了一次盛大的活动。那个年代，经常举行盛大活动，毛主席发表最新指示，革命委员会成立，党的代表大会胜利召开，五一劳动节和国庆节。人们上街游行欢庆，敲锣打鼓，喊口号，边游行边载歌载舞。游行通常是上午九点开始，各种彩车满载着展示各行各业成就的造型，蔓延上十里，热热闹闹地经过主席台观礼台，接受省、市领导和人民群众的检阅。

最隆重最热烈的一次是中国共产党的九大胜利召开。标志着文革取得辉煌胜利的九大召开又成为大家狂欢的盛大节日。九大召开的当天，电台里不断发布的关于"今天晚上将有重要新闻"的通知已经给人们吊足了胃口铆足了劲头。所以当晚上九大召开的"特大喜讯"一传开，人们就拿出早已准备好的旗帜、标语、鞭炮，连夜上街庆祝。各个单位的自发组织，无数支游行队伍把大街堵了个水泄不通。此起彼伏的口号声常常被震耳欲聋的鞭炮声所淹没。那些身强力壮的成年人举着红旗，扛着巨幅领袖画像，我们这些小学生就只能手捧纸扎的红花或挥舞着红绸带，边走边手舞足蹈。

这次活动，我们没有上街，而是来到了火车站。红小兵排着队，站台上红旗招展，锣鼓喧天，各路造反派一起会合。天上下着蒙蒙细雨，铁轨和枕木被雨水浇得油黑发亮。雨后潮湿的空气寒意刺人，人们不顾寒冷迎风而立。远处传来火车声，一列客车徐徐开进站，车头装饰得五彩缤纷，披红挂花。列车停稳后从车厢里走下几个身穿蓝工作服，脖子上系条白毛巾，袖子高高挽起的工人。他们昂首挺胸，其中一个人捧了一红布罩着的方盒子，在人们的簇拥下，走上站台。欢迎人群载歌载舞，高唱"大海航行靠舵手""敬爱的毛主席"。从欢腾的人群中，我踮起

第四章　陌上草离离

脚远远地望见那个被人们前呼后拥的红布罩的玻璃盒内是一黄土豆样的东西。

别人对我说，那东西叫芒果，是外国友人送给伟大领袖的，伟大领袖又送给了工人阶级。工人造反派显出无上光荣、无比幸福的样子，举着横幅标语，喊着口号，将这芒果捧如圣物，开了个隆重的欢迎大会，阵列在小镇的礼堂里面。大会主持人充满激情地说："这不仅是对工农毛泽东思想宣传队的最大关怀、最大信任、最大支持、最大鼓舞，也是对正在以毛主席为首的无产阶级司令部领导下团结战斗的全国工人阶级和广大工农兵群众的最大鼓舞、最大关怀、最大教育、最大鞭策！我们的伟大领袖毛主席永远和群众心连心。"

人们聚集到伟大领袖毛主席赠送的礼物周围，热烈欢呼，纵情歌唱，热泪盈眶，一遍又一遍衷心地祝愿我们最敬爱的伟大领袖毛主席万寿无疆！万寿无疆！万寿无疆！他们纷纷向伟大领袖毛主席表达他们的赤胆忠心。工人们举行了一个盛大的欢迎芒果仪式，然后把芒果用蜡封起来保存，以便传给后世子孙。芒果被供奉在大厅的一个坛上，工人们排队一一前往参观致敬。

小镇上的人从来没有见过芒果。据说，这种东西生长在非洲。提起非洲，遥远而神秘。一个小如土豆似的东西，以这么盛大的仪式隆重迎接，我想那芒果一定像唐僧西天取经那么历尽艰辛得来的。王安福口水四溢地说它的功效像那人参果，一千年才结一颗，吃了延年益寿功德无量。当他把这个看法告诉同学们时，大家都表示赞同。

自从工人造反派捧来了芒果，便领导了一切。学校的大事小事全部由工宣队管理起来。工宣队从工厂弄来许多铁锹铁镐小推车，学校的小工厂小农场轰轰烈烈发展起来。

开春，同学们用锄头和铁锹在校外一片满是荆棘和砾石的土岗上开垦了一大片荒地，准备种红薯和花生。一位五十多岁的老工宣队员管理着学校的农场。过去他种过很多自留地，很有经验，带领我们这些学生在这片贫瘠的土地上战天斗地、愚公移山。

老工宣队个子高高瘦瘦，背有点驼。虽然上了年纪，力气仍很大。他不多话，吆喝一声，声如铜钟。身先士卒，"锄禾日当午，汗滴禾下土"，

141

青春随风

干得又快又好。给土地施肥，一人挑两大桶粪便，健步如飞。同学们两人抬一桶，走路还摇摇晃晃，桶里的大粪溅起来，弄得身上臭烘烘的。有同学作小资状，抬粪桶时捂着口鼻，老工宣队训斥道："没有大粪臭，哪有稻米香。"

老工宣队说：粪是农家宝，种地不可少。要求我们多积肥，多施肥。大小便都必须倾倒在学校的厕所里。同学们都不吝啬，学校的粪坑总是满满盈盈，这令小镇附近的农民很有些眼馋。他们有时溜进学校里从厕所粪坑偷大粪。老工宣队手握一长柄粪勺守卫着，把偷粪者驱逐出境，威风凛凛像那当阳桥上的猛张飞。

老工宣队对我们要求很严，分配的劳动任务没有完成就不让收工。他百般挑剔，厉声呵斥。土地没有整平，土坷垃没有弄碎，粪洒得不匀，有同学偷懒，翻地时只挖浅浅的表面一层浮土，老工宣队目光敏锐，发现后一通臭骂，责令全部返工，时常很晚还不放我们回家，弄得我们饥肠辘辘，就眼巴巴地盼着一个人来。

早春，下午五点多钟，夕阳慢慢地下了山，天色渐渐暗淡。这时，通往校园的小路上一个人影一步一摇走来。那是老工宣队的宝贝儿子。迈着八字步，腆着大肚皮拖着两条黄鼻涕，走到老工宣队面前，结结巴巴叫："爸，爸，爸，回，回家吃，吃饭了。"

我们一看到老工宣队的结巴儿子，就很高兴。只有这个时候，老工宣队面孔才会多云转晴，吩咐一声："收工吧。"我们如同大赦，欢呼着，拖上工具往回走。

老工宣队的结巴儿子叫毛毛，和我们一般大，也在我们学校念书。我的同学当中有三个知名的特殊人物。第一个是我先前介绍过的阿全，第二个就是毛毛，还有一个叫朱老三的。他们都是弱智，然各有特点，是我们少年时期津津乐道的话题，属名人一族。

毛毛虽然弱智，但也有精明的方面。凡是能吃的东西，在他手上别人费尽心机也哄骗不去。他对食物特别贪婪，能填进自己肚子的东西就决不给别人拿去。见到吃的东西，他双眼发直，口角流涎。如果有旁人和他一同进餐，他手忙脚乱，拼命往嘴里填，肚子里咽，直撑得躺在床上捂着肚子哼哎哟。在老工宣队的娇宠下，毛毛身体健壮，胖胖乎乎，

第四章 陌上草离离

总是红光满面。

学校里，同学们恶作剧，喜欢捉弄毛毛。毛毛贪吃，有同学弄了些兔子屎装在盒子里，送给毛毛。兔子屎一粒粒圆圆黑黑的，光光滑滑挺诱人，很像是小镇上的特产黑豆豉。这是一种用黑豆煮熟腌制而成的食物，炒菜做配料，也可做零食吃。毛毛接过盒子狐疑地看着不敢吃。王安福干这事最有趣，他会装模作样捏起一粒转身做个往嘴里放的动作，回身冲毛毛吧嗒吧嗒嘴说："真好吃。"

毛毛信以为真，赶紧捏起兔子屎往嘴里填。一阵吧嗒，不对味。一脸苦相，忙不迭往外吐。同学们开心地哈哈笑，跑开去。毛毛十分气愤，结结巴巴骂："去，去，去你妈，妈的。骗，骗，骗老子。"

老工宣队偌大年纪，只有毛毛这么一个宝贝儿子，十分疼爱。我们很少见到毛毛的母亲。毛毛的母亲身体不好，病病歪歪，极少出门。

小镇上的人大部分都是顺着铁路来的外乡人。老工宣队是当地土著。他的父亲是个地道的种田汉、乡巴佬。早在小镇还没兴建起来的时候，他的家紧挨着铁道搭了间茅草棚。小镇修建火车站时，占用了他家那块土地。铁路施工人员开着推土机要铲平他家的茅草棚。老工宣队的父亲为保卫自己的老屋，手握一柄铁锄雄赳赳气昂昂地拦在推土机前，使得铁路扩建工程几乎陷入瘫痪。铁路上一位负责人说服老农放下锄头，答应给他的儿子招进铁路，参加工作。老农转怒为喜，丢下锄头，乐颠颠去搬家。于是，年轻的老工宣队进了工厂，从此成了一名铁路工人。他脱下土布小褂，退下抿裆裤，套上簇新的咔叽布工作服，心里充满了自豪。

小镇历史不长。一百年前，这一带还荒无人烟，漫山遍野没人头顶的茅草。野兽出没，土匪横行。方圆数里名叫蚁山，连绵的土岗上白蚁特别多。一望无际，萧萧荒野，孤零零几棵枯树被白蚁蛀空。蚁山上蚁冢累累。五十年前，铁路修到这里，轰轰隆隆的火车吼声吓跑了野兽。扛着铁镐的工人赶走了土匪。创业者们放一把火，烧尽了漫山遍野的茅草，烧死无数的白蚁。残存的白蚁顽强抗争，潜伏到地下，几十年仍没绝迹。我在小学读书时，还经常看到它们一队队一列列穿梭于教室窗沿屋角之间。

老工宣队的父亲临危不惧，手握一柄锄头拦在推土机前，拼死抗争，

青春随风

为老工宣队争来一只铁饭碗。他很得意,逢人便说他的辉煌业绩、赫赫战功。儿子上班后,老农每天给儿子送饭,一路顺着铁轨走去工厂。老工宣队的母亲已去世多年,只有父子俩过活。一天,老农又去给儿子送饭,走在铁轨上,悠闲地哼着小调。远处开来一列火车,冒着黑烟,鸣着汽笛。老农优哉游哉,对轰轰隆隆越来越近的火车视而不见,对路旁惊呼的人群充耳不闻,他还陶醉在面对突突冒烟隆隆作响的推土机大铲前的英勇行为辉煌履历。他睥睨着火车,心想:我就不信,你敢轧我。谁知火车不是推土机,雷霆万钧,排山倒海直冲过来。"砰"地一下,老农血肉之躯哪堪百吨钢铁猛烈一撞,立刻撞得灵魂出了窍。

老农撒手归西,留下老工宣队孤身一人,再也没有人给他送饭了。他成天拎着个腰型铝饭盒打游击,饥一顿,饱一顿,冷一餐,热一餐。这种状况一直到老工宣队三十岁还没有改善。老工宣队三十几岁还没结婚,小镇铁路工会主席考虑到应该关心一下职工生活,从苏北老家带来个要饭的黄脸婆,介绍给老工宣队。

老工宣队孤身一人,一贫如洗。工会主席好事做到底,将自己的一张大木床借给他。新婚之夜,老工宣队被同事们灌了半斤高粱酒,醉醺醺拥着黄脸婆滚在大木床上。半夜里仿佛闹地震,昏黄的十五瓦灯泡吊在屋当中,一根电线晃晃荡荡。这对新人正在那张古老的大雕花木床上紧忙活,老工宣队吭哧吭哧关键时刻来临时,忽然"轰隆"一声,仿佛天崩地裂,大木床在他们身下崩塌了。黄脸婆一声惊叫,险些晕过去。他们赤身裸体从粉尘木屑中爬起来,慌怵怵一看,原来是白蚁把木床架全蛀吃空了。朽木支撑不住老工宣队的震荡,全散了架。

这场灾难使得老工宣队一蹶不振,再怎么努力也没弄出个好接班人来。种子不健壮,土地又贫瘠,长出来的苗苗蔫蔫歪歪。老工宣队抑制不住对白蚁的刻骨仇恨,以后看见白蚁,必大加杀戮。

小镇一带的蚂蚁有很多种类,危害最大的是白蚁。它们有强有力的牙齿、惊人的消化能力,无论什么树木都能吞噬蛀空。白蚁肥肥胖胖,很像蚁类中的土豪劣绅。还有一种黑蚁喜爱在树上爬上爬下,吃点树的浆汁。最常见的是红蚁。这种红蚁很小,除了有时会进入人家厨房糖罐里偷点糖吃,对人没有什么害处。它们整天忙忙碌碌显得很勤劳的样子,由此常被人们称赞，成为动物界勤劳的模范。自从洪水滔天时诺亚在方舟上救了一对蚂蚁，竟繁衍出这么多后代。小时候，我常拿这些蚂蚁消遣。在房子墙根下，时常会出现一支蚂蚁的队伍，又黑又长，浩浩荡荡行进着。蚂蚁队里每隔开一段距离，就有稍大一点的蚂蚁出现，那是兵蚁。它们负责巡逻，维持秩序，防止外敌侵犯。来来往往的蚂蚁碰头时，双方停下来交头接耳一番，好像是互通什么消息。我俯视这些小生灵，有时候发慈悲丢点食物给它们。开始是一只蚂蚁，发现食物它就会赶回洞里叫来一大群蚂蚁，推的推，扛的扛，嘿嘿哟哟往洞穴中搬。它们力气很大，能举起比自己身子大几倍的食物。小工蚁吃力地举着食物，大兵蚁神气活现地在旁巡逻。有时我拿了只卫生球，在蚁队必经之地画一道线，仿佛一条天堑，来往蚂蚁遇到这条线就过不去了，它们左右徘徊，奔走呼号。我每每被这神奇的现象所激动，被卫生球的威力所迷惑，叹息道："这些小家伙真可怜，回不了家了。"当食物上爬满了蚂蚁，我便生起杀机将它们放在烈日下烤死，或点火去烧它们，火焰所到之处，无数蚂蚁死于非命。在这种屠杀中，我原始的残暴得到宣泄。

我们在土岗上开荒，一旦发现白蚁，老工宣队就要穷追猛挖，直捣蚁巢。他有时自己动手挖，有时指挥我们学生挖，一反常态。平坦的土地被挖得坑坑洼洼，新栽种的薯苗遭践踏也在所不惜。蚁巢很深，藏匿地下数尺黄沙中，每每挖出一个很大的坑来。

每当同学们闹闹哄哄在老工宣队的带领下挖蚁巢，我就独自一人走到一旁。我已经不再是玩泥巴捉蚂蚁的自得其乐无知的孩童了。我想读书，只有读书，我才有优势，有自信，有乐趣。现在在学校挖泥巴，以后下乡还是挖泥巴，我这一辈子就是挖泥巴了。我满腹心事，一腔惆怅，常常陷入迷茫。小镇一带方圆数里，地下挖撅几尺深就是黄沙，越往下挖沙子越多。沙粒纯净细密，黄灿灿的，是建筑的好材料。没有人知道这些沙子是怎样形成的，是什么地质构造。看着同学们热火朝天地挖着白蚁，一个大坑越挖越深，挖出来的沙子越来越多，堆成一座小山丘。我有时想这些沙子是哪里来的呢？是大海沉积的还是河流冲刷的呢？在远古的时候，我们脚下这片土地又是什么样子的呢？我们生活的地球又是怎么形成的？从来没有老师给我们讲这些知识。我思考着，头脑里的细胞活

青春随风

跃着,有限的知识浮现出联想开,想象远古的时候,地壳运动,山崩水涌,风侵雨蚀,沧海变桑田。

春寒料峭的日子,原野显得空旷寥廓。北风一无遮挡地在山坡吹过,白草沙沙作响。风吹起沙尘扫过我的脚面。几棵楝树,落光了叶,枝条强打精神支向天空。风掀起沙粒和草屑,旋转着卷向坡下的铁轨。一列火车从远处开来,火车头轰哧轰哧喷着浓烟,沉重地喘着气,一团团白色的烟气随风飘散。这景象吸引着我。我站在地头,拄着锄头把,望着由远而近的火车。开过来的是列客车,一节节车厢的窗口晃动着人头。我望着他们,想着这些旅行的人从哪里来,又去什么地方?车窗里的人也在看我,他们一定也在想,这拄着锄头把的少年在向往着什么,他是谁家的小男孩?有时开来的是列货车,长长的车厢像一条黑龙,逶迤着经过土岗下,我一节节数着车厢。货车比客车长许多,轰轰隆隆很长时间才过完,一共有四十几节车厢,最后一节是守车。要进站了,一个手拿信号旗的守车员站在车尾。飞奔的车轮卷起股风尘,追逐着车轮,几张纸片舞起又落下。我一直目送车尾远去。

经过一阵忙碌,劳动的人群中传来欢呼声,终于挖到了蚁巢。巨大的黄泥干结而成的蚁巢有两米多长,一米来宽,上面满是凹凹凸凸的大大小小的洞窟。无数的白蚁附在上面急急忙忙来回爬动。它们大难临头了,惊恐万状。

同学们将地里刨出来的杂草树根拢起来堆到蚁巢上,点火烧起来。我看到王安福欢快地围着蚁巢,一边叫着一边往上丢干草。劈劈啪啪,火焰舔舐蚁巢,白蚁全被烧死。一阵烟吹过来,熏到我的眼睛,我揉一揉眼走开去。

烧死这窝白蚁,老工宣队出了口怨气,指挥大家把土地重新平整好。我拿起锄头走上前。这时,西边,灰蒙蒙的天空下走来一个人影。人影渐渐走近,我们欢喜地看到,那是老工宣队的结巴儿子毛毛。我们知道,今天的劳动结束了。

第四章 陌上草离离

四

每天清晨,我都会被门外一阵阵的吆喝声吵醒。这吆喝声有卖菜的,有收破烂的,其中最早出现、声音最嘹亮的是那些挑着粪桶的乡下农妇。天刚蒙蒙亮,她们从四面八方进入小镇,顺着大街小巷一路高声吆喝:"倒马子哟。"随着这悠扬的吆喝声传进家家户户,各家各户紧闭的门开了,一个个妇女衣裳不整、头发蓬乱、睡眼惺忪,趿拉着鞋提着马桶放到屋外门前,由挑粪桶的农妇挨个将马桶中的粪便倒去。那些个居家女人们再提着空桶到户外路旁公共自来水管前排队哗哗地将马桶冲刷干净。清晨自来水管前最热闹,刷刷刷,一片刷马桶声,夹杂着女人的争吵笑骂声。刷过的马桶放到自家门前晾着。太阳出来了,照得家家门前的红漆马桶油光闪亮。我的同学好朋友王安福唱道:"太阳出来红呀红彤彤,老婆子老妈子出来倒马桶。"

这本来是当时流行的一首歌,政治色彩很浓,歌词被窜改了。他唱的时候,我东张西望一下,小声对他说:"小心别人抓你小辫子,打你反革命。"王安福伸伸舌头,做个怪脸,摸摸后脑勺。

那些挑担农妇个个头扎白毛巾,脸呈酱油色,腿肚子粗粗的,穿着自己织的土布衣。进镇挑大粪理直气壮,吆喝声四起,尖锐嘹亮,弄得小镇每天清晨粪水四溢臭气熏天。

小镇居民住房没有卫生间,家家用马桶盛排泄物。每天早晨都有农妇进城挑着粪桶收粪水。"粪是农家宝,种田不可少",农谚这样说。进城的农妇多了,就有点竞争,于是,有农妇出钱买粪便,一马桶五分或一角钱。有狡猾些的家庭妇女半桶粪兑水充一桶。而农妇也精明,看质论价,干货多就价高,水货多就钱少。我想现在的市场竞争,就从那些农妇们开始的。后来竞争越来越激烈,不光是价格竞争,还提供服务。有的农妇,不光给钱,还帮忙刷洗马桶。有的服务好,马桶刷得溜光铮亮,有的马马虎虎,马桶还带着残余排泄物。于是在农妇和主妇间又会发生争吵。小镇为数不多的公厕更是农家争夺的热点,后来不知经过几番争斗几轮协商,小镇周边几家生产队的农民各自瓜分了自己的势力范围,小镇公厕分别被他们承包下来,每个生产队就近占领一两座公厕。

时过境迁,到后来农家肥没人要了,农民施起了化肥,方便省事。据说,现在更省事,施生长激素了。

除了挑粪桶进镇,农妇们也会挑一些别的东西进镇来,如大米或土布等。她们拿这些自己生产的东西向居民换点油盐酱钱。这时,她们就不那么理直气壮了,而总是在天还没亮时鬼鬼祟祟摸到家家户户窗门前,小声地问:"嫂子,买米吧。"

大米是统购统销,居民每人每月定量二三十斤,凭粮本到粮站购买。很多大肚汉不够吃,四处觅食,红薯南瓜都是填肚子的主食。布要凭布票供应,一年四季就三五尺,勉强刚够蔽体。小镇的家庭主妇费尽心思忙温饱,悄悄从农民那里买一些生活必需品。农民自己买卖土布和粮食是不允许的,这些活动被认为是投机倒把,要坚决打击。被联防队民兵抓住就倒霉了,会把她们的秤杆撅断,菜篮子踩扁,产品全部没收了去,厉害的还会把人关上几天。

小镇的清晨最忙碌,妇女早起第一件事是倒马桶,然后稍微洗漱一下,挎上篮子上市场去买菜。小镇居民吃的蔬菜都是郊区农民挑进镇来的,他们将蔬菜担子摆在马路旁,一担担紧挨着,等着小镇的居民来采购。各种蔬菜还间或有几份鱼蛋禽类。不过,这些荤菜,买的人不多,那些上市场的主妇钱包还不够丰满。市场上熙熙攘攘,买菜的主妇同卖菜的农妇争吵着,为着一斤一两一分一厘,互不相让。买菜的主妇总是觉得菜又贵了起来。卖菜的农妇们诉着苦,她们种的菜自己舍不得吃,从口里抠出来拿到镇上来换钱。到处在割资本主义尾巴,自留地都革没了,没有地就种不了菜。农妇的诉苦并不能引起主妇们的同情,她们捏着钱包的手没有因此松一松。

当工厂里响起第一声汽笛,提醒着人们上班时间快到了。买菜的妇女陆陆续续往家赶,她们篮子里大都装着青菜萝卜。偶尔称上一两斤肉,掩掩藏藏放在篮子底。那时,露富是很遭人鄙视的,会被同资产阶级生活联系起来。劳动人民逢年过节餐桌上才会有肉类。有时期有研究人员说欧洲人是肉食者,亚洲人是草食者,说草食更长寿。我觉得有点阿Q。

就像古时吃不上肉的人说肉食者鄙未能远谋。如果那时餐桌上能有红烧肉,我们个个都会是吃肉的大老虎。

小镇的孩子都盼着过节,过节才能有肉吃。一年中的节日,春节是最隆重的了,再就是端午、中秋和国庆节。我们小孩子还有一个节日,六一儿童节。大人们不过这个节日,而菜篮子都被大人掌握着,所以过六一节的时候,餐桌上并没有多大起色。当然,六一节孩子们还是很高兴的,学校里会举行各种庆祝活动。

六一节到了,学校里红小兵准备着欢庆这个自己的节日。自从文化大革命开始,很长一段时间,人们忙于政治运动,过节似乎都淡忘了。现在人们重新想了起来,决定过一个革命化的节日。各班级都准备联欢会上的文艺节目。节目没有什么新内容,学唱革命现代京剧样板戏。学校里的文艺活动,都是看样板戏学样板戏唱样板戏。我们这个年级,一班唱《沙家浜》,二班唱《红灯记》,三班唱《智取威虎山》,四班唱《海港》……

唱《沙家浜》是"智斗"选段。一边站了十个阿庆嫂,由女同学扮演。每个女同学用一块手帕围在身前当围裙。另一边站了十个刁德一。扮演刁德一的男同学每人手指头夹支白粉笔当香烟,粉笔头上还沾点红墨水像是燃着的烟头。这些演员一上台就赢得台下一阵热烈的掌声。唱《红灯记》扮演李铁梅的女孩子提了盏信号灯,也穿上了红衣裳。小黄毛丫头不知从哪里找了根假辫子拴在脑后,像根牛尾巴,直拖到脚后跟。

还有一个节目受到好评。有一个男同学样板戏唱得特别好。他唱《智取威虎山》中"打虎上山"选段,头戴狗皮帽,脚蹬黑皮鞋,手拿一根马鞭子,就像戏里真正的杨子荣。这个同学不仅唱得好,字正腔圆,还会翻跟头,真是天生一个演员的材料。他一唱走红,被选上参加学校文艺宣传队,成为宣传队的台柱子,"打虎上山"成为校宣传队的保留节目。后来这个男同学还被解放军部队看中,挑选去当了文艺兵,令许多人羡慕得不得了,激起同学们学唱样板戏的热情。

我天生害羞,人前显得笨嘴拙舌,很少开口唱歌。学校里没有音乐课,我是先天不足后天未补,五音不全,纯粹一个音盲。看到别人上台,赢得喝彩,挺出风头,令我羡慕。我悄悄地跟着广播学,盼着下次演出也上台唱一首,可是一直没有这个机会,虽然有几段样板戏我自认为练得

青春随风

很好。我特别喜爱《智取威虎山》里那个英俊潇洒的参谋长，唱"几天来，摸敌情，收获不小"最是拿手，但是我缺乏上台的勇气，始终没有在台上当众唱过。

每个星期六晚上，广场上都会放一场电影。除了样板戏，几部老的战争片电影也重新拿出来放映。这些战争片激起小镇上观众们的极大热情，虽然看了许多遍，还是津津有味。无产阶级占领了文艺舞台，看电影看戏不再买票。放映电影就在小镇中心的广场上。两根杆子悬起一张大影幕，正面反面都可以看。看电影的人很多，去晚了就得站在远的地方。反面人少，位置也好些。左撇子都喜爱在反面看，银幕上的人都是左撇子。有些电影虽然放了许多遍，人们的热情还是不减。每当广场上放映电影，人们早早地搬着小凳子占好位子。太阳还没有下山，白色的影幕映着霞光，人们嗑着葵花籽，唠叨着家常。小孩子在人群中钻来钻去嬉闹。夜幕降临，放映员慢腾腾调试放映机。晚去的人站在后边，再晚去的就得站在椅子上越过无数人头才看得见。银幕上的人小得可怜，好在高音喇叭音量很大，半个镇子都听得见。

每场电影前面都要放映一段新闻，有些像现在电视里的新闻联播，那时称新闻简报，当然都是宣传大好革命形势。有些电影是外国的。这些外国电影全部来自三个国家：朝鲜、越南、阿尔巴尼亚。朝鲜的电影都是生活片。那些演员很夸张，说哭就哭，说笑就笑。越南的电影对话很少，人物木无表情，战争场面轰轰烈烈。阿尔巴尼亚的电影不知为什么被删去很多，看得使人莫名其妙。有人编了顺口溜："中国新闻简报，朝鲜哭哭笑笑，越南飞机大炮，阿尔巴尼亚莫名其妙。"虽然莫名其妙，人们还是饶有兴趣，每次看电影广场上人山人海，黑压压一大片。那时，人们的生活很单调，白天在单位忙着干革命，搞生产，天一黑，都无所事事，一切娱乐活动都被禁止了。除了看电影，人们没有别的消遣。每到夜晚，人们早早爬上床自寻乐趣，人口在飞速增长。

每次放映电影，我的邻居朱老三都早早地去操场占位子，紧挨着放映机，摆上几只小板凳，坐在那里守候着。朱老三一米四的个子，干枯瘦小，罗着个锅，一副瘪塌塌的胸。细溜溜的脖子上支棱着个小脑袋。瓦刀脸，额上几条刀刻似的皱纹，小老头样。一头短发硬硬的像棕刷。他是个电影迷。太阳还没下山,晚霞中人们端着碗在自家门前吃晚饭,互相通告着晚上电影片名。黄昏,广场上来的人渐渐多起来,慢慢侵占了朱老三的领地,他费力地维护着,口齿不清地同人争吵。电影开始了,朱家人连同七姑八姨,不慌不忙来一大群。朱老三热情招呼着,请大家入座。有时,电影还没开始,朱老三坐一会儿尿急去厕所,别人乘他不在将他的凳子移到一边,占了他的地盘。他回来,找到自己的凳子坐下来一看,怎么有些不对劲,影幕跑一边去了,有些莫名其妙。别人骗他,影幕换地方了。他嘟囔着,你骗谁,当我是小孩。可是黑乎乎一片人,他也分不清是谁占了他的地盘。无可奈何,歪歪着脖子看电影。第二天,脖子还难恢复过来。再后来,他守着影幕不离开,有尿也憋着。直到电影结束,急得他猫着腰一溜小跑,钻出人群,找处墙根,哗哗就放起来。

几部电影翻来覆去不知看了多少遍,情节都烂熟了,以至于银幕上主人公登上高处,手一挥正要开口说话,底下仰着脖子的小孩子们先喊起来。电影一个高潮到来,和着电影音乐,观众中响起一片哇哇啦啦的伴奏声。小镇上的孩子能把几部电影从头至尾排演下来,他们模仿电影里人物的神态动作,惟妙惟肖。

每当星期六晚上放电影,小镇的人都集中到广场上,黑压压一片人头,家家空门空户,从不锁门。那时社会治安很好,没有溜门串户的小偷。不过,庄稼地里瓜果熟了的时候,还是要提高警惕。

为了防止有人偷摘胜利果实,学校在农场瓜地旁搭了个小窝棚,每天派几名学生守望瓜地。守瓜地的同学看不到广场的电影,不过他们自有补偿。夜晚睡在窝棚里,半夜钻出来,挥挥手,互相打着招呼:"悄悄地进庄,开枪的不要。"摸进瓜地,月光下,熟透了的香瓜泛着白光,一眼就盯住了。呼啦啦,一人捧只瓜回来。瞭望的同学问:"怎么样,熟不熟?"

这边回答:"嘿,放心吧,不见鬼子不挂弦。"将瓜用衣袖擦一下,大口啃起来。瓜子吐在地上,第二天被学校发觉,狠狠挨了一顿批。晚上不再敢下地摘瓜,个个垂头丧气。一同学忽站起高声呼道:"乡亲们,别难受,八年抗战,日本鬼子都被我们打败了……"大家哈哈一笑,又兴奋起来。

青春随风

在守瓜的窝棚里，大家闲极无聊，天南海北无所不谈。话题渐渐地越来越深入，谈起了女人，说到女人那隐秘的东西，谈为什么会生孩子，这是很令人刺激的话题，我们从书本上看不到这方面的知识，大人更是讳莫如深。大家胡乱猜测着，说出些很无知的令人啼笑皆非的话来，说得大家都很亢奋，声音轻轻的，嗓子带着颤抖。谈这话题，弄得个个身子热乎乎，血往两头涌，睡在窝棚里，做起些荒唐的梦。

五

一九七一年春天，我上了中学。不知道什么原因，过去我们升学都是在夏天，这次升学却改在了春天，这也许又是教育革命的内容吧。这样，我在小学待了六年半。漫长的小学结束了，真正在课堂里读书的时间不多。到了中学，升学又换回夏天，学校状况也没有改变。我们这一届学生，小学六年半，中学四年半，读了十一年书，离开学校还跟文盲似的。以后在工作单位又参加文化补习班，进行考试，拿到合格证才承认我们的中学学历。这是后话。

同学们虽然识字不多，思想政治水平却不低。学期末的总结会上，我的同班同学王安福站在教室里，手捧一张纸结结巴巴地念着："在毛泽东思想的光辉照耀下，在毛主席的革命路线指引下，在党中央的英明领导下，在各级革委会的正确带领下，本学年中，我能够高举毛泽东思想伟大红旗，突出无产阶级政治，活学活用毛主席著作，并取得了一些成绩……"王安福没有这么高的思想觉悟，也没有这么高的理论水平，他是抄我的。当然这几句话也不是我的原创。在学校，每到年终期末，学校都要求每个学生写个人思想总结。而每写总结，同学们开篇总是这样写。文章临结束，还必须这样写："毛主席教导我们说：事物都是一分为二的，所以，我在本学期虽然取得了一定的成绩，但是也存在着一定的缺点。例如……今后，我一定按照毛主席关于发扬成绩，纠正错误，以利再战的教导，争取取得更大的成绩。"

王安福甭说是否能做到"高举毛泽东思想伟大红旗，突出无产阶级政治，活学活用毛主席著作"，连其中的概念也是模糊不清的。什么是"毛泽东思想"？什么叫"突出无产阶级政治"？这些问题他不懂，我也不懂。那些老师也未必真正懂！

王安福理论水平不高，但是，实践一点也不差。学农、学工、学军他一直很积极。学军是他最兴奋的事了。

20世纪70年代是个深挖洞广积粮，备战备荒为人民，针对美帝苏修要准备打仗的年代。当时就是在这种气氛下，军训步入了学校，全民皆兵的军训，成了学生必修的一课。

在中学，学校军训是按照解放军的编制，把教学班级编成排、连、营……进行训练，我们一年二班就编为一连二排。军训的科目包括：队列练习、喊口号、匍匐前进、野营拉练等。队列练习是军训重头戏，包括：立正、稍息、向左转、向右转、向后转，直转得同学们晕头转向。还有行进、齐步走、正步、跑步、踏步、立定、蹲下、起立、整理着装、整齐报数、敬礼、礼毕、跨立等。简单讲，军训就是"站军姿、走正步，简单动作机械地重复几百次"。第一天是"军训动员誓师大会"。

那时候军训对学生来说还是蛮新鲜的，主要是不愿在教室里待着。军训第一课必定是一二一的队列练习。立正—向右看齐—向前看—稍息。向右转—跑步走—立定，翻来覆去硬是把一群生龙活虎的学生折腾得精疲力竭无精打采，教官穿着一身下了领章褪色的军服，不顾疲劳仍在声嘶力竭地喊着口号。再接下来的内容就是卧倒—瞄准—射击的训练，当然，开始放的还是空枪。不管是寒风凛凛的冬天还是酷热难熬的夏天，参加军训的学生总是会被那个威武的教官训得苦不堪言，教官也似乎从中得到了极大的满足。再接下来的训练就是实弹射击。这也是大家最兴奋的一课，但也不是每一个学生都能打实弹，还得由班主任从中挑出几个表现好的同学做代表参加实弹射击。记得第一次打枪的时候我心里又害怕又想打，拿着步枪听着口号卧倒瞄准射击那一刻，震耳欲聋的枪声、枪托猛然一退的震动都给自己的身心带来一种从未体验过的刺激和快感。这种感受会使你终生难忘！

在中学和小学就不一样，军训能用上真枪。王安福乐在其中。

当时的民兵组织民兵成员很普通很广泛，你只要不是五类坏分子之列的人都有可能是民兵的成员，"全民皆兵"绝不是一句空的口号。

队形队列正步走，因为人数比较多，在那个天然的大操场里，"一二一""一二一""一二三四"的口号此起彼伏、震天动地、响彻云霄。军训不准打赤脚，也不准穿拖鞋。那时候除了有身份的大干部穿皮鞋或一种北京生产的布鞋，全国工、农、兵、学生都穿一种橡胶底帆布绿面的球鞋，名叫解放鞋。一双鞋一年四季套脚上。有的同学家穷，穿的鞋破了也没有换，前面露着脚指头，后面露着脚后跟，还没袜子。排队出操，齐步走，后面的同学故意去踩前面同学开口的鞋后跟，刺啦一下，鞋底和鞋帮分了家。前面的同学回身和后面的同学打起来。教官过来把两人一起揪出队伍到一边罚站。我的鞋没露脚后跟，但袜子是前后破了大洞的。冬天脚上生了冻疮，不痛，只是痒得难受。夏天，脚趾头黢黑，一脱鞋，臭气熏天。

军训队列休息，同学们又渴又累，排着队在食堂边的自来水水龙头喝水。我口渴也经常去喝，但有一次真真切切看到从水龙头里爬出一条大蚂蟥，就再也不敢喝那水龙头的水了。干渴难耐，只有忍着。

队列训练完后，就练习匍匐前进、爬地前进、仰地前进。还讲战术，进攻敌人的三三制，前三角后三角，交叉掩护。据说这种战术还是林彪发明的。教官不厌其烦地高喊口令，最后叫得声嘶力竭，学生们反反复复由慢到快，一丝不苟做到熟练。接着再练刺杀，由教官用一杆木头做的假枪，讲解了刺杀的要领和动作，再叫出两三个人出来示范，别看学生们个子小，个个精神十足，严肃认真。

练完了刺杀动作，第二天上午，接着就练投弹。投弹相对比较好练，大家看了教官的示范动作之后，一般都能够甩出一个二三十米的距离，但是要像教官那样能够准确地打到一个画上圆圈的位置就不那么容易了。第二天下午就进行射击。大家趴倒在田埂边，把枪架在田坎上，在教官的指导下三点一线瞄准前方用稻草做成的美帝苏修假人。瞄准射击训练是最轻松的训练，也是最枯燥的训练，大家都觉得很容易，心不在焉，三点成一线瞄准。但是就是这个动作也是被教官纠正得最多的，要么是枪托抵得不稳，要么就是枪管颤抖不稳定，要么就是眼睛闭得不久容易流眼泪。后来我还看到教官指着挂在田边的几幅打飞机的示范挂图讲解

第四章 陌上草离离

打飞机的要领,瞄准飞机前进一定距离飞行的方向开枪射击,射击运动物体提前量。又练习了站立开枪射击、半蹲式开枪射击、仰式开枪射击的动作,最后还练习了简单的战地包扎、战地救护。

军训的步枪各式各样,有三八大盖、七九式步枪和汉阳造。这些枪都是部队淘汰下来的,很老旧。三八大盖是抗日战争时期缴获日本鬼子的,枪杆很长很重。七九式射击后坐力特别大,掌握不好会把肩胛打肿,肩膀被撞得青一块紫一块。有同学一扣扳机,"砰"的一声枪响,震耳欲聋,步枪弹跳起来,后坐力把人打得往后退,骨碌碌从掩体斜坡上滚下来。汉阳造就更老旧,有的枪木把都破损了,机件锈迹斑斑,磨损严重,实弹射击子弹老卡壳。子弹卡壳会炸膛,很危险。一卡壳,军训教官就冲上去,大吼一声:"都退后,让我来。"胆小的学生躲得远远的,也有人跃跃欲试,想当英雄。王安福就一个劲往前凑。本来我们投弹也要用真弹演练的,但因为有别的地方民兵投弹出了事故,手榴弹没有丢出去就爆炸了,死了人,所以就改投一种纸做的教练弹。教练弹和真手榴弹一模一样,木把有拉火,只是铁的部分是硬纸壳做的,涂上黑漆。旋下后盖,拉出拉环,拉火丢出去,原地卧倒,"轰"的一声,纸屑飞溅,像放一个大炮仗,令人兴奋不已。

那是个英雄主义的时代,是英雄辈出的时代。有许多英雄的画像就贴在教室墙上,有毅然扑向炸药包,用身体掩护民兵,献出了年仅23岁的年轻生命的解放军战士王杰;有为救儿童,力挽惊马壮烈牺牲的战士刘英俊;还有民兵英雄金训华,为抢救国家物质财产,而牺牲于特大山洪中。最让人羡慕的是战斗英雄孙玉国。他在中苏边境珍宝岛自卫反击战中,和战友们冒着苏军猛烈的炮火,给不可一世的苏修社会帝国主义入侵者以歼灭性打击,以我军的胜利敌军的惨败而告终。珍宝岛之战,使用鲜血和生命保卫祖国的英雄们大放光彩。孙玉国从连长一下子升为团长,参加党代会,受到毛主席接见,又当选中央委员会,成为军区副司令。那时有句口号,榜样的力量是无穷的,使我们人人都想当英雄,随时准备挺身而出。

领导我们民兵军训的部队营长背着盒子炮检阅般从队伍前走过,吸引住许多近乎崇拜的目光。营长挥着拳头说:战无不胜的毛泽东思想是

青春随风

我们威力无比的精神原子弹。

军训后期，还进行拉练。所谓拉练，也叫野营或野营拉练，就是把脸盆打进背包里，负重行军。每天五六十里，据说最多有走一百多里的。

军训拉练中午在一所学校吃饭，馒头稀饭，菜是茄子烧土豆，稀少几片薄薄的五花肉。这伙食虽比不上过年，但已经很好了。香喷喷，不限量，敞开吃。民兵中有一人，大手长腿，脑袋出奇的大，人送外号大头。他特能吃，二两一个大馒头吃四个，一手抓馒头，一手端半盆大锅菜，吃完四个馒头，又盛一小盆稀饭喝下肚。

王安福敲着碗用本地乡下话念叨："大头壳，鸡麻笃，恰（吃）饭恰一桌，毛主席的话，要节约，坚决打倒大头壳。"

连长过来找人要扛机枪，王安福一指大头。连长看了看大头吃饭的大饭盆，手一挥把他叫走了。连长让大头扛的重机枪，是一种叫马克沁的重机枪，第一次世界大战中使用的老古董，全铁疙瘩，仅一支枪管就几十斤重，压得大头呼哧呼哧喘粗气。

野营拉练很少走大路，大多走山坡小路田间地头。农田立冬收割完庄稼，光秃秃就剩些稻草根。在农田挨着路边的地头都挖有粪坑，一年拾的粪肥堆放在这儿，人畜粪水还有杂草堆在一起发酵，开春就近方便往田里施肥。粪坑一米多深，堆满粪肥，撒些干草，表面上已经风干结壳，风吹些泥土草屑盖住看去如同地面。走在田间小路上，遇到田头里挖有粪坑，王安福会拽拽我衣服，提醒我，示意别踩上去。

我们正走着，忽听后面"扑通"一声，接着一阵混乱嘈杂。回头一看，原来是我们民兵指导员在后面从队伍旁往前跑，没看出粪坑，以为是泥地，一脚踏上去，咕哧陷下去，深没及腰。他大声呼救，旁边人把枪伸过去，让他抓住皮带，把他拽出来。指导员一身粪便，臭气熏天，狼狈不堪。这个指导员平时训练特别凶，时常骂人，大家对他印象都不好，许多民兵捂着嘴偷偷笑。

这样的拉练，回过头来再看，难忘的还不仅仅是艰苦。学生对拉练的感受，除了累，都免不了这两样：脚上打泡、肚子饿。在拉练结束时，各学校都供应了一顿饱饭。据说发生过这样的情况，有的男生解下背包上的脸盆去盛面条，结果把胃给撑坏了，进了医院。

全民皆兵,整个国家如同一个大兵营。"招之即来,来之能战,战之能胜"。学校里的军训,由部队派员来指导,还请解放军里最好是和日本鬼子拼过刺刀的老战士做报告。有的还到部队去,过上一段军营生活,战士怎么练,学生也怎么练。真枪真刀,真手榴弹。日常生活也跟着走,军训过的同学都学会了快速打背包,以及能把被子叠得见棱见角这两手。最令同学兴奋的是实弹射击,这个项目一般会拖到最后,先练瞄准。许多同学就靠这个盼头支撑下来。

后来有人觉得,通过学工、学农、学军,促使学生从小就参与更多的社会活动,触及了更多的社会知识和劳动技能,对日后培养团结互助、吃苦耐劳和自理、自立、自信、自强的意志品质,有着积极的影响。但更多的人认为,军训形式主义,荒废了学业。

我很怀念我的少年时期,虽然那时并不快乐。

六

为了适应"五七"办学方针,中学新开了一门农知课。教我们农知的是一位三十来岁的男教师,姓杨。杨老师是新调到学校里来的,中等身材,黝黑的脸膛,写得手好字。后来我们才知道,他原来是一所美术学院毕业的,不知什么原因下放到了农村,在农村待了几年才调到小镇上。学校没有美术课,就让他教农知。工宣队指导员说:上层建筑必须为经济基础服务,文化课必须与生产劳动相结合。这位美术学院的高才生经常带着我们这群娃娃穿梭跋涉在水稻田棉花地里,察看稻瘟病,捕捉棉铃虫。打双赤脚,裤腿卷得高高的,一腿杆的泥。

当然,教农知也能发挥他的特长。杨老师给我们讲水稻,手拿粉笔,不看黑板,望着学生随手刷刷几笔,又点几点,几株水稻跃然黑板之上。茎、叶、须,形神兼备,粉笔的效果,很有点写意的味道。他讲稻瘟病,讲二化螟、三化螟,画的标本图,那小小的飞蛾,我们看过之后,在大田中,绝不会将二化螟认成三化螟。他画的蚕蛾,我们都能从生殖器上辨出雌雄。本来很乏味无聊的农知课,因杨老师上却使得同学们生起兴趣来。

青春随风

　　杨老师在课堂上不苟言笑。我们刚开始都以为他很严肃，上了一段时间课，同他接触多了，才发觉他对学生还挺随和。

　　一天上课，杨老师在讲庄稼的虫害，讲到昆虫，然后问我们："同学们，蚜虫的天敌是什么？"

　　一个同学显然前面没认真听讲，大声回答："牙刷！"见没有响应，又小声补充："还有牙膏。"他的回答令杨老师有点啼笑皆非，不过还是表扬了这个同学。

　　"很好，这个同学讲卫生，爱刷牙。不过我说的蚜虫不是牙齿里的虫子，而是蔬菜庄稼上的蚜虫。"同学们都笑起来。

　　上农知课，学校要求理论联系实际。杨老师经常带我们下地劳动，不过他不像老工宣队那样一个劲催我们干活。学校农场全盛时期，开垦了很多地，种着红薯玉米花生这些耐旱作物，有的地在镇子外的荒土岗子上。那时，小镇的居民还不多，都是平房，走出学校就是田野。我们跟杨老师到校园外下地劳动，倒有点像郊游。同学们唱着语录歌来到地头，劳动委员宣布今天的劳动任务是拔草。同学们像放羊一样散到地里，三五一群在红薯地一边拔草一边嘻嘻哈哈打打闹闹，互相开着玩笑，打着土仗。杨老师呢，自己往地头草坪上一坐，掏出一支铅笔和一本本子画起画来。

　　同学们干一会儿，劳动委员喊一声：休息啦。大家都坐下来，有同学拢到杨老师身旁，看他画的铅笔画。杨老师边画边同学生聊着天。他的铅笔灵巧地在手中舞动，刷刷刷，有时几笔就勾勒出一幅风景或一个劳动着的人。那粗粗细细的黑线条既简洁又生动。有时他找个学生做模特画人像，模特同学应杨老师的要求摆个姿势，有点羞答答，我们围着看，七嘴八舌称赞杨老师画的真是形象极了。

　　杨老师平时在学校里不多说话，从没见他在大会上发过言。而这时和同学们在一起却很健谈。同学们拔草，有时把玉米苗当草拔了，杨老师也不责骂同学。他给我们讲他刚进美院读书时，无知得很，把麦苗当成韭菜，以为马铃薯是像苹果一样树上结的呢。杨老师居然也这么孤陋寡闻，我们不由得哈哈大笑。小镇的孩子对田里的庄稼不陌生，都下地干过农活，当然不会认为马铃薯是树上结的。

第四章　陌上草离离

盛夏，天气挺热，劳动一阵子，日头偏西，杨老师看看时间差不多了，收起本子和笔叫同学们收工。农场的地离小河不远，同学们纷纷到河边洗洗手脚，把工具上的泥土洗干净。河边吹来凉爽的风。女同学坐在河堤树荫下歇憩，几个调皮些的同学撩着河水打水仗。有男学生忍不住，扒了衣服，穿着短裤跳到河里，扑通扑通玩起水来。女同学在一旁，男同学特别来精神，互相比赛谁游得快。水面一片喧哗，女学生在岸上喊着加油。杨老师来到河边，他没有制止学生下河，而是站在岸上笑嘻嘻望着。水里的学生更加来精神，争先恐后，划着水翻着跟头。本来几个站在岸上水性不太好的男同学也被鼓舞，下到河里在岸边水浅的地方玩起来。

杨老师站岸上看一会儿，对水里游着的男同学说："你们的游泳姿势不对。"他把同学招拢过来，比画着："蛙泳应该这样：伸出去手要合拢，减少阻力。向后划水要划一个弧线，双脚蹬水由两边向后在蹬的时候并拢，像青蛙一样。看过青蛙游水吗？"我们当然看过青蛙游水，于是水里漂起一只只笨拙的大蛤蟆。杨老师教了蛙泳又教自由泳。"自由泳手臂挥起来，双脚并拢上下交叉打水，不要像蛙泳那样蹬水。"于是河面一片击水声。水里的同学头朝下屁股朝上四肢乱扑腾，岸上的同学看着笑得哈哈的。

杨老师比画着教了几下，兴致上来，脱了上衣和长裤要下水。他穿了条平脚短裤，身体非常优美，皮肤光滑洁白，肌肉强健有力，肌腱结实的双腿富有弹性。活动活动四肢，显得精神抖擞。站在堤上一个鱼跃，身体笔直，漂亮地划出一条弧线落进河里，同学们一起喝彩。杨老师在水里游着，一会儿蛙泳，一会儿自由泳，姿势真好看。他还能仰面躺在水面上四肢伸展一动不动漂着。一大群男孩子模仿着他，跟在身后拼命划着水，你追我赶。

我也下到水里，认真看着杨老师的动作、泳姿，学那漂亮的蛙式和自由式划水。在杨老师的指导下，我们的游泳技艺大有进步，不再是那难看的狗刨式。

我们这些学生无论男女都比较喜欢杨老师。杨老师单身一人，住在校内，我和同学曾到他的宿舍去过。杨老师的宿舍挺简朴，一间十来平

青春随风

方米的房间，一张床，一张书桌，还有一只大木箱，却有许多书挤在木板钉的简易书架上。墙上几张素描人像，当然都是工农兵。两张不大的风景油画，我认出来是小镇上的风光，一张是小镇的火车站，另一张是我去玩耍过的镇郊的乌龟山。我们看来很寻常的景色，在杨老师的画中，显得那么优美恬静。小站青灰色的房子，天空紫色的流云，静静地伸向远方的铁轨。烟霭笼罩的小山，山脚墨色莹润的翠竹倒映水中，波光潋滟的河水，一条弯弯的小船。看得出杨老师没有忘记他的艺术。他虽然在小镇中学教着农知，却是身在曹营心在汉。

有些同学常到杨老师宿舍去玩，有几个是美术爱好者，跟着杨老师学绘画。其中有个姓周的同学和我关系比较好，常邀我一同去。我不懂绘画，我喜爱到杨老师那里翻看他的书和旧画报。从那些画报上我看到了许多精美的绘画，知道中国有个叫徐悲鸿的画家特别喜爱画马，还有一个画家叫齐白石，很会画虾。中国画大多是些墨团团。有一幅画小鸡的画，大墨团团连小墨团团，画虽简单，挺生动，挺有趣。我还看了一些外国的画。那些外国画家有个叫达·芬奇的，他有一幅画叫《蒙娜丽莎》，是个女人像。这个女人我看了觉得并不算漂亮，居然被许多人吹捧，还编出了许多离奇的故事来。还有许多外国画家，米勒、列宾、门采尔，他们那些色彩绚丽、气势恢宏的油画更令我欢喜。一次，我和几个同学在杨老师宿舍翻着画报，有几幅人体画，我们看了觉得很新鲜。翻着翻着，突然一幅画映入我们的眼帘。画中是一个一丝不挂的女人，手举一个陶罐像是在洗澡。看到这幅画，我们的呼吸仿佛都一下子停止了，心跳加快脸孔发烧，赶紧合上画报，抬头互相看看，都装出一副若无其事样。四周没有人注意，悄悄地再翻开战战兢兢看着，激动不已。过去从来没有看过这种画。从杨老师宿舍出来，同学们还很激动，神秘地告诉没有看过这幅画的同学，激起一些同学的好奇心，也找点借口到杨老师宿舍悄悄地翻看那幅女人裸体画。后来杨老师发觉了，就把画报收起来了。

杨老师对那些旧画报很珍惜。那时，文学美术的书很少。同学们书读得少，知识很贫乏。有一次，杨老师问几个学绘画的同学：什么是八大山人？有个同学无知，不懂还胡编，回答说：八大山人是万恶的旧社会被地主老财逼迫躲进山里的八个人。后来听杨老师解释，才知到八大

第四章 陌上草离离

山人原来是个三百年多前的画家。他的故居离我们小镇不远，和我们还算是乡亲呢。

杨老师的画画得好，学校里经常让杨老师写版报画宣传画。学校礼堂前，矗着块高大的宣传牌，学校决定在宣传牌上画一幅巨大的毛主席像，这个任务交给了杨老师。那时，城市、机关、学校到处都矗立着巨幅毛主席像。伟大领袖高高地挺立在人民群众中，挥动着巨手，指引人民前进。宣传牌很高，杨老师站在木板搭成的脚手架上，手中拿着好几支画笔。他画得很认真细致，先在巨牌上用细笔画出一个个小格子，然后再按着格子仔细地用彩笔描绘着。杨老师没有画伟大领袖挥举手的像，他画的是伟大领袖年轻时的像。这是一幅很著名的画。画上，伟大领袖身穿长衫，脚蹬草鞋，手夹一把雨伞健步走来。伟大领袖是去一个古老的煤矿发动工人闹革命的，星星之火就这样燎原起来了。看着杨老师画这么大的一幅画，我们都佩服得不得了。那幅画像栩栩如生，远望伟大领袖神采奕奕，健步如飞。可是，谁也没有想到，因为画了这么一幅画，竟给杨老师带来了一场大灾难。

一天上学，我走进学校，看见宣传栏边站了许多人，便走过去，原来是谁贴了张大字报。我一看大字报吓了一跳，大字报标题《揪出我校暗藏的五一六分子杨××》。杨××就是杨老师。"五一六"是干什么的？边上有人说就是反革命。杨老师怎么突然成了反革命？我急忙读大字报文章。原来，有人检举说，杨老师画的毛主席像有严重问题，在画像上打了一个叉，是反革命行为。毛主席像上打了叉？我们一些学生仔细看杨老师画的那幅像，所谓的叉，那不就是风摆动衣服的折皱吗。但是没有人敢为杨老师辩护。小镇已抓走几个五一六分子，工宣队校领导一个个很紧张。有人揭发杨老师使他们松了一口气，又多揪出了一个反革命，阶级斗争有了新的进展。和杨老师一起的教师们暗自庆幸，抓走杨老师使他们又有了安全感，不抓出坏分子反革命是阶级斗争熄灭论。毛主席像很快被遮盖起来，蒙上一块好大的布。杨老师被停止上课，隔离审查。有人又贴出大字报揭发说杨老师不仅是五一六分子，还是暗藏的国民党特务。他宿舍里那几张风景画，是秘密军事情报地形图。小镇是通往前线海防的交通要道，附近还有飞机场，如果世界大战打起来，敌人首先进攻的就是飞机场、火车站这些重要的地方。大字报还检举了杨老师一条罪状：腐蚀毒害青少年。说杨老师宣传西方反动思想，给同学看不健康的画报。杨老师并不随便将画报给别人看，主要是几个经常去他宿舍爱好美术的学生。很明显，这一条罪状出自一个学生犹大。

学校发动全校师生检举揭发杨老师的反动言行，进行批判，火力很猛。终于，一天，学校里开来一辆警车，把杨老师带走了。我看到杨老师衣裳不整，头发蓬乱，双手被一副亮锃锃的手铐铐着。警车呜呜叫着开出校园。以后，我就再也没有见到杨老师。

这一件事，使我在人生旅途之初就看到了人性的另一面。

七

我读书的学校是铁路子弟学校。从小学到中学，年级里还是那些学生，中学里的老师也都是熟面孔，有的还是小学来的。表面上学校还是那么一种状况，环境并没有什么大的变化，但是我的内心却发生很大的改变。学校没有书读，我无所适从。我从红小兵升级到了红卫兵，戴上了红卫兵袖章。不过，如今的红卫兵已经没有了昔日那小将威风。那些千里长征大串联，那些叱咤风云造反抄家的红卫兵已全部上山下乡接受贫下中农再教育去了。我与同学们的交往越来越少，对书籍越来越沉迷。无论什么书都拿来读一读。借到一本旧小说，不释手看几遍，唯有读书才能排解我寂寞的心灵。社会上的书都销毁了，只有大城市里一些图书馆还有一点藏书，可是普通老百姓无缘看到。出版社印刷厂只印《毛泽东选集》和《毛主席语录》，新华书店里空空荡荡，就是《新华字典》也买不到，这些字典词典许多年都没有印刷也没有销售，据说那里面也有许多不健康的封建主义糟粕。

有一次，我借到一本好书，爱不释手，书名叫《鲁滨孙漂流记》，是我几经周折很不容易才借到的。文化大革命红卫兵"破四旧"时，书籍都被烧毁了。这本书劫后余生，藏匿人间暗中传阅，被很多人翻弄已经很破旧了。书面包着厚厚的牛皮纸，没有写书名，以防被工宣队发现。将书交给我的同学千叮咛万嘱咐，我再三保证一定完璧归赵才拿到手。

第四章　陌上草离离

我被这本书的故事吸引。一个叫鲁滨孙的人乘船失事，漂流到一个荒岛上。在远离人类与世隔绝的环境中，他凭着自己的聪明和毅力，单独在恶劣生活条件下，过了二十八年。鲁滨孙不仅顽强地活了下来，而且有着自己的领地王国，还有一个叫星期五的土著人臣民。这真是一本很有趣的书。

忍不住，我乐滋滋告诉班上一个经常同我接近的同学。这个同学是个上海人，出奇的瘦，细胳膊细腿，却有一颗大脑袋，大脑袋上一对金鱼眼。不幸的是这对金鱼眼盯上了我手里的书，露出贪婪的神色。他提出来要借这本书。这叫我很为难，因为别人正催得紧要我还书，并且我也答应一定不再借给别人。这本书几经辗转，书的主人根本不知所踪。

这家伙被我拒绝，怀恨在心，竟去告发我。他跑到工宣队那里揭发我看外国小说。那时，除了《毛选》，书店里只有两三部新小说，都是为了迎合政治形势，阶级斗争色彩很浓的书，外国小说一律成为禁书。工宣队来到教室里，将《鲁滨孙漂流记》从我的书包里搜去。那个骨瘦如柴的家伙看着工宣队搜去我的书一副无辜的模样，他真善于伪装。我还天真地把他当成知己，谁知他却欺骗了我，我很愤慨。不幸的是，在今后的生活中，我还屡屡遇见这种人。

鲁滨孙又遭劫难，这一次不是海难，而是火灾。鲁滨孙能够在荒岛上生活，战胜严酷的大自然，但敌不过阶级斗争觉悟高的中国人。工宣队拿着书，在教室里当场划火柴将书烧毁。我在全班同学面前遭到严厉批评。从学校出来，我悲愤难禁，大哭了一场。这天夜里，天气骤变，气温急剧下降到摄氏零下十度，小镇下了场百年未见的冻雨。第二天路面冻了半尺厚的冰，医院里一下子收了近百名因路滑摔断胳膊腿的病人。其中那位告密者就躺在一张病床上，一条腿缠满绷带，高高吊起，大头朝下，就像一个犹大在地狱里被审判，受着煎熬。

经历了一些事情后，我渐渐对学校失去了兴趣。每天清晨，我走出家门，走在通往学校的路上。去学校的路不长，我慢慢悠悠消磨掉半个小时的时光，一边走一边向东方望。太阳正冉冉升起，又红又大，小镇一片灰色的建筑檐角抹上缕缕金光。初升的太阳照射到路旁的小树，树叶间晨露的水珠闪闪烁烁。我知道，当太阳越升越高，升到电线杆子梢上，就会缩

青春随风

小成像一个白盘子。小镇沐浴在一片金光中，空气中稀薄的晨雾被阳光驱散。正午，太阳高悬空中，就看不出它的轮廓了。在艳阳炙热耀眼的光亮中，路边绿绿的春草挺起了腰。上课时间到了，我并不着急，漫不经心，仰脖望着天空的日头，思索着古代圣贤都感到疑惑的问题。工厂里传来悠长的汽笛声，过去，这笛声总是催促我跑步去学校。学校里，文化学习成绩变得不重要，同学中间流行着一些顺口溜："学好数理化,照样拿锄头把。""不学ABC,照样开机器。""我是中国人，何必学外文，不会ABCD，也能当接班人。"渐渐地我失去了在同学中的优势，逐渐变得孤独起来。过去同我玩耍的同学有的换了班级，有在班上的也渐渐疏远了。我的班长职务被一个很会养猪的五大三粗的女孩子取而代之，因她在学校养猪场的功绩多次被评为三好学生。她从我手里将我掌管了几年的班上大门钥匙接了过去。同学中活跃着一批个子大有力气能劳动的留级生，他们成为班级里的骨干，劳动积极分子。还有几个会唱歌跳舞的女孩子，参加学校宣传队也很出风头。虽然，我对总要抛头露面且吃力不讨好的班长工作深感厌倦，我性格腼腆害羞，不喜欢在大庭广众之下大声说话发号施令。免去这班长之职，我茫茫然，仍有着一种失落感。

  清晨的阳光把我的影子推得长长的首先进了校门，我有点不情愿地跟过去。茂密的冬青树像两道墙夹道而立，夹竹桃经了霜的叶子发着暗淡的青翠色。空旷的路上已无人迹，走到我上课的教室前，很远就能听见里面乱哄哄的嘈杂声。天气真好，暖融融的阳光照着校园。操场边上一群男同学围着两张水泥台子打乒乓球。中国乒乓球运动员拿了世界冠军，还去了美国，在全国掀起乒乓球热。球桌旁总是排着长长的队。我也很喜爱打乒乓球，但是打球的人太多。我不是高手，等了老半天才上场打那么两三拍，就被人赶下台，实在也就没了兴趣。操场上还有一些女同学在玩跳绳游戏，她们边跳边唱："东风吹，战鼓擂，现在世界上究竟谁怕谁。"这歌有点杀气腾腾。我喜欢像小时候，小朋友围成一圈，玩找朋友的游戏，一边跳一边唱着，歌声从那快乐的人群中飘来。

  "找呀找呀找朋友，找到一个好朋友，敬个礼呀握握手，大家一起大家一起找朋友……"

  同学们玩得很开心。我真想参加到同学们中去,和他们一起欢快地跳,

第四章　陌上草离离

大声地唱。花团锦簇般的阳光吸引着我，那些活动的人群对我视而不见，过去是不会这样的，我当班长时，总是有同学围绕着我，他们的活动都争着要我参加。不知道什么时候开始，我觉得自己被冷落了。我有点感伤。

日子一天天地过去，在家里，大人们也很困难。母亲这时期一直很忧愁，生活的重担压在她肩上。她日夜操劳，显得憔悴，脸上出现细细的皱纹，劳动使得她的皮肤特别粗糙，一双手开裂出一道道口子。她的几个子女，个个让她操碎了心。

我的姐姐大学毕业，被分配到偏远山沟里的一所国防工厂。因为战备，这种工厂都搬进了大山。姐姐探亲回来说，他们那里，一年四季都看不到太阳，阴冷潮湿。经济落后交通不便。她们那个工厂，天天政治学习，生产不出什么产品。据说是造直升飞机，但一架也没飞起来。大哥的境遇就更糟了。他中学毕业被下放到一个农场。这家农场位于一个大湖畔，到处是沼泽，是有名的血吸虫区，生活条件极差。起早摸黑下田劳动，一天的工分还不够买米。不要说吃肉，青菜也没有，天天用酱油盐拌饭吃。不到一年，大哥就得了肝病，回家休养。他变得又黑又瘦，母亲想方设法找偏方寻草药给大哥治病。我的二哥和三哥即将中学毕业，也面临着上山下乡。

这时，家中发生了一件事令我们很伤心。有一天，我和小哥正趴在床前听收音机，一人抓一只喇叭捂在耳朵上。父亲下班回来，怒气冲冲，走过来一下子从我们手中扯过喇叭连同收音机匣子一起用力摔到门外，对小哥说："去把天线拆下来。"

我们不知什么缘故父亲发这么大火，都吓坏了，呆呆地站着。父亲又对小哥吼："你聋了，去把天线拆了。"

小哥不敢违抗，走出门，委屈地哭起来。

母亲过来，埋怨着："你干什么，发那么大火？"

父亲生气地说："有人说我在家收听敌台，里通外国，那树起的天线就是罪证。还怀疑我有发报机，是特务。"

母亲一听也吓了一跳，里通外国、特务，这罪名非同小可，急忙吩咐小哥赶紧拆天线。小哥爬上树，拆下天线，我们难过了好几天。以后很长时间没有收音机听，生活中没有了音乐，没有了歌声。

生活多么忧郁，唯有读书才能抚慰我的心灵，给我带来欢乐。我以极大的兴趣四处寻书，无论什么书，都拿过来，如饥似渴地读着。能借到的书太少了，如果那时，我知道世界上还有白雪公主、野天鹅和海的女儿这些美丽的童话，还有莎士比亚、歌德、凡尔纳那么多有名的作家，还有《大卫·科波菲尔》《哈克·贝恩历险记》《堂吉诃德》这些有趣的书，我的眼前将会是多么绚丽多彩的世界，我将会像蜜蜂一样飞翔在花丛中吮吸着芬芳的花粉，吸收知识的营养。那在今天我就不会像现在这般庸庸碌碌一事无成，我将用我的知识去酿造吐哺，向人们奉献出甘美香甜的蜂蜜。现在想起这些事，真是悲哀。

少年时代，岁月如一首歌，有欢乐也有悲哀。大自然的琴弦拨奏出如泣如诉的旋律。如果说，少年的欢乐是我们生活阳光下歌唱的主题，那么少年的悲哀更是我们夜半私语倾诉的心声。

许多年以后，当我在昏黄的灯光下趴在零乱的写字台上结结巴巴捏着支破笔管在稿纸上一写一画时，脑子里像挤着干结的牙膏似的一点点把往事从狭窄的记忆里抠出来。回忆，对我来说并不都是轻松愉快的事。我一路泥泞坎坷，跋涉不停。如今，回头去数一行行深深浅浅歪歪斜斜的脚印，真是感慨万分。许多人总是对童年时代的生活回味无穷，那是他们心中圣洁的净土、快乐的源泉。我的童年没有积木，没有玩具，没有奶糖，没有歌舞，更没有浪漫传奇的经历，甚至没有读书声。但是，在我的笔下，童年还是尽可能地体现出一点天真和快乐，也许掺和了些许美好的想象。我曾努力把寻常的乡村之行描绘成田园诗一般，把我同某个梦寐以求的姑娘可怜巴巴的几句攀谈渲染成一段纯洁的爱情故事。我将用我笨拙的笔描绘我的童年生活，这里充满童趣、童真，生活里遍地是快乐的阳光。这不同于虚构，这些愉快的故事，确确实实存在于我童年的幻想中，存在于童年的梦中。我总是把幻想，把梦当真。

我努力地从灰色的童年提取一些彩色的记忆。毫无疑问，我的回忆粉饰了我灰暗的少年时期。回忆如酒，有人说，越是经年越醇香。

十五岁，我进入一个多梦的季节。无数的梦，可归纳成下几类。

梦之一，侵略者占领了我的家园，我深入敌后，孤胆英雄，手握冲锋枪英勇战斗杀敌。

梦之二，我偶拾一张藏宝图，进深山探宝藏，同毒蛇猛兽搏斗，终得宝而归。

梦之三，遇飞蝶，在太空人的帮助下，我成了超人，比孙悟空的本领还大，上天入地，海阔天空，自由飞行，锄强扶弱，杀富济贫，拯救人类。

还有许许多多形形色色的梦。爱情的梦也不少，都很纯真。

寒冬过去，春天来临。旧的生命枯萎了衰竭了，新的生命又生发出来。一年又一年，大自然周而复始。我的心憧憬着。高天上，漂浮着稀疏的流云，南来的大雁排着"人"字飞过头顶，传来阵阵嘹亮的叫声。仰望苍天，我时常神思飘然而去。随着年龄的增长，我感到越来越寂寞苦闷。但我也有排遣抵制的办法。寂寞时，我勤于思考。苦闷时，我沉于幻想。我从一个身体瘦弱性格稚朴沉静的儿童，变成一个勤于思考、感情充沛的少年。正是在这个时期，形成我多愁善感的性格。也正是这个时期，我纯朴善良、坚韧不拔的品格逐渐完成。

第五章　子　衿

一

在我成年之后，许多年来，经常重复地做着一个同样的梦。梦中，我又回到了我的学生时代。我和我的同学们坐在课堂里听老师讲课。老师站在高高的讲台上俯视着我，开始出题让我们考试。我拿着笔，看着考试卷很紧张，面对一道道试题，脑子里乱乱的，总也想不起来答案，握着的笔竟写不出一个字。时间很快过去，我又慌又急，醒来，心里仍久久地怅着。不知是为了那做不出来的试题，还是为那梦中逝去的年华。

我家祖上世代农民，自从我爷爷从农村进入城市，中国的工人阶级才逐渐发展壮大起来。虽然是工人阶级普通劳动者，我的父亲也知道文化知识的重要性，他一直希望我们能好好读书。尽管那时读书的风气已经没有了，过去的书也烧毁了，父亲还是把书籍看得很宝贵。我的姐姐和大哥中学读过的旧课本，他都一本本收起来，很好地保存着。我在小学的时候经常将那些旧语文、历史、自然课本翻出来读，这种方式的自学，也掌握了一些知识，获益不少。不过，我的父亲对文学有着很大的偏见。他虽然希望我多读书，但每当看到我读的是小说，就会不满地哼一声："读那闲书有啥用。"父亲认为有用的书就是我们上学的课本，那才是正经知识。父亲希望我们能掌握一门实用的技术，耍笔杆子他是很不屑的，父亲最引为自豪的是当一名火车司机。若干年后，我参加铁路工作时，他极力让我去开火车。由于母亲考虑到我的身体健康，我没有当成

第五章 子衿

火车司机。父亲决定，不能开火车就去修火车。父亲从不读文艺一类的书，当他知道我有想去当什么作家的念头时，教训说："没出息。"后来，这句话不幸被他言中。

一九七二年，经过几年的政治运动，社会上又平静了一些。造反的红卫兵都下了乡，中央里的定时炸弹已经自取灭亡，学校里的工宣队也逐步撤回工厂抓革命促生产去了。小镇的阶级斗争暂时歇伏下来。中学里政治老师给我们上课，讲人类社会是分阶级的，有阶级就有斗争。他带领我们批判阶级斗争熄灭论，说阶级斗争是时起时伏，而不是时有时无。历史是波浪形的前进螺旋形的上升。

这一年，学校重新开始重视学习。运动中被打倒靠边站的老校长又被请出来，这被称为解放。许多被打倒的老干部重新出来工作，国家在慢慢恢复秩序。老校长上了台，恢复一些以前的教学方法，学生又要开始考试了。老师们站上讲台，放大了声音讲课。学校还组织了几次学习竞赛，一些学习成绩好的同学又活跃起来，他们崭露头角。我当然不甘示弱，学习是我的强项，只有在学习上才能体现我的价值，恢复我的信心，在同学中树立我的威信。我的身旁又聚集起一些同学，考试时都争着坐在我的座位旁，是为了抄我的答案。学校举行数学竞赛，没有辅导，没有习题，老师每班指派几名他认为学习成绩好的学生参赛。题目不难，可是经过了长时间的闲散日子，忽然坐在了考场里，同学们还真是不习惯，多数同学面对试题发了两个小时的呆。虽然学校组织大家批判了读书无用论，学生们心里却依然想着再学习也没有别的前途，只能去下乡，学习的积极性并不高。

凭着我过去在学习上的努力以及对知识的追求，在学校组织的第一届数学竞赛中，我取得了全年级第一名。那是我一生中最春风得意的一段时光，也是我如今落魄潦倒中唯一还能面对咄咄逼人可畏的后生们一遍又一遍阿Q般地说："想当年……"想当年，我数学竞赛得了奖，走到哪里都会得到人们的恭维和赞扬。就是在家中，母亲也总是骄傲地把我从身后推到客人面前，那些长辈说着些好听的赞扬的话，母亲更是笑靥如花。可是，这样的好景象并没有持续多长时间，也仅仅一年的时间，学校又刮起政治运动风，阶级斗争又出现新的高潮。那些自以为阶级斗

青春随风

争熄灭了的人又倒了霉，组织数学竞赛的老师遭到批判，称为白专道路，老校长又靠边站，说他走的还是走资派。报纸上宣传着一位叫张铁生的年轻人，他在一次考试中交了白卷，据说他的时间都在劳动，没有时间学习文化，他得到了称赞，被当作英雄。还有一个小学生由于敢给老师提意见写大字报，也被树为典型，说她敢于反潮流，号召同学们向她学习。

凭一双长满老茧的手就能上大学，我们学校的三好学生都给养猪场的几个学生垄断了，他们年年都是先进。我不会养猪，虽然我在劳动上也很卖力，在学校小工厂学工时还被砸伤了手，但比起那些养猪的同学还是有差距。学校不重视学习，学生的课程少了许多，老师讲课敷衍了事，学生们散散漫漫混着日子。没有智慧的老婆婆的鼓励，就是李白也难成为大诗人。

姐姐过去读书的语文课本里，有这么一篇童话故事，叫《猎人海力布》。故事说的是从前有个人，名叫海力布，因为靠打猎过活，大家都叫他猎人海力布。海力布心地善良，常常帮助人，打来猎物总是分给大家，很受人尊敬。有一天，海力布去深山打猎，忽听有人叫救命，抬头看见一只鹰抓了一条小白蛇从天空飞过。海力布弯弓搭箭，射伤了鹰，从鹰的利爪中救下了小白蛇。小白蛇原来是龙王的女儿，为了感谢海力布的救命之恩，带海力布去龙宫，赠给他一块宝石。这块宝石只要含到嘴里，就能听懂任何飞禽走兽的语言。只是不能对别人说出来，一说出来，人就会变成石头。

海力布有了宝石，大山里的动物说什么他都知道，打猎更方便了。过了几年，一天，他在山里打猎，忽然听见一群飞鸟叽叽喳喳议论着，明天附近的大山要崩裂，涌出的洪水泛滥原野，这一带许多地方都要被淹没，会死很多动物。海力布听见这个消息，心里很着急，赶紧回家，进了村子劝众乡亲们立刻搬家，说要有洪水冲来。

村里的乡亲们听了海力布的话，都很奇怪。看着晴朗的天，谁也不相信会有洪水，甚至怀疑海力布疯了。海力布急得掉下眼泪，说："难道一定要我死了，才能相信我的话。"时间很快过去，海力布想：灾难就要来临，我宁愿牺牲自己，也要救出大家。于是，他对着乡亲们，把如何救了小白蛇得到宝石，今天去打猎，又如何听见一群飞鸟的议论，

第五章 子 衿

它们正在逃难,以及不能把听来的事情告诉别人,如果说出来,立刻就会变成石头而死去。海力布把这一切都说出来,他边说边变,渐渐变成一块僵硬的石头。

大家见海力布变成石头,十分悲哀,终于相信了海力布的话,立刻赶着牛羊马群把家搬走。这时,阴云密布,下起了大雨。第二天,轰隆隆,山崩水涌,洪水滔滔淹没大地。大家站在高处感动地说:"是海力布为大家牺牲,救了我们。"后来,人们找到海力布变成的石头,把它放在一座山顶,让子子孙孙都记住他,世世代代祭祀着他。

我上学读的语文书里没有了《猎人海力布的故事》。我不明白这么感人的故事为什么要删掉。我的语文书里有一篇课文,叫《刘文学》。课文里写道:刘文学是一个阶级斗争觉悟很高的少先队员,对村子里的地主富农始终保持高度警惕。有一天傍晚,他放学回家,在路上,发现一个地主鬼鬼祟祟钻进生产队的田里,很是可疑。于是,他就悄悄跟踪过去。原来,地主是到生产队的田里偷拔萝卜。正当地主在干坏事的时候,刘文学大喝一声,当场抓住偷萝卜的地主。地主做贼心虚,吓得哆哆嗦嗦跪下向刘文学求饶。

刘文学正义凛然,坚决不动摇,揪住地主要押送回村里去。

地主看求饶不行,穷凶极恶,露出本性,威胁刘文学。刘文学毫不畏惧,坚持斗争。凶残的地主下了毒手。刘文学同地主英勇搏斗,终于因为年小体弱,被地主杀害了。

杀害刘文学的凶手最终难逃法网,得到了应有的惩罚。为保护生产队的利益而英勇献身的少先队员刘文学被追认为烈士。课文号召广大同学们向刘文学学习。这篇课文在许多幼小的心灵埋下仇恨的种子。

钟声响了,老师来上课了。又是无聊的语文课,台上台下的嗡嗡声响成一片。四十多岁瘦瘦的语文老师站在讲台上,一只手背身后,一只手拿着书举到鼻子前念课文。他细长的脖子向上伸直,随着嘴巴发声,喉结上下滑动着。过去,在小学,我们的语文老师都是女的,到了中学,就换男的了。虽然是男老师,没有威信还是制止不了学生的吵闹。课堂秩序很乱,嗡嗡声不时盖过老师的念书声。

语文老师站在讲台上,不看学生,只是机械地念课文,仿佛聋子、瞎子,任着学生在下面交头接耳干自己的事,一将里(方言:自顾自,不停歇)讲下去。每当下课钟声一响,他就"啪"地一下合上书本,掸下衣袖上沾的粉笔灰,说声"下课",竟顾自走了。

我注意到,整个上课期间,语文老师始终没有向学生看一眼,仿佛讲台下空无一人。下面的嘈杂声高起来时,他就停顿一下,咽口唾沫,提高嗓门。学生的噪声小了,他再降低点声音。如果学生吵闹声长时间盖过他的声音,他就停顿一下,或转身在黑板上写几行字。这位语文老师是四川人,新近从一个单位调来的,普通话还讲不大好,念课文时常会冒出四川腔调来,这常成为学生们的笑料。听到他怪滑稽的四川话,我也夹在同学中间哄笑。

有位姓皮的男同学模仿语文老师的腔调,惟妙惟肖。我们刚刚上过一篇鲁迅先生的杂文,课间休息,姓皮的同学跑上讲台,学着语文老师的样双手支在讲台上,使劲向上伸着脖子,摇晃脑袋。"苟活者在淡淡的血色中,会依稀看见微茫的希望。真的猛士,将更奋然而前行。"他向前一挥手,停一停,头一低。"呜呼,我说不出话来。"底下的同学嘻嘻哈哈一片笑声。

这篇文章的题目叫《记念刘和珍君》。我们还学过一篇鲁迅的文章,题目挺怪的,叫《论费尔泼纳应该缓行》。语文老师的讲课使得我们学生以为新中国成立前中国文坛只有一个鲁迅先生,单枪匹马,左冲右杀孤军奋战。其他的文人,如林语堂、胡适、梁实秋之流不是汉奸就是走狗。以至于后来我初次看到林语堂、梁实秋、沈从文的文章,真有点小和尚看老虎的欢喜。

每到上课时间,看到窗外语文老师夹着课本朝教室走来。一群男同学砰砰敲着桌子。语文老师走到门口,听到吵闹声,皱起眉头,似乎犹豫着,然后很无奈地走进教室。

我不喜欢这位瘦瘦的语文教师,我时常会拿他同过去教我们语文的韩老师相比。比较的结论是我认为现在的语文老师比过去的韩老师差远了。这不是性别的歧视。过去上课我总是很认真听讲,积极举手发言。不知什么时候开始,我再不愿举手回答问题了。我对上课失了兴趣。没有同学认真听课。学习好得不到称赞,在那样的环境里,我也只能随波

第五章 子衿

逐流。

　　课堂里没有谁看书，三三两两，大家干着自己的事，女学生交头接耳讲着话，我不知道那些女孩子间怎么有那么多讲不完的话。男同学在座位之间窜来窜去，打闹着。有同学用纸折成小飞机往空中抛去。这些白色的纸飞机在空中滑翔着飘落下来，落在女学生身上，招得一个白眼，一声尖尖的"讨厌"。居然，有两个女同学缩在墙角拿着勾针在织纱线袜子，她们真会利用时间，真是穷人的孩子早当家。在一片闹哄哄的嘈杂声中，我独自想着自己的心事。望窗外的白云，还有小树上蹦蹦跳跳的小鸟，沉浸在自己的幻想中。突然，"咣当"一声巨响，吓我一跳，有同学乘另一个同学起身不注意，抽掉他屁股下的椅子，使那同学坐下来时摔了个屁股朝天。

　　学生们越来越肆无忌惮，课堂上大声讲话，吹口哨，往讲台上扔东西。正应了那句老话：人善有人欺，马善有人骑。有一堂课，上到一半，课堂上纪律实在太差，语文老师已经不得不停顿了好几次。他转身背朝学生在黑板上写字，下边一个男同学脱了鞋，双脚架到课桌上，臭脚丫熏得旁边同学直皱眉。一个男同学悄悄摸起一只鞋猛的一扔。那只鞋从下面飞上讲台，打翻了粉笔盒。"哗啦"一响，老师转过身吃惊地望着下面。鞋子的主人，那个男同学一只脚一跳一跳上台去拿鞋。大家的哄笑声中，我看到语文老师气得脸发白，捏着粉笔的手在抖动，眼里含着泪，终于停了讲课，颤声问："谁干的坏事？"

　　底下乱哄哄无人回答他的询问。老师又问一句："谁干的坏事？"

　　他扫视着下面的学生，目光从一个个学生脸上望去，然后落在我脸上。他的眼睛蓄着怒，细密的皱纹布满了眼角，嘴唇哆嗦着。他期待着我能站出来指出干坏事的同学，谴责他。

　　我低下头，不敢与他目光对视。我很惭愧，同这些胡闹的同学混在一起，但我不敢站出来揭发别人，这样会得罪同学们。

　　语文老师合上书，他默不吭声，我仿佛听到他的心在叹息。静了一会儿，他瘦长的脖子青筋凸暴，声音颤抖："你们不愿听我就不讲了。"拿起书转身向外走去。他步履沉重，背都驼了。

　　如今，这件事已经过去三十多年了，可是，我一想起来仍然感到很难受，语文老师那双痛苦的眼睛就会浮现在我的面前。

我觉得我应该写点东西，弄上一篇譬如鲁迅的《藤野先生》、梁实秋的《我的国文老师》这样的文章。可是，我没有，我写不出。我读书时，学校里那些老师正为自己的事操心。他们的境遇很有些窘迫，自顾不暇，哪还有情志得天下英才而教育之，更不要说什么伯乐相千里马的精神了。

二

自从进入20世纪70年代，那个手中不离红宝书的副统帅摔死后，社会上的政治运动派性斗争仍然持续不断。一派被打倒了，一派胜利了，不久，胜利了的造反派内部又分裂成两派。不过，新的斗争不再是公开的上大街游行呼口号，武斗动刀动枪，而是呈一种宫廷式斗争，要阴谋搞政变。小镇上的政权革命委员会头头走马灯似的更换。广场上已经没有了游街示众、批斗大会。学校经历了一段短暂的安宁，又重新喧闹起来。同学们捧起的书本又放了下来，一会儿学工，一会儿学农，一会儿大批判。批判了左倾机会主义又批判右倾机会主义，批判了走资本主义道路的当权派又批判封建主义孔孟之道。不知道什么原因，又把两千年前的孔子揪了出来，进行批判。本来是批判那个叛国投敌当代的大野心家大阴谋家政治骗子，历史上中国人的至圣先师不知怎么竟成了陪绑的人。

上面发下来一些学习材料，批林批孔运动在全国开展起来。孔子被形容成一个四处游荡穷困潦倒的糟老头，直呼为孔老二。学校里谁也没有读过孔子的书，他的经典名著《论语》同学们一无所知，凭着断章取义只言片语大家鹦鹉学舌，跟着广播喊口号，照着报纸写批判文章。批判"师道尊严"，批判"人性论"，批判"中庸之道"。所谓"师道尊严"，学生都明白，许多学生已经没把老师放在眼里。这一批判，老师更是威信扫地。至于"人性论"和"中庸之道"，同学们就有点糊涂。据说就是不要阶级斗争，不斗争怎么行。伟大领袖说："阶级斗争一抓就灵。"学校三天两头开批判会，直斗得那些老师灰溜溜，那些走资派战兢兢。

报纸广播宣传说孔子满口仁义道德，是为了封建复辟。他四体不勤

第五章 子衿

五谷不分，有一个故事就证明了孔子没有科学知识。一次，孔子在路上遇到两个小孩争论中午的太阳近还是早上的太阳近。一个说早上的太阳大，看着近。一个说中午的太阳热，感觉近。小孩见到孔子，问孔子，孔子竟回答不出来，遭到两个小孩的嘲笑。报纸上还宣传一个叫盗跖的人，说他是个起义英雄，聚众山林，横行天下，打家劫舍。还说他敢于反潮流，当面斥责孔子虚伪的仁义道德。我很纳闷，这古代汉字的意义也真够复杂，盗竟是好人。比如那个臭不可闻的"臭"字，古时候竟表示花香。

两千年一直被中国人尊为圣人的孔子从来没有这么倒霉。学校有一个老师说：孔子是个大思想家教育家。过去皇宫大殿里的柱子上都画有九条龙，只有孔府大殿的柱子上是十条龙。孔子的地位高于帝王之尊。他说这话当然不敢在课堂上，而是私下里和几个学生说，还是被人揭发出来遭到攻击。有人批判他是封建主义余孽。为这句话他吃了不少苦头。我不知道孔子是什么样的人。据说他生前并不得志，经常带着他的高矮胖瘦参差不齐的七十二弟子颠簸在华夏春秋大地上，一路风尘仆仆，将他的智慧、思想和对生民无奈的叹息，在流离中撒播在黄土路上。那时人人写文章批儒评法。我也写了一篇文章批判孔子。现在我早已忘了我的文章写的是什么，我庆幸没有人再提起这件事。有个叫冯友兰的老先生就因为那时写了一篇批孔文章，到后来很长时间都很尴尬呢。

在批林批孔运动中，各班都办黑板报，无非是抄一些报纸上的话，还派代表参加学校的批斗会，批林批孔是人人都要发言的。我第一次在大庭广众面前发言，尽管都是抄的大批判的话，还是紧张得变了形，结结巴巴读完了发言稿，红着脸跑下台子。

除去写大字报，学校成立了"评法批儒故事队"，同学们背诵大量的评法批儒故事。讲得好的同学被推荐到学校集中培训，然后组成故事队在全校作巡回讲解。宣传栏贴了许多宣传漫画，这些漫画故事中有当年的孔夫子如何历尽千辛万苦到处游走，宣传推广儒家思想而到处碰壁的情形。宣传漫画中，北风瑟瑟的深秋时节，树木一片枯黄，地上到处落满了树叶，一片凄凉景象，只见"孔老二"身着破旧衣衫怀里夹着一只鞭子，蜷曲着身体赶着一辆破牛车，极其狼狈漫无边际地朝前走着，路边上还立着一根歪歪扭扭的木牌，上面写有"此路不通"的字样。

青春随风

  从批林到批孔，从批孔到批周公，从批周公到批《水浒》反投降派，后来又批"走后门"。不知道为什么，这么多不相关的人和事都串在了一起进行批判。不过，借口批判，人们可以公开看《水浒》了。

  因为"破四旧"，书籍都销毁了，旧小说很难看到。我在大姐的旧语文课本里看过《水浒》片段，《林教头风雪山神庙》《智取生辰纲》，欢喜激动得很，心痒难耐，可是看不到原著。因为批判，我才有机会看到《水浒》，那些英雄劫富济贫除暴安良，真是畅快淋漓，过瘾得很。宋江是叛徒，我可没看出来，不过那一百零八将当中，确实没有多少人喜欢宋江。而武松、鲁智深、林冲这些草莽英雄更受人们喜欢。

  把历史人物都分边站队，不是法家就是儒家。就像是现在，每一个人都被打上阶级的烙印，不是革命的就是反革命，不是造反派就是老保。法家在历史上是向前进的，儒家是开倒车的。那个焚书坑儒的秦始皇是法家。商鞅、韩非、李斯都是大名鼎鼎的法家。后来我知道这些法家都死于非命，商鞅被车裂，韩非被毒死，李斯被腰斩。我不由得感慨，自古以来，阶级斗争多么的残酷激烈。汉朝的董仲舒，罢黜百家独尊儒术，是历史大儒。所以，漫画中除了孔子就是打倒董仲舒的最多。

  虽然法家的命运似乎都不太好，我们许多同学还是都愿意当法家。班上有一个同学就自称是法家。这同学每天穿着破拖鞋踢踢踏踏来到学校，一件脏不拉几的旧褂子，冬天也不扣扣子，不过衣服上面也没两粒扣子，敞着怀腆着肚子。他早些时候总是开口就说我是贫下中农，后来又逢人叫嚷我是造反派，现在又自称我是法家。

  这个自称贫下中农的同学在学校劳动课并不积极，小学也是最后一批参加红小兵。如果不是要求百分之百的升学率他也难上初中。学校有一些家庭条件差些的穷孩子，学习成绩不好，但劳动积极，遵守纪律，这样仍然会得到老师喜欢。如果个子再高大一些，老师就会推荐当个劳动委员。在没有恢复秩序动荡的学校，力气大也是实力，或者当造反派当法家，或者当劳动委员。

  我既没有勇气，也没有力气，当不了造反派也当不了劳动委员。学校对学习不重视，学生既不考试，也没作业，我这学习委员如同虚设。一天，我学习用的一支钢笔不见了。这次不是忘在外面学校操场上，而

第五章 子 衿

是在教室里丢的。我平时都很小心地带在身上，一支钢笔在那时对于学生属于贵重物品了。那时每个家庭收入都不高，每个月就是几十元钱。我们每个人每月平均生活费十几元。学校有规定，如果哪个同学家庭每月每人生活费低于八元，就可减免每学期三元学杂费。我的钢笔是花了一元八角钱买的，上课我放在课桌抽屉里，转身上厕所就一会儿时间不见了，肯定是被人拿走了，准确地说是被偷走了，而且，我也知道是谁。班上这个自称法家的男同学一贯小偷小摸，刚下课时他就在我的课桌旁转悠。这个同学，是个很无聊的家伙，而且力气也大，老师都拿他没办法，我也没能抓到他现行。有人骂他，你是什么法家，不经允许拿别人的东西，是小偷。他竟然说小偷就是法家。小偷是盗贼，盗贼的老祖宗是盗跖，盗跖都是法家。他这一套歪理邪说荒唐推论使人哑口无言。被他拿了钢笔，我只能自认倒霉忍气吞声。一元八角钱，我几天的生活费没了，母亲又要节衣缩食给我买支新笔。

这时期，新出了一本书，是郭沫若的《李白与杜甫》。我从一个老师那里借来读了这本书。我们这个年龄的人，在青少年时期可以随便公开读到其书的作家，除了鲁迅、浩然，便是郭沫若。那个时代，是一个书籍极度缺乏的年月，爱读书的人，几乎个个都患了饥渴症，鲁迅的书、浩然的书、郭沫若的书，甚至政治刊物宣传小册子，什么《林彪与孔孟之道》，都看得孜孜不倦。别说一点有注释的文言文，就是给我们甲骨文，我们也会啃的。

郭沫若在《李白与杜甫》书中，挖空心思扬李抑杜，给我印象很不好。他煞费苦心地贬低和糟践杜甫，看了让人生气。书中说：杜甫"安得广厦千万间，大庇天下寒士俱欢颜"，句中的"寒士"，就是士大夫，是富人阶层，而不是"寒民"，穷寒的平民，以此来贬低杜甫是站在封建地主贵族的立场。我们现在的语文课本里没有了杜甫的诗，我还是在大哥和姐姐的中学语文课本中读过杜甫的这首《茅屋为秋风所破歌》。虽然杜甫的诗读得很少，我的朴素的思想感情，还是非常喜欢杜甫的。对于郭沫若的评说，当时我十分郁闷气结，在日记中写道：饱汉不知饿汉饥。

郭大文豪把李白分为法家，杜甫定为儒家。中国历史上所有的文学家诗人都被划分了派。柳宗元是法家，韩愈是儒家；王安石是法家，苏

青春随风

轼是儒家。唐朝的诗人李贺也分类到了法家一边。这些历史上的大文豪我们都不熟悉,也没读过他们的诗,只有李白和杜甫知道一点,也就是"床前明月光,疑是地上霜""两个黄鹂鸣翠柳,一行白鹭上青天"的儿歌调。李贺只是知道他的一句诗,被伟大领袖引用过。被伟大领袖喜欢的诗人当然是法家了。那句诗就是家喻户晓的"天若有情天亦老"。这使我知道唐朝有个年轻早逝的诗人李贺。说起那李贺,说起那句"天若有情天亦老"的诗,还是有争议的。

中学里,我们新的语文课本里也有诗词,是毛泽东诗词。有一个男语文老师在语文课上讲毛泽东诗词《人民解放军占领南京》。

钟山风雨起苍黄,百万雄师过大江。
虎踞龙盘今胜昔,天翻地覆慨而慷。
宜将剩勇追穷寇,不可沽名学霸王。
天若有情天亦老,人间正道是沧桑。

老师感情充沛、抑扬顿挫地朗诵了一遍毛主席诗词,然后声情并茂地进行解说。

革命的暴风雨震荡着蒋家王朝的都城,解放军以百万雄师突破长江天险。

雄奇险峻的古都南京城回到了人民手中,变得美好起来。这天翻地覆的巨大变化,令人慷慨和欢欣鼓舞。

应该趁现在我们胜利的大好时机,追歼残敌。不可学那贪图虚名,放纵敌人而失败的楚霸王项羽。

老天如果有感情的话,也会为世间不平事烦恼。历史不断地发展、不断地前进,这是人类社会发展的必然规律。

这是一节完美的语文课,结束时,这位老师也许想卖弄下广博的知识,结果犯了画蛇添足的错误。他竟然说毛主席诗中的"天若有情天亦老",是引用了唐朝李贺的诗句"天若有情天亦老",顺便讲了些李贺的生平

第五章 子 衿

和诗作。李贺也是唐代著名诗人。他所写的诗大多是慨叹生不逢时和内心苦闷,抒发对理想、抱负的追求的;李贺的诗作想象极为丰富,经常应用神话传说来托古寓今,所以后人常称他为"鬼才""诗鬼",但是李贺因长期抑郁感伤,焦思苦吟,二十七岁就早逝了。

讲毛主席诗词怎么扯到唐朝李贺了。什么诗才鬼才,有阶级斗争觉悟高的红卫兵敏锐地嗅到阶级斗争的信息,抓住了他的小辫子,认为这是反党、反社会主义、反毛泽东思想的反革命言论。

老师开始还想进行辩解,说他没有攻击伟大领袖的意思,他是称赞毛主席学习古诗词学得好,用得好,结果遭到红卫兵更严厉的批判。

红卫兵义正词严:世界几百年,中国几千年才出现了一个毛泽东这样的天才,李贺是什么东西,怎么能和我们心中的红太阳相提并论!

老师实在经受不起红卫兵的斗争,只好认罪:我有罪,我阶级觉悟不高,我侮辱了伟大领袖、伟大导师、伟大统帅、伟大舵手,我们心中最红最红的红太阳。我更正:李贺的诗是抄袭毛主席的,我向毛主席请罪。几个红卫兵头头一商议:到底是毛主席抄袭了李贺的诗,还是李贺抄袭毛主席的诗呢?他们也拿不准,最后结论是:这个老师犯有严重反革命罪行,但认罪态度较好,解除关押,以观后效。当然,他没能再教我们语文课。

这个老师姓张,虽然没教过我的课,因为家住得离我家挺近,也就熟了。我和两个家在附近的同学放学后偶尔会到他家串门,问些学习上的事情。那本郭沫若的《李白与杜甫》就是从张老师那儿借的。

张老师的爱人也在中学当老师,两夫妻都是清华毕业生。那年代,工农兵最吃香,知识分子臭老九很没地位,虽然是清华毕业,也没人当回事,另眼看。张老师非常朴素,简直家徒四壁。他家有一个小孩还只有半岁大,我们去他家,正遇见他爱人抱小孩在怀里。他爱人胸前衣襟和袖口都被小孩鼻涕奶水蹭得发亮结壳,一点都看不出来知识分子样子,唯有家里凌乱的书刊和满墙壁贴满的小纸条,显出主人是读书人。那些小纸条,听张老师说他是在准备资料要编一部辞书,那年代编书哪里能出版。

我们向张老师请教写作文方法。张老师一打开话匣子,就滔滔不绝。

他讲散文写作，什么形散神不散，什么虎头猪肚豹尾，还有什么既出人意料又在情理之中。

同学们都希望能写出犀利的大批判文章，如投枪一样，把敌人批得体无完肤。红卫兵有一首歌：拿起笔，做刀枪，集中火力打黑帮，革命师生齐造反，文化革命当闯将。 忠于革命忠于党，党是我的亲爹娘，谁要敢说党不好，马上叫他见阎王。

什么形散神不散，什么虎头猪肚豹尾，勾馋虫呢。同学们哼哼哈哈，并没认真听进去。

我从张老师那儿拿到郭沫若的《李白与杜甫》看完后，还书时，张老师谈起《李白与杜甫》这本书，记得当时他对郭沫若很愤慨，说他丧失学术公正和知识品格。张老师对郭大文豪一点也不客气，直说这本书的后半部，完全不必写。除了标榜阶级立场之外，看不出郭沫若在杜诗研究方面下过任何功夫。

张老师很推崇杜甫，说杜甫是真实反映现实社会生活和人民命运的伟大的现实主义诗人，被后人尊为"诗圣"。说起古代诗歌，张老师就神采奕奕，滔滔不绝。在我们面前挥着手，就如同在讲堂上。他讲杜甫的诗风格，沉郁顿挫，忧念国家命运人民疾苦的深厚感情，阔大深远，波浪起伏反复咏叹百转千回。

张老师讲得兴起，嘴角都泛起白沫，又激情地吟咏起：

风急天高猿啸哀，渚清沙白鸟飞回。
无边落木萧萧下，不尽长江滚滚来。
万里悲秋常作客，百年多病独登台。
艰难苦恨繁霜鬓，潦倒新停浊酒杯。

吟哦完，对我们说：这是杜甫《登高》诗，一首最能代表杜诗的七言律诗，为古今七言律第一的旷世之作。

他是上不了讲台，把我们当听众了。我们觉得有点好笑。有许多话，在当时是很不适宜甚至反动的。这个张老师还真是本性难改，记吃不记打。不到两年，被红卫兵批斗的事就忘了，又开始评头论足说三道四。

第五章 子 衿

见我们听得无甚反应，张老师慨叹：你们读的书太少，读的诗太少。

张老师讲唐诗，我们还都是知之甚少不太理解。对于他情绪激动的自话自说，也都没当一回事。当年我的同学，会看《李白与杜甫》，有我这样爱好的不多。我还想听，同去的同学待不住了，告辞出来。

张老师念的诗，我没有记住多少，他那滔滔不绝、口角泛沫、神情激奋的样子，我却一直记得。一九七七年，恢复高考后，教育百废待兴，需要各式人才，张老师夫妇一起调走了。清华大学毕业生还是稀有之才。张老师应该有了用武之地，有听得懂他讲散文形散神不散的学生了，有和他一起品尝虎头猪肚豹尾的学生了。他那本什么辞书不知编辑出版了没有。

三

北风吹雪花飘的时候，大哥回家养病了。下乡三年，他变得又黑又瘦，农村的日子太苦了。风吹日晒雨淋，一天挣一角钱工分，一年到头，闻不到一点荤腥味，就是有钱也买不到吃的。大哥的几位同学到我家来看他，这些昔日的红卫兵、革命的闯将，曾经多么的意气风发斗志昂扬，现在被称为知青，一个个晒得黑黑的，头发长长的，落拓不羁样。他们从学校上山下乡到广阔天地劳动锻炼，接受再教育，有的在农村插队，有的在农场种田，生活都很难。谈着各自的境况，一肚子辛酸。只有一个叫吴兴华的同学乐乐呵呵，他没有上山下乡，留在镇上参加了铁路工作。当时所有的中学毕业生都下放到了农村，而他幸运地留在城里。大哥说他是因祸得福。

春天来了，大雁排着整齐的"人"字形飞过小镇上空，欢快的叫声从云间传来。青青的原野飘来清新湿润的气息，空中飞扬着丝丝缕缕的柳絮；窗前那棵亭亭玉立的小桃树的树枝上绽出嫩嫩的幼芽，缀满星星点点粉红的花苞。在这个春意盎然、万物生长的季节，我的心涌动着一股朦朦胧胧的渴望。

随着年龄的增长，不知不觉地在我的身上起着一些变化。有一些东西在我隐秘的部位悄悄地生长起来，真不知道它们无端地长出来有什么作用，给我无知的害羞的少年心灵又添许多烦恼。

有一次，一个小个子男同学悄悄告诉我，他发现一大个子男同学胯间长了阴毛，细细的，黑黑的，还曲里拐弯，说着咻咻笑。我的脸不由得红起来，因为我也正悄悄地生长着那玩意儿。以后无论在谁面前，我都羞于脱下短裤。几个星期也不去澡堂里洗澡，脖子耳根后的黑垢有铜钱厚。被母亲逼着去洗个澡也穿着裤头，洗完背着人匆匆忙忙脱下湿裤头换上干的，身上的水渍都没擦干。我身体的任何一点变化都会引起我的惊恐和不安。汗毛少了，我担心是不是缺乏什么营养元素，更可怕的是得了什么疾病。汗毛多了，又怀疑有什么异常，总想知道别人是不是也同我一样，长有这些玩意儿。

我不仅注意身体内的一些变化，也开始注意起自己的仪表了。穿的衣服虽然大部分都是旧的，但我希望能少几块补丁。那些哥哥穿剩的衣裤使我非常不满意，不是长就是短。如果我有一双新雨鞋，我就会常盼着下雨好穿它。冬天虽然冷得两腿打战，我也不愿穿那厚厚的棉裤。每个月理一次发，这件事也很令我烦恼。为了省那一角理发钱，我们从不去理发店理发。父亲自己买了一个剃头推子，他亲自给我们理发。这使得我们哥几个又多了一份苦恼。

父亲理发手艺很糟糕。他只讲究实用，而对艺术方面很不在行。理发时，他一只大手按住我的脑袋，使我动弹不得，另一只大手捏着理发推子，从我的脖根一路推将上去，披荆斩棘，直达脑瓜顶，从不考虑我的脑袋是圆的。每理一次发，我都要承受着同学们几天的嘲笑。他们给我的脑袋起了个极不雅的名号：马桶盖。

在学校里，我对班上的女孩子也开始注意起来，同她们接触有一种异样的心情。几个漂亮点的女孩子吸引了我的目光，她们一点细微的变化都会被我观察到。她们的新衣服，她们的黑辫子以及扎辫子的头绳，还有她们的笑声，不时地撩动我的心弦。同她们交谈我会不自然起来。为掩饰这种紧张情绪，我有时故意装出一副冷淡模样，爱理不理。但实际上我的内心里非常想同她们交往，然而一旦有比较大胆的女孩子主动来接近我，又恐慌得不得了，不知所措。那个时代，男女同学接触是很

第五章 子 衿

少的。在学校里,男同学一起经常会背后议论女同学。那些漂亮点的女孩子更是大家谈论的话题,但谁也不敢表示出对异性的好感,否则会遭到别人讥笑群起而攻之。

学校有一支文艺宣传队。参加文艺宣传队的演员都是学校里比较活泼漂亮的学生,他们能歌善舞。宣传队一半男的一半女的。因为经常在一起排练演出节目,男女同学接触频繁密切,在学生中有些议论,流传着他们的所谓绯闻轶事。哪个男队员拉了女队员的手了,哪两个男女队员紧靠在一起亲亲热热讲悄悄话了。居然,在舞台上男学生抱着女学生的腿举起来,这在当时就有点惊世骇俗了。虽然谈起宣传队,同学们都表示出轻蔑,恶意地贬低他们。现在一想,恐怕还都是因为吃酸葡萄的心理。

这一时期,夜里我总是做一些稀奇古怪的梦。这些梦又大都和异性的身体有关。梦中时常出现异性的裸体,这些裸体总是呈现奇形怪状的模样,也以确定到底是我认识的女性中的哪一个。梦醒后我描绘不出梦中人是什么面貌形状。一个初春的夜晚,发生了一件骇人的事情。我做了一个荒诞的梦。梦中,我做出种种莫名其妙的举动,一种无法言说的柔软与美妙将我身心包围浸透。朦朦胧胧,我从梦中醒来,战战兢兢,回味那个梦中发生的事情,情不自禁,再一次重复那梦中的动作。我用我更多的身体去接触床铺,去熨帖,去摇晃,陷入一种无比的快乐中,真是舒畅极了。许久,我睁开眼睛,不由得惊慌失措起来。短裤内湿了一大片。我又恐惧又害羞,怀疑自己出了什么毛病,不敢吭声,哆哆嗦嗦从被窝里爬起来,换条裤头,将脏裤头掖掖藏藏,悄悄洗掉。我心神恍惚,这不可告人的丑陋现象,长时间折磨着我的精神。白天阳光下,我脸色苍白,人前抬不起头。

那个昏聩迷乱的春夜,带给我无尽的哀愁与恐惧。梦中的情景没日没夜纠缠着我,我既感到害怕又向往着。又有几个夜里发生了那种事情,当时我无法拒绝,不由自主,过后又悔又恨又怕,有种犯罪的感觉。

幻想中的爱情浪漫又纯洁,柏拉图似的。这时期,我对班上一位姓肖的女孩子特别钟情起来。肖是一个迷人的姑娘,白皙的脸,弯弯细眉下一对水汪汪的大眼睛。常穿一件水红色的衣裳,蓝色裤子,穿着白色袜子，白塑料凉鞋。肖的父母是部队里的军官，家境较好些。那时，小镇上的女孩子夏天都不穿袜子，露着灰灰的脏脚趾。肖与众不同，整洁干净。头上梳着两条短辫，用绸带结个大花蝴蝶。她还在长身子，衣衫显得短了点，可恰好显出她婷婷的腰肢，修长的双腿。两条辫子不长不短，正搭在她肩上。有时，看她在操场跳橡皮筋，两条小辫一上一下飞舞起来。她对谁都很友善，落落大方，无顾忌地同男同学交往。这有时使我很妒忌。我的爱情像火一样燃烧起来。

部队驻地离学校较远，有六七里路，每天有汽车接送在学校读书的学生。有时下课晚了，耽搁了时间，学生没赶上车，就得走路回去。我了解到汽车开车时间，每天下午，特别地注意她，找点借口磨磨蹭蹭，待在教室里。如果她没赶上汽车，挎着书包准备走回去。我就有意在她面前晃来晃去，想提出来送她，可是又没有勇气开口，每次都眼睁睁地看着她离去。后来，她家里给她买了辆自行车，她经常骑车上学，下午放学再骑回去。为了爱情，我会在她回家所经过的路上等上一两个小时，结果往往落空。有时终于等到她来了，远远地望见她，心就怦怦跳。我心里鼓励着自己，见到她大大方方同她说话，送她回家。走到身边，她笑一笑打个招呼。面对面，我却突然失了勇气，心慌意乱起来，甚至有一种要逃走的冲动，讷讷地只装作偶然遇见，点点头，匆匆从她身边走过。她去远了，才停住脚回头望着她渐渐远去的身影，心中懊恼不已，觉得应该与她多谈谈话，找个借口，好顺路送她回家；应该请她看电影，似乎手中正巧多了一张电影票；应该……我这时心中生出许多美妙机智的念头，设想出许多巧妙的方案，涌出许多有趣的话语。于是，第二天，我又盘桓在她必经的路上。周而复始，我为着爱情苦恼着，憔悴着。

有一天，放学了，同学们都离开教室回家去了。我留意到肖没有走，还坐座位上写作业。她大概遇到了难题，坐在那里咬笔杆发愣。我犹豫了一下，鼓起勇气走到她旁边。她抬起头冲我笑一笑，说："这道数学题我想不出来了。"我朝她本子上看了看，是道数学应用题。她的方程式没列对。我忙不迭向她讲解起来。她很聪明，一点就通了，很快把作业写完，高兴地说声："谢谢你。"这一声谢谢真使我受宠若惊，别的女孩子从不会说谢谢，她们没有这样有教养懂礼貌。

第五章　子　衿

　　我们一起往校外走。我心里甜丝丝的，觉得很兴奋。但我没敢和她靠得太近，一前一后保持着距离。在校门口，她要去赶汽车了，冲我招招手："再见，欢迎你去我家玩啊。"

　　我听了这个邀请，激动了整整一个星期，幸福极了，时刻准备着接受她的再次邀请，到她家去。甚至在想，见到她家的人我该怎么办。我打听到，她父亲是一个老军人，官挺大，这使我感到畏惧。她还有一个哥哥，我也不知怎样与他搞好关系。后来我发现，她对别人也发出过邀请，并不是对我一人青睐，这又使我痛苦不堪，怀疑起自己在她心目中的地位，自惭形秽起来。

　　一部早先拍的电影又被允许拿出来放映，这在小镇人们单调郁闷的生活中引起轰动。人们看腻了样板戏，一时间，街头巷尾工作单位里，人们都在议论这部电影。电影是越剧《红楼梦》，演的是贾宝玉和林黛玉的爱情悲剧，很是感人。很多人在看电影时都流了泪，甚至哭出声。有一些妇女，她们年轻时就看过这部电影，现在重看旧片，触景生情，一遍又一遍地看，着了迷似的。有一个妇女声称看了七遍，看一场哭一场。那时电影很少，一部电影反反复复地放。各单位都将放映员请去，空地上树起两根杆子支起一张银幕，或者干脆在白墙上放电影。我第一次看电影《红楼梦》，是在小镇附近的解放军部队驻地。为看这场电影，来回走十几里路。电影里的爱情故事深深感动了我，演到林黛玉葬花那段情节，我站在人群中，竟忘记自己身处何地，控制不住自己，泪水夺眶而出。

　　一年三百六十日，风霜刀剑严相逼。
　　我今葬花人笑痴，他日葬侬知是谁？

　　模模糊糊、泪水涟涟地站在人群中，听着这悲伤的曲子。身旁一个女孩子伤心地哭出了声，很大声地抽泣，引起我的注意。我回头一看，竟是肖。我吃了一惊，顿时觉得不好意思起来。肖的家就住在部队驻地，没想到会在这里碰见她。她是不是看见我流泪了，那就太糟糕了。我赶紧悄悄溜向一边，我躲进人身后，一边看电影，一边还暗中瞄她一眼。

青春随风

我为着贾宝玉和林黛玉的爱情悲剧感伤,一边又为自己可怜的单相思苦恼。

我害着可怜的单相思,万分苦恼不能多接近她。别的男同学同她接触谈话,都会使我妒忌得要命。与此相反,有一位喜出风头身材高大的女同学,我没去接近她,她倒来接近我了。她的大胆直率性格,她那成熟的少妇般的体态,使我窘惑尴尬。她每在我面前搔首弄姿,主动地向我提供帮助,借书给我,并殷勤地送到我家中。我费了好大的劲,结结巴巴此地无银三百两地面对母亲询问的目光解释着。一天,她在路口拦住我,纠缠不放,邀我看电影。我推说要上课,她提醒我说下午没课。我说要看书,她哧哧笑说现在还有谁看书。我支支吾吾,说有事,拔腿逃一般离开她。

我的少年的心灵已全部被肖占据了,别的姑娘简直不屑一顾。我不知道别人是不是有过这样的经历,当美丽的晚霞将它的金辉洒在校园小路上,我一边走一边胡思乱想着,渴望这时遇见肖。我可以装作偶然相遇,然后顺路送她回家。一路上,我跟她谈新看的一本书,然后推荐给她,再邀她到我家去玩。我一边幻想一边不时抬头向路口远方望去,希望看到她的身影,从美丽的彩霞里走来。我当时内心起伏跌宕的感情波澜,我的想象编织的美妙场景和情节,我为我的爱情构思的许多奇遇故事,足可以写上十部琼瑶爱情小说。

少年时期,我在女孩子前的形象是很糟糕的。我个子不高,相貌平平,不善言谈交际,不会唱歌跳舞,文艺体育都不擅长,也很少参加活动。只有学习成绩好一些,但在那个时代读书并不被重视。学校里活跃着一些能劳动会跳舞的学生。我变得自卑起来,与同学们的交往越来越少,每天都躲入自己的幻想中。我常常沉浸在这样一种充满诗情画意的幻境中:我梦想着一位女孩子夕阳斜照时站立游廊;梦想着俏丽佳人粉面露于桃花丛中;梦想着一位少女手捧诗卷向我求教作诗。我总是寻找梦中的情景,而对现实中我周围的女孩子畏畏缩缩,避而远之。这一时期,我忧郁的生活中,欲望和激情、青春的光和热被深埋在心底。

成年之后,我的状况仍然很糟糕。几十年漫漫人生路,许许多多姑娘与我交会而过。有的姑娘的美貌引起我的注目,但她们高傲的目光飘

第五章 子 衿

过我的头顶,寻找着她们倾心的身材和地位的高度。有的也曾注意到我,却把我当作守株的农夫。她们平庸的外貌简单的头脑我实在提不起兴趣。我一直在寻找着那么一种两心相悦纯洁的爱情,却每每让我失望。我的心灵总是被一股惆怅的情绪缠绕。那些传说中的佳话每使我心灵激动,期待着能有这么一次艳遇。"长剑雄谈态自殊,美人巨目识穷途。"我在茫茫人海中苦苦求索,充满希望地寻找真正的知音。

我在人生的风雨中踽踽独行,穿过沉沉的暗夜,希望在那灯火的廊下,有一个撑着雨伞的她在等待着我。当我坐在小屋昏暗的灯下苦读静思,希望有一个她拖着摇曳的身影给我端来一杯热茶。当我在子夜的噩梦中伤心抽泣,希望有一个她用柔柔的手抚摸我的额,梳理我散乱的头发。我的心琴长久地不拨已暗哑,希望有一个她用真情的目光来弹拨。

四

关关雎鸠,
在河之洲。
窈窕淑女,
君子好逑。

《诗经》中这首美丽的爱情诗,被人们吟诵了几千年,现如今,也是尽人皆知。

北风其喈,
雨雪其霏。
惠而好我,
携手同归。

诗经中这首诗,读诵的人就少了。前人说此诗是一首反映贵族逃亡的诗。我以为这首诗是一个生活中困苦失意的人,寻求人生旅途伴侣,

青春随风

呼唤志同道合的朋友，情真意切，有着十分强烈的感染力。这两首诗，或直白，或委婉，或欢乐，或悲伤，是爱情中人美好的心迹，倾诉的衷曲。这是人性中亘古不变的渴望、追求。过去是，现在仍然是。

我年轻的时候，没有读过《诗经》。从古到今，无论什么年代，什么社会，人们对爱情、友谊的追求呼唤从来没有停止过。然而，在我的青春年代，这些却被扼杀了。

徐是我在小学到中学都在一个班的同学。徐很漂亮，学习也挺好，胆子挺大，性格泼辣。那时女孩子都不敢找男孩子讲话，她却无所顾忌，喜欢用命令的口气指挥男同学。她伶牙俐齿，叫人很难抵挡。

有一次，几个男同学站在教室走廊说笑，挡在道上。别的女同学都绕过去，她则上前大声呵斥那几个男同学让路。一个男同学做个鬼脸，有意站在她面前。她冲上去用劲推那男同学一下。那男同学跌跌撞撞，没提防，摔了个大跟头，狼狈得很。她却捂着肚子笑弯了腰。

徐也是养猪场的饲养员，那些小饲养员只有她学习成绩好。徐是自己报名去的养猪场，她总是喜爱出风头，当积极分子。在养猪场，她拼命表现自己。母猪生小猪她日夜看护在猪棚里，为了加强小猪的营养，她把家中的粮食拿来掺在饲料里喂猪。徐在一篇作文里写道：我是革命的螺丝钉，哪里需要就在哪里钉，站在养猪场，放眼全世界，愿为革命献青春。

我以为女孩子应该是文文静静的，对她那泼辣性格很有点不以为然，没什么好印象。可是徐对我似乎印象还不错，总是主动来接近我。中学二年级时，一学年下来，热情的班长建议全体班干部去照张合影照片。那时我早已不是班长了，挂着个学习委员的闲职。

我是个腼腆害羞的孩子。读书时，很少参加学校里的活动，不喜欢抛头露面。直到现在也是如此。在小学读书的时候，我当了几年的班长。我学习好，又听老师话，能和同学们友好相处，班里选学生干部时总会选上我。可是当班长要管理学生，出操喊口令，参加会议，还要经常在人多的时候发言，这使我很苦恼。班长负责掌管教室的钥匙，每天开门，去晚了就会挨同学的骂。有一年，我决心再也不当班长了。新学年选举班干部，因为这是新组合的班，同学之间都不太熟悉，我以为不会选上我。

第五章 子 衿

可是在选举时,和我同班的徐同学竟给我做起宣传,拉起选票来,结果我还是被选上了,而且得票最多,这使我痛恨起这位多事的女同学,觉得是她给我拉选票惹了许多麻烦。我坚持不想当班长,找到班主任老师,请求辞职。老师很惊讶,她认为这是缺乏上进心不要求进步的表现,很严厉地批评了我。我又委屈又伤心,不由得哭起来。除了忆苦思甜的时候,有过那么两次,这是我唯一一次在学校里当着老师的面哭泣。碰了壁无奈地回来。

古时候,有个陶渊明,辞官不做去种田。后来有个曾文正公,自己当够了官,严训子孙不准做官。再早时,春秋有个叫介子推的人为了逃避做官躲到山上被大火烧死。我可没有南山采菊的雅趣,也还没有经历仕途的险恶,犯不着为了逃官性命都不要。我只是为着我的性格而实在不愿做出头露面的事,去板着面孔教训人。如今这个时代,似乎不愿做官的人越来越少了。许多人为求得一官半职,马鹿颠倒,冯道盛行,这更使得我对做官没兴趣。古人说:达则兼济天下,穷则独善其身。近些年来,我的日子混得越来越落魄,我是羞言兼济天下,独善其身也不容易,想一想,还只能去卖红薯了。

我们年轻的班委会照相时,徐不知有意无意,靠过来,让我站在她旁边。那张相片现在还保存在我的照相簿里, 共九名同学,六男二女,相片上还印了几个字:"班委纪念"。时间是一九七二年。

中学毕业后,相片上的人各奔东西。徐先去了一座农场。我正在家等待着顶职接父亲的班,收到徐寄来的一封信。信中讲了点她的情况,她在农场继续养猪,干着老行当。那时,刚下乡,还很浪漫,徐用很抒情的笔调在信中写道:每天,她迎着朝阳去放猪,披着霞光回猪圈。她们那地方居然把猪当羊一样放牧,我想象着她挥着鞭子赶着猪群上山坡,那样子一定挺滑稽。她的信中还回顾了我们的学生时代生活,恰同学少年,风华正茂,流露出一点特别怀念的意思,希望能与我通信。我的心正为着文学而惆怅着,尚无暇儿女私情,没有回信。三个月后,我刚参加工作不久,又收到她的一封信,这封信她已然没有了刚下乡时的浪漫,情绪有点低落,信中责备我为什么不回信。我不想与她保持什么联系,觉得她有点缠人,回了一封信,抄了两句旧诗:"司空见惯浑闲事,断尽江南刺史肠。"这两句诗是从一本《成语词典》里抄来的，也没弄懂什么意思，胡乱用上。以后就再也没有收到她的信了。我以为是我少年的无知伤害了她的自尊心，一直还有点羞愧呢。二十年后，命运使我和她又在小镇相见，各自都有一点沧桑印在脸上，她辗转几年也回到小镇在铁路工作。都要四十岁了，她还在读夜大。拿了大专文凭又拿本科，说不然晋不了职称，弄得自己很苦累。因为镇子小，我们经常会见到。一次，和她单独在一起时，我想对那封二十年前的信表示一点歉意、一点忏悔，话刚开头就被她岔开，似乎她一点也不记得这件往事。我不相信她真会忘了，不过想一想还是这样好。对于心底的歉疚，我想补偿点什么，当她分了套住房找到我时，我立即满口答应，拿了榔头斩子给她凿墙布电线装灯，弄得一身灰灰土土，连口热水也没喝她的。我无权无钱，物质和精神一贫如洗，所能给予的唯有我的汗水和劳动。

常听到有人说：少年儿童是祖国的花朵。说得真好，我很喜欢这个比喻。第一个这样说的人真是伟大，有着伟大的爱、伟大的想象。花朵需要阳光雨露。徐是个聪明漂亮的女孩子，在那美妙的花季年龄，她的青春的花朵应该绽放在校园里课堂上，而不是养猪场猪圈里。如果不是那个错乱的时代，她的周围应该是灿烂的阳光而不是臭烘烘的猪粪。

我在读书时那些年，学校不知为什么总是变来变去。小学六年制变为五年制，只一年又变回六年制。夏天升学改为冬天升学，后又改回夏天升学。我在中学待了两年半，学校忽然又办起了所谓高中。随着我年龄的成长，我的性格变得越来越内向，一股惆怅的情绪总是缠绕着我。我与同学的交往越来越少，只有一两个与我保持着友谊。我变得孤僻起来，对周围的人和事特别敏感。一件小事也会令我激动不已。如果有人在一旁背着我谈论什么，或者偶尔向我这边看了两眼，我就疑心是在议论我，不由得耳热心跳，没理由地生起气来。我不再参加同学间的活动，别人看我清高孤傲。其实，我也很想加入到过去的小伙伴当中去，和他们一起玩耍、一起打弹子赌烟盒、海阔天空神聊。但我不会主动提出要求参加进去，我等着别人来邀请我。这种邀请我已经很少能接到。我更多的时间是去寻书读，沉浸在幻想中。

在中学第二年，我们开了英语课。对于开这门课，学校里曾有许多

第五章 子 衿

争议。有同学抵制上英语课,在课本上写:我是中国人,何必学外文,不学ＡＢＣ,照样开机器。不过,学校工宣队队长说过:为了解放全世界受苦受难的人民,学习外语也还是有必要的。学校一会儿批判读书当官论,同学们放下课本走出教室到"五七"农场劳动,一会儿又批判读书无用论,同学们又端起书,老师就又回到讲台上讲英格利须(英语)。学生们学了几句外语,互相用那怪腔怪调骂"游啊厄稻壳""哎木呦发得"占便宜。中学学了两年英语,有的同学二十六个字母还写不顺。

教我们英语的是个又高又瘦的老头。每当走进我们教室,他就冒一句:好啊油,康门灵。同学们应着他的要求回一句:好啊油,踢雀儿刘。

踢雀儿刘出国留过学,现在还有许多亲戚在外国。因复杂的海外关系,他被下放到这小镇上。那时,大城市的知识分子都被流放到了乡下,我们这所小镇中学也不乏北大、复旦、清华等名牌大学的高才生。

踢雀儿刘虽然年近花甲,身子腰板还挺硬朗。花白头发朝后梳得整整齐齐,胡须修剪得光光的,衣着笔挺颇有风度。据说这习惯是从英国带来的,叫绅士风度。不过,英国的绅士在中国并不吃香,他没少挨批。

我的同学涂一向对学习很认真,很快对英语产生了兴趣。而我却以为中国的汉语言文字足够我使用的了,没有认真去学。现在看来还是涂高瞻远瞩。当时,涂的好学也博得了踢雀儿刘的赞赏,当上了外语课代表,还成了踢雀儿刘家中的常客。有一次,下午劳动课后,他拉我去踢雀儿刘家。太阳刚刚从天空落在了西边的树梢,就要接近地平线,又红又大。红红的霞光在房屋玻璃上闪烁,温暖而柔和。我们走到踢雀儿刘家,门开着,屋内却没有人。看来踢雀儿刘没走远。我们看到柜子旁有一架电唱机,还插着电,呼呼转着,一张唱片走完了,唱针在唱片头上空转着。涂说:听踢雀儿刘放过唱片,很好听。他大着胆,从一旁拿起一张唱片放到唱机上,拨动唱针。我看到那张唱片的曲名是《二泉映月》。电唱机转起来,音匣子里传来悠扬的音乐,我们欣喜地听着,被悦耳的二胡声感动。门突然开了,踢雀儿刘走进来,看见我们正在听音乐,一愣。我们吓得要命,以为要挨骂了,伸手去关电唱机。踢雀儿刘冲我们摆摆手,自己也坐一旁,将唱针又放到开头处听起来,微微眯起眼,很专注的样子。窗外射进来晚霞的余晖照在他写着风霜的脸上。

电唱机有些老旧，音匣子里传出来的声音有点沙沙的。但是那悠扬的乐声飘荡在空间，<u>丝丝</u>二胡声如怨如诉渗入心田。我仿佛感觉到二胡声里有一幅美丽的图画：一股清泉从林间草地上流过，汩汩地汇成一汪清澈的水潭；一轮皓月映在潭中，明净的水面波光涟漪，银光闪烁。一股悱恻的情绪感染着我。二胡声哀怨、悠长，飘入心灵的深处。

音乐结束了，电唱机在空转，踢雀儿刘关了电唱机，缓缓地说："这音乐，应该跪着听。"我和涂瞪着眼好奇地望着神情庄重的他。

五

许多年来，我独自一人在这灰腾腾的小镇上孤军奋战。我梦想着爱情，渴望着友谊，为着一个信念，忍受着孤寂。在黯淡的日子，时常地，我会想起我中学时的同学好朋友涂。涂很多年前去了北方，我们分别已经很长时间了。分别之初，我们还互相通信，彼此谈谈各自的情况，叙着旧谊。到后来信就越来越少，渐渐断了音鸿。大概所有的男人都有这么点疏懒，不愿写信。但是，我和涂的友谊没有断绝。时间把我们的友情酿造得醇香怡人、余味无穷。距离更增添了我们的思念。正是这种回忆和思念，把我们的过去变得那么美好而珍贵。

涂是上高中才和我分在一个班里的。他个子比我高，胖胖的圆脸，白皙的皮肤，高高的额头一双小眼睛总是眯缝着像是没睡醒。他视力不好，是遗传。他的父亲就是深度近视，他的几个哥哥姐姐大都戴着眼镜。因为视力不好，涂看东西总喜欢凑近去看，走路也总是探身向前，吃力地注视前方，像是探索着什么。后来，他配了一副近视眼镜戴起来。那时，中学生戴眼镜的还很少，戴眼镜成为会读书有知识的象征。我们都叫涂眼镜子。

涂戴了眼镜显得文质彬彬，其实他是很活泼的人。为人诚恳，乐于助人，也很喜欢读书、看小说，学习也很好。涂还喜欢下棋，他的象棋水平挺高，同学中难逢对手。常看到他在学校教室走廊上棋盘与人对弈。有同学围观，可都不是君子，吵吵嚷嚷，指手画脚。常会看到涂紧紧地

第五章 子 衿

攥着一只棋子,旁边伸几只手抢着。

我和涂通过一段时间交往,共同的兴趣爱好使我们成了好朋友。当然不是因为象棋,我的象棋技艺很差,涂曾吹嘘能让我车马炮。我们是都喜爱读书。我们两个人谁借了一本好书都会互相传阅和对方共享。我们经常在一起谈书中的故事和人物,颇为投机。那时能借到的书很有限,我们有一本书自己看完了再想方设法去同别人交换。涂的一个姐姐在省城一家文化馆工作,有时能带几本外面少见的书给我们看,这使我受益不少。多亏了她,我才有幸结识了保尔·柯察金、牛虻、吉卜赛女郎艾思美哈达、敲钟怪人加西莫多。涂看过许多书,懂的知识也挺多。同学之间聊天吹牛他总能说出个故事博得大家赞叹。中国乒乓球代表团参加世界乒乓球大赛,有个叫庄则栋的运动员连夺三届世界冠军。涂绘声绘色地说,有一场比赛,双方运动员势均力敌,挥着球拍你来我往战在一起。比分一直打到三十平,庄连扣十几板都被对方接回来,庄大怒。当对方一个高球落到台上,庄一个箭步跳上球台,用力一扣,球落到对方台上再没起来,原来球瘪了。涂又说庄厉害,但打不过另一个运动员李。中国为了保庄拿三连冠,让李故意输给庄。

除了读书,后来我们又找到一个共同爱好——下围棋。有一次,我们在一个老师的宿舍里看人下一种黑白两色的围棋。我们从没见过围棋,都对那黑白的世界发生了兴趣。回来后,也想学围棋。买不到棋,那年代商品奇缺。我们想方设法弄了许多黑色小纽扣,将一半涂上白色,另一半是原有黑色,再用张白纸画张棋盘,然后你来我往厮杀起来。涂还不知从哪儿找来一本下围棋的旧书,使我们知道了围棋什么飞呀尖呀,打呀跳呀,知道围棋死活形状,什么金角银边草肚皮。经过一段时间的博弈,围棋水平我自认略胜他一筹,和涂对杀胜多负少。但涂却从不承认,总是说他输得大意,我赢得侥幸。

涂是本地人。作为北方来的移民,我同父亲一样,对北方人更有好感。北方人朴实、直率、豪爽大方。南方人机灵活泼,有时也招人喜爱。但我以为同他们难以深交。不过,当我知道了屈原是湖南人,陶渊明是九江人,我就打消了这个念头。鲁迅说北人南相为贵,南人北相为贵。涂既有北方人的正直诚实,又有南方人的聪明活泼,确实是难能可贵。

青春随风

这也是我喜欢他的原因。

天热时,我和涂常到小镇边的河里游泳。小镇旁有两条河,一条小河穿镇而过。这条河其实是人工挖的大渠,两岸有石砌的台阶,河畔是小镇人们夏日消暑的地方。炎热的夏季,每天傍晚,河岸都聚了许多人,洗衣服、洗澡、游泳。还有一条老河,比小河宽阔许多。老河畔有平展展的沙滩。如果下几天大雨,雨水流入老河,老河的水就会变阔许多。沙滩被淹没,对岸高高的河堤变成水天间一条线。这时,小河上游的水库关了闸,小河水就会浅了下来,缓缓地流着。当天晴久不下雨,庄稼需要灌溉了。上游开闸了,小河水就会涨起来漫上堤,汩汩地向前奔涌。而老河水就会变窄变浅变清,一片片沙滩在阳光下闪闪烁烁。我和涂喜欢往小河上游人少的地方去。清亮的河水,如茵的草地。我们光赤着膊,向水里扎着猛子,挥动胳膊,搅得水花四溅。有时我们去老河滩,在沙滩上奔跑翻跟头。两条河的中间都很深,每年都会淹死人。一旦有人淹死,出事那天,河面上空荡荡。那些玩水的人都吓得不敢下河,往日喧闹的河流变得冷冷清清。这种现象只是持续两三天,不久,夏日的炎热驱走死神的阴森,河面上又会热闹起来。

有一天,我和涂像往常一样往河边走去,路上遇见一个男人说昨天河里又淹死一个人,并且说每年这条河都要淹死几个人,据说是三个,今年才淹死了一个,还差两个,阎王等着谁去报到呢。说得我和涂不由得心里慌悚悚,犹豫起来,互相望望,谁都不好意思先开口说回去,硬着头皮继续往河边走。这天,正逢农历七月十五,民间有个风俗,七月半过鬼节。传说中的鬼这一天会出来活动,寻找替身。河岸上有人在给往年溺水死去的人烧纸,升起几缕青烟。河面空无一人,缓缓流淌的河水深不可测,潜着杀机。风在水面吹起涟漪,似在诱着投罗网的人。我和涂勉强下得水去,游了一会儿就失了兴味,急急忙忙爬上岸,擦干身子,往回走,比平日早了许多时间。

涂喜欢绘画,因受他那文化馆搞美术的姐姐影响,班上黑板报的刊头都是他的作品。他的作文也写得好,很得老师的赏识。他写作文喜欢用成语,张口即来。后来我才发现,他的成语为什么这么丰富,原来得益于他有一本《成语词典》。这本词典他很宝贝,平时不带学校去,怕

第五章　子　衿

弄丢了，轻易不借给别人看。用的时间长了，词典很旧了，封皮边角都磨损了。别人虽然借不到词典，但是我可以。我太喜爱这本词典了。我很天真地以为能把这些成语都背下来，文章就一下子能写得好。我很希望也能有一本这样的《成语词典》，但买不到。我不知道这么好有用的书为什么不出版印刷。听说里面有些内容不健康，有封建主义的糟粕，帝王将相，才子佳人。我可不懂这么多。我找了本练习本，从涂那儿将词典借来抄了几天，密密麻麻抄了一大本。以后写文章只要有机会我就会用上几句成语，有时难免犯张冠李戴、画蛇添足、南辕北辙、欲盖弥彰的错误。在中学里的时期，我沉湎于读书和幻想，很少参加同学中的活动，这被别人认为性格内向。当同学们都冷淡疏远了我，涂来到我身边。感谢他，在我孤寂的时候，向我伸出友谊之手。世界上没有比友谊更美的更令人宽慰的东西了。

一天，涂在无人处悄悄递给我一本很旧的书。这本书与常见的书不同，是一种很薄很轻的纸。书都发黄了，很古老的样子。书上印的字也不是我们读的那种字。满纸毛笔小字，且是竖行。更奇怪的是没有标点符号。书名叫《东周列国志》。我很新奇，将书带回家吃力地读起来。开始看得很慢，那些笔画很多的繁体字净是不认识的。一篇篇没有标点符号的句子也很难读通，看了几段还不明白什么意思。我反复看了几遍才慢慢看明白，渐渐地越读越通顺，竟发觉这是一本很有意思的书。我被书中的故事深深吸引。这本书说的是两千年前自周王朝东迁，春秋战国至秦始皇统一中国前后五百年的历史故事。历史风云变幻，列国豪强纷争。许许多多人物，他们智愚忠奸，演出许许多多动人的故事。一个个国家兴衰存亡，一个个朝代新旧交替，组成一部浩瀚纷繁的历史画卷。看了这部《东周列国志》，我还发觉涂那本《成语词典》里的词，很多就是出自这部书里的故事，譬如围魏救赵、卧薪尝胆、朝秦暮楚、鸡鸣狗盗，真使我大开眼界，大长知识。读了这本书，不知不觉，无师自通，我的古文阅读能力大有进步。

这个时期，我充满了求知的渴望，但是没有书可读。我喜欢的文学更是贫乏。我不知道荷马、但丁，不知道雨果、巴尔扎克，不知道狄更斯、罗曼罗兰，还有莎士比亚、歌德、普希金、托尔斯泰……只闻其名不见其人。我知道中国历史上有一个唐朝，出了李白、杜甫等许多大诗人，我却读不到他们的诗。那时，我能看到的小说只有那么几本政治色彩很浓、趋炎附势之作。现在，我连提都懒得提起它们的名字。对于我那时饥不择食的好胃口，真是羞愧万分。那些粗劣的食品，伤害了我的肠胃，至今仍患着营养不良的后遗症。

我的这部小书正写到这里，吃午饭时，我打开客厅的电视机。我有个习惯，喜欢一边看电视一边吃饭。我把多彩的电视节目也当成一道佐餐的菜肴。曾有时，我喜欢一边看书一边吃饭。社会又发展了，我的餐桌上更丰富了些。电视里播的是一个文化节目，叫《中华文明之光》。一个穿西装的男人在讲唐诗。说起唐诗，如今三岁稚童也能背诵许多首。可是，在我读书的时候，读不到唐诗。直到高中毕业，我所读的唐诗恐怕还没有现在的学龄前儿童会背诵的多。文明之光迟迟未照到我身上。那时，我会背诵的是毛主席诗词。每一首毛主席诗词都滚瓜烂熟。记得有一次写作文，我为偷懒，模仿毛的诗词也写了一首词。七拼八凑，寥寥数十字，内容当然是歌颂祖国大好形势，没想到竟得到语文老师的赞赏。他有点惊讶，问我是否读过古典诗词。我说没有。他又问我是否懂得诗词格律。我说不懂。她问我怎么想写古词。我说模仿毛的词照葫芦画瓢。她不再问，显出失望的神情。

我的朋友涂同样患着精神的饥渴。他的父亲出身书香之家，过去家中有许多书。"破四旧"时，红卫兵到处抄家，他父亲吓得要命，把家中的书烧的烧，卖的卖，当作废纸送给废品收购站。我们觉得真是可惜。那本《东周列国志》就是"破四旧"孑遗。

镇文化馆有个小小的阅览室，摆放的都是毛泽东选集和马列著作。里面也有一些书吸引着我们，有《鲁迅全集》《史记》，高尔基《我的大学》，奥斯特洛夫斯基《钢铁是怎样炼成的》。那时图书馆书架上值得一读的书也就是这么点了。不过这对我们来说已是很具诱惑。我们没有成年人借书证，借不到书。好几次我和涂在阅览室转悠，垂涎欲滴。涂悄悄对我说："我们晚上来偷书吧。"

我也很是心动，咬咬牙。"好，偷。"在我和涂所受的家庭教育中，偷东西是最大的恶行，但是我们以为偷书是例外。

第五章 子 衿

我们语文课学过鲁迅的一篇文章《孔乙己》。孔乙己是个读书人,他说偷书不算偷,这对我们是一个鼓励。白天,我们围着阅览室转了又转,设计行动方案,决定半夜从围墙爬进文化馆,敲碎阅览室窗的玻璃,钻进去,偷出书,捆起来,用绳子从围墙吊出去。我们很兴奋,蠢蠢欲动,准备晚上夜深人静了再出发。

半夜,座钟打了十二下后,我蹑手蹑脚溜出家门。街道上静悄悄,路断人稀,天上浮云遮得月儿半明半暗。在约定的路口没见到涂,我正想去涂家叫,涂从一片树影后转出来。我问:"带了绳子没有?"

涂说:"没带。"

我说:"没绳怎么捆书?"

涂支支吾吾:"我们还是不去吧,抓住就糟了。"他临阵胆怯了。我也犹豫起来,但是既然出来了,费了那么多心机,有点不甘心,说:"不会被抓住,我们两个跑步不都挺快的吗?学校比赛还拿过名次。"

我这么一说涂不再吭气。我们畏畏缩缩来到文化馆,到这里一看又傻了眼。阅览室旁电线杆上一盏路灯,照得这里一片通明,我们要是爬墙,老远就能被人看见。我们都泄了气,书还没偷,腿就开始打战,只得灰溜溜回家。

书没偷成,却担惊受怕,尝到了做贼的滋味。涂因半夜回家,被他父亲发觉,扇了一巴掌。那时,我们正年轻,十六七岁,不知天高地厚,有的是一脑子幻想一肚子豪气。心脏猛跳着,热血奔流着,一心想摘下天上的星星铺一条光辉灿烂的路。我和涂都有着自己的理想志向,谈起来觉也睡不着。我一心要当作家、文学家,要当莎士比亚。涂想当个数学家、物理学家。一九七七年国家恢复高考,千百万渴望读书的青年人出现一个转机。秣马厉兵,跃跃欲试。我以为学校里培养不出大作家,我要当中国的高尔基,放弃了上大学的机遇。涂却比较现实,参加高考,在激烈的竞争中拼搏。他本报考的是理科,出乎意料被一所医学院录取。他没想过要当医生,犹豫了许久,还是舍不得放弃。读了五年医科,毕业后又考上研究生,现在成了医学博士,进了京城。我却始终待在小镇上自我奋斗,以至于有年在小镇遇见曾教过我的一个老师,吃惊地问:"你怎么不去考大学?"我当时正被自学成才的美妙前景所鼓舞,很暧昧地说没兴趣，弄得那老师很诧愕地望着我。以后，又过了许多年，当他发现我还在小镇上，一副穷酸的模样，很有些不屑理睬我。

六

随着我读的书越来越多，囫囵吞枣，也吸收了不少养料。知识的增加，思想的成长，使我对文学的兴趣越来越浓厚，志向逐渐清晰。幼儿时代，我喜爱听童话故事。少年时期，我偏爱战争题材小说和武侠小说。后来，又对科幻小说、惊险侦探小说感兴趣。每一个时期，我的信念都很坚定，以为我喜欢的就是世界上最好的。可惜，在那文化贫荒的年代，我的选择不多。

在姐姐读中学的老语文课本里，有几篇长篇小说选段，很吸引人。有曲波写的《林海雪原》（片段）、《水浒》里的《智取生辰纲》《三国演义》中的《失街亭》。可惜都是那么一段，没头没尾。我很想能看原著，可是无处寻找。我为小说中壮烈战斗场面所激动，为那些英雄好汉叫好不迭。我读书很注重故事情节，而不喜欢那些描写琐碎生活场景的文章，还有那些冗长的议论，那些男男女女的咏唱对白也令我失去耐心。我很钦佩那些英雄好汉，用大瓢在水桶里舀酒喝，多豪气。战场上立马横枪，大喝来将通名，杀将过去。我直想着如果将李逵手中的大板斧换成现代化的冲锋枪，那才痛快。

有些作家总是喜爱在自己的传记中轻描淡写地说自己当上作家纯属偶然，似乎那么随意，漫不经心就戴上了这么一顶桂冠，多么超然、洒脱。我不能，我办不到。我一生孜孜不倦地追求，从小立下雄心壮志。

大约在十二岁的时候，我就开始了我的文学创作生涯。那时，我还在小学读五年级，认识汉字不足三千。我用一本薄薄的练习本开始写作。为了节约写小说的练习本，作业我都先用铅笔写，然后用橡皮擦去字迹，再用钢笔写一遍字。那时我还没有想到要准备多少练习本才能当上作家，一切都很单纯。如果要知道文学的路这么窄这么长，我可能就会去做一些充分的准备，起码先准备好我人这么高的一叠练习本。当年，我雄心

第五章 子 衿

勃勃，以为文学一蹴而就，作家舍我其谁。

我最早的文学创作是一部战争题材小说。年轻时总有股子英雄主义，特别喜爱看战争故事小说。当然这部小说没有写完就夭折了。其实，照鲁迅先生说的早期人们劳动时哼的杭唷杭唷就是诗歌，我的文学创作还可以追溯到更早以前。在童年，我常和小伙伴们一起玩耍做游戏。晴朗的夏夜，坐在草地上，头顶上星星在闪烁，小朋友们轮流讲着故事。轮到我时，听来的故事讲完了，一时想不起讲什么，我是被认为比较会讲故事的，于是我在脑子里编起故事来，一边编着一边讲。是小动物的故事。比如乌龟和兔子啦，狗熊和大灰狼啦，狮子与老虎啦……不会很生动，更谈不上有什么意义，但也能应付小伙伴。以后，在中学时，也曾有过别的志向爱好。数学竞赛得了奖，我曾想当一名数学家；读了一本太阳月亮星星的科普书，就想当天文学家。但是，文学的梦一直伴随着我。

如果说，早期我对文学的认识还是朦朦胧胧的，仅仅是兴趣是爱好，自从我了解到世界上有一个地方在颁一个名称诺贝尔的文学奖，我就开始做着一个伟大的梦。我曾经做过许多的梦，多彩多姿的梦构成我生活的主要内容。在学校里读书的时候，如果有我的作文被老师选中做了范文，在班上朗诵之后刊登在黑板报上，我得意扬扬，以为自己有这么好的写作才能，将来定能跻身于名作家之列。其实，那些作文只是很幼稚的应时之作，不长，几百字，通篇都是空洞的口号式排比句。不过，这对我的鼓舞仍然很大。

我的想象力随着生活阅历的增加和读书增长的知识而激发出来，越显丰富。对语言的美，语言的力量，我有了更新更深刻的理解。我在精神上更讲究起来，认识到心灵里涌出来的才是不朽的诗篇。用文字建造起来的金字塔胜过任何材料。我们的前辈早就为我们树立了榜样，他们咏叹道：屈平词赋悬日月，楚王台榭空山丘。

虽然，我从小就立下雄心壮志，但是并没有很快获得成功。古时候，有许多少年时期就显示出超人天赋的才子，他们好似灿烂的星辰在天空闪耀。有个叫解缙的，七岁能改诗使县官大人免去加重赋税。王勃十四岁写出《滕王阁序》，"落霞与孤鹜齐飞，秋水共长天一色"成为千古绝唱，我真是望尘莫及。我这棵小松树长在贫瘠的土地，缺水少肥，枝凋叶鄢，时运不济，命途多舛。但是我相信，绳锯木断，大器晚成。我默默苦读，孜孜追求，充满渴望。

我一心要走文学的路，却不知这条路如此艰难坎坷、荆棘密布。我像一棵戈壁沙漠的小草，伏在沙尘中景仰着那巍峨高耸的金字塔。金字塔上端坐许多大师，莎士比亚、普希金、雨果、托尔斯泰……还有我的老乡曹雪芹，他一直是我的榜样。大师们俯瞰苍茫人生，向我颔首微笑，这使我勇气倍增。在充满幻想，充满希望的少年时期，文学在我的人生中为我创造出另一种人生。它使我生活在另一个世界。文学是人类梦的延续，人类只要会做梦，就会有文学。我至今坚信不疑。

我十七岁的时候开始写第一篇小说。这是一篇童话，讲的是少年英雄为民除害的故事。我曾尝试过写一部战争故事小说，但是没有成功。后来我分析为什么失败，主要是没有经验。我没有经历过战争，这一直是我的遗憾。当然，不写小说我也愿去打仗，那样，当不了作家也可以当将军。当不了将军也写不出战争小说，我就得另辟蹊径。写童话不需要经历，只需要想象。我的脑子里每天都充满了奇思妙想，这些奇思妙想充塞了我多彩多姿的梦。一个仲夏夜的梦用文字记录下来就是篇奇妙无比的童话。在梦中，我是孙悟空，是金刚，是超人。我一蹬腿就能飞上天，一埋头就能潜下海；手一伸嘴里哒哒哒就能扫射出子弹打倒一大片敌人，并且我枪打刀砍总不会死。不过，非常奇怪，我在梦中总是被人打败，飞天潜水也总是为了逃跑。我嘴里不停发着连珠枪，敌人却越打越多，这有点叫人沮丧。后来我读了点弗洛伊德的书，他说这些梦原来是我从幼年起被压抑而得不到满足的本能欲望，在被排挤到无意识领域中。被他一分析，我更觉得沮丧。

我的童话当然要以喜剧结束，这样才符合中国小说的传统。小说的开头使我费了许多脑筋。我写道："从前……"很快就划掉。这太一般了。过去人们讲故事都是这样开头。我又写："很久很久以前……"还觉得不满意。我以为一篇小说开头很重要，这样才能引人入胜。我呕心沥血，冥思苦想，终于灵感出现，我的脑子霍然冒出两句绝妙的佳句，马上提笔写下来。"这是个美丽的地方，有一个动人的传说。"我很高兴，既开门见山，又回味悠长，真有点像古人说的那样，"两句三年得，一吟

第五章 子 衿

双泪流"的味道。我至今仍觉得是妙笔,不亚于那句托尔斯泰的开篇名言:"幸福的家庭都是相似的,不幸的家庭各有各的不幸。"胜过欧阳修那句删繁就简:"环滁皆山也。"我左推右敲,智尽能索,写出经典开篇之作。这时,我起身一望,窗外昨天还是赤白的小杨树一夜间已是一片翠绿了。

故事开了头,下面就好写了。一段时间,我每天把自己关在小屋内捏着笔杆思索着,断断续续写出一点东西。晚上,我躺在被子里,趴在枕头上写字。白天则坐在小木凳上把床当书桌。所幸的是,也可能是不幸,那时我有很多空闲时间。学校只上半天课,没有作业也不考试。我把这些时间都花在了幻想和写作上。我冥思苦想,搅动我大脑里那些灰白的细胞,整整花了一个月的时间写出一篇童话小说。

我的童话故事描写了海洋。那时,我还没有见过大海,但是我知道,这个地球上四分之三都是水。我极力想用生动优美的词汇描写海滩、礁石,还有美丽的浪花。我看过一本书,叫《木偶游海记》。我从这本有趣的书里得到许多关于海和海里生活的动物的知识。现在这些知识还充实着我的脑子,在生活中运用着。我少年时期关于海洋的知识主要来自这本小书里。

我的故事写道:在辽阔的大海边,勤劳的人们生活在自己的家园。有一年冬天,来了一只海妖。海妖兴风作浪时常上岸吃人。人们战战兢兢不敢出门,田园都荒芜了。有一对少年英雄,哥哥叫阿山,妹妹叫阿云。兄妹俩挺身而出,决心为民除害。他们前仆后继去杀海妖。哥哥壮志未酬身先死,妹妹继承遗志又出海。苍茫的大海波涛汹涌,一叶小舟乘风破浪,阿云站立船头,黑发飘飘如一面旗帜。这篇童话故事是我认认真真写出来的第一篇小说。写完,很想找个人看看我的作品。我渴望听到赞美声。我的心有点忐忑不安,我那时就像鼓足气的气球,如果被谁扎上一针就会泄了气。夸张点说,真有点伍子胥过韶关的味道。当然,我并没有因此一夜白了头。说起白发,我在少年时期就长有白发,上初中时最多,成年以后白发反而渐渐没有了。我的身材没有什么可赞美的。用中国古典文学里的形象描写来说,是五短身材,其貌不扬。但是我始终有一个被人称颂自豪的脑袋。只是少年时期人们夸赞的是我聪敏的大脑，中年后人们夸赞的是我一头葱茏黑发。

我将我写的小说郑重地给我的朋友涂看。涂是我的第一个读者，我很重视他的意见。涂看了我的小说，给予很高的评价，坚决地鼓励我去投稿。涂的小眼睛在镜片后面闪烁，一副世事洞明的样子，建议我起一个能引人注目打动编辑的笔名。许多大作家都是用笔名，我的朋友涂对此津津乐道。他帮我起的笔名个个意味深长：鲁速、高尔础、巴银。听了涂的话，我很激动，考虑再三，觉得还是先给自己扬名要紧。我信心十足地将稿子给一家文学杂志寄去，然后，天天算着日子盼回音。谁知，过了两个月，稿子被退回来，里面夹着一封小小的印着铅字的退稿信。这令我很沮丧，同时心里也有点不平衡，觉得这些编辑真是有眼不识金镶玉。如今过了许多年后，当我重新回头看看我写的这篇小说，还有几篇早年的拙作，真是羞愧得很，觉得实在是错怪了那些编辑。如果要是我干上这倒霉的职业，每天都要硬着头皮读那些枯燥无味的文字，如同嚼蜡，只怕是要跑肚拉稀，活不长久。

我忠实的朋友涂是我唯一的知音。他鼓励我不要泄气，继续给我支持。说他的姐姐在省城认识一个搞文艺的编辑，可以去见一下，也许能帮帮忙。他通过他姐姐借回来几本怎样写作的书，有《写作概论》《怎样写应用文》等。看了这些书，我在学校里的申请书决心书倒是写得更好了。不过，我没有去见那个编辑。我以为那样有点亵渎神圣的文学，还有损我的形象。我不想将来让人们说××大作家曾有为斗米折腰的经历。

因为失败，我开始比较客观地考虑问题，寻求支持。涂的父亲经常教育涂要抓紧时间多学习文化，不要白白浪费了时间。这个老知识分子还始终保留着他那传统的世界观。他时常感慨世风日下，人们不再重视知识。记得有一次他对我们说："古之学者必有师，学无师承难求益。"这两句话文绉绉，但我明白话里的意思。我喜爱读书，一心想在文学上有所作为，我了解到许多人的成功都是因为有老师的指导提携。我想了许多日，决定给一位重要的文学前辈写一封信，说说心里话，希望得到帮助。

给谁写信？我费了几天的思考。有的人名气很大，学问很高，现在还身居高位，出入社会活动场所，但是德行却得不到我的尊敬。有的人我无比敬仰，但是久无音信。这些年政治斗争不知被打倒关押，还是已去世了。最后，我选择了茅盾先生。我读过他写的书，大凡读过一些小说的人都看过他写的《子夜》。报纸上还经常出现他的名字。我满腔热忱、无比虔诚地提笔给先生写信。信中先倾诉我对先生的敬佩之情，然后殷殷地请求希望得到帮助。最后，我还骄傲地告诉他，这是拯救中国文学的行动。那年，我十七岁，一位十七岁的爱好文学的少年给一位七十岁德高望重的老作家写了一封长长的恳切的信。这本来可以发生一个很动人的故事，可以成为文坛千古佳话。可是在中国，20世纪70年代里，这封信如石沉大海，杳无音信。那些日子，我翘首盼着回信。期盼中，做着一个美好的梦。梦中，我看到我家的门庭春风如煦，紫气东来。我听到青牛踏着春草哒哒哒的蹄声。

七

　　一九七四年春，淅淅沥沥的细雨忽晴忽落，微熏的风轻轻吹过原野。空气清凉，桃花开了又落了，田里的油菜谢了黄花结起翠绿的豆荚。天晴时，暖暖的春阳从薄云里透出柔柔的光，天空中飞起一只只风筝。

　　小时候，这个季节，我跟着小哥去放风筝。风筝是小哥哥自己做的。用竹子做骨架，新鲜的干竹子，又轻又有韧性。削得扁扁薄薄的，用线扎好固定，用软米饭粒糊上轻薄的白纸，再接上一长串纸尾巴。风筝尾巴的纸要厚一点牢一点，以防被风刮断。尾巴不能太长太重，否则风筝飞不起来；也不能太轻，头重尾轻的风筝会在空中翻跟头。向母亲要一卷棉线，拴住风筝，牵引着。小哥做的风筝是个凸字形，加上根长尾巴，飞上天空像只大蝌蚪。平坦的操场或田野空旷的草地，我举着纸扎的风筝，小哥在另一头牵着线。他喊一声"放"。我一松手，小哥拽着线奔跑着，风筝迎风飘飘升上天空。我赶紧追过去，从小哥手里接过线卷，仰头望着天空中的风筝，将线放得长长的，风筝飞得高高的。我的手牵引着细细的线儿，线儿牵引着高飞的风筝。我的心渴望着像风筝一样飞翔。

　　清明时节，孩子们都去放风筝，天空中一只只风筝翩翩飞舞。有淘

青春随风

气的孩子牵着风筝互相斗架,用线去割别人风筝的尾巴。割断尾巴的风筝就会一个倒栽葱掉下来。要想战胜别人,风筝得放得高高的,别人够不着。有时放着风筝,天色晚了,不愿收线,就将线拴在自家门前树上,风筝能在天上飘一个晚上。这一定要极好的天气,不然,夜晚的雾气会将风筝打湿掉下来。

这年春天,我没去放风筝。我十八岁了,已经进入成年人的行列,如果我有个小弟弟,我就会帮他做风筝,带着他去放飞。自从换了新的班级,我和同学们的关系越来越冷淡,我越来越孤独忧郁起来。我和我的朋友涂又被分开来,我们见面的时间少了。这时期,我的第一篇小说给一家文学杂志寄去,很快就被退稿,这令我十分失望。我又给大作家茅盾写了一封信,倾诉我的苦闷我的理想,希望得到指导和帮助。这封信迟迟未有回音。学校很少上课,学不到知识,在家中也无人交谈,又没有书读,无聊空虚,每日用一些幻想来排遣打发时间。这时期,我渐渐地沾染上一些恶习。

很长时间,我经常失眠,整夜整夜在床上辗转反侧,瞪着黑黢黢的屋顶直到天亮。夜里睡眠不好,白天头脑昏昏沉沉。上高中后,我的失眠症越来越厉害起来。早晨,我从支离破碎的梦中醒来,起身出门,晨曦中走向田野。我喜欢到田野里走一走。春暮,一阵细雨浇的小镇树木房屋颜色更鲜明,红的更红,绿的更绿。地上湿漉漉,汪着水泡,浸着油油春草。天空纷飞的风筝都落了下来。有的挂在高高的树梢,缠在电线杆头;有的沉在水田池塘里,落在沟渠中,零零落落,好不凄凉。微风吹过田野,因为失眠昏沉沉的头脑清醒了许多。夜雨过后的清晨,地平线放射出万道朝霞,满天玫瑰色的云彩;抬头望着东方,每天太阳都将从那里升起。揉一揉酸涩的眼,挺一挺沉闷的胸,这时,我的心中会涌起一股感伤情绪。近来,我开始写诗了,模模糊糊有一种创作欲望涌动在胸间。站在高坡上,悲从心来,断断续续吟出几句诗:

我不知道,我从哪里来,
从什么地方,什么时间?
我不知道,我的血脉有多长,

第五章 子 衿

在我的躯体里，曲折蜿蜒。
我不知道，我什么时候去，
去到我来的地方——从前。
今天是明天的昨天，
明天的昨天是今天。
……

北方的天空，一根工厂烟囱正冒出一团团白色的烟气。烟气上升，凝聚成一团，那形状看上去像一头绵羊。随着气团慢慢飘动，它又变幻成一匹奔马，威武雄壮，炸耸着鬃毛，四蹄腾跃。不一会儿，这匹奔马就消失了，一点残云升高变成灰暗色，仿佛成了高空一大块浓墨的云团中的一部分。工厂里的烟囱还在冒着袅袅的烟气，一团团漂浮着。我向那边望着，被这多彩多姿的云朵吸引住。这白色的云，紫色的云，阳光映照成金色的云，形态万千随风飘动，其实都是水蒸气，为什么这么多变幻？我想：难道也像人一样？工厂里传来上班的汽笛声，我慢慢往回走。

不久，我将告别小镇，再听不到这熟悉的汽笛声了。我和我的同学们都要去上山下乡，只有极少数的人得于幸免。成千上万即将毕业的中学生准备着响应伟大领袖的号召，上山下乡去。伟大领袖经常不停地向年轻人发号召。伟大领袖挥一挥手，号召说：造反有理。热血沸腾的学生烧了他们的书，冲出了课堂，把个中国闹得天翻地覆。伟大领袖又挥一挥手，说：知识青年到农村去，很有必要。于是一批又一批学生背着行李下了乡，接受贫下中农再教育。当那些知识青年在乡下苦苦熬煎叫苦连天，伟大领袖又说了话：大学还是要办，特别是理工科大学。于是，许多吃尽苦头的下乡知青用各种方式奋斗着走出泥巴地，进城去读书。城里的年轻人走光了，伟大领袖觉得该给城里留点年轻人，就说：知识青年要四个面向。面临下乡的中学毕业生忽然有了转机，有的人留了城，进了工厂，当了兵。我大哥下乡后，二哥和三哥很幸运没再下乡。二哥被部队招去当兵，我家成了军属得到优待。三哥进了工厂。当然，这些也来之不易。为了儿子的前途，父亲和母亲很着急。父亲放下傲骨去找熟人，求人帮忙。两个儿子安排好了，他们刚刚松口气，又为我操起心来。

青春随风

我不是独生子女,已经有哥哥当了工人,不够留城条件,只有下乡去了。那些即将下乡的学生家长们盼着伟大领袖能再说点什么,他们议论着今年政策会不会变。

在小镇的街道上我时常会遇见朱老三。朱老三读了两年半初中就退了学。他没有去上山下乡,现在是小镇上的清洁工。每天清晨同清洁队打扫街道。他佝偻着腰,扛了把大扫帚,迈着罗圈腿,逢人便说:"我上班呢。"很光荣的样子。

清洁工大都是妇女,她们出现在早晨小镇的街道上,扫的扫,铲的铲,清理人们倒在路旁的垃圾。朱老三站在一旁,指手画脚。这里没铲干净,那里还要清扫,显得比谁都忙。有人来倒垃圾,他嘟嘟囔囔提醒人要倒进垃圾箱。人们干着自己的活,没人理睬他。可他自以为是个人物,负着好大一份责任,跟在别人身后转来转去。朱老三被特殊照顾留城,赢得许多人羡慕,只恨自己没有残疾,不是朱老三。

在小镇还能看到一些男同学,他们一个个精力过剩的样子,成群结伙东游西逛。有几个同学不知从哪里弄来的旧黄军装,每人都穿一套在马路上大摇大摆招摇过市,寻衅打架,打起架一窝蜂齐上,看谁不顺眼拳打脚踢。就是比他们高大的成年人也给他们追打得狼狈逃窜。他们中领头的姓周,小学和我同过班。看见我,打个招呼,递给我一支烟。这是几分钱一包的劣质烟。我有点犹犹豫豫,接过来,哆哆嗦嗦凑嘴上,使劲吸一口,呛得眼泪都出来了。周拉我随他们一起玩,我摇摇头,赶紧离开他们。我怕被母亲看到会生气。

一天,我独自一人乘火车去省城。我想到书店看一看。虽然知道书店里不会有什么新书,我还是想转一转。或许还能在一排排《毛选》边上找到一本尚值一看的小书。早晨,车上人很多,许多人站着。列车到了一个站,有人下车,我旁边空出一个座位,我坐了下去。列车停了几分钟又向前开去,几个刚刚上车的人从车门口挤过来。一个抱小孩的年轻妇女来到我身边,没有空位,她靠着椅背站着,显得很吃力的样子,随着列车奔驰摇晃着。我想站起来给她让座,忽而又迟疑起来。在这种人多的地方,我不想引人注意,对方是个女人,更使我害羞胆怯。正在我犹豫的时候,斜对面一中学生样的姑娘站了起来让座,我顿时觉得难

第五章 子 衿

为情起来，仿佛边上有人在用谴责的目光注视我，挺不自在，如坐针毡。女学生挎只黄书包，站在走道上，从书包里拿出一本书看起来。那是本外国小说，名字叫《牛虻》，是本半禁半开的书，我看过。书中那个主人公虽出身豪门，却离家出走投身革命，历经磨难，被敌人抓住，英勇不屈从容就义，使我感动地落泪。我对她油然生起好感，想将座位让给她，又羞于启口。忐忐忑忑，好不容易，列车到站了，我连忙跳起来，对女学生说："我要下车了，你请坐这里吧。"女学生奇怪地望着我。"我也要下车了，这是终点站啊。"几个乘客诧异地望着我。我顿时觉得无地自容，慌慌张张往前挤去。

春天过去，夏季来临，天气渐渐热起来。学校已经停课，我在家中无所事事，极感无聊，度日如年。我时常一个人外出游荡，到工厂看工人们修火车，到田野看农民种田。有时，一个人踽踽地在街道逛着。持续了二十来天的雨季过去了，天空逐渐晴朗起来。空中布满灰色的云团，正午的阳光从云的缝隙射出来，一束束光柱看起来有点朦朦胧胧。空气潮湿，呼吸起来并无凉意。地上蒸腾着热气，望着天空，那束束光柱，从云间射向大地，使人生起幻想，仿佛那里会飞出几位小天使来。广场上一个女人又唱又跳，手舞足蹈，几个闲人在旁边围着观看。这是个疯子。疯女人不停地唱，不停地跳，唱的语录歌，跳的忠字舞，身子旋转扭摆着。她很年轻，模样也端正，可是两眼发直目光呆滞，呈着一种病态。她为什么疯了？是为了爱情，还是有冤屈？没有人告诉我。啊，可怜的人。

这一年，我的身体状况糟糕起来。神经衰弱困扰着我，忧郁的病毒侵蚀着我的肌体，我开始出现健忘、心悸、烦躁不安。我的注意力不能集中，精神恍恍惚惚。有时面前摊开一本书，呆呆地盯着看了许久，却不知看了些什么，脑子里一片空白。时常出现眩晕，面色苍白，全身冷汗津津。我可怜的心脏似不堪重负，在轻轻地呻吟。我的大脑里那些细胞由于缺血开始衰竭。母亲也发觉我的身体状况不好。我精神萎靡不振，整天少言寡语，她很担忧，弄了些偏方来给我治疗。我心脏不好，她想方设法买个猪心，洗干净将她一只珍藏多年的、还是母亲的母亲留下来的金戒指放在猪心里蒸熟了给我吃。我经常出虚汗，她用鸡蛋壳在炉火上烤得黄黄脆脆的碾碎了冲水让我喝下去。她不知从哪里弄来许多别人孵小鸡没出壳的蛋煎了给我吃，说这能补虚。孵过小鸡的蛋壳壳里已经长出鸡的雏形，有鸡头鸡脚还有许多鸡毛，但小鸡肚子里还是蛋黄，这种蛋吃得我腻极了。为了治我头昏眩晕，母亲托人从外地买了点天麻，放在一只鸽子肚子里蒸熟了给我吃。飞翔得又高又远的鸽子不会晕眩，它对我也许会有帮助。母亲想方设法给我治病，无微不至地关怀我，但她并不知道我病症的根结所在，不知道我心里的苦闷，我精神里的病源。

这时期，我寻到一本安徒生的童话，读着，充满悲伤。我读《丑小鸭》的故事，被深深感动。忧郁的日子，我到处寻找历史上伟大人物克服困难艰苦奋斗走出逆境的故事。我在心里默默地背诵着许多先贤哲人的名言。我相信，是玫瑰总会开花的。

近年来，渐渐地，我热衷于翻阅照相簿了，并且有意无意地将家中零散的旧相片收集起来。过去的家庭都喜欢将家中的照片夹在镜框里挂在墙上。全家福放得大大的居正中央，家庭成员以及亲戚朋友有单照有合影各居一隅。倘有人来访，这些照片是很好的话题。客人一进门，首先被迎面的相片吸引目光。主人一一指点着每张相片解释着。客人对主人的家庭情况很快就得到了了解，站在镜框前瞻仰着，随着主人的解说感叹几声，赞扬几句，然后才会坐下来谈别的事。

现代家庭一般不再挂老照片。新婚家庭会挂一幅结婚照，经过化妆，很艺术的。别的相片都收在相册里，偶尔才拿出来给人翻阅一下。过去，我家在一进门就能望见的墙上挂了一个很大的镜框，里面夹满了相片。从我的爷爷奶奶，到我的叔叔婶婶，应有尽有。当然，最多的还是我家中父亲、母亲、哥哥、姐姐的相片，还有我自己的，不同时期从小到大的光辉形象。镜框是竹制架子，雕饰着花纹，古色古香。随着岁月流逝，古老的镜框几经搬家拆卸，散了架。那些照片散落在橱柜里抽屉里，经过一段时间遗失了许多。我看见这些照片，整理起来，收进我的相册。过去的老相片都是黑白照，质地很好，很经得起岁月的考验。人到了一定的年龄就会怀旧，我似乎还太早了点。我看过刘心武在《收获》里写的一个专栏——《私人照相簿》。寻常旧事，慢慢道来，饶有兴味。我倒不是想模仿他也讲些什么旧照片的故事。像这一类的小文章也只有大作家可以写，这需要名人效应。倘是普通人，谁耐烦听你的陈芝麻烂谷

第五章 子衿

子琐事。其实,我的照相簿里也蓄着许多故事,看见这些相片,能打开我记忆的闸门,涌起情感的浪花,流淌出岁月的故事。

岁月悠悠,人生的长河不停地冲刷着时日,往事随波逐流,沉积起江心回忆的沙洲。童年的梦如金色的沙砾在阳光下闪耀。一片片亮闪闪,有欢乐,有忧伤。在隆起的沙洲上,悄悄地长出绿草,飞来鸥鸟,泛起盎然的生机,响起活泼泼生命的旋律。我在沙洲上漫步,有时,弯腰拾起一颗卵石。美丽的小石子儿光滑圆润,五彩的纹路闪着记忆的光辉。这些岁月的河滩上五光十色多彩的卵石,有的是一本旧书,有的是身上的一处疤痕,有的是一张相片。最能蓄存记忆勾起往事的东西莫过于相片了。

在我家保存着一张三代同堂全家福大照片。这张照片上,有我的爷爷奶奶、我的父亲母亲和我们一家,还有我的几个叔叔婶婶姑姑和他们的家人,二十余人济济一堂。照这张相片那年我才两岁。从照片上看,两岁时的我很有些其貌不扬。据说,去照相时,我表现不佳,又哭又闹不肯进照相馆的大门,似有一种无名的忧虑攫住了我。大家用了很多办法也没能哄我安静下来。最后,爷爷将我抱起来,走进街旁一家玩具店,买了一只橡皮胖娃娃才止住我的哭泣。我安静下来,对橡皮胖娃娃发生了兴趣,爱不释手。照相时,橡皮胖娃娃就搁在我脚前,使得我的大家庭就像多了一个小成员,以至于后来有人竟会指着照片里那小胖娃娃问:这小孩是谁?这只玩具娃娃那么可爱,吸引了我大哥的目光。他只顾盯着玩具娃娃,衣服没穿好,一半掖在裤腰里,一半露在外面。系裤子的皮带梢翘起来,像一根尾巴。这根尾巴被二哥发觉,他正要去提醒大哥,却被摄影师按了快门。而我的三哥那患炎症的鼻子总给他找麻烦,他正擤了鼻涕往衣服上擦。那一次大概是我有生第一次照相。母亲也对那次照相记得特别清楚,她多次指着这张照片说起我哭闹不肯进照相馆的事,那只挺神气地站在我脚边的橡皮胖娃娃被当作取笑我的例证。

照片年代久远,已经发黄,人像依然清晰分明。照片中我被爷爷搂在怀里愁眉不展正盯着那摄影师,不知他将头钻进那块红黑两色的布里干什么。突然白光一闪,我两眼一黑,怔怔地呆若木鸡,好像被那摄影机摄去了灵魂。

青春随风

　　我有时会将这张全家福照片翻出来，久久地端详。岁月蹉跎，照片中两岁的小男孩已进入中年，人生真是弹指一挥间。当年照这张照片，我的长辈们围住我又哄又骗，软硬兼施，谁能想几十年后这孩子会出息成什么样。毛毛虫没有变成美丽的蝴蝶，至今我还是一事无成。人生到底是命定的，还是机缘巧合。宇宙是有序还是无序，人们还在争论不休。长期以来，我总是心绪难宁魂不守舍，这一切我怀疑是不是与那次照相有关。而立之年未立，不惑之年还充满幻想。我迷惘，我惆怅。母亲啊，您真应该去到大路口为您的儿子喊一喊：魂兮，归来吧！

照片中我被爷爷搂在怀里愁眉不展正盯住那摄影师,不知他将头钻进那块红黑两色的布里干什么。突然白光一闪,我两眼一黑,怔怔的呆若木鸡,好像被那摄影机摄去了灵魂。

第六章　目尽南飞雁

一

中学最后一年，学校继续走"五七"道路，学生仅仅在学校里劳动已经不够了。实行开门办学，组织学生去工厂学工，下乡到农村学农。为了适应毕业后四个面向，学校把原来的班级打乱了，成立起许多兴趣小组。有电工兴趣小组，钳工兴趣小组，农机、木工兴趣小组，还有一个写作兴趣小组。同学们报名参加兴趣小组都表达了自己良好的愿望。出于对文学的热爱，我报名参加了写作小组。对我参加什么写作小组，父亲有点不高兴，不过他也冷静地看到并不是参加什么兴趣小组将来就会干上什么职业，也就没有干涉我。

我们写作小组一共有十几人，大都是平时喜欢舞文弄墨的同学，也有的同学以为搞写作好混日子，不必像其他小组要劳动，整天和油污泥巴打交道。写作兴趣小组人数比较少，学电工的人最多，有一百多人。学校起初还成立了一个学农兴趣小组，可是报名的只有毛毛一个人。毛毛并不是为了准备去下乡务农，而是因为他爸爸老工宣队管理着农场。

电工、钳工兴趣小组的同学都去工厂，他们跟着工人师傅当起小学徒。木工小组的同学在学校忙着修破桌椅板凳。写作兴趣小组则留在学校念报纸上的文章。我的好朋友涂去了农机兴趣小组。他考虑得比较现实，为着将来下乡后可以去修水泵，修拖拉机。我们见面的时间少了，我少了个说话的人，形单影吊。

青春随风

一九七四年秋，我们写作小组在学校读了一个多月文章，决定下工厂农村去体验生活。那时提倡作家深入生活，和工农兵群众同吃同住同劳动。同学写文章总喜欢用什么"钢花飞舞，稻谷飘香"的诗句。一体验生活，还真是觉得幼稚无知。在农村，帮农民割禾插秧，累得腰酸腿痛，干不到农民一小半活。割稻子许多同学被镰刀割到手指头。在工厂，穿上马褂似的工作服，跟着工人师傅屁股后面转，寸步不离。身上经常搞得油渍麻花，脸上乌漆墨黑。有时干完活坐下来休息，忽然师傅起身走了，连忙跳起来跟上去。跟了会儿，师傅一回头看见，说："你跟来干啥？我上厕所。"不由得脸一红，怏怏地回去坐下。

有一段时间学工劳动，我进了父亲上班的工厂，跟着工人师傅修火车。那一年，我十八岁，在学校学不到什么知识，开始走上社会。每天，在汽笛召唤下我随着那些工人一起上下班，在工厂呼吸着充满煤烟和油污的气息。机器声轰鸣震耳欲聋，火车汽笛不时吼起，走在一排排铁轨上，我神经紧张地四下张望，躲避着呼呼隆隆开来开去的火车头。

我跟着学工的师傅五十来岁，个子不高，头顶有点秃，有个红红的酒糟鼻头，那下边时常喷出点二锅头的味道。他是个面善性情随和的人。刚进工厂，我一步不离紧紧跟着他，帮他提工具，帮他领材料，甚至帮他买香烟。师傅同我说话，问我的名字，多大年龄，在家排行第几。我都毕恭毕敬一一回答。我经常跟着一起干活的还有一个师傅，三十来岁，瘦瘦的，戴顶鸭舌帽，背有点驼，形象有点滑稽。为了区别大师傅，我称他为二师傅。二师傅曾经也是大师傅的徒弟。不过这个徒弟跟着师傅干了好多年，师傅的本领都学会了，就不像我那样对师傅毕恭毕敬了。二师傅人有点懒，在车库干活有脏活累活他总往旁边躲。他不钻车底，蹲边上帮着递工具。抬重物他跑去指挥行吊。有时人们都忙着干活，他却站在边上同开天车的女工开着玩笑。大师傅骂他，也不生气，嬉皮笑脸的。细瘦的手腕戴了块挺大的沉甸甸的手表，不时抬起手腕看看时间，每次不等下班汽笛响就拿起饭盒去吃饭。

大师傅是个老兵，50年代末从部队下来进了铁路。休息时，他喜欢谈自己年轻时当兵的历史，谈过去打仗的经历。他爱吹嘘自己1949年随军南下，从胶东湾一直打到海南岛。在海南岛用木船打国民党军舰，南下的北方兵大都是旱鸭子，木船虽多，被国民党军舰一撞就翻了，落海里跟下饺子似的，死了不少人。我听了大师傅的故事，很是佩服，把他当成大英雄。二师傅却不以为然。

二师傅悄悄告诉我：别听他吹牛，他是国民党俘虏兵。二师傅当着我的面嘲笑大师傅："你当了那么多年的兵，也算老革命了，肩上连一个小星星都没混上，从部队下来怎么还是丘八一个。"

大师傅被二师傅说得不好意思。

二师傅是苏州人，说话软软的。他也会向我谈他的过去，谈到他读小学时，参加少年艺术团，跳过新疆舞。上中学写过诗在《萌芽》上刊登过。《萌芽》是当时全国著名的文学期刊，多少文学青年都曾梦想着自己的名字出现在它上面。他的老师曾预言他很有出息，会成为诗人、艺术家。他中学毕业，因家庭出身，上大学政审没通过，不得已求其次，进了所铁路机校，毕业后当了名工人。谈到这些，二师傅显出无限感慨的样子来，怀念起那幸福的童年时代，感叹自己越来越落魄。他三十岁了还没有结婚，听大师傅说他曾谈过一个女朋友，都快领证了。后来因为他平时嘻嘻哈哈，说话随便。因此女朋友也离他而去。谈起来这些他很有点感伤，神色黯然，不过只一会儿，就又放晴了面孔，抬腕看看手表说："哎，要下班了。"

那块表是他的骄傲，只要有人说"你这表真漂亮"，他立刻引为知己，得意地将手腕伸过来，在人面前晃一晃，"很贵的，二百多元买的。"二百元钱是他半年的工资。

有一天，干完活，下班换衣服时我发现大师傅腰上系了条红布带，遮遮掩掩解下赶紧塞进衣兜。边上无人时我悄悄对瘦子二师傅说："大师傅系了红腰带。"

二师傅狡黠一笑，说："那是大师傅辟邪用的。"

"红腰带能辟邪？"我问，觉得好奇。

二师傅是个爱说话的人，他告诉我，在小镇，不知从哪里传出一个谣言，说今年是劫年，要遭灾。有人传给大师傅，大师傅说："这是迷信。"吓得那人连忙做自我批评。谁知不久大师傅右眼皮跳了三天，全家五口不知吃坏了什么东西，拉了三天肚子，他住了三天医院。出来后，

青春随风

大师傅就悄悄地找了根红布条系在腰里。我听二师傅讲大师傅的这段故事，觉得挺有趣。

火车头在工厂修好后，生起火来第一次开出去，修车的工人都要跟着机车看看状况。我也跟着师傅出了几趟车，做了几趟特别旅行。

秋高气爽的日子，出门旅行最是心旷神怡。火车头独自在铁道上奔驰，我坐在司机旁的椅子上，既紧张又兴奋。火车汽笛声宏伟嘹亮，像波涛似的在头顶嘶鸣。车头上摇晃得真厉害，比车厢里颠簸多了，站也站不稳。我的手使劲抓住座椅的铁扶手。这家伙太庞大了，开起来轰轰隆隆，汽笛一鸣，我的耳朵震得嗡嗡响，耳膜都要震破，每次我都被它吓一跳。对这个大家伙，我真是又敬佩又恐惧。

司机大都是上了年纪的老头，他们和大师傅都很熟，坐在驾驶室的座椅上，一边眺望着前方，一边同大师傅说着话。这时候，二师傅总是坐在一个工具箱上耷拉着脑袋不知是在打瞌睡还是想心事。年轻的司炉忙着给炉膛里加煤，挥着铁锹，铲上满满一锹煤，转身送进炉膛。每当炉门开启，熊熊的炉火映红他青春焕发的脸庞。烧一阵火，停下来，用挂在脖子上的毛巾擦擦汗，手扶铁杆站在门边吹吹风。胳膊上隆起块块肌肉，风鼓起他的衣裳。

车行半日，在一座小站停下来。奔驰了许久的火车头喘息着，冒着白汽。趁这个时间，大家纷纷下车活动活动腿脚。我走下机车站在地面上，感觉大地都在摇晃，好像还是在奔驰的火车头上，好一会儿才稳住脚。

司炉抓紧时间干活，他摇动炉排从炉膛里放出许多煤灰。一群捡煤渣的妇女小孩围上来，用铁丝做的耙子从车轮边扒着煤渣，有的还伸进车上的灰箱捞煤块。二师傅吆喝着把围在机车旁的人群赶开。一个胸部鼓鼓的敞着衣领的妇女笑嘻嘻还往上凑，二师傅推推搡搡，乘机在那妇女怀里摸一把。我看着笑起来，那妇女胸部准有五个黑手印，回去丈夫发现该揍她了。

年轻司炉从炉膛里铲出锹红通通的炭，用水一浇，滋滋升起蒸汽。火熄了，热炭变成二煤。这种煤最好烧，火很旺，又不冒烟。他将这锹煤铲到路边向一卖瓜妇女换来两只香瓜，给我一只，另一只自己啃起来。迎面开来一列客车呼啸着从身旁驶过，带起一阵旋风，吓得我紧紧躲在

第六章 目尽南飞雁

大师傅身后。前方信号灯变绿了,大家登上机车,火车头又向前驶去。

傍晚,机车在一座城市停下了,找到乘务员公寓,准备休息一晚。吃过晚饭,大家在车站广场散步。车站建筑上面有一座火炬雕塑,奇怪的是这火炬垂直向上,像一只巨大的尖辣椒。我表示好奇,二师傅见多识广,说:"建造这火炬时,原来表现风吹的效果,方向向着西。但领导审查不通过,认为暗示向往资本主义,便又改成风向东吹,但领导又认为是西风压倒东风。于是,干脆把火炬设计成垂直向天,像一个朝天椒。"我觉得有些可笑。二师傅显然心有余悸,说:"难为那些领导,这是方向性路线性大是大非问题。"

大师傅冒一句粗话:"瞎鸡巴扯淡。"

第二天,我们的机车头拉上一列客车。长长的车厢牵在车头后,一路走走停停,每个站都要上下旅客。傍晚,列车正行驶着,突然,前方铁道上发现一头耕牛。老司机拉响汽笛,该死的牛站在道中一动不动,瞪着一双大眼,翘着一对牛角,好奇地望着直冲过来的机车。列车越来越近,老司机紧急刹车,车速很快,一下停不住,撞上去,"砰"地一下,那头牛卷入车轮下。车上的人吓得要命,以为这下车要翻。机车嘎嘎响,铁轨上火星直冒。列车跳动着,摇摆着,车轮要飞起来似的。我一个趔趄,险些从座椅上掉下来,双手抓紧扶手。一只茶缸叮当当从工具台上滚下来,滴溜溜打着转落在煤坑里。终于,列车停了下来。大家惊出一身冷汗。下车一看,车轮下血肉模糊。那头耕牛轧得支离破碎,内脏溅得到处都是。一张牛皮轧得烂烂糊糊,裹在车轮上。真悬啊。我知道坚韧的牛皮缠住车轮,会使车轮打滑,列车脱轨要翻车的,以前发生过这类事故。

老司机骂骂咧咧下了机车,几个人费了好大的劲,才把死牛从车轮下拖出来。路旁放牛的农民这时才赶过来,吵吵嚷嚷要铁路赔牛。老司机训道:"车翻了,你们怎么赔?"

放牛的农民胡搅蛮缠,扯住老司机不松手。呼啦啦不知从哪里钻出来一大群乡下人,他们拦在铁道上,吵吵嚷嚷,列车开不了了。

随后赶来的列车长见势不妙,赶紧把乘警找来。一脸络腮胡凶神恶煞般的乘警拔出手枪朝天"砰砰"放两响,吆喝着才把站在铁道中间的人群赶开。列车又开动了,经过路旁人群。那些乡下佬大声骂着朝机车扔石块，气得年轻的司炉打开机车排水管。"轰"地，一股强大的蒸汽冲出来，道旁的人群吓得连滚带爬。老司机加大气门，列车快速向前开去。

出了这个事故，耽搁了时间，列车晚点了两个时辰。天色渐渐黑下来。大家都没吃饭，饥肠辘辘，肚子咕咕响，列车不晚点就该到站了。二师傅骂骂咧咧"该死的牛"。

老司机提醒蒸汽压力往下降，要伙计加把劲烧火。二师傅回家心切，站起来从司炉手中夺过铁锹，气哼哼，铲了一锹煤抡圆了往炉膛里送去。这一甩，不知怎的手腕的表链开了。唰地一下，手表随着煤块飞出去，"当"的一声打在炉壁上，又弹下来，滚一滚从车门掉下去。他伸手一捞没捞到，险些连人也掉下去，嘶声大喊："停车。"

老司机被喊声吓一跳，一个紧急刹车。列车咣当当停下来，列车里的旅客又要遭殃了。前一次撞上耕牛紧急刹车，车厢里人仰马翻。有旅客撞得头破血流，餐车里的碗哗啦啦打碎一大沓。这又来一次，车厢里又该叫苦不迭。列车一停住，二师傅急忙跳下车。天色很暗，下面黑乎乎看不清。他在机车旁摸索着，好一阵没找到表，气急败坏地说："奇怪，就从这门边掉下去，怎么没了。"

大师傅骂："笨蛋，车都走了几十米，你在这里摸什么。"说着丢给他一个手电筒。

二师傅慌忙往尾部跑。

列车长来了，车上旅客都从车窗探出头。车长问："怎么回事，又停车？"

老司机回答："又发现一头牛。"

车长心有余悸，问："没撞上？"

老司机回答："没有，牛跑了。"

列车长叹一声："好险。"然后往回走。

二师傅找回表，急急忙忙爬上车。他将表放在耳边听听，还在走，松口气。

列车又启动向前开，直到夜很深才到站。将机车开进工厂下了车，大家匆匆回家。

第二天大家照常上班，快下班时，我突然被二师傅的尖叫声吓一跳。

第六章　目尽南飞雁

只听他大惊小呼："哎呀，我的表，我的表怎么倒着走。"他一手拿饭盒一手举着表，一连声："怎么回事，怎么回事？"

我探头去看那块表。果然秒针滴滴答答倒着转，走得还挺带劲。大师傅接过来看了看，哼一声："能走就不错了，机车那么快，表摔下去还有好。"

二师傅哭丧着脸，"这表是全钢防震的呀，听说从飞机上扔下来都没事，怎么就完了呢。"

一青年工人凑上来，笑嘻嘻道："这下好，时光倒转，你就戴着这块表越活越年轻，又回到你那幸福的童年。"二师傅狠狠白他一眼。

在工厂学工期间，渐渐地，我喜欢上了乘车旅行。只要听到大师傅一声招呼，我登上机车就出发。汽笛长鸣，列车风驰电掣。我有时想：将来，如果可能，我要继承父亲的传统，当个火车司机，驾驶火车头驰骋大地。

清晨，太阳从地平线下爬上来，从右边的窗子直射到左边的窗上。一束金光在车厢里跳跃，照着老司机的脸。他正聚精会神向前方眺望。看着他，我想父亲开火车也一定这样神气。我对火车司机这职业充满了羡慕和崇敬。太阳的金光照着大师傅的额头，稀疏的头发像镀了层金。他坐在副驾驶位子上随着机车轻轻摇晃，气定神闲闭目养神。他在想什么？南海风云戎马生涯？还是老婆孩子二锅头？二师傅坐在机车角落一个工具箱上，他还在懊恼着，不时将手表掏出来，看一看，摇一摇，放耳边听一听，嘴里叨叨咕咕。瞧他那样，哪里还看到一点艺术家的气质。年轻的司炉烧一阵火，双手握住扶杆向外探出身。他青春洋溢的脸庞挂着汗珠，头上洒一抹金光。我走到门边同他并排站在一起，向外望去。

前方，阳光下闪亮的铁轨从远方源源不断地出现，靠近来，缩进车轮下。路旁的树木呼啸着向后倒去，远处的农庄田野也在缓慢地向后移动。只有蓝天上几朵白云始终追逐着机车，一时还看不出它们的运动。

田野里，稻子黄了，快要收割了，随风翻着金浪。池塘里开着荷花，红绿纷披。一大片绿油油的瓜田里，一个个圆圆的香瓜泛着白色。风卷起煤屑吹进驾驶室，车头上到处都是黑黑的，我的两只手摸到了车上，脏极了，不一会儿弄到脸上也乌黑。父亲那件半旧的工作服套在我身上又肥又大。我将袖子卷起来，戴上顶老司机给我的蓝布鸭舌帽，脸上油

青春随风

渍麻花,俨然一个铁路工人,同那些老铁路没有什么区别了。

火车头隆隆地奔驰向前,山岗田野不断地一层层向后飞逝。有时驰过一座铁桥,闪亮的河流移近来又急速地流过去。一路奔驰,经过一个又一个车站,离小镇越来越远。每当机车经过一个车站,车轮驰过道岔咔嚓嚓作响,剧烈摇摆一阵。我既新奇又兴奋,睁着大眼想看清站牌上的站名。呼啸而过的站牌只是一晃,很难辨认得清上面的字。

田野没有散尽的烟雾在初升的太阳光辉映照下显得缥缈迷蒙,有梦一般的感觉。机车飞驶,眼前的景色不停地变换。一座座农庄灰色的瓦房错错落落,飞檐高翘,山墙雪白。小河的水清清亮亮泛着白光,平坦辽阔的农田,远处是灰色的丘陵。火车头隆隆向前奔驰,平原过尽是群山。连绵的山峦不断向后飞逝,铁道穿山而过,石崖几乎贴着车窗。山上树木稀疏,复着青草,斑斑驳驳。这些天旅行,我已渐渐习惯了奔驰的机车,不再怕颠簸,在摇晃的机车上我能站稳并随意走动。有时,我还帮着抡起铁锹往炉膛里抛一点煤。年轻的司炉手把手教我。我同他们很快就成了好朋友。

我挥一阵锹,满头大汗,学着司炉的样,敞着怀双手把着扶杆站在车门口,任着疾风吹到胸膛上。有时我坐上副司机的椅子,从窗口向前眺望,像一个真正的火车司机,驾驭着这匹巨大的铁马。铁道笔直地闪着亮一直伸向地平线的尽头,仿佛火车头向前开,顺着铁轨就能一直开到天上去。有时,前面出现弯道,山重水复疑无路。火车头飞奔过去,峰回路转,眼前又出现新的景致。

二

冬去春来,过了一个寒假,从工厂回来,写作小组又转战农村。

我们去的地方是一个偏僻的山区,过去是老革命根据地。因为这原因,突出政治的年代,一条铁路弯弯曲曲修进了山。山里人口稀,物产少,没有什么可运的东西,火车头一天拉着几节车厢也就往返那么一趟。我们在仲春时节离家,小火车一路咣咣当当吱吱嘎嘎,将我们送进了山。

第六章 目尽南飞雁

在一个小得连候车室都没有的车站我们下了车。一条铁道卧在峡谷中，四面皆山。生产队派人来接我们，开来一辆名叫起宏图的手扶拖拉机。我们爬上拖拉机小拖斗，柴油机突突突震天响，黑烟直冒。离开火车站，起宏图在山路上上下下弯弯曲曲走了三个多小时，才望见了目的地。

我们到的这个村子有五六十户人家，在山里算是比较大的村子了。大都是些土坯木板房，有些砖墙也已陈旧不堪。生产队给我们安排住在一栋旧仓库里。男的住一间，女的住一间。一路旅途疲劳，大家摊开行李在木板铺上草草入睡。

第二天，山村的晨鸡将我们唤起。端着脸盆到村旁的小河边洗脸。河对岸就是山，连绵起伏，河面吹过清清凉风。大家站在河滩上，伸伸腰呼吸着山里的新鲜空气。村子里，屋顶上飘着缕缕炊烟，同山脚河面弥漫的晨雾一起冉冉升起；远处的山呈着墨绿色，河岸一块块农田露着褐色的泥土；收割了的油菜还卧在地里，有的田里灌满了水等待着翻耕。几畦田里，一寸来长的稻秧绿油油，这是插秧的种苗。山里的第一天，都有些兴奋，望着面前的景物，同学们指手画脚，吵吵嚷嚷喧笑着。此时的我也暂时忘了昨日旅途中那点忧愁。

突然，呼啦啦从河岸边的树丛中钻出几只小牛犊般大的动物来。黄黄的皮毛，扫帚似的大尾巴，支着耳朵瞪着眼朝几人不怀好意地龇牙。"狼。"同学们惊呼着，丢下脸盆往回跑，气喘吁吁的，慌慌张张到村口，遇到出工的村民，喊："有狼。"村民不相信，说狼早就打绝了，很多年没见狼。正说着，道旁草丛中钻出一只来。同学惊叫："狼进村了。"村民们笑起来。有人一唤，那动物上前很亲热地冲村民摇着尾巴。原来是狗，虚惊一场。我们不好意思地转回身，都说这山里的狗真大。

村里的知青来看我们。有几个是我们中学同学，其中一个叫扁鸭子的同学还和我同过班。他们读了两年初中就下乡了。也就一年多时间，个个晒得黑黑的瘦瘦的，争先恐后向我们诉着苦。很快，我们就体验了他们的生活。初到乡下，生活有些不习惯。这里拉屎的茅房，只是在村边地头挖一个坑，上面横两块木板，四周用柴草围起一人来高，遮挡一下。茅房男女不分，谁先占谁用。粪坑里蛆虫乱爬，臭气熏天。如果站在高一点的地方，不经意往茅房那边一望，时常会看见柴草圈里撅着一只黑得发亮的大脏臀。村民用水都是在村边一口小水塘。这水塘呈 8 字形，一边在淘米洗菜，一边就在刷着粪桶。塘边癞蛤蟆蹦来蹦去，看着叫人恶心。我们用水不到这水塘，宁愿多走几百米路到村外河里挑水。平时河水还清，一下雨就浑浊不堪。用这水洗脸，毛巾都是黄黄的，怎么洗也洗不干净。刷牙漱口，嘴里咯咯吱吱尽是沙子。我们担水回家，倒在水缸里使劲放明矾。水是澄清了许多，可这水喝起来味道很不好，涩涩的。村子里没有电，到了晚上我们就点起蜡烛，后来觉得点蜡烛费钱，就像村里人一样点起煤油灯。灯光摇摇曳曳，屋里半明半暗，看书得凑近灯火才看得清。久了鼻孔都熏黑了。天黑都早早歇息。

写作小组有两个男老师带队，都四十多岁，一个胖子姓崔，一个瘦子姓曾，两人性格截然相反。胖子老师崔性格开朗，风趣幽默，善交际。他风趣的谈吐、广博的知识、优美的男中音很得学生喜爱。下乡后他从不下田劳动，也不督促我们劳动，挺随和，倒是常支使我们帮他跑腿做事。见到生产队的小头头，笑嘻嘻递上几支烟，腆着大肚子，吹嘘自己同公社县里的关系。那些乡下人拿他当大干部，对他毕恭毕敬。瘦子老师曾不苟言笑，是个很刻板的人。他对我们要求很严，刚下乡第二天就赶我们同知青一起下田劳动。劳动时他自己抢着脏活累活干。凡事都小心谨慎，走路不让我们踩了庄稼地，要排着队。乘船过河他站在船边生怕我们掉河里。我们同知青搭伙吃饭，有谁多夹了两筷子菜，过后都要挨他批评。

春耕农忙季节，早晨天刚蒙蒙亮，我们吃过早饭扛着锄头出门时，那些村子里的农民已经在田里干了好一阵子。我们不会耕田，拿着锄头在田里锄草，或者从村里向地头送肥。天很冷，打着赤脚走进水田，有一种刺骨的感觉。干不大一会儿，我们一个个从田里爬上来，瑟瑟地拄着锄头铁锹站在田头，不愿再下水。在田里劳作的农民似乎没有感觉到寒冷，他们赤脚踩在水田里，神态自若，慢悠悠不停地劳动着。这时，瘦子老师曾把我们都赶下田，结合实际大讲向贫下中农学习、接受贫下中农再教育的必要性。

刚下乡生产队请了个妇女帮我们烧饭。当然大婶的工分是要我们出的。我们吃的是生产队里自己种的新米。用一口很大的铁锅烧饭。砖砌的炉灶，烧茅草和树枝。这种锅灶烧饭很好吃，特别是锅巴，黄黄脆脆的很香,我们铲起来用手抓着当点心吃。虽然没有什么菜,我们的饭量却大增。一段时间劳动,再加上山里的空气清新,我在家的失眠症竟好起来。

在村里,老师带我们到贫下中农家中访贫问苦。生产队队长首先向我们介绍情况。这一带过去是老革命根据地,土地革命时期很多人参加了红军。山多地少,现在仍然很穷,许多乡亲家徒四壁,大姑娘都没一条好裤子穿。生产队队长的土话一串串很难听懂,唠唠叨叨老旱烟一袋接一袋抽,熏得我们眼泪直流,他还以为是被他的故事感动了呢。在生产队队长介绍下,我们去访问了村里贫雇农代表老五保爷。老五保爷今年七十三,孤寡一人,住在村东头一间小土屋里。他无儿无女,无亲无靠,瘦骨嶙峋,满脸渔网纹,皱得像干树皮,牙齿脱了大半,只剩三两颗支撑着门面。别看老五保爷现如今这老态龙钟样,年轻时参加过农会,打过土豪。红军长征时,他差点跟了去。老五保爷向我们讲他过去的故事,听了后,有同学说:"那时,老五保爷要是跟红军长征去多好,现在就享受老红军待遇,有房子有工资,说不准还能当干部到中央去呢。"

另一个同学说:"谁知道他没参加红军长征是福还是祸。要知道红军长征出发时有三十万人,到陕北只剩三万人,老五保爷很大可能就是那二十七万人中的一个。那把老骨头不丢雪山上,也埋草地里了。"我们都不赞同他的观点,认为与其穷困在山沟里一生,不如闯出去革命一回。

空闲时,我们帮老五保爷挑水。有同学从家里出来带了几个苹果,也给老五保爷送了两个。在山里苹果是稀罕东西,老五保爷一辈子还没吃过这好东西。他捧着两只大苹果喜不自禁,举到眼前左看右看,放在鼻前嗅了又嗅,说:"这苹果真是好东西,瞧这颜色多鲜艳,红扑扑像孩子的小脸蛋。瞧这形状圆圆滑滑的像女人的屁股。孩子的脸女人的屁股这两样东西都是叫人欢喜的。"老五保爷的样逗得我们都笑起来。

老五保爷已经干不动农活了,全靠生产队养活。他有时提只破粪箕在村口田头拾点粪。他为自己不能下田干活而歉疚,常不耐烦地感叹,怎么活这么久,念叨着:"七十三、八十四,阎王不请自己去,今年怕是难过去了。"平时,老五保爷喜欢坐在村头的大碾盘上,吧嗒根烟管晒太阳。一群闲着无聊的年轻人围着他,听他说古道今。我们下乡在村里,

青春随风

无事也喜欢往人堆里凑。因为这是和贫下中农打成一片，美其名曰接受传统教育，瘦子曾老师也就不干涉我们。老五保爷一辈子没有离开过村子，却有一肚子天南海北的故事。他的故事对外面的世界充满了向往，好像走出山都是美好的神仙世界。他给我们讲三山的传说。

从我们村旁这条河坐船顺水一直漂下去，五十里就会到一条大河，叫赣。从赣再坐船漂下去，五百里就到一座大湖叫鄱。穿过鄱，到一条更大的江，叫扬子。扬子江浩浩荡荡，一直向东奔去，一千五百里流进大海。大海无边无际，它的深处有五座仙山，名叫岱舆、员峤、方壶、瀛洲、蓬莱。每座仙山上都住着许多神仙。有黄金打造的宫殿、白玉筑成的栏杆。岛上结着长生不老果，仙枣长得有瓜那么大。神仙身上都有小翅膀，能自由地在海面上飞翔。吃着长生不老果，没有压力，没有斗争，各尽所能，各取所需，无忧无虑，快乐极了。

然而，这五座仙山都是漂浮在大海上的，下面没有根，一遇风浪，就会流动。神仙们担心仙山漂流无定，万一漂到北极去沉没在大海里就可悲了。他们到天帝那里诉苦，请求帮助。天帝答应了神仙们的请求，派了十五只大黑乌龟到海中把五座仙山用头顶起来。它们三个一组，一只顶着，其余两只便在下面守候。一万年换一次，轮流负担。这些顶仙山的神龟，做这工作一开始老老实实，后来就有些调皮了。有时在大海里拍打它们的脚爪，戏耍起来，使得仙山上的神仙受到颠簸，吃了不少苦头。不过，这点颠簸也不算什么，神仙们还算安定。

又过了许多年，在离我们很远很远的地方，有一座很高很高的山，叫昆仑山。在昆仑山的北面有一个大人国。这个国家的人都特别高大，其中一个人闲着没事，带了一根钓竿到海里钓鱼。他两脚一跨就到了大洋，钓竿一甩就甩到了仙山这里，举起钓竿接二连三钓起六只很长时间没有吃东西的大乌龟。把乌龟背回家，烧了吃。可怜岱舆和员峤两座山没有了乌龟顶载，便流到北极沉到大海里。上面的神仙慌忙飞到其他三座仙山上。

神仙们状告到天帝那里。天帝知道这件事，很生气，惩罚了大人国的人，使他们变小了许多，以免他们再出去惹祸。不过仍有好几丈高呢。五座仙山沉没了两座，只剩下蓬莱、方壶、瀛洲三座，还叫大乌龟们顶着。

自从受了大人国的教训,乌龟们老老实实很安静,再也没有出过什么乱子。现在这三座仙山还漂在东方的汪洋大海中。

老五保爷讲得很认真,我们听了神话故事都表示不相信,问他听谁讲的这个故事。老五保爷说听他的爷爷讲的,他的爷爷又是听爷爷的爷爷讲的。有小年轻问他怎么不坐船去寻仙山。老五保爷说年轻时忙于糊口,现在经不起颠簸了。再说仙山被神龟驮着,会漂,凡人无缘是寻不到的。当然这是老五保爷,如果地主富农借给他个胆也不敢讲这封建迷信的故事。

三

紧张的春耕结束了。我们写作小组一分为二,两个老师各带一个小组。凡是在瘦子曾老师领导下的同学都觉得很不幸。为了和广大贫下中农打成一片,曾老师要求我们和贫下中农同吃同住同劳动。我们不再自己烧饭,和小镇下放的知青一起搭起伙食来。男同学索性住到知青宿舍。农忙过去,知青们都歇了下来,没事干挤在屋里打牌。有时出门跟着村民上山砍柴。晚上无灯天一黑就草草关门歇息。山里冷,夜里起来小便不愿出屋,像小时那样,将门开一条缝,对着外面撒尿。几条枪夜夜扫射,弄得门前臊烘烘的,地上结着一片碱花,像秋霜。有人来,总是在门口捏着鼻子说一声"臊",弄得几个小伙子好没面子。于是找了一只木桶放在屋角,夜里作为便桶。这样确实方便了许多,然而又有一个新问题出来。夜里大家都往桶里撒尿,木桶很快就满了。白天谁也不愿去倒便桶,尿溢到地上,结果是门外的臊气又到了门里。

早晨,七点了,我们还一个个缩在被窝里。大门嘎一响,踢踢踏踏进来一个人。听这脚步声不是瘦子老师曾。如果是他来总是轻手轻脚,开门进来先到厨房看看,不声不响挑起水桶担水去。我们慌作一团忙爬起来,就等着一上午听他的教诲。没有动扁担声。门边,一个尖尖的嗓门:"怎么这么臊啊。"抽一声鼻子,"哟,水漫金山了。"果然不是曾老师,是知青来相。我们将支起的脑袋又放到枕上。

青春随风

在村子里，住着几个早几年外省来的老插队知青。他们对我们这些准知青挺热情，没多久就熟悉起来。他们中有个老知青叫来相，是个很有趣的人物。

来相是从很远的一座大城市下放来的。那座大城市的人一向以面皮白净、讲究衣着著称。可是来相又黑又瘦，头发老长，衣服邋里邋遢，我看这不像是齐人入楚的缘故。来相时常会到我们这里来串门，因为我们都刚从家里出来，还都算富裕，时常大伙儿打个牙祭，来个聚餐。哪位新从家里来，捎些吃的，只要一邀来相，他从不会客气。坐在餐桌旁，他的嘴巴两个功能都运用得很好。他能一边吃着我们放在他面前的食物，一边给我们讲笑话，讲一些乡里的趣事。吃得高兴起来，还会扯着喉咙唱一支歌。他的嗓音有点尖，可是高音一上去也很嘹亮。他唱那首青海民歌，最是拿手。

在那遥远的地方有位好姑娘，
人们走过她的帐房都要回头留恋地张望。
我愿做一只小羊依偎在她身旁，
我愿她那细细的皮鞭轻轻地抽在我的身上。

他唱得那样动情，深深地感动了我们。这首歌真是令人遐想，使得我一时间曾有这么个念头，上山下乡，我应该报名到青海去，那儿有辽阔的大草原、成群的牛羊和美丽的姑娘。

来相住在一间很破旧的土坯房里，靠着村边路口上。他没有发生过水漫金山的事。他从不把尿桶放在屋里。每天傍晚，临睡前到户外房后拐角处冲着墙根撒泡尿，然后一夜睡到天亮。早晨时常被尿泡涨醒，所以有时比我们起得还早。有一天，他早晨醒来，发现屋内木箱子旁有一个盆口大的洞，以为有贼穿墙进了屋。四处看看，没发现少什么。寻思着，我也没什么值钱的东西叫贼动心。猫腰到洞口，想寻出贼的踪迹，却闻到一股尿臊才恍然大悟，这洞竟是自己所为，不禁哈哈大笑起来。

他向生产队队长请了一天假，说房子坏了，要修房子，不出工。用了一个小时，和了点黄泥巴，加点碎石块，将那个洞堵了。然后上公社

第六章 目尽南飞雁

逛集市去了。在集市逛到天黑才回来,醉醺醺摇摇晃晃走到屋后,又冲着墙根要撒尿,猛想起才糊的湿泥巴,转身放出去。哗哗啦啦,一股激流冲的草棵里飞起一群蚊虫,直扑他的裤裆。他来回扭着身子,水枪扫射成一扇面。好一会儿尿毕,抖抖裤裆,赶紧钻进土屋。

来相很少下田,那么几角钱一个工,他实在不屑那么辛苦去挣。也不知他靠什么维持生活。下放知青第一年有国家给的安家费,第二年就没有了。自己挣的不够吃就靠家中接济。家中的供给有时不够及时,来相就得勒紧裤带,用他那只大糟鼻头到处闻到处嗅。这里蹭一顿,那里混一餐。一条又脏又瘦灰毛狗,跟在他身后。灰毛狗瘦骨嶙峋脏了吧唧,却取了个很威风的名字——赛虎。赛虎是半年前来相在集市上捡来的。那天来相在集市上卖掉一篓田里逮的青蛙,得了几张票子,忍不住立刻想解解馋。坐在一小摊前吃一屉生煎肉包子,吃得嘴巴油光发亮,这只灰毛狗来到跟前,有气无力地在来相腿上蹭蹭,眼睛盯住来相咀嚼的嘴巴,一副可怜兮兮样。这可怜相使来相想起自己饿肚子的情景,随手丢给它一个吃剩的包子。来相吃完包子,抹抹嘴起身往回走,这只狗就跟了上来。一路爬山过水一直跟到村子里,在来相的破土屋落了户。

赛虎徒有虚名,遇见村里别的狗一点也威风不起来。那些狗自以为是本村地主,很有些欺生。赛虎独往独来,喜欢学猪在泥地打滚,无聊了在谷场追鸡赶鸭。一旦本村别家的狗出现,立即夹起尾巴往回逃。来相自己也是吃了上顿没下顿,你想赛虎又能有什么。平时它无精打采躺在土屋前,见到谁来都吠个不停,弄得别人很讨厌,转身就走。其中生产队队长受它的攻击最厉害。队长来了,赛虎拦在门前吠的嘴角泡沫都出来了,毛也耸起来。来相却缩在黑屋子里不吭气。队长大声喊:"来相,你又偷了我地里的红薯。"任赛虎怎么叫直往前走。赛虎却总是夹着尾巴缩着脖子,一边叫一边往后退,钻到旁边柴堆里去。这时,来相就涎着脸从里面走出来。

来相不下田干活,总是喜欢往集市上跑,干些投机倒把的勾当,弄点钱。有时带一篓田里逮的青蛙或者谁家收的山菇,拿到集市上去卖。再从集市上带一点针线鞋袜等物卖给村里人。那时物质很紧张,城里洗浴用的肥皂都凭票供应,农村更是奇缺。有一次,来相给村里人弄来一

青春随风

箱肥皂。这肥皂与日常用的不同,颜色红红的呈透明状。村里人见了将信将疑。来相声称是新产品,最新科学技术,从厂家批发来的,价钱很便宜。他挨家挨户去推销,吹得天花乱坠,说这肥皂能洗去千年老垢,能洗去老太婆脸上的皱纹,能洗去秃子头上的癞痢,说得许多人动了心。特别是一些爱干净的女人纷纷掏钱买上两块。手头没钱的拎着鸡蛋来换一块。可是,所有买了他的肥皂的人用红皂洗了头之后,第二天早晨起来,发现头发一大块一大块往下掉,连呼上当。人们一个个戴上帽子包着头巾气势汹汹找上门来告状,要赔偿损失。来相百般辩解抵赖,推卸责任。但是铁证如山,眼见村里人都要变成和尚尼姑,只得退货还钱。看着一箱红皂,他还不死心,想亲自试试红皂的性能,但信心又不足,只好抓住屋里的赛虎用红皂洗了个澡。第二天,村里人就没再看见赛虎的影子,来相土屋飘出炖狗肉的香味。

一箱肥皂,使来相经济上蒙受巨大损失。足有一个月他勒紧裤带,没闻半点油腥味。实在打熬不过,他又上集市去,想看看有什么外快可捞。这次他更倒霉,在集上,他走过人家门前顺手牵羊想捉人家的鸡,竟被当场抓住。一群如狼似虎的壮汉把他四蹄掀翻,手脚一并捆住,抬到铁路上,丢到铁轨里。远处出现一列火车,喷着烟鸣着笛轰轰隆隆向这边开来,铁轨和枕木在来相身下抖动着。火车越来越近,来相吓得屁滚尿流,拼命挣扎哀号。轰鸣奔驰的列车挟着一股飓风呼啸着冲到他面前。他嗷叫一声,晕了过去。

过了好一会儿,他悠悠醒来。那几个大汉站在一旁哈哈大笑。火车在他身旁紧挨着奔驰而过,风沙扑了他一头一脸。原来是在相邻的那股铁道上。

经过这次胯下之辱(来相这样称这件事),来相好长时间没去赶集。天晴时,他懒洋洋躺在谷场草垛上晒太阳。下田的人们收工回来,一个个扛着铁锹担着粪桶,一裤管的泥。一个知青喊:"来相,你好福气,睡得好安逸,做了什么梦?"

来相嘿嘿笑,回道:"做了个《红楼梦》第五回里贾宝玉做的梦。"大家知道他说什么,看过《红楼梦》没看过《红楼梦》的人都笑起来。有知青扔下农具也在草垛上坐下来;有人叫肚子饿了。一个知青哑巴哑巴嘴,说:"现在回去吃饭,桌上有碗红烧肉就好了。"

他这一说,几个知青都条件反射地咂巴咂巴嘴,咽咽唾沫。眼前生出幻象,满尖一碗红烧肉,一大块,一大块,肥嫩嫩,油嘟嘟,冒着热气。

谷场上,一只公鸡追赶着一只母鸡,母鸡拼命地在谷垛间逃跑。来相怪腔怪调地说:"瞧,它正拼死保护着自己的贞洁。"拾起一块土坷垃冲着公鸡打去,正打中公鸡翅膀。公鸡惊叫着吓跑了。一知青学着来相的腔调:"哟,瞧,英雄救美呢。"众人哈哈一阵笑。

村子里,一缕缕炊烟冉冉升起,青烟飘过,勾起人们的食欲。有知青发着牢骚,说很久没有吃肉了。有知青说烧菜的食油用完了正愁没钱买呢。人们站起身,拍拍屁股上的尘土叫唤着:"走啰,回去吃饭了。"来相没动身,懒洋洋望着天。有人叫:"来相,等天上掉肉包子啊,是不是又弹尽粮绝了。"来相慢悠悠起身,边走边吟着一首打油诗:"柴米油盐酱醋茶,门前索债乱如麻。我欲管他娘不得,后门出走看梅花。"他好逍遥啊!大伙儿笑过之后,被饥饿催着,各自走散了。

下乡的日子很清苦,小镇来的知青们早把安家费和口粮都吃光了。自从和他们一起搭伙吃饭,我们也就没有了好日子。几名知青轮着在家中充当火头军。饭烧的不是夹生就是糊了,黑黑的锅巴加点水再煮一煮,名副其实的碳水化合物。日子越来越难起来。米还够吃,没有钱买菜,吃不上猪肉,很长时间天天一点青菜萝卜。没菜吃,几个同学到村后竹林里挖了几棵笋,拿回来烧菜,瘦子曾老师发觉狠狠批了一顿,他从三大纪律八项注意一直讲到世界革命,从谁知盘中餐粒粒皆辛苦,到十年树木百年树人,好像我们吃掉的不是一棵竹笋,而是大兴安岭森林似的。

肚里没有油水,实在馋得熬不住,到村子里那个小小的代销店买了几盒肉罐头。罐头不知放了多久,早过了保质期,铁盒子锈迹斑斑。不过处理价,很便宜。大家费了好大的劲,刀砍斧劈,才把罐头打开,倒出来全是肥嘟嘟的肉皮,还带着老长老长的猪毛。黄黄的汤汁油腻腻,冒着气泡。大家顾不了许多,知青点的人全聚在一起,弄了瓶烧酒,又吃又喝起来。来相闻着味也跑了来。几盒猪肉罐头加一瓶烧酒吃下肚,不一会儿,大家肚里如同生了蛤蟆,呱呱乱叫。一个个忙不迭地往茅坑跑,争先恐后,等不及的就往村外草丛里钻。知青们都无法出工,在宿舍里捂着肚子呻唤，还互相数着，你去了几趟茅坑，他去了几趟茅坑。奇怪的是胖子崔并没有吃猪肉罐头也总往茅坑跑。同学问："老师你又没吃肉罐头，怎么拉肚子比谁都厉害？"胖子崔回答："我肚子好好的，谁说我拉肚子？""那你为啥半天时间去了十来趟厕所？"胖子崔说："茅坑总是让你们占着，我一泡屎现还没拉出去。"

无论在家里还是学校，我们受到的教育都是要我们一生勤劳，吃苦耐劳是中华人民的好品德。可是来相却不以为然。来相说，他刚下乡时，一颗红心立志扎根农村，老老实实接受贫下中农再教育，"滚一身泥巴，炼一颗红心"。每天起早摸黑下田劳动，哪里艰苦哪里去。改造烂泥田，寒冬腊月跳下齐腰深的水田。田里浮着冰碴，冰冷刺骨。暴风雨之夜，为抢收稻子，划船到河对岸去。山洪暴发，将船掀翻，差点被水淹死。在乡下过了两年，热情渐渐消退。在这穷山沟里，天天面朝黄土背朝天，每天只挣那么几角钱，累得腰酸背痛，不知何年何月是头。一年四季难见一点荤腥。来相对我说这些话时，指着一老农，这里的人祖祖辈辈在这山沟里，生老病死，大部分人一辈子连县城都没去过。他说着说着，激愤起来，怨天尤人，咒着这穷得快要饿死人的地方，咒让他下乡来的人，甚至咒起自己的父母来。他们不小心生下他，却又养不起让他受苦。我对他的咒骂感到很吃惊。

有一天，农闲下来，我正坐在屋前的阳光下读一本书，是普列汉诺夫的《论艺术》。这是我从一位老知青那里借来的。来相走过来，从我手里拿过书，翻了翻，摇摇头。"读这书有什么用。你这辈子只能拎拎锄头把，在哪里能用上这些知识。"我嘴上没有反驳他，心里却在想：燕雀安知鸿鹄之志。

四

农闲时，同学们有的去乡里逛集市，女同学忙着洗衣服。我避开人群，去野外读书。我读鲁迅的书。那时，能读到的书很少，值得一读的只有鲁迅。我读《狂人日记》，孤傲的鲁迅先生的这篇小说充满象征，那隐晦的描写，

第六章　目尽南飞雁

那辛辣的语句,着实费了我许多精力去琢磨它。我更喜欢先生写的《伤逝》,凄凉的美,很是感人。阿Q也很有意思,他的精神胜利法后来也常被我很无奈地用着。

我坐在山坡上,背靠一棵小松树,斜阳照在我的身上。我将带的书随手翻开一页读着:

我的所爱在山腰,
想去寻她山太高,
爱人送我燕图巾,
回她什么,猫头鹰。
……

先生揶揄的调子,使我有点不舒服。

我从漫漫悠思中醒来,肚子咕咕叫,早晨吃的泡饭和咸萝卜干,撒泡尿就没了,肚子空落落,这使我从发古悠思回到现实中来。伫立山头,村外收割完的庄稼地里还堆着许多稻草秆。这些打净谷穗的稻秆担回去也没地方堆放,山里也不缺柴烧,生产队干脆放把火烧起来。人们来来往往在凹里穿梭,一趟一趟拾起草捆往火堆上丢。我站在村外高坡上看忙碌的人群,一处处火堆升腾起一股股浓烟。这景象使我不由得想起古代的烽火,想起那个为取悦女人而得罪将军的周幽王。

为了写报道知青的文章,瘦子老师曾布置我们去采访村里的老知青。村子里除了我们小镇来的知青,他们都是刚下乡没两年,还有几个老知青。这些老知青下乡有五六年了,他们最初有十来个人,后来陆陆续续走了几个,有的推荐上了大学,有的提干到公社和县里。留下来的苦苦熬着,等待着下一次机会。这些老知青人虽不多,却也形形色色,有着各种各样的性格,有忠厚的,有刁猾的,有勤快的,也有懒散的。老知青有时会向我们讲述他们下乡插队的故事。我听他们谈论最多的是一个同他们一道下乡的女知青。那个女知青很漂亮,在学校里就是个顶尖人物,学生干部。剪着齐耳短发,从容娴静,对谁都冷冰冰的不苟言笑,显得很高傲。知青们下乡后,耐不住寂寞,男男女女很快都成双成对。她那么

青春随风

漂亮，总是独来独往，日出日落，出工收工，使得那些男知青很难接近她，称她为冷艳女人。过了两年，有一天，她忽然宣布要结婚，嫁给村上一位三十多岁的男人。起先知青们都不相信，后来她果真结了婚，才醒悟过来。他们对这件事情觉得不可思议，时常会感慨地谈论起来，而且一次比一次激愤。他们原先是那么喜爱她，觉得谁也配不让她，对她敬而远之。突然，她嫁给那位三十多岁的老鳏夫，他们都目瞪口呆。那男的是生产队记工员，不知对她施了什么手段俘获了她。女知青嫁给当地农民，县里知道后，大肆宣传，成了知识青年接受再教育扎根农村的先进典型。她在政治上走红起来，调到公社任妇女主任，后又推荐上大学去了。

瘦子老师曾很兴奋，他从知青们那一大堆乱七八糟的故事里去粗取精、去伪存真、由此及彼、由表及里、独具匠心地挖掘出一个知识青年先进典型。一个女青年下乡后虚心学习、刻苦锻炼，热爱上这里的土地，决心扎根农村一辈子，嫁给了一个当地农民。瘦子老师曾认为这是一个很好的素材，要写一部长篇报道。

知青们却有自己的说法。有的知青说，她是有意这结婚作为跳板，利用了老鳏，想离开农村往上爬。有的知青不同意这说法，说她在乡下实在太寂寞了，太孤独了。生活这么苦，一个女青年无依无靠，实在耐不住，而他们对她关心又太少。

寂寞孤独压迫着所有的知青。大部分知青下乡没多久都谈起了恋爱。我的同学扁鸭子和一个叫小英的女知青好起来。自从写作小组一分为二，我们住进知青点，我和扁鸭子住隔壁。扁鸭子姓王，叫王和平，是湖南人，中学读书我们曾在一个班级，家住得也不远。在小镇上，每到黄昏，扁鸭子贪玩到吃饭时间还没归家，他那矮矮胖胖身材似冬瓜的母亲就站在家门口拉长了声唤："平伢子——回来吃饭啰——"她那湖南腔叫平伢子，我们听成扁鸭子。大伙儿也就跟着叫他扁鸭子了。因为遗传，扁鸭子也挺胖，中等个迈着八字步，蹒跚而行。春江水暖，扁鸭子与小英的关系越来越热火，天天形影不离。小英是个又矮又胖的姑娘，胸脯鼓鼓的像两个气球。圆圆的脸，小鼻子小眼。她性格极随和，对扁鸭子好得不得了，从家中带来点吃的自己舍不得吃，全给了扁鸭子。对扁鸭子百般体贴关怀，六月天就赶着为扁鸭子织冬天的毛衣。他俩一到天黑就聚在一起，离我

第六章　目尽南飞雁

睡的床只隔一层薄木板。总是听到他俩叽叽咕咕、吭吭哧哧，弄得床板嘎嘎响，也不知干什么。

一天，扁鸭子悄悄问我："你看过许多书，知道生孩子是怎么回事？"

我说生孩子那得先怀孕。

扁鸭子扭捏一阵，脸红红地告诉我，他和小英在一起时，一次动了感情，拥抱在一起。不知怎的，底下流出水来，就用一块手帕擦，擦了男的又擦女的。后来害怕起来，不知会不会怀孕，慌兮兮的。

这种事，我也不知道，无法回答他。

扁鸭子他们紧张了好些日子，后来没见动静，才放下心来。而我却被这件事搅得心绪难宁起来。我总是想着扁鸭子的话，他那诚惶诚恐的神情，既惊讶又好奇，胡乱猜测着。我们这些少男少女除了看过野狗子交配，没有受过别的性教育，对生孩子一无所知。在这躁动的青春期，做了不知多少荒唐的梦。

春风拂动了我的春心。我的脑子里时而浮现起一些荒唐的念头，如黄昏飘飞的蛛丝缠绕着我。一天夜里，我做了一个长长的梦。梦中我躺在床上，迷迷糊糊，似睡非睡似醒非醒。忽然一阵清风，门外走进来一个女郎，身姿绰约俊目流盼，轻启芳唇，自称是那位老知青。我很惊讶，问她来干什么。她不言语，向我轻轻招手，不由自主我起身随她而去。我被女郎拉着手，悠悠地，像飞像飘，来到一处景致很美的庭院，走入一间半明半暗、香气袭人的房间。女郎贴近我，望我笑，百般娇媚。我大着胆揽她入怀，贴上她的颊，伸出手抚摸她的肌肤，柔滑光洁香酥无骨。我恍恍惚惚，缠缠绵绵，一股热流从我的脊背直向下流去。女郎消失不见，我张嘴呼喊，却喑哑发不出声。醒来，我感到浑身酸软无力，汗水将我的衬衣湿透。我爬起来，衣裤湿湿地贴在我身上。一阵寒意，起一层鸡皮疙瘩。风从破窗的缝隙吹进来，我打了个寒战，又钻进被窝里。迷迷糊糊我又进入梦境。我从荒野走向回家的路。路是那样长，那样泥泞，我举步艰难，一步一跌。走着走着，忽地一脚陷空，从高处坠落……我又从梦中惊醒。山风狂劲地吹着，撼得门窗呼哒呼哒响。天上的星星都吹落了似的，黑漆漆伸手不见五指。破纸板窗被吹开，我起身拉上关紧，蜷曲缩进被子，蒙头盖脸，裹得紧紧的。不一会儿，闷得我喘不过气来，

青春随风

身子发热,我掀掉身上盖的被子。衣裤被汗湿透,一经风吹感觉又冷起来,重新裹紧被子。我浑身一会儿发冷,一会儿发热,直冒虚汗,哆哆嗦嗦,浑身如棉,没有一点力气。我恐惧起来,以为在发烧、生大病,大难临头了。辗转反侧,徒自在黑暗中挣扎。也不知过了多久,我盼着天亮,迷迷糊糊躺着,直到东方出现鱼肚白。黑夜过去,世界并没有毁灭,当一缕黎明的曙光从洞开的窗子照进黑暗的小屋,我从噩梦中醒来。

起床后,扁鸭子问我:"昨天夜里,你怎么了,好像听见你在说梦话。"我淡淡地说:"没什么,做了个噩梦。"我没有理会他们叫出工的喊声,向野外走去。

我独自一人带本书爬上村后的山坡。这里的山不高,树木也不多,稀稀落落长了些灌木和茅草。漫坡盛开的山花已经凋谢,落红飘零。山洼洼里有一小片竹林,苍翠依然。登上山头,站在高处向下望,闪亮的河流、错落的农庄,一览无遗。一块块新栽的禾苗、绿茵茵的农田,在河谷的平原展开;远处,群山连绵,迷迷茫茫。山岗向阳坡上,有一座大坟包,坟前几对石人石马卧在草丛中。我拿着书坐在石人石马旁的草地,看一会儿书,望一会儿远处,想一会儿心思,听一会儿鸟啼。然后在土坡上躺下来,也不管身下的泥土,将手臂枕在脑后,仰面望着薄云飘过的天空。云雀在天上叫个不停,远处的山林传来杜鹃的啼声。我心中颤动着一丝柔情,生出一丝遐想。微风送来芳草的香味,我沉浸在绵绵情思中。躺在草地上,仿佛身在三月的春阳,四周开满了五颜六色的野花,自己融进这美丽的春天中,变成一棵勿忘我草,开一朵蓝色的小花。一只叫庄子的蝴蝶翩翩飞来,落在我的花瓣上,它软软的触须拂动我的思绪。我的心尖落上一些绯色的花粉,于是,如同受孕,我的心头产生出一首小诗,一首爱情的小诗。

> 我曾用幻想编织一个神话,
> 我要赤足走遍海角天涯,
> 寻寻觅觅寻觅我梦中的家,
> 摘下那弯新月贴我的窗花。
> ……

第六章　目尽南飞雁

　　风从山里吹来，习习地带着些许凉意拂着我的脸颊，轻轻掀动我的衣襟。月儿挂在后山像一只弯弯的船儿，飘浮在云朵间。一股忧伤涌在胸间。眼前的山水一片绿色，覆盖着淡淡的乡愁。我思念起小镇的家，思念起家中的母亲，很久没有听到火车声了，我多么想打起背包，赶到火车站，乘火车立刻离开这乡村回家去。

　　山脚河滩上，一只白色水鸟掠过水面，轻巧在水中一点又落在近旁一棵柳树上。一个农家小姑娘坐在草地上，身旁一条活蹦乱跳的黄狗。小姑娘晃动两只翘翘的扎着红头绳的小辫，嘴里咿咿呀呀唱着什么。黄狗撒一阵欢，偎依到女孩身边。小姑娘搂住黄狗脖子。远远地，一群牛涉水过河，水面投下斑斑碎影，这景色很美。望了一会儿，我在草地上停下来。四处冷清清，那座孤独的坟，落在草丛中，几对石人石马，还是那么忠实地默默地守候在一旁，饱经风雨，一个个斑驳蚀落、历尽沧桑的样子。一大块厚云遮住了太阳，风从高高低低的山坡上吹来，身旁的茅草唰唰地响，倒伏下来。我感到一阵莫名的悲伤。

　　我想起老五保爷给我们讲的南山坡上这座孤坟的传说。

　　很久很久以前，这一带是一个小诸侯国，方圆几百里被一个国王统治着。国王有一个年轻美丽活泼善良的公主。有一天，公主骑马到山里游玩，森林里突然遇见一只猛虎。猛虎向公主扑过来，正在这危急时刻，出现一个猎人，弯弓搭箭，射向猛虎。猛虎带伤跑了，公主得救了。国王非常感激年轻的猎人，封他为武士，招进宫里。年轻的猎人勇敢英俊、正直善良，他和美丽的公主情投意合，两人相爱了。在这个诸侯国里有一个大臣，奸险狡诈，善于溜须拍马，经常围在国王身边，得到了国王的信任。大臣对公主早就垂涎，他向国王求婚要娶公主。国王虽然正直，但已老迈，被大臣蒙蔽，分辨不出忠奸，答应了大臣的请求。公主对奸诈的大臣没有好感，她的心已交给了正直的武士，坚决不听从国王的安排。狡猾的大臣阴谋除掉武士，向国王进谗言，说那只受伤的猛虎还在山里害人，让年轻的武士去杀死那只猛虎。大臣借国王之手赠给武士弓箭和宝刀，暗地把箭头和刀柄弄断。勇敢的武士不知有诈，进山寻找猛虎，与猛虎相遇。他弯弓射箭，箭头都是断的。猛虎扑来，武士拔刀砍去，刀柄也断了。勇敢的武士赤手空拳同猛虎搏斗，虽然自己受了伤，但终于把猛虎打死，胜利归来。狡诈的大臣一计不成又生一计，让国王命令武士带一支人马向敌国开战。大臣暗中勾结敌国布下陷阱。武士英勇机智，挫败了大臣的阴谋，打了胜仗，带着军队班师回朝，将军队驻在城外。阴险的大臣谎称国王要检阅军队，让武士列好阵式迎接国王。而对国王说武士已经反叛，带了军队要谋害国王。他们布置下弓箭手，将武士骗进城用暗箭射死，将头割下来。悲愤的公主决心为武士报仇，号召武士的部下冲进城来，杀死罪恶的大臣。终于真相大白。武士已经死了，公主为心爱的武士报了仇，以死殉情，举刀刺向自己的胸膛。一颗鲜红红的心从洞开的胸膛跳出来，公主捧着心倒下。国王失去了心爱的公主，痛悔不已，将武士和公主合葬在一起。武士的头被砍下来，竟找不到了，公主的心也不见了。国王命人给武士做了一个金子的头，给公主装了一颗金子的心。为了防止别人盗墓，在这一带青山上做了七十二座假坟，每座坟前两对石人石马守墓。

这是一个很美丽感人的故事。我站在古墓前，望着芳草萋萋的坟丘，想着：这静静的坟丘下也许是空的，并没有武士和公主的骸骨以及他们金子的头、金子的心，但是却埋藏着一个美丽动人的故事。面对着历史的遗迹，我的胸中涌起一股悲壮与苍凉。风急起来，一阵阵刮过天空，涛声四起，激荡着山谷，漫天翻卷着乱云。

五

写作小组下乡几个月，大家都疲倦了。我们跟着胖子崔老师，就有点放任自流。生产队不再要我们下田做事。我们都不会干农活，净帮倒忙。插秧把根都撅断了，没几天禾苗一片片枯黄，还得补栽。田间除草，稗禾不分。和农民一起去割稻，不小心就割到手指头。割下稻谷扎成一捆捆用扁担从田里挑回村，稻穗都熟透了，一摔一碰，谷粒就哗哗脱落下来。生产队长要求我们挑稻谷中途不能放担停歇，要一肩挑回打谷场，以免稻谷撒在路上。我们挑的稻谷很小一捆，只及农民的三分之一，刚上肩觉得挺轻。老农告诫：远路无轻担。果然，走走就不行了。以前都没挑过担子,窄溜溜的肩膀不堪重负,压得疼痛难耐。又不敢放担停下来,咬着牙歪歪斜斜往回走。有时实在坚持不住看看前后没人偷偷放下担歇一歇。再挑起担,地上撒了一片黄灿灿的谷粒。生产队队长瞧见,冲我们一通训斥,再也不要我们干农活了。没有活干,写作小组的同学们变得游手好闲,一个个东游西逛,钻山沟,爬山梁,和村里知青打成一片。这时间,我结识了元星。

元星是同来相一起下乡插队的老知青,身材中等,样子稍瘦了些,却匀称结实,山里的风日把他晒得又红又黑。他同来相那些知青不同,那些老知青中只有他每天同农民一起出工。他不喝酒不抽烟,不和来相他们一起打架胡闹,干偷鸡摸狗的勾当。他有一个爱好,对天文特别有兴趣,每天夜里都到野外观测天文星座,已经坚持了好几年。他对星象都入了迷,无论走到哪里,到了夜晚,只要有星星出来,他都不忘观察。有一天夜里,他从外面回村,走在田间小路上。满天的星星清晰明亮,他边走边望着天空,结果只顾抬头看星,不低头看路,脚下踏空,掉进水渠里,落得浑身湿淋淋。他对我说,他从小就爱好天文,向往了解那谜一样的星空,看了许多有关天文学的书。我对他执着的志向十分钦佩。

在乡下寂寞的日子,我常到元星那简陋的小土屋去,从他那里借书看。元星有一只大木箱,里面装满了书,最多是关于天文的书,有一些历史、数学、物理教科书,还有占卜、星象、节气农谚等书,五花八门。我问他哪里弄的这么多书。他说有些是下乡带来的,有些是在农村收集的。我每次从他那里借书,他都再三叮嘱看完一定还给他,还说,好借好还,再借不难。我笑着答应他。

看了元星的关于天文知识的书我才知道,太阳原来是个大火球。它的颜色是橘黄色的。如果太阳颜色变红了,那么,地球上就会是冰天雪地。我们就是有北极熊的毛皮也耐不住严寒。如果太阳的颜色变成白色的,那么,地球上就会是一片焦土。一切生命都不存在了,我们的灵魂只能是一缕缕青烟在太空飘荡,无所寄托。我很为我们人类捏一把汗,庆幸太阳是美丽的橘黄色。

元星有一个自制的望远镜,是用几片玻璃放大镜组成,装在一长竹筒子里。那竹筒经过他加工改造,笔直的,里面竹节全打通,外面磨光,还挺精致的。架在自己的小土屋顶。他的小屋没有瓦,用黄泥抹平。一架木梯靠在墙上,不刮风不下雨,天上有星星,他就爬上屋顶拿着望远镜对着天空一看几个小时。有一天,他用那土制望远镜观察到一颗以前从没见过的新星,而后一连三天都观察到它。元星认为这是一颗尚未被人发现的超新星。他很激动,第二天跑了几十里路到公社邮局给中国紫金山天文台寄了一封信,报告这一重大发现,并画了一张星位图。回来后,他就等啊等。谁知过了一个月,他在生产队的一张旧报纸上看到一则消息,国外某天文台发现一颗新的超新星,并给予命名。这正是他发现的那颗新星。外国天文台比他还晚三天发现。他很懊丧,对我说:"这颗星本来是我先发现的,却给别人占了先,我们这山沟沟里信息传递太慢了。"那颗新星被以国外发现者的名字命名。我叹道:"嘿,真可惜,本来这颗星以你的名字命名,那多好。"

  一个月后,天文台给元星的回信才姗姗而来。那些专家肯定了他的观察成果,但是认为未向外界正式公布,所以这颗星只能算别人的了。专家们也觉得遗憾,称赞他的星位图画得很好,同天文台的图没有什么差距,希望他继续努力保持联系。元星收到这封信,很受鼓舞,观察星座更勤了,并根据多年的观测研究结果,写了几篇论文给天文台办的刊物寄去。有一篇论文在刊物上发表,受到许多专家的好评。专家们说,如果元星能继续深造到大学里学习将来会有很大前途。专家们想把元星招到天文台去。去年有一个上大学的指标下到公社,生产队推荐了元星。他兴高采烈填了表,交上去。谁知等了许多天,没有音信。他跑到公社去问,才知道原来那个上大学的名额已被别的知青挤掉了。据说那个知青为了能把元星拉下,不择手段,诬告他不安心务农,看封资修的黑书,发表攻击上山下乡的言论。说他有一次讲知识青年上山下乡是变相劳改。其实这话不是元星讲的,是来相说的,硬栽到元星头上。元星很愤怒,去到公社找领导评理。虽然调查证实他没有说攻击知青上山下乡的反动言论,但已经晚了,那位知青已经走了。提起这件事,元星愤愤不平地对我说:本来上不上大学他也无所谓,过去几次上大学的机会他都让给别的知青。但是这一次是他特别喜爱的天文专业。那耍阴谋诡计的家伙能干什么,连太阳系九大行星搬了半天手指头也讲不出来,眼睛视力只有零点二,半个瞎子怎么观测星座,望远镜送给他只能当擀面杖吹火筒。元星幽幽地说,他是多么想能去多读点书,深造一下,待在这山沟沟里是很难有大发展的。四周山连山,视野被遮挡,交通信息也不方便,前途渺茫。我听了元星的感叹,心情也沉重起来,大有惺惺惜惜的意思。

当天空的云朵遮住了星星,元星坐在土屋前,拉起自制的二胡。二胡是用一截竹筒,蒙上张干蛇皮,一只长长的木杆,上面两只调弦的把手。二胡很粗糙,音色却不错。我对音乐一点儿也不懂,只记得在踢雀儿刘那儿听过的《二泉映月》极好听。我问元星,会拉《二泉映月》吧?他说会一点,拉得不好。应我的要求,他拉起来。我静静地听,望着他微微摇动的身子。那很久没有听到的熟悉的音乐,又回响在我的耳边,勾起我思念亲人的愁绪。

同元星在一起,我的视野开阔了许多,学到了一些自然知识,了解了太阳、月亮、星星以及我们人类所赖以生存的地球在宇宙间的位置。浩浩宇宙,无穷无尽,我们的知识实在是太少了。有一天我问元星:"太空里有没有外星人,你见过飞碟吗?"元星说:"我没见过飞碟。太空里也可能会有外星人,因为在无数亿个星球上一定还有星球具备创造生命的条件,也许那里的生命会以另外的形态出现。"

由于元星的影响,我开始热衷于天文,观察起星相。我接过那土制望远镜,去眺望那浩瀚的星空,那神秘的宇宙。茫茫夜空布满了繁星,大的亮灿灿,闪烁夺目;小的静幽幽,白光一点。大大小小的星星铺满了天空。群星围绕的银河仿佛一条宽阔的白色丝带,将恢宏的宇宙拦腰一系,又像一位仙女飘飘的纱巾在无垠的天穹伸展荡漾开。我仰起着脸,将一双眼使劲贴在望远镜上。星空在向我靠近。我好似乘坐在一只大船上,在银河里漂流,手拿望远镜,遨游太空。我飘飘然,脱离了地球的引力,向浩瀚星空飞升。这时,我会忘却了一切,那白日的忧愁烦恼烟消云散。

元星告诉我,天文学家说宇宙是二百亿年前一次大爆炸形成的。宇宙也有终结,从地心说到日心说,到现在的大爆炸理论,人们在不停地探索寻找宇宙的秘密。不过,我更喜爱也宁愿相信我们祖先流传下来的关于宇宙星空的美丽传说。

我用充满敬畏与感激的心情观察太阳和月亮,从黄道和白道看它们横空的轨迹。我披霜载露,遥望东方的启明星,心中的希望与启明星俱升。我怀着无限美好的心愿与幻想看那西天的长庚星在晚霞中明明灭灭,这心愿与幻想在我的梦中实现。晴朗无云的夜,风清人静的夜,灿烂星空向我敞开胸怀,拥抱住我。我追随祖先的目光,将我的视野融进他们的智慧和想象。从灿烂星空,熠熠繁星,我看到:东方苍龙,昂首摆尾,跃跃腾飞;北方玄武,匍卧草莽,狡黠窥伺;西方白虎,张牙舞爪,咆哮山林;南方朱雀,翩翩翔姿,轻舞天河池畔。在天市垣,我仿佛看到一派太平盛世繁华景象。太微垣,将相环列,执法森严。紫微垣,这星空主宰的居住地,笼罩着帝王之气,北斗七星围绕着灿烂的北极星。紧挨的文昌星在耀眼的群星中,并不显赫,在众多贵族豪门中,文昌星太黯淡了,它本应有更显要的位置。许久许久,我从那浩瀚的星空神游回来。呵,迢迢银河,璀璨群星,在人类童年的神话中,天空也同人间一样,有许多悲欢离合的故事。哪一个孩子没有听过妈妈讲那牛郎织女、嫦娥奔月的故事,哪一个孩子没有在仲夏夜仰头望着星空,掰着手指头数着一颗颗小星星。

六

夏夜的天空,深蓝深蓝的,高远莫测。点点繁星熠熠闪烁,月儿还没有升起,淡淡的星光像一层薄雾飘荡在空间中。河水哗哗啦啦奔流不息,几点渔火在河面映着倒影,闪着粼粼波光,呈现出一片迷离凄幻的景象。我和老知青元星躺在河边的土堤上,这里绿草如茵。堤的后面是村里知青小屋,断断续续,传来一个男人的歌声。不远,河湾一座小山兀立河畔,给河面投下黑黝黝的暗影。元星侧身躺着,一只胳膊支撑抬起头,星光映出他脸部的轮廓,如剪影。河上的风拂着他的乱发。元星身材不高,却很有意志。性格豪爽耿直,有阅历,有思想。正是我这样的少年所敬佩的。这样的秋夜,格外触动人的心绪。我絮絮地向元星倾吐着心里话,叙说着我的苦闷,我的梦想,而后沉默下来。元星不动声色,静静地凝视着河面。

第六章　目尽南飞雁

一只白色的鹳鸟扑拉拉从河面飞过，消失在对岸山崖的树丛中。

"文学？艺术？现在还有谁提这些词儿。"元星说。

我辩解着，可声音是那么弱小无力，元星将手臂在暗夜中一挥，就截断了我的声音。

"现在的人，蝇营狗苟，浑浑噩噩，什么理想什么事业都丢开了。"元星将双腿伸直，仰面朝天躺着，双臂枕在脑后，"当年，那么多的理想，那么多的激情，回想起来，真是幼稚。"

元星望着星空，讲起往事。我双手抱膝坐着。一颗流星划过夜空，一闪即逝。元星那清晰的男中音穿过沉沉的空气，颤动着我的耳膜，"我像你这个年龄，正逢文化大革命开始，参加红卫兵，一腔热血。那时，造反、抄家，抄出来的东西堆得满地都是。一沓沓的钱、黄灿灿的金子、花花绿绿的外币，没有谁去动一下。多少次，金子就在脚边，四周没有第二个人，我从旁走过去，连正眼也不瞧一下。"

我的眼前出现一座富丽堂皇的房子。元星扎着武装带，戴着红袖章。成堆的金子在他脚旁，闪着迷人的亮光，他正眼也不瞧一下。他走出门，走到灿烂的阳光里，威风凛凛。

黑暗中，又传来元星沉沉的声音："闹运动的时候，为了一个口号、一个观点，辩论得面红耳赤，武斗打得你死我活。现在还有谁会这样呢？那么多的热情，那么多的理想，竟然是那么的无聊。"

我默不作声，胸膛有种凝重的窒息感。河堤上几座坟丘，飞舞着三两只流萤，一只大鸟叫了一声，我打了个寒战。不知怎的，我最恐惧死人了。小时候和同伴在野地里玩耍，捉迷藏。有些小伙伴总是在坟堆里钻来钻去，我一看到那些土包包就望而却步。走路经过坟地，我屏住呼吸，加快脚步，仿佛随时那些土包包会裂开来，里面钻出一个青面獠牙的僵尸厉鬼来。活人为什么害怕死人？人死了还是那具形体，为什么会使人恐惧？哲学家和医学家关于死亡的解释都不尽如人意。我相信除了躯体以外还有别的什么东西。这种东西在活人身上，人就有了一种灵气。人死了，这东西从躯体里跑了出来，人就没有了灵气。没有灵气的躯体是空壳，什么别的邪祟称之鬼魅的东西钻进这躯壳，挥发出一股戾气，就使活人感到害怕。

青春随风

我感到一阵寒意，不由得缩起肩。突然，"哗啦"一声水响，我看到黑黝黝的河滩上，泛着粼光的水面慢慢升起一只黑影。黑影越升越高，仿佛飘一样无声无息上了岸，向这边走来。我毛骨悚然，一把抓住元星的臂，紧张得声音都变了："看，幽灵。"

元星盯住黑影，等走近了，问了声："谁？"

对方传来一声男人的回应："我。"

我松开元星的臂借着星光，这才看清，是和元星一块下乡的知青。这个人瘦瘦的，有一副苍白忧郁的面容，总是沉默寡言，和元星是同学，大家都叫他林。我和林不熟悉，只觉得他是一个孤僻的人。

元星站起身，"这个天气你还到河里去了。"语气中透出关切。

林没有吭声，站在夜幕里一动不动，仰脸望着夜空。我看到他的头发湿漉漉的，清癯的脸上两只眼睛亮亮的，仿佛两点星星。

元星拍了下林的肩，温和地说："回去吧，很晚了。"

林还是没有说话，默无声息走开去。这个人真古怪，我想。

元星猜到了我的心思，说："你觉得林有些古怪是不是？你知道吗，他已经得了血癌。"

我吃了一惊。

沉默一会儿，元星叹口气又说："你了解林的过去吗？过去，林是我们城里红卫兵敢死队队长。"

"敢死队队长？"我又吃了一惊，怎么也不能相信，这个沉默寡言，面色忧郁苍白，微微伛偻着背，总是独往独来的林，曾有过这么辉煌的过去。"敢死队队长"，我只有在小说里才看到，那都是叱咤风云、滴血盟誓的大汉。我在如今的林身上实在看不到什么传奇的色彩。

"你不是爱好文学吗？你不是打算写两本书吗？林这个人就值得写一写。"停一会儿，他又说，"每一个人都有他的故事，无数人的故事加起来就是长长的历史。"元星给我讲起他和林的故事。夜很静，连河堤的虫儿也不鸣了，坡上传来的歌声飘飘忽忽，只有元星的声音响在耳旁。

我和林在中学是同班同学，文化大革命红卫兵大串联的时候，我们一起走出学校去串联。怀着对伟大领袖无限忠诚和崇敬的心情串联到北

第六章 目尽南飞雁

京,在北京参加天安门广场红卫兵大检阅。歌声口号声汇成一片,真是万众欢腾。走了一夜一天的路程,唱了一夜一天的革命歌曲,喊了一天一夜的革命口号,嗓子喊哑了,汗水流尽了,鞋被挤掉了,衣服也被撕破了,见到了伟大领袖我们感到无比幸福。然后又从北京出发,去革命根据地革命圣地参观学习。一行四人,我和林,还有两位男同学。一路步行,饥餐渴饮,晓行夜宿。一路上,南来北往的红卫兵长征队一个接着一个,都打着队旗,戴着袖章,背着行李卷。没钱了就去找红卫兵接待站,走累了就在政府招待所住两天。

红卫兵满天飞,不管到哪里都有人接待,各地政府接待站就像现在的旅行社一样全程服务,红卫兵所到之处有吃有喝,这在那个年代是一件了不起的事。别人没有粮票就寸步难行,而红卫兵没有粮票却能在食堂里畅通无阻。城里的公共汽车也成了他们的旅游公车,不管到哪里都可以随便乘坐,不用买票爱到哪儿就到哪儿。至于火车就更是成为红卫兵专列了,一分钱不交就可以周游全国。

走了一个多月,从南到北,又从北到南,走过许多地方,见了不少世面。开阔了眼界增长了见识。步行还锻炼了身体,磨炼了意志。文化大革命席卷全国,有的地方运动搞得轰轰烈烈,男女老少动员起来,站岗放哨盘查行人。儿童团、红小兵手持红缨枪站在路口,拦住过往行人,必须背诵一段毛主席语录才能通过。也有的地方运动比较冷清,唯恐天下不乱的红卫兵串联到那里发动群众,宣传毛泽东思想,刷大标语大字报,帮助当地的红卫兵造反抄家,向走资派夺权。

我们步行长征,一路上有时也会遇到些意外情况。夏天骄阳似火,正午,大路上热气腾腾。一望无际的平原,无遮无挡。走得口干舌燥,在路旁发现一大片西瓜地,欢呼着扑进瓜地。摘了瓜大嚼一顿,吃饱了抹抹嘴,正商量着学习当年老红军老八路的好传统,给瓜农打一张收条。不远处,村子里传来狗叫声。一群狗、几个农民冲出来。农民手里拿着铁锹棍棒大喊捉贼,吓得我们来不及解释落荒而逃。

一次在县城,遇到几个当地流氓调戏一个女学生,林上前阻拦,流氓围住他,我们一起冲上前,林跃起来冲领头的流氓就是一拳。那流氓鼻梁咔嚓断了,满面鲜血倒地一动不动,其他流氓立刻被林镇住不敢动手。

青春随风

过后，林的手也痛了许多天。

我们步行串联上千里，两脚打起了泡。走不动了，开始搭乘汽车。一天，我们站在公路上拦汽车，一辆又一辆汽车擦身而过，没有停下来的。我们不由得火冒三丈，拼着性命，站在路中间拦住一辆吉普车，几个人强行上了车。司机在我们的拳头逼迫下开了车。一路上，我们好不得意。汽车开得飞快，驰过一座又一座村庄。傍晚时，汽车停在一个小镇上。我们下车一问，不是我们要去的地方，方向正相反。走了上百里路，竟是南辕北辙。我们气坏了，扑上去给司机一顿拳头，把吉普车掀翻到路旁。

我们继续长征。一天，走入一片崇山翠岭之中。山峰壮丽，景色怡人，我们沿着盘桓的山路，一路观山赏景，一路前行。一条大河从山中流过，碧波盈盈，两岸奇峰秀立。一个农民划竹筏送我们过河。竹筏悠悠溯流而上，碧水丹崖，如入画境。登上岸，往前走，看见一片红墙绿瓦掩映在苍松翠竹之间，原来是一座大庙。走进院子，迎面大殿上挂一扁"天师府"。

大殿里面没有人，两旁厢房门窗紧闭悄无声息。供桌前立着一尊塑像，身穿长袍，正襟而坐。供桌上燃着香火。我们在大殿里转了一圈，门外进来一个农民装束的老头。我们指着塑像问老农："这是什么东西？"

老农说："这是张天师啊。"

"张天师？是什么人？"

老农说："是道家老祖，会降妖伏魔，求他可以保你们平安的。"

我看过《水浒传》，第一回里说的是张天师祈禳避灾，大概就是这个张天师吧。

"呸"了一声，林说："这是封建迷信。"跳上供桌去砸塑像，老头脸都吓白了，张着两手，"别，别。"

我们不理他，不管三七二十一，一起用劲，轰隆一声，神像倒了下来，摔得四分五裂，殿堂里尘土飞扬。老头"妈呀"喊了声抱头鼠窜。

我们从供桌上跳下来，正往外走，忽见门口立着一人，这人身穿一件灰不灰、紫不紫的长袍，上面脏不拉几，头发长长的，面色漆黑，蓬头垢面，下巴一缕黑须落在胸前，阴沉沉，一双眼直勾勾盯着我们，活像一具从古墓里钻出来的僵尸。我们一见，不由得心虚胆怯，脚步往后抽。

第六章　目尽南飞雁

林无所畏惧，瞪了那人一眼，双手把供桌一掀"哗啦啦"，香炉供品翻满地。跨过废墟，走到道士面前，喝道："滚开。"昂首从旁走过。我们也受到鼓舞，一个个挺胸跟了出来。我们走出山，走上大道。

元星停下来，不再讲话，陷入沉思中。我望着他的侧影，线条清晰，静穆如雕塑，星光映照下卷发微微泛着光。他在想什么，那无悔的青春岁月？月儿升起来了，我们的周身浴着清光。月光洒在水面上，随着水波向前流动。我双臂环膝，翘首望天。堤后的村落，先前唱歌的男声消失了，一个清晰的女声又唱起来，唱的是一首插队知青之歌。这种歌在城里是不让唱的。歌手没有经过专门的训练，可唱得很动情。

蓝蓝的天上，
白云在飞翔，
美丽的扬子江畔，
是可爱的南京古城，
我的家乡。
……
告别了妈妈，
再见吧家乡，
金色的学生时代，
已伴随着青春史册，
一去不复返。
……

月光如水的秋夜，使人恍若身处他乡异境，听着这飘飘而来的歌声，有一种别样的心情，勾起一怀愁绪。元星低头不知在想什么，低低地咳嗽一声。沉默使我难受，问道："后来呢？"

"后来呢？"我又问。

"再后来，我们下了乡。林的女朋友和他分了手，他变得沉默寡言。两年后，林的鼻子老是流血，一检查，得了血癌，一直到现在，他就成了这样。"

"他为什么不回家？"我问。

"回家也治不了他的病。他不愿这样面对亲人朋友，成为他们的累赘。山里空气还好些。"元星似乎不愿再讲下去，匆匆结束了他的故事。这样的结尾使我感到有点突兀，我心绪恶劣。

"后悔么？"沉默一会儿，我问。

"不。当时我们年轻，有理想，有信仰，有激情，感觉自己将来是社会的支柱，世界是我们的。一腔热血，誓死保卫无产阶级司令部，打倒帝修反，解放全人类。伟大领袖发出的号召，我们都坚决执行，无条件照办。本来林可以不下乡插队，但坚决要求到农村下乡插队。"

沉默一会儿，元星又说："如果生活可以重来，我们会选择另一条道路。但是，自己走过的，不后悔。"元星用低低的沉重的声音说："人生最大的悲痛莫过于辜负青春。青春的生命是美好的，青春的生命又是脆嫩的，岁月一下子就会把他摧老。不要虚度，不要悔恨。"

"年轻时，不要怕；年老了，不要悔。一个老者这样对我说。"

元星说的是什么，喃喃地像是自语，又像是对我说。我沉思着。我的眼前出现林那孤独的身影、忧郁的面容。夜深了，一片静寂。我思绪起伏。啊，奔流的河水哟，你日夜不息，带走人间多少悲欢离合的故事。

元星沉默着，他的沉默似那无边无际的暗夜，笼罩着我，沉重地压迫着我的胸腔。心啊，我的心儿哟，你到哪儿去了？你在旷野里行走，你在海上漂荡？或者，你飞上了无垠的夜空？我抬头向天空仰望，我不知道，哪颗熠熠的星是我的心在闪烁。

河水哗哗啦啦地奔流，水面泛着光，又圆又大的明月从树梢后面升起，照得原野朦朦胧胧。这真是个多愁善感使人思乡的夜，这样的夜出了多少诗人，吟出多少佳唱。一叶孤舟静静地泊在岸边，黑黢黢一簇阴影。老五保爷说，乘船顺着这条河漂流而下，曲曲折折航行几千里到大海，就能找到那幸福美好的仙山。这样迷蒙的夜，那个神话变得真实起来，我真想跨上小船披着月光随波而去。

这段时间，村子里发生了一连串的事情，对我的震动很大。一天早晨，来相跑来告诉我们一个新闻，村子里一口古老的大铜钟没有人去碰它，

第六章　目尽南飞雁

突然破碎了。发生这种怪事，人们议论纷纷。大铜钟在村子中的一所祠堂里，文化大革命"破四旧"，祠堂里的塑像被推倒了，供桌被打碎了，只剩下那口大钟放在殿堂中。祠堂被生产队用作堆放谷物农具的仓库。大铜钟不知是什么年代铸的，钟上雕刻着许多花纹图饰，很沉重，足有五六百斤，四个小伙子也抬不动。刚下乡，我曾到过祠堂，见过这口大钟，沉甸甸地坐在地上，积满灰尘，锈迹斑斑黯淡无光。在老人们的记忆中，这口古钟一直置在殿堂中，从来没有人去撞响过，起码有二百年的历史了。前些日子，突然古铜钟嗡嗡地响起来，自鸣三日不绝。钟上出现许多细密的裂纹，蓦地，呼啦啦散成碎片。

听到了这消息，我和元星去祠堂看大铜钟。灰暗蒙尘的祠堂里，大铜钟委顿在地，散落成一堆残破铜块。断裂的地方露出新铜，熠熠闪着金光。我面对古钟残骸，心里想：这是什么年代建造的，为什么造它？是用来祈祷的，还是用作召唤人的？它为什么突然破碎了？百年沧桑，大铜钟默默地不会说话。如果能说话，它会给我们讲述些什么故事。元星说它是不甘寂寞，不愿苟且，宁为玉碎。我明白他的话，我理解他的心情。我沉默无语，心头有些哽噎。

林死了。自从那个星光迷茫凄清的夜晚，我就再没见到他。听说他病重回了家，不久就死在医院里。他曾经轰轰烈烈过，最终却无声无息走完他短暂一生。临死前，元星去看他。昔日的红卫兵敢死队队长躺在病床上，全身浮肿，双眼已经瞎了，因为大量服药，头发稀稀落落，又黄又软，像婴儿似的。往日的英俊潇洒荡然无存，死亡在向他逼近。他听见元星的声音，从病床挣起半个身子，嚷道："给我输点血呀，给我输点血。"元星一把拉住医生的胳膊，激动地："为什么不输血？"

医生痛得直咧嘴，挣扎解释道："没有用了。他上面吐血，下面便血，止也止不住。"

当元星向我说着林最后的日子时，我看到这个刚毅的男子汉脸上流下两行清清的泪水。

老五保爷也死了。三天前，老五保爷就预感到了死亡，躺在自己散发着霉烂味的破屋里，不吃也不喝，不停地哀号："大铜钟碎了，我要死了。"一大群乌鸦围住了他的破土屋"呱呱"乱叫，应和着他的呻唤。

青春随风

老五保爷的死，在村子里并没有什么大的反响。老五保爷早就四处叨咕今年要走了，人们觉得很自然。生产队出了一副薄板棺材，叫了几个小伙子抬上后山。送葬那天，老五保爷无亲儿子，一个远房侄子举着一条白布做的幡走在前面。队伍从村子出发，一路抛撒黄表纸，村里人稀稀拉拉跟在棺材后鱼贯而出。送葬队沿着田间小路行进着，两只喇叭呜呜咽咽，招魂幡在风中飘扬。来到山脚，队伍上了山，在山腰停下来。这里是村里先人的坟地，老五保爷也埋在这里。这是他一直等待着的归宿。

丧事办完，队里出钱，所有帮忙的人吃了一顿酒。老五保爷高龄而死，是白喜，村里人在大碗酒大块肉面前吃得很高兴，吆五喝六划着拳。来相并没有抬棺材，喝酒却也去了，吃得嘴边油光光，划拳时那尖尖的嗓音特别响亮。

世界就是这样，新的生命诞生，旧的生命消亡，循环不息。人世间每天都在演绎着多少悲欢离合的故事。元星说："人生的路就是这样，像我们站在地球的北极点上，从那里出发，无论我们朝着哪个方向走，一直朝前，都将走到南极会合。我们所有的人，从出生，走过无数条生活的路，最后到达一个共同的终点——死亡。无一例外。"元星的话深深打动了我。

七月的一天，我依依惜别元星离开村庄去车站坐火车回家。三个月的学农结束了。写作小组的其他同学和老师前一天已经走了。我找个借口多待了一天和元星告别。清晨，我独自一人走在山间小路上。我走过一道山坳，翻过一道山梁，不知不觉太阳升起来了。在一片长满青青小杉树的山坡上，我望见了远处日影下闪闪发亮的铁轨，如一条腰带围住山脚。铁轨的一头从青翠的山谷里穿出来，另一头又隐入山谷。郁郁葱葱的群山笼罩着蒙蒙云霭。铁道上蒸腾着袅袅的烟气。我在山坡上的一块石头上坐下来，风从山谷吹来，走了几十里山路，觉得有点热，静下来，消消汗。回首，望我走过来的路，在山间时隐时现像一条曲折的带子一直牵在我的脚下，然后又伸向远方，与山下的铁道汇合。两条黑色的铁轨伸向苍茫的远方，等待着负重的任务。火车开过来了，像一条巨龙泰山压顶般向前奔驰。山谷被震动，回响着隆隆的雷声。我站起身迎上前去，金色的朝阳照着我的前方一片灿烂。

第六章 目尽南飞雁

七

夏末，写作小组结束了学农生活，又回到了学校。几个月的深入农村体验生活劳动锻炼，人人手上都打起了老茧，于是在老师的带领下开始写文章。经过一周的呕心沥血，同学们每人交上一篇作文。老师选了几篇在课堂上朗诵，然后刊登在学校宣传橱窗里。瘦子老师曾主笔，写作小组集体创作的长篇报道《广阔天地大有作为》，投寄到报社，在报纸上发表了。得到老师嘉奖的同学得意扬扬，没有得到嘉奖的同学很有些不服气。大家还没有当上文人，可就有点相轻呢。我的文章没有被老师选上，不过我很坦然。我是不屑于这些平庸的应时之作、官样文章的。等着吧，一旦梦笔生花池塘长出了春草，我就要写出那不朽的传世之作。

这一年，家中的状况有好转，母亲虽然忙忙碌碌，但她心情很好。姐姐已经结婚有了自己的小家，我升级做舅舅了。大哥在农村吃了不少苦，终于遇到一个机会被推荐通过考试去了远方一座城市上大学。二哥还在部队当兵，他寄回来穿军装的照片，英姿飒爽。三哥沾了二哥的光，成了军属，被拥军优属照顾留在小镇上，他如父亲所愿在铁路上工作，不过要当火车司机还得干许多年。母亲的心思现在集中在了我身上。母亲一生的精力都消耗在了她的几个儿女身上，而她这个生不逢时、命途多舛的小儿子更让她格外操心。近年来，母亲的额头爬上了细细的皱纹，鬓角已经有了丝丝白发。她的小儿子两手空空，饥肠辘辘从乡下回来，我既没让父亲快慰，也没让母亲欢喜，上帝也难宽恕我。我奋斗追求企望去摘取智慧之果，一生注定要汗流满面地做事了。

回到家，我欢天喜地去看我的小外甥。来到姐姐家那间临时租借的小屋，姐姐坐在床上，她的身旁，一大堆旧棉被破布片中间包裹着一个小男孩，那就是我的小外甥。姐姐打开包裹，我探头向前，注视着包裹中的小家伙。他浑身通红，脑袋小得像只猫，脸上像小老头似的，满是皱纹，闭着眼，小小的红鼻子轻轻翕动，脸蛋上毛茸茸的，头发稀疏柔软。我第一次看到新生婴儿，分外好奇。人之初就是这样的吗？每一个人都

青春随风

是这样开始的吗？瞧他多么鲜艳娇嫩、小巧玲珑，将来他会长成一个什么样的男子汉？

母亲杀了只母鸡炖熟了端给我的姐姐吃，给她产后补身子。姐姐接过碗喝了点鸡汤就吃不下了，看看站在一旁垂涎欲滴的我，让我吃。我嘴上说不吃，手却伸出去接过碗。我先吃鸡头、鸡脖子，我想：反正姐姐不喜欢吃这些东西。我准备将最好吃的鸡肉留给姐姐。接着我又忍不住吃了两只翅膀，我想翅膀上净是骨头肉也不多。后来我又开始吃鸡腿，我像猪八戒吃西瓜，竟将一只鸡全吃完了。当然，鸡不能白吃，姐姐让我这个做舅舅的给外甥起个名字。我翻了两天字典，找了一大堆名字，最后又从中挑选决定，我的外甥的名字取为文武之斌。这是希望他长大后亦能文，又能武，是个栋梁之材。新的生命诞生，新的希望随之生起。人们一代又一代繁衍生息为着希望苦苦熬煎。

在镇上，遇见了我的老同学好朋友涂。涂没同我一道参加写作兴趣小组，而是参加了农机兴趣小组。今后下乡可以去开拖拉机，或者去修理水泵。他准备下放就回自己农村老家。他的老家还有许多亲戚能够照顾他，条件好些。他情绪不错，兴致勃勃地给我谈他的老家，那是一个大湖的岸边，离我们的镇子几十里水路，从小镇坐船顺流而下，经过大半天旅程就到他的家乡。在湖畔，有一座农场，据说有许多城里的大人物下放在农场劳动，有高级干部、文化名人、作家、艺术家。他们在农场种田，养猪放鸭，进行所谓劳动改造思想教育。这些农场被称为"五七"干校，学员叫"五七"战士。后来，形势变化，农场里那些大人物又进城掌了权，一些心地善良有眼光的关照过大人物的人纷纷被提携登上了龙门。当然，那已是三十年河东河西了。

涂说他家乡的景色很美，山青水绿。站在岸上向湖面望去，碧波万顷，湖水映着蓝蓝的天，微风荡漾，波光粼粼，远处波光中映着几点白帆。这一带传说曾有人见过飞碟，有人在湖的深处看见过湖怪，蛇一样的脑袋，长长的脖子，巨大的蜥蜴般的身子。湖怪一出现，湖面就会掀起巨大的风浪，许多船只在湖中失事沉没。涂把他的家乡说得那么神秘而又美丽，使得我不由得羡慕起来。

我跟涂讲我们写作小组下乡的经历，讲来相的故事，涂听得哈哈笑他说他的老家农村里也有知青,一个个吊儿郎当。生产队有一个桃园,桃子熟了的季节,生产队派人轮流守护桃园。知青看守桃园时,夜里他们里应外合,偷走许多桃子。

我还向涂讲了元星的故事。涂听了很是感叹。他告诉我,他也准备带些书下乡。我们学过的课本,数学、物理、化学他都准备着。他还在偷偷地学外语,这是他父亲让他学的。我在涂的家里见过他父亲,这位老知识分子还执拗地抱着他那怀旧的思想,反反复复、不厌其烦地规劝我们多读书,多学点知识。他说:"人生前三十年是关键。十岁时形成性格,是内向还是外向,文静还是活泼。这时期是基础,大脑就像是装纳知识的容器。二十岁塑成品格,是善良还是凶恶,粗暴还是仁厚。这时期是知识量的吸收。三十岁完成人格,是高尚还是卑鄙,是伟大还是平庸。这时期是知识质的吸收。以后只是这些性格、品格、人格的延伸扩展,人生是否成功就是靠这几个阶段来决定了。"涂父的话深深地打动了我。这个老人,走过了长长人生的路,像秋天的老树,风霜染红了它的陈叶,依然情意难舍、抱残守缺,用他的躯干遮风挡雨,庇护着身旁的小树。

时光如流水,转眼过了炎热的夏季,又到了初秋。就在我彷徨着等待下乡的日子,一个重大消息传来。国家又有新的政策,企事业单位职工可以办理退休由子女顶职。这个消息在小镇许多家庭中掀起波澜,人们奔走相告议论纷纷。许多人的前途将改变,有人欢喜有人愁。国家政策规定每家每户只允许一人留城,那些子女多的父母就犯了难。一家职位只有一个,嗷嗷待业的子女有好几人,许多家庭闹起了矛盾。

我的邻居儿时玩伴唐这时期心情很好,看到他喜笑颜开地来找小哥聊天,打听在铁路干什么工种好。唐是家中唯一的男孩,曾经因为在外没有兄弟备感孤单受欺,在家中可是唯我独尊舍我其谁也,当仁不让顶父亲职当了铁路工人。他的三个姐姐下乡的下乡,进农场的进农场,一个妹妹读完中学待业几年进了街办小集体。许多年后,那些外嫁的姐姐回到小镇还耿耿于怀,对唐横眉立目的。

后来,唐听了小哥的话当了机车乘务员。

"后来,终于在眼泪中明白",刘若英的歌苍凉美丽,触动情怀。

青春随风

唐后来的生活没有眼泪,许多事情他也没怎么明白。

上班后,唐一直循规蹈矩,从烧火司炉干起,几年后熬成副司机,副司机仍然要烧火。早年铁路上开的是烧煤的蒸汽机车,一个班下来,火车奔驰几百公里,烧掉一车斗的煤。司炉和副司机要把几吨煤用铁锹铲进炉子,每天的劳动,唐练了一身腱子肉。黑黑的煤炭,红红的炉火,每天都熏烤着唐,给他熏出一张黑脸膛,一副结实的身体。唐一干二十年,连考了三次司机都没考上,自嘲吃了没文化的亏。那个年代经历过文化大革命,学校出来一大批文盲半文盲。当然,唐对外一直称自己是火车司机,特别是第一次见他老婆,介绍给自己未来的岳父。如今造假盛行,并不能责怪唐。唐说自己是火车司机那还是有根有据的,只是少了一个"副"字。

机车乘务员工作很辛苦,没日没夜,风雨无阻。一次,唐在雨夜开车轧死一个抢道的行人。火车惯性巨大,乘务员开车轧死人不承担责任,但必须停车,把尸体拖到路边,通报车站来人处理,火车才能继续开行。三更半夜,荒郊野岭,夜漆漆黑,唐战兢兢下车去拖尸体。死尸还在铁轨里给车轮压着,腹腔憋着一股气,一拖动,一股气冒出来,死尸一蹬腿,"啊哦"发出一声响。"诈尸了。"唐吓得嗷叫一嗓子晕倒在地,差点吓成精神病。好长时间他走夜路就发憷,看见死人就打哆嗦。

自此,唐无心再干乘务员,正好铁路淘汰了蒸汽机车,换了烧柴油的内燃机车,唐转岗到煤台开起了抓煤机。离开了蒸汽机车黑黑的煤灰、熊熊炉火,唐有些不适应,一身肌肉变成肥膘,一只肚皮如吹气般鼓了起来。唐属于四肢发达头脑简单的人,就知道上班开车下班睡觉,吃饱了不饿,睡醒了干活。他的时间一半在车轮上颠簸,一半在床上睡觉,没兴趣也没时间发展什么娱乐爱好。家里从不订书刊报纸,有了电视机也只是听听响。一天一次的新闻联播,一年一次的春节晚会,他都很少看。信息量少,头脑欠灵活,一不留神犯了错误,差点把个铁饭碗弄丢了。用唐自己的话说,又是吃了没文化的亏。上世纪末,唐在单位里开抓煤机车,看到别人成桶盗卖柴油,还有干部开私家车到单位油库加油,他也心动了,用塑料壶打了一壶柴油准备拿回家烧油炉热饭菜,谁知偏偏被保卫盯上抓住,被免去副司机职务,下岗半年,发配到清洁队擦车扫地沟。他向我小哥诉苦:"妈的,一壶柴油,下岗半年,损失好大。"我小哥骂他:"下岗算好了,给你扣个破坏运输生产,抓你坐牢你都没处讲理。"

下岗复工后,铁路现代化换电力机车,抓煤机也不用了,唐被淘汰下来,成了闲杂人员。庞大的国企人浮于事,他有了时间,再没有车轮颠簸,在家却睡不着觉了,于是简单的头脑开始琢磨事。唐的父母走得早,他一直和岳父关系挺好,虽没有住一起,但常来常往。可是,改革开放后,人们开始讲经济利益,唐和岳父就有了矛盾。唐的岳父有二子一女,重男轻女的岳父将名下两套房子给两个儿子一人一套,女儿却没有。唐很生气,他老婆虽然还有点亲情,但经不住唐的枕边风,把点亲情吹没了。夫妻俩同仇敌忾,拒绝给老人赡养费。他们也知道情理说不过,就想法子找借口。有人为单位分福利房假离婚,多分一套。购二套房,也办假离婚,钻政策的空子。唐灵机一动,受到启发,也办起假离婚,宣布和老婆脱离了关系,并且把属于夫妻双方共同财产所住的房子卖掉,以唐个人名义买了套住房,搬了新家。他老婆属于无房下岗低收入子女,没有能力再给老人抚养费。和岳父闹翻,被告上法庭。我们庄严的人民法庭明镜高悬,对唐这样的小小老百姓绝不会法外开恩,判决唐每月仍需要支付岳父赡养费。这事不知谁爆料到媒体,记者把唐假离婚拒赡养事情登上了报,弄得尽人皆知,唐糗大了。折腾一番,毫无所获,小哥骂他既破财又丢人。

小哥已经退休了,他这个老火车司机开了整整四十年的火车,从蒸汽机车、内燃机车,到现在的电力机车,经历了时代变迁。他感慨火车头越来越先进,开车人却越来越差劲。过去,在奔驰的蒸汽机火车头上,一双手一天用铁锹能铲几吨煤。乌黑的煤炭投进炉膛,火焰熊熊,燃烧的黑煤就如黑色的黄金。威武的蒸汽机车开起来地动山摇,汽笛声响彻云霄。虽然浑身汗水、油烟、煤灰,又脏又累,但铁路工人很受人尊敬,可自豪着呢。如今,电气化用上了电力机车,这电力机车卧在铁道上,远看像只绿色大蚱蜢。司机驾驶室都装了空调,穿着制服戴着白手套坐在软椅上,人身体虽然舒服,精神紧张着呢。

唐在铁路工作了几十年,要退休了,也没当上真正的火车司机。他常说自己缺文化，吃了亏。我觉得唐的身上的确是缺少些什么。当今中国人缺少什么？缺文化，缺信仰，缺燃烧的黑金。

八

一九七五年秋是个不平静的季节。失望与希望、泪水与欢乐交替地浮现在人们的脸上。小镇铁路一大批老工人退休了。到年龄的自然退休，没到年龄的去医院打证明办理病退。有医生自己都想退休，所以病退证明一路绿灯。十年前的一声咳嗽，也被医生诊断为丧失劳动能力。

为了不让我下乡，父亲决定提前退休，让我顶替他的工作。听到这个消息，我不知是悲还是喜。父亲才五十岁，就要离开他半生相伴的火车头。按国家规定，他可以再干十年，六十岁退休。如果以他现在的身体和志向，他至少要干二十年。父亲没有别的爱好，他不会下棋玩扑克，书法艺术更是外行，钓鱼也不会。这对他退休以后的生活很不利。为了他的小儿子，他做出了牺牲。我不顶职，唯一的道路就只能下乡去那山沟沟，这令父母很担忧。小时候，我是个循规蹈矩的孩子，从不说谎，不打架不骂人，爱幻想，性格内向。还有，我的身体一直被认为很弱。我是一个好孩子，无论在学校还是在家里，有口皆碑。然而好孩子更格外让父母操心。如果我上山下乡到那山沟里，我想，我的前途有几种可能：一是像来相那样，渐渐地消沉颓废，最终不知会有什么结局。我曾经问来相将来怎么办？来相举着酒瓶子，带了几分醉意，大谈市场经济学。这是他做小买卖投机倒把的理论根据。不一会儿他又愁眉不展，嘟囔着：做一天和尚撞一天钟吧。这样的日子实在很糟糕。再一种可能就是我在乡下死心塌地当个农民，自己盖一间房子，娶一个乡下姑娘，养上几个孩子。其实能这样生活也很好，男耕女织，一生平平淡淡，清心寡欲，甘其食，美其服，安其居，乐其俗。小国寡民，老死不相往来，过一过圣人都羡慕的生活。"暮春者，春服既成，冠者五六人，童子六七人，浴乎沂，风呼舞雩，咏而归"。不过，我恐怕做不到。西天取经的唐三藏历尽千辛万苦，不贪图富贵，不迷恋美女，妖魔鬼怪吓不倒，一心为取真经。我有我的追求，岂能半途而废呢。我热爱文学，一心想当作家，在乡间，这种可能性不大。柳宗元流放异地垦荒壁地，作《永州八记》；苏东坡被贬黄州，作《赤壁赋》。我这样的情况是没有的。山沟沟里不会出产大诗人和作家，四乡百里连一张报纸都看不到。就是城里来的那些所谓的知识青年在泥巴地里摸爬滚打两年再教育，一个个斯文扫地、脏话满口、心灰意懒、偷鸡摸狗。

逃避了下乡，我成了一个待业青年。我的好朋友涂也没下乡，他父亲正好到了退休年龄。不过这段时间我没去找涂玩耍下棋，因为这时我遇到了也在等待顶职的同学周。周和我高中时一起参加了写作兴趣小组。他个子不高，聪明机智，能言善辩，胆子很大，在小镇是个孩子王，聚拢着一帮小兄弟跟随着他。我们在小学就同过班互相认识，后来又在写作兴趣小组一起下过乡。周喜爱绘画，想当画家，这是他参加写作兴趣小组的原因。他对艺术的追求，使我对他有好感，关系挺好。

我和周虽然性格迥然不同，却没影响我们之间的交往。我们都有点自命不凡，文学和艺术是我们各自的追求。周自己收集了许多画册，画家里面他特别喜欢梵高，常拿一把小刀对着镜子在耳朵边比画。可能也觉得自己绘画天分不够，就是割了耳朵也不及梵高，所以现在还是五官端正。他还崇拜世界上的强人，拿破仑、希特勒，开口闭口"我的奋斗"，这在当时是很危险的离经叛道。我有一脑子幻想，周有一肚皮野心，我们有了共同语言。周是个很有鼓动性、富有激情的人，他对我说了个很了不起的计划，一起合作创作出版连环画。我来写文字故事，他绘图画，我们一拍即合。

我们都是励志青年，我们一直在奋斗着想出人头地。

周曾去省城学校美术老师家里拜师学艺，拿回来一些连环画样稿，画了一堆的人物样图。他还动员他的小兄弟四处讨要粮票去换颜料画纸。为了支持周的艺术，我也从家里偷拿了一些粮票，这是我一生中唯一一次偷拿家中东西，很是惶恐忐忑了一阵子，好在没给母亲发觉。

20世纪六七十年代，没有电脑，没有手机，没有电视，收音机都非常稀有。小孩子的文化娱乐就是看电影看连环画。那时，连环画非常繁荣。书店里柜台有一小半是售卖连环画的，街上书摊也都是摆满连环画，

青春随风

只要有书的地方就有连环画。大人称小人书，小孩子叫小图书。那个时代孩子们看连环画，是小学生除了课本看得最多的书本，许多男孩还收藏连环画，同学间互相交换着看。过去在街上路边书摊摆有连环画出租，一分钱看一本。有男孩子们喜爱看的《烈火金刚》《敌后武工队》《平原游击队》《铁道游击队》《大闹天宫》《杨家将》。小学生放了学，会蹲在书摊边看一本连环画再回家。红卫兵造反时连环画也同其他小说书籍一样难逃厄运。老的连环画销毁了，新出了几种迎合形势的连环画。有《白求恩》《草原英雄小姐妹》《一不怕苦二不怕死——王杰的故事》《毛主席的好战士刘英俊》《苏修间谍落网记》。过去有连环画《水浒》，讲的是梁山一百零八好汉的故事，很受小学生喜爱，被当封资修禁毁了。改编新出了本连环画叫《大叛徒宋江》，据说是影射批判党内的投降派。在我们眼里，创作出版连环画也是名利双收的事情，周的提议使我兴奋不已。

我开始构思连环画故事。我想着，古代帝王将相才子佳人，那是封资修。现代阶级斗争尖锐复杂，三突出理论我们也没学好。只有革命战争故事人人喜爱，英雄勇敢无敌，令人痛快淋漓。为了创作连环画，我绞尽脑汁想了一个又一个故事，什么"烈火英雄""抗敌武工队""山林游击队""奇袭黑虎团"。我把这些想法说给周听，都被他轻易地否定了。我本应装满诗书的腹部却只见嶙峋的肋骨，八块巨大的样板遮挡住我想象的天空，我的灵感淹没在一片红色的海洋。连环画创作自然以失败告终。就我们那点才能，在那个时代，还真是异想天开。

我常幻想自己能有一间很大的书房，整面墙的书柜，还有明亮的落地窗。我喜欢半躺在床上，或者，坐在宽大的书桌前，嘴里叼着海明威的雪茄，喝着巴尔扎克的咖啡。我的脑海里更多地冒出中国式的浪漫遐想，譬如红袖添香、玉腕磨墨。

有一些幸运儿极力颂扬生活中的磨难，把贫困苦难说成财富。他们总喜欢举例司马迁受了刑写出了《史记》，贝多芬耳聋成了大音乐家，知青下乡吃了苦创作了伤痕文学。当我经历了岁月坎坷，有了生活阅历，对世上的事见多识广，才知道并非如此。任何生命的健康成长都需要春风雨露和阳光。就如英国诗人拜伦说的：假如风调雨顺，生育艰难的文艺女神也会多产。

我和周都非常崇拜伟大的鲁迅。一是鲁迅的气节和睿智,二是那时我们只认识鲁迅,能读到他的书。周画了许多幅鲁迅的头像。瘦削的脸,犀利的眼,浓浓的两条剑眉,唇上黑黑的小胡须,一副横眉冷对千夫指的酷酷表情。我读了许多遍鲁迅的书。我读鲁迅先生的《野草》。在空空如也的图书馆书架上,只有几本鲁迅的书值得一读。

"在我的后园,可以看见墙外有两株树,一株是枣树,还有一株也是枣树。这上面的夜的天空,奇怪而高。"

我惊异鲁迅先生语言俏奇瑰丽,意象玄妙奇美。

我家的院子种了许多树。每年立春前后,都会选一些枝条直溜的杨树柳树插在院子里或者菜园子的地垄上。松软肥沃的泥土很容易就插得深深的,没几天,雨水一浇,杨树柳树枝条就爆出细细的嫩芽,慢慢长出新叶,只三年就长成一棵亭亭玉立的小杨树小柳树。并没有什么人动员,也没什么植树节,年年立春植树是人们的习惯。小镇上除了柳树杨树,还有许多桃树,家家户户门前都有三两棵。春天,桃花盛开的季节,小镇上到处姹紫嫣红,分外妖娆。

阳春三月,登上高处就能望见小镇一簇簇盛开的桃花。铁路工厂修火车头的大车库是小镇的最高建筑,小时候,我们常往上爬。大车库有三层,一层比一层高。我们一层又一层往上攀登。站在最高大的车库顶上放眼一望,半个小镇都在眼下。一排排平房整齐划一,青砖红瓦绿树掩映。春风和煦繁花盛开,红的是桃花,白的是梨花杏花,黄的是枇杷菜花,绿的是柳树杨树。最多最醒目的还是桃花,一丛丛,一簇簇,一团团,一片片,红得如火似锦。

古代传说巨人夸父与太阳竞跑,一直追赶到太阳落下的地方。他感到口渴,想要喝水,就到黄河、渭河喝水。黄河、渭河的水不够,又去北方的大泽湖喝水,还没赶到大泽湖,就半路渴死了。他遗弃的手杖,化成桃林。

夸父是不是曾经经过了小镇,为何小镇桃树特别多?我知道,这是小镇孩子们的功劳。

小镇的孩子吃了桃子,桃核随手栽在门前的菜园子里,第二年就能发芽，长出一株小桃树来。有时，我们也到野外寻觅，地垄、路旁，甚至垃圾堆上，都会有小桃核冒出幼芽。一路走，两边望，搜寻着，一旦发现破土而出的桃树幼苗，就把它挖出来，根须还带着硬核。为了不伤及树苗根，挖一大包泥土裹住树苗，成拳头那么大，带回家栽在自家院子里或菜地旁，小树苗一年长一大截，三年就长成一棵亭亭玉立的小桃树，五年就会枝叶婆娑开花结果子。

　　春的季节，一路走，穿行在春风里，女孩子喜欢摘上一枝桃花，人面桃花相映红，美不胜收。男孩子喜欢掰截柳枝做支柳笛，含嘴里吱吱呜呜吹出各种调调。小镇的桃花，粉红的居多，也有大红胭红的，还有粉白的。奇怪，越是好看美丽的花，越不爱结果实，越是不起眼的花结的果实越多越大，正所谓华而不实。

　　我栽种的桃树也已经长大开花结果了，我从小立下的志向却还没有实现。我是那追日的夸父。我追求了，我失败了，我仍骄傲。

　　一九七五年中秋，我迎来了十九岁生日。农历八月十八日，过了这一天，按中国人的习俗，我就是二十岁了。母亲照例给我煮了碗挂面。长长的面条是预祝我生命的长久，大海碗里两只油汪汪的荷包蛋象征着和美吉祥。我吃着鸡蛋挂面，却少了儿时那份欢腾与喜悦。

　　夜深人静，有桂香飘来。我走出家门来到不远菜园子的一棵大榆树下。小时候我曾爬上这棵榆树去逮过金精虫，摘过榆钱吃。月色暗淡，树影婆娑。我仰面朝天躺下来。无垠的夜空笼罩在我的上方，透过深沉夜幕，无数星星向我眨着眼。回想起小时躺在家门前的小院凉床上，望着夏夜的天空，数着星星的情景，天空还是那个天空，我却感觉景似人非。牛郎织女星隔着银河遥遥相望，北斗七星的柄指着西方，这巨大的斗是谁来舀酒的？参宿星静静地思念着永不能相见的兄弟心宿星。古老的童话一代又一代流传，旧的童话消失了，新的童话又在创造。

　　看，夜空多么晴朗，繁星熠熠闪烁，好似一群群躲在深蓝色天幕后顽皮的小天使，只将一双双眼睛露出来，狡黠地眨着，窥探着人间的秘密，嘲弄着人们的隐私。那乳白色的银河又好像一群翩翩飞舞的仙女，轻轻飞扬着长长的飘带。啊，多么浩瀚的宇宙，多么遥远而神秘的世界。我知道，那些星星都是如太阳如地球一样的天体，并没有什么天堂仙女神

第六章 目尽南飞雁

可是，望着缥缈神秘的天空，仍激起我美好的向往。

一颗颗亮晶晶的星星，在人们看来熠熠闪烁，永恒不变。元星说，那些星星也有兴衰，也会死亡。就是地球也有毁灭的一天。一个人的生命又多么短促，多么微不足道啊。元星还说，星星毁灭后会成为一个称为黑洞的天体，这黑洞千奇百怪，神秘莫测。人死后又将如何呢？唯物主义者说人死后思维停止，肉体腐烂，什么也不存在了，真让人觉得难以想象。许久，我的思想才从那茫茫无涯无际的太空遨游回来。

我回头望望小镇，一片静悄悄。一排排房屋窗口透出一点点灯光。元星说，那些星星有的比太阳还要大，还要亮，可是它们却不能与我们小镇上这盏盏电灯相比。是啊，在那遥远的星空，多么巨大的光和热也无法照射到这小小的地球一隅。宇宙银河发生再巨大的变化，一个太阳诞生了，或者毁灭了，人们也无动于衷。可是，在人们身边，如果发生一件微小的事情，都令人受不了。

大自然日出日落，昼夜交替，人们生生死死代代不息。在永恒的生与死之间，我们只能享受其中的一段时光。死亡的黑暗景幕衬托出生命的光彩，也有的无声无息黯淡淹没。人们出生、受苦、死亡，永远地重奏这三部曲，组成漫长的历史。我有时会这样想：我们活在世界上的人真是幸运。人经历的岁月越多，越感到生之可贵，生之不易。我们呼吸新鲜的空气，我们沐浴温暖的阳光，我们仰望蔚蓝的天空，俯瞰大地和群山。我们读书，我们听音乐，我们为悲剧而感伤，我们为喜剧而欢笑，我们为爱情而发烧。生命真是一种美好的享受。我满怀敬畏，心存感恩，越加觉得应该珍惜光阴。人生短暂，如流星划过夜空，留下一道闪光。于是我想，我在这个世界上能留下点什么？总是有种声音在催促着我，有股欲望在心里涌动，一个坚定纯洁，有着美好信念的心灵不会为死亡而恐怖。沧海横流，人类精神光辉永照。人生辉煌灿烂，死亡将达到顶峰。

我心潮起伏，高声吟出几句诗：

有谁说人百年总有一死，
高尚的人精神长存人间。
有谁说世上没有永恒，

青春随风

　　闪光的青春照彻长天。
　　当生命高唱胜利的凯歌，
　　当理想燃起金色的火焰，
　　就是地球也会停止旋转，
　　太阳将永远在天空高悬。

　　我静静地站在大榆树下，聆听远处的声响。夜色深沉，稻田里的青蛙在合唱，还有三两声雀子的鸣叫。皎月当空，千家万户进入沉睡的梦乡。这时，一阵风，树枝摇晃哗哗响。我听到，远方，大海涨潮了。在东海，宽阔的钱塘江面一片静寂，映着粼粼波光。陡然间，风从海上吹来，涛声起，潮声急，江流入海口涌起大潮，白浪滔天，汹涌澎湃。潮头由远而近，轰轰隆隆奔腾而来，巨浪冲击着堤岸，卷起漫天飞沫，滚滚而去，势不可挡。满江沸腾，波涛万顷。远在千里之外，我仍被这奔涌的涛声震撼，心潮激动，起伏不平。

我非常崇拜伟大的鲁迅。一是鲁迅的气节和睿智,二是那时我们只认识鲁迅,能读到他的书。

尾 声

我的故事写到这里就应该结束了。这是一个很好的悲壮而又充满希望的尾声,我生命中的另一个时期到来了。这个时期,我经历了一次又一次的苦斗、彷徨,一个又一个新的希望升起又破灭。经历了人生的悲欢离合,看到了大千世界的冷暖炎凉。这所有的内容又可以写成一部这样的或更长点的小说,顺便将这时期这个世界上的大的事件反映一下,时髦地来点现代派的意识流的手法,加点魔幻的新感觉的作料。我想,时机成熟,我会这样干的。但是,现在我还想稍等待一下。形而上的创造固然很重要,形而下的生存却也燃眉。另外,我还想将生活中的岁月积淀一下,将岁月的河流冲刷下的沙砾卵石淘洗再淘洗一番。到那时,我拣出来的就不仅仅是一些纹彩漂亮的雨花石,或许,是几粒金子钻石在闪闪发光。

郁达夫说,四十岁是人生的一个小段落。他四十岁开始写作自传,与他同时代的作家胡适、林语堂也是在四十岁作自传自叙诗,真是英雄所见略同。我以为,人生到了四十岁,该看的看到了,该听的听过了,爱与恨、欢乐与忧伤都经历了。思想已经成熟,阅历足够丰富,一个旅途之人走过一段长长的路,登上一座山岗,停下脚步,歇一歇气,鼓一鼓劲,准备着继续去攀登更高的山峰。这时,他回头看看走过来的路,多少苦乐辛酸,还有深深的遗憾,都留在了路上,化作一行深深浅浅的足迹。心底涌动着一股激情,一种欲望,汩汩地流注笔端。人生过半,写上一部自传,就像在名山秀岭上建一座半山亭,题上一副对联,树一块碑记，或抒情或咏志。让一路旅行登山的人小憩一下，给观山赏景有闲者和攀登高峰有志者一点娱乐一点启迪，也是一件善事。当然，更伟大者，如我们的文学前辈，用毕生心血，披阅十载，增删五次，把真事隐去，寄假语村言，成就一部旷世的绝作。

每个人活在这个世界上都在努力地扩展自己的空间，延续自己的生命。最好的方法还是写作。一个人无论拥有多少金钱、财富、拥有别墅、小汽车，高官厚禄，位极人臣，炙手可热，烜赫一时。这些都微不足道，无非只比自身扩大了几十倍几百倍的空间。而一部好书所拥有的读者，是作家最值得夸耀的财富。他的影响力一直伸入人的心灵，他的生命变换成另一种能量，他的名字留芳青史。

我年轻时听说过这样一个寓言故事。有一个问题：谁能用最少最轻最廉价的东西将一间空房子装满？一个傻瓜搬了许多稻草堆放在房子里。一个聪明人点起一盏小油灯，那亮光一下子充满整个房间。我钦佩赞美那个点起小灯的聪明人。伟大的作家正是以他的作品、他的思想扩大了他的空间，延续了他的生命。

小时候，我梦想当一名作家。很长时期，我消沉、颓废、流于世俗。我险些背弃了我的理想。我不再去思考人生、自然、宇宙，书也读得很少。自从我有了一份固定的工作，每月领着一份尚足糊口的工资，我盘算着结婚，盘算着柴米油盐，就像当年毛泽东批评的那些刚刚进城掌握政权的农民英雄，盘算着三十亩地一头牛，老婆孩子热炕头。我苦闷、彷徨，既不甘于堕落，又无可奈何。夜里，我反复地做着一种梦，我被什么可怕的人和动物追赶着，我努力向上腾飞，却总也离不开地面，总是跌落在厕所阴沟里，在粪堆垃圾上弄一身污秽。按弗洛伊德的分析，这正是我被压抑于潜意识中的本能欲望、情感和意念的体验。

时光走到20世纪末。在世纪黄昏，人们弥漫着怀旧情绪，我开始写我的自传体小说。一天傍晚，我出门散步，不知不觉又走进少年读书时的校园。在小镇上，我读书的母校就在我身旁，我却很少走进去。我有一种复杂的心情，怕见熟人，怕见过去教过我的老师。我理解项羽为何无颜过江东，我明白人们为什么要衣锦还乡。我要是能唱着《大风歌》，手持汉节走进母校，那样我风光无限，人们就会以隆重的礼仪欢迎我。

尾　声

　　学校已经放学，空荡荡没有人影，一间间教室静悄悄。我独自一人来到我读书的旧校舍。这是栋简易的二层楼，还是那种干打垒年代盖起来的。三十年旧地重游，油然而生的回忆和时光流逝的感叹，使我在这栋灰色的建筑物前伫立许久。房屋墙根长满了青苔，山墙挂着几条干枯的常春藤。有的门窗破损，膏药似的钉着木板，贴着硬纸，一副凄凉衰败模样。瞧，那北面第二扇窗子最底下那块玻璃已经破了，上面蒙着张报纸。我读书的时候，那块玻璃就是破的。天冷的时候，我正好坐在它旁边，冷风总是穿过窗洞对着我的左耳吹，使得我左耳上的冻疮长时间不得好。我用一张报纸蒙住窗洞。这么多年过去了，那扇窗子不知装了多少回玻璃，可我觉得那张报纸还是我蒙上去的。记得，我上课不去听讲，东张西望，扁过头去读报纸上的文字。有一篇新闻：《日本首相田中访华》。这么多年，日本已经换了许多首相，每届首相上台都会到中国来转一转，田中是他们中的第一人。如今，一个日本的首相到中国来，不会有多少人关心他，那时却是一件了不起的大事。我们的政治老师眉飞色舞地在课堂上大谈中国外交路线的伟大胜利，被帝国主义修正主义各国反动派所包围的红色中国，终于登上了世界舞台的中心，"我们的朋友遍天下，我们的歌声传四方"。每和一个国家建交，都要举国欢庆一下，那情景现在我还记忆犹新。我真想去再看一下，那张贴在窗上报纸有没有这条新闻。虽然，那早已成为历史。

　　教室里白天依然有学生上课，从窗子看到里面一排排的课桌椅整整齐齐。我知道这不会再持续多久了。离这栋旧教室不远，一栋新的五层教学大楼巍然矗立，马赛克贴面日光下闪着光亮，居高临下俯视着这些斑驳破落的旧平房。学校发生了很大的变化。"五七"农场已没有了，砖厂猪圈早已拆除。如今的学生不再去学工学农劳动了，也不会关心日本首相来不来中国。这个世界的变化真大，变得有些面目全非了。我生活了四十多年的小镇，近些年到处都在破土动工，一幢幢建筑拔地而起。小镇在迅速膨胀，吞噬了它周围的农田、土地。高土岗被铲掉，池塘被填平，已经拓宽了的街道，人流却更加拥挤。小镇的变化真多，最能说明问题的是多了几家银行和几家花圈店。这个世界的变化真令我瞠目结舌、眼花缭乱。在汹涌的商品大潮中，我的个人奋斗显得那么微不足道。站在

青春随风

暮色沉静的校园，在这里我度过了一生最宝贵的时光。我不知是应该感激它，还是憎恨它。从它里面走出来，离开学校走上社会，我孤军奋战几十年，经历了一次又一次的失败。呵，我亲爱的母校，你为什么没能给我多一点的智慧和力量。我的母亲满怀期望与重托将我送进学校大门，风风雨雨十几年的浸泡，却没有给我一只防御刀剑的阿喀琉斯的脚踵。我几十年苦苦求索，那啄食普罗米修斯肝脏的罪恶的秃鹰既啄伤了我的肾脏，现在又开始啄着我的心脏。我是一个失败者。我追求了，我失败了，我仍骄傲。

入夜，我独自一人在旷野徘徊。我走过阒无声息的街道，走过红绿信号灯闪烁的铁轨，徜徉着来到小河边。银白如练的河流从黝黑的天际流淌过来，夜色中闪着粼光。哗哗啦啦的水声，唱吟着生命之歌。小河啊依然如约，这里消磨了我许多童年的时光，是我青春的见证。站在河岸，望着奔流不息的河水，置身在这如诗如梦的境地，不由得生出许多联想。

生命是一条河。生命之初，似清泉，似小溪，从它的源头流淌出来，清澈纯净，活泼欢快，一路歌唱前进着。路途中它汇聚起涓涓细流，水势越来越大，越来越丰沛，变得湍急浩荡，奔下高原穿过峡谷，一路劈山开路吞吐云雾，几经滩礁险阻。这时，人生进入壮年，如大河奔流，气势澎湃波涛汹涌，我们就再看不见它的底了。奔流行进中，河水难免掺夹着泥沙污物，裹携着沉船烂舸。人生晚年，生命之秋，霜色凝重，如江河汇纳百川，在广阔的平原舒展开。这时，水色深沉河面宽阔，坦坦荡荡，波澜不惊，不仔细观察，河水仿佛凝滞了，看不见流动。但是，它始终在平稳地向前，一路将泥沙沉淀，汇入大海。河海交融处，碧波万顷，水天一色，风帆高悬，鸥鸟翔集。最后，这条河流消失在浩瀚汪洋中，完成它一生的使命。

这是一条伟大的河流，这是我们歌唱的人生。

还有一种河流，从冰山雪岭生发出来，莽莽撞撞向前奔去，迷失了方向，流向荒原，流向沙漠。一路被泥沙吸收、渗透，被烈日蒸发。最后干枯衰竭，失了踪迹。还有更多的河流从山林里出来就遭污染，寄生在人烟稠密的地方，暮气沉沉，没有了歌唱的激情，没有了奔流的勇气，藏污纳垢，发黑发臭，成死水一潭。

尾　声

我生命的河流汩汩地流淌在这沉寂的土地，前方是什么？我在急切地盼望着，去迎接着。

初升的太阳刚刚离开地平线就被阴霾遮住，什么时候能露出灿烂的光焰？长久的期待仅仅是晚霞夕照那辉煌的瞬间。

命运是这样考验人的：他先将你放在砧上锻打、锤炼，看看你的物理性质。然后又加酸加碱，看看你的化学性质。他将你冷轧热冶，放入离心机高速旋转，分离出你的杂质。用等离子加速器进行轰击，使你升华，发出超能熔冶成特殊的合金。人生就是这样，经历了重重苦难，才能使你的人格完善起来。人生一曲悲歌，有气冲云天的管号，还有沉入心底的木鱼。我试图用心灵的呼声打破时空的静寂，去感应召唤那遥远的宇宙的知音。

上世纪六十年代全家合影